KB113593

나비
사냥

나 비
사 냥

초판 1쇄 인쇄일 2018년 02월 26일
초판 1쇄 발행일 2018년 03월 06일

지은이 | 반유
펴낸이 | 김기선

편집장 | 김은지
편집부 | 박지은, 김지현, 김아름, 박신혜
디자인 | 한주희

펴낸곳 | 와이엠북스(YMBOOKS)
출판등록 | 2012년 7월 17일 (제382-2012-000021호)
주소 | 서울시 도봉구 노해로 379, 802호(창동, 대성빌딩)
전화 | 02)906-7768 / **팩스** | 02)906-7769
E-mail | ymbooks@nate.com

ISBN 979-11-322-4478-3 03810

값 9,000원

hunting butterfly

나비 사냥

YM BOOKS

ROMANCE

STORY

반유 장편소설

BOOKS

차 례

Prologue.

「당신이, 솜사탕?」

「내 정체는, 비, 비밀인데…….」

가래 섞인 음성, 어눌한 말투. 남자의 입술 사이로 뿌연 담배 연기가 뿜어져 나와 여자의 얼굴을 덮쳤다. 콧속으로 연기가 들어가자 여자는 연거푸 콜록거렸다.

피에로 분장을 한 남성은 그런 그녀를 보며 미소를 짓고 있다. 여자가 담배 연기를 피해 고개를 돌리자 남자는 거칠게 그녀의 턱을 치켜들었다. 그녀를 노려보는 남자의 눈은 실핏줄이 터져 붉게 물들어 있었다. 마치 악마의 그것처럼.

「그건 비밀이야. 진실을 알게 되면……. 그, 그래도, 아, 알고 싶어?」

여자는 공포에 질려 눈을 질끈 감은 채 고개를 저었다. 남자는 그 표정이 마음에 들었는지 검지로 여자의 입술을 지그시 눌렀다.

「희, 흰 눈이 아름다운 건 깨끗해서야. 그 깨끗함이 사, 사라지면 사람들은 더 이상 그, 그걸 아름답다고 하지 않아.」

짙게 그려진 피에로의 미소가 순간 어색하게 일그러졌다. 남자의 기분 나쁜 시선이 그녀의 전신을 훑었다.

「나비. 너, 넌 내게, 하얀 솜사탕 같은 흰 눈이었어. 너무나도 하얀. 소, 손에 닿는 것조차 아까워 그, 그저 바라만 보았지. 가끔은 아름답다고 느끼지 못하도록, 그, 그래, 엉망으로 밟고 오염시키고 싶었어. 하지만 참았지. 밟고 밟아 진창으로 만들고 시, 싶었지만 너라서 참았어. 너, 넌 나의 나비니까.」

남자는 길게 담배를 빨아 다시 한 번 여자의 얼굴에 연기를 내뿜었다.

「콜록, 콜록, 이런 미친…….」

여자는 일어나려고 했지만 어쩐 일인지 몸이 뻣뻣해서 좀체 움직여지지 않았다.

「여, 여자란 그런 거야. 하, 한 번 더러워지면 되돌릴 수 없지.」

남자는 테이블로 걸어갔다. 테이블 위에는 핀셋에 박힌 나비가 날개를 버둥거리고 있었다. 남자는 두 손으로 나비의 날개를 잡고는 양쪽으로 잡아당기며 킥킥거렸다.

여자의 얼굴이 공포로 하얘졌다.

모든 것이 하얗다. 하얀 테이블과 의자, 하얗게 칠해진 벽, 그리고 그 벽에 걸린 하얀 액자들까지. 모든 게 눈부시게 하얗다.

그 하얀 공간에서 유일하게 알록달록한 건, 그녀가 솜사탕이라고 부른 피에로 분장을 한 사내의 얼굴과 사면 가득히 걸려 있는 액자 속에 박제된 생물체들뿐. 하지만 벽면을 채우고 있는 다양한 종류의 나비 표본들은 그저 죽음의 흔적 같아 소름이 돋았다.

바닥에 덩그러니 놓여 있는 커다란 그릇에는 연화 중인 나비들이 담겨져 있었고, 테이블 위에는 온몸에 핀셋이 박힌 나비들이 음산하게 늘어져 있다. 여자는 자신이 박제되는 환상을 보는 듯했다.

여긴 지옥이야. 난 살고 싶어. 도망쳤다 생각했는데 여전히 여기 갇혀 있다니. 벗어났다고 생각한 건 착각이었나? 아직도 난, 지옥에서 살고 있는 거야.

"헉."

소정은 몸부림을 치며 눈을 떴다.

이곳은 어디지? 소정은 급하게 몸을 일으키다 빼곡히 걸려 있는 셔츠와 슈트에 막혀 주저앉았다. 악, 신음을 내뱉으며 인상을 찌푸린 소정은 자신이 집이 아닌 어둡고 좁은 공간에 숨어 있다는 걸 생각해냈다. 소정은 한숨을 내쉬며 두 손으로 얼굴을 감쌌다.

"이소정, 조금만 참자. 솜사탕을 만날 때까지."

솜사탕을 떠올리자 머리칼이 쭈뼛거리고 온몸이 덜덜 떨렸다. 복수만 끝내면 악몽에서 벗어날 수 있을 거야. 소정은 두 손을 꼭 쥐며 정신을 차리려고 애썼다.

벌써 4년이란 긴 시간이 흘렀다. 그동안 소정은 솜사탕을 찾아서 복수를 하기 위해 온 시간을 쏟았다. 그리고 오늘 그녀는 복수를 위해 유성호텔 로열 스위트룸에 잠입했다. 어둡고 좁은 공간에 몸을 구부리고 언제 들어올지 모르는 솜사탕을 기다리며 드레스룸 안에 몸을 숨기고 있다.

몇 시간을 그 상태로 있었더니 온몸이 뻣뻣하고 이마에는 식은 땀이 송송 맺혔다. 자신이 뿜어내는 열기 때문인지 숨이 막혔다. 무궁화 다섯 개짜리 호텔의 스위트룸은 난방이 잘되어 있는지 1월의 추위조차 이곳 드레스룸까지는 느껴지지 않았다.

굳게 닫힌 슬라이딩 도어를 살짝 밀어보았다. 가느다란 빛과 함께 선선한 공기가 들어오니 그제야 살 것 같다. 그녀는 구부린 상태로 발을 주물렀다.

"솜사탕……."

그녀는 땀을 닦으며 중얼거렸다. 4년 전 그날, 24년을 살면서 처음으로 일탈을 했고, 그 결과 끔찍한 일을 겪었다. 친절한 팬에서 악마로 돌변한 솜사탕의 실체를 처음이자 마지막으로 본 날이며 그날 이후로 소정의 인생은 나락으로 떨어졌다. 최정상 섹시 가수 '나비'의 추락이었다.

젊은 남자, 어눌한 말투, 악마의 눈빛. 말도 안 되지만 이 세 가지 단서만 가지고 솜사탕을 추적했다. 아무것도 없는 상태에서 시작했으나, 결국 '유성 그룹과 관계가 있는 자', '유성의 꼭대기에 있는 자'까지 범위가 좁혀졌고, 가장 유력한 자의 이름을 얻을 수 있었다.

민견.

유성 그룹 민성규 회장의 외아들로 유성의 유일한 후계자다. 민견이 그녀가 찾는 남자라면 모든 게 설명된다. 4년 동안 미친 듯이 찾아내려 했지만 번번이 막히고 실패한 이유가 바로 솜사탕이라는 남자 뒤에 유성이라는 커다란 뒷배가 있었기 때문일 것이다. 그가 가진 재력이라면 범죄마저도 수면 아래로 숨기고, 피해자를 가해자로 둔갑시켜 사회에서 생매장시킬 수도 있다.

"틀림없이 네가 그 악마일 거야."

소정은 억울했다. 자기 인생은 송두리째 망가졌는데, 정작 그 가해자는 호의호식하면서 잘 살고 있다니.

그 사건이 있을 즈음 민견은 미국 지사로 자리를 옮겼다가 4년 만에 국내로 돌아와 현재 유성호텔에 묵고 있다고 한다. 그 정보를 접하자마자 소정은 그에게 접근하기 위해 유성호텔 청소 아웃소싱 업체인 상해용역에 취직했다.

메이드로 취직을 했지만 처음엔 룸을 배정받는 룸메이드가 아닌 계단이나 화장실 청소를 하는 하우스메이드부터 시작했기에 그에게 접근하는 건 쉽지 않았다. 고객정보는 비밀이라 민견이 어느 룸에 묵는지도 알 수 없었다. 다만 스위트룸일 거라고 예상할 뿐. 복수를 하기도 전에 특급호텔의 까다로운 청소 매뉴얼과 서비스 교육으로 일이 힘들어 나가떨어질 판이었다.

'최상층 로열 스위트룸에 묵고 있는 그분, 노처녀 가슴 설레게 어쩜 그리 잘생겼을까? 다이아수저 물고 태어난 것도 부족한가? 그런 거 보면 세상은 참 불공평해. 재벌3세면 어딘가 부족해야지. 어찌 그리 다 가지고 태어났을까? 그런 남자랑 한번 뒹굴면 소원이 없겠어.'

'팀장아. 김칫국 그만 마시세요. 그 나무는 쳐다봐서도 안 될 나무여. 괜히 비위 잘못 건드렸다가는 그나마 벌어먹는 밥벌이도 끊어지게 된다니까.'

'언니는 너무 꽉 막혔어. 말이 그렇다는 얘기지. 말도 못 하나.'

골드미스인 팀장과 나이가 지긋한 사수의 수다를 듣고 소정은 드디어 자신이 찾고 있던 민견의 룸을 알게 되었다. 외국에서 방문한 왕족들이나 할리우드 스타들이 주로 묵는다는 특급 VIP룸.

소정은 로열 스위트룸에 잠입하기 위해 기회를 노렸다. 그리고 로열 스위트룸 청소 담당인 반장이 한눈을 파는 사이에 그녀가 가지고 있던 키를 훔쳤다. 그렇게 몰래 룸에 잠입해 붙박이장에 숨었다.

"기회는 다시 오지 않아."

반장이 키를 분실한 걸 알기 전에 일을 끝내야 한다. 꽉 조이는 스커트를 무릎 아래로 내리며 앞치마 주머니에 넣어둔 잭나이프를 만지작거렸다.

달칵. 긴 시간의 기다림 끝에 드디어 묵직한 나무 문이 열리는 소리가 들려왔다. 소정은 침을 꼴깍 삼키며 벽장 틈새로 눈을 갖다 댔다. 민견의 발걸음 소리가 가까이 들려온다. 소정은 침을 꿀꺽 삼켰고, 잭나이프를 쥔 손에는 힘이 들어갔다. 열린 틈 사이로 슈트를 입은 민견의 기다란 다리가 보인다. 하지만 그것만으론 그가 악마라고 확신할 수 없었다. 조금만 더 떨어져 얼굴을 볼 수 있다면.

그녀의 바람과 달리 민견은 등을 보이며 뱀허물 벗듯 옷을 벗었다. 남자의 맨다리가 보이는 예상치 못했던 상황에 칼을 쥔 손이 파르르 떨렸다. 소정이 당황하는 사이 그의 나체는 문틈 앞에서 사라졌고 잠시 후 샤워실 유리문이 닫히는 소리가 들렸다. 곧이어 쏴아아 하는 물소리가 들려온다.

소정은 긴장이 풀려 긴 숨을 내쉬며 주머니에서 손을 뺐다. 긴장으로 인해 손바닥에 땀이 흥건히 배었다.

'이대로 욕실로 쳐들어갈까? 아무것도 입지 않은 무방비 상태면 내가 더 유리하잖아.'

하지만 그가 솜사탕이라는 확신을 못하는 상황에서 조급함은 모든 걸 망칠 수 있다. 4년을 기다렸는데 몇 분을 더 못 기다릴까. 민견이 샤워를 하는 짧은 시간이 영원처럼 길게 느껴진다.

샤워실의 문이 열리는 소리가 들렸다. 소정은 귀를 기울이며 민견의 발걸음에 온 신경을 곤두세웠다.

"윤 비서님, 지금 뭐라고 했습니까?"

통화를 하는지 묵직한 중저음의 목소리가 들려온다. 민견은 드레스룸 앞에서 발걸음을 멈추고 통화를 계속하고 있다.

"회장님 마음대로……. 언제부터 애틋한 아들이었다고."

민견이 슬라이딩 도어를 잡았는지 문이 흔들렸다. 드르륵, 도르레 굴러가는 소리와 함께 문이 열리고 있다. 컴컴했던 공간에 눈부신 빛과 신선한 공기가 들어왔다. 소정은 흠칫하며 몸을 뒤로 뺐다. 이제 솜사탕과 직면하게 된다. 온몸의 잔털들이 바싹 곤두섰다.

"그 호적은 아직도 안 파셨답니까?"

민견이 입을 옷을 찾는지 머리 위로 옷들이 움직이고 있다. 사삭. 나무 봉에 옷걸이가 지나가며 내는 소리가 신경에 거슬린다. 옷들이 움직일 때마다 웅크려 앉아 있는 소정의 머리를 건드리자 머리카락이 쭈뼛 서면서 소름이 돋았다.

'이상해.'

솜사탕은 하이톤의 어눌한 목소리였는데, 듣기 좋은 중저음 소리가 들려온다. 기억에 오류라도 생긴 걸까? 소정은 혼란스러웠지만 생각을 달리하기로 했다. 목소리는 마음만 먹으면 변조할 수 있다. 그 당시 자신의 정체를 들키지 않게 하기 위해 톤을 높였을 수도 있다. 그렇다면 목소리가 아닌 눈을 보면 될 것이다. 그 광기 어린 눈빛만큼은 선명하게 떠올릴 수 있다.

"누구에게 주든지 회장님 재산이니 마음대로 하시라고……."

민견은 원하는 옷을 찾지 못했는지 몸을 숙였다.

"……."

웅크리고 있던 소정을 발견한 민견은 놀랐는지 동작을 멈췄고, 소정과 눈이 마주쳤다. 소정은 민견을 보며 숨을 멈췄다.

'헌터. 당신이 왜 여기에?'

소정은 자신이 무엇을 위해 잠입한지도 잊은 채 멍하게 민견을 바라보았다. 침묵 속에서 몇 분이 흘러갔다.

"누구……?"

묵직한 중저음의 목소리가 소정의 머리를 강타했다. 순간 정신을 차린 소정은 벌떡 일어섰다. 그러나 오랜 시간 구부리고 앉아 있던 다리가 말썽이었다. 저릿하고 찌릿한 아픔에 휘청거리고 말았다. 설상가상으로 꽉 조이는 타이트한 치마로 인해 발이 엉켰다. 소정은 결국 민견에게 제대로 달려들지도 못하고 엎어지고 말았다.

"윽. 뭐 하자는 거야?"

갑자기 튀어나온 소정을 미처 피하지 못하고 바닥으로 넘어진 민견이 인상을 썼다. 소정이 쓰러지면서 그의 알몸을 덮쳤기 때문이다.

-실장님, 무슨 일이십니까? 실장님? 실장님, 제 말 들리십니까!

민견의 손에 쥐어진 휴대폰에서 상대방의 놀란 듯한 음성이 흘러나왔다.

"넌 누구지?"

미간에 주름이 잔뜩 잡혀 있다. 민견의 목소리는 조금의 흔들림도 없었다.

대답 없는 소정을 보며 민견의 눈썹이 실룩거렸다. 소정을 전혀 몰라보는 눈치였다. 그 냉담한 표정에 소정의 눈빛이 흔들리고 있다. 민견은 악마여야 하는데, 악마일 수밖에 없는데.

-실장님, 괜찮으십니까? 실장님!

민견은 소정의 예상치 못한 돌발 행동에 잠시 잊고 있었던 휴대폰을 쳐다보았다. 그는 소정을 뚫어지게 쳐다보며 천천히 휴대폰을 귀에 가져갔다.

"윤 비서님, 아무것도 아닙니다. 다시 통화하죠."

소정은 그가 통화를 마치는 걸 가만히 쳐다보았다. 놀랍도록 침착한 목소리, 매서우면서도 냉소 어린 눈초리에 온몸이 위축되는 느낌을 받았다. 그의 눈을 직시하던 소정은 크나큰 실수를 저질렀음을 깨달았다. 그 눈빛은 소정의 기억 속에 아련하게 남아 있는 헌터의 눈빛이지 악마가 아니었다.

"……당신이 민견?"

아니라고 말해주길 바라는 마음에 목소리가 바보같이 떨리고 있다. 이를 악물고 복수만을 꿈꿔왔는데 이 허무한 상황은 뭘까.

"다시 묻지. 우리가 아는 사이인가?"

게다가 그는 나를 기억하지 못하고 있다. 스쳐 지나가는 하룻밤, 그 밤의 기억을 나만 간직하고 있었나 보다.

"나는 너를 전혀 모르겠는데."

소정의 혼란스러운 마음이 고스란히 눈빛에 나타났다. 그 당시는 지금과 달리 허리까지 내려오는 붉은 웨이브 머리에 짙은 화장, 몸에 딱 달라붙는 벨벳 원피스를 입었다고 하지만 같이 밤을 지새운 자신을 기억하지 못하니 가슴이 아려왔다.

누구 때문에 솜사탕에게 당한 건데. 당신과의 그 하룻밤 때문에 솜사탕의 표적이 된 거라고.

'나, 날 배신했어. 딴 남자의 품에 안긴 너. 널 보는 내 마음이 어땠는지 알아? 내, 내 하얀 눈 같은 나비가 오염되고 더, 더러워졌어.'

솜사탕은 그녀를 더러운 버러지 취급을 했다.

그 지옥 속에서 나는 당신을 떠올렸지. 다시 만난다면 원망과 하소연을 하고 싶었다. 하지만 그의 기억 속에서 깨끗하게 지워졌을 거란 생각은 하지 못했다. 소정은 그에게 되묻고 싶었다. '나비를 모르세요?' 하지만 그에게서 잊혀졌다는 충격으로 인해 입 밖으로 말이 나오지 않고 있다.

16세에 데뷔해 무명시절 없이 스타가 된 '나비'는 대한민국 섹시 디바였다. 화려한 퍼포먼스와 현란한 댄스에 보기 드문 가창력까지 두루 갖춰 중국과 일본까지 팬층을 가진 한류스타였다. 하지만 하루도 제대로 쉬지 못하는 빡빡한 스케줄과 솜사탕이란 이름을 가진 스토커의 집요한 행태에 지쳐갔다.

그러다 딱 하루, 일탈을 했다. 그날은 한 달 동안 이뤄진 전국 투어의 마지막인 부산 콘서트를 마친 뒤였다. 한국에 찾아왔으나 전석 매진으로 인해 콘서트에 참석 못 한 해외 팬들을 위해 마련된 팬미팅 현장을 몰래 빠져나와 부산 근교 연안을 1박2일로 운항하는 크루즈를 탔다. 그저 아무것도 안 하고 잠을 자며 쉬고 싶었을 뿐이다.

그러나 쉬고 싶다는 것도 사치였는지 배 안은 어느 돈 많은 집안 자제의 프러포즈로 난리였다. 밤하늘을 불꽃놀이로 채워 화려한 눈요기를 제공했고, 배 안을 온통 꽃과 풍선으로 장식했다. 알록달록한 피에로 의상을 입은 직원들이 손마다 풍선을 들고 손님들에게 나눠주고 있었다. 어느새 그 분위기에 취해 다른 손님들처럼 피에로가 나눠주는 풍선을 받고 따라주는 와인을 연달아 마셨다. 피로에 알코올이 더해지니 온몸이 뜨거운 열기에 휩싸였다.

펑펑. 하늘이 오색찬란한 불꽃으로 채워졌다. 깜깜한 밤하늘에 화려한 불꽃들이 터지자 무의식적으로 하늘을 쳐다보았다. 고개를 들자 무대의상 위에 입고 있던 커다란 코트의 모자가 벗겨졌고 얼굴이 고스란히 드러났다. 나비를 알아본 사람들이 수군거리기 시작하자, 모자를 깊게 눌러 쓰며 객실로 들어갔다. 그리고 쫓아오는 팬들을 피해 급하게 아무 객실에 들어갔다.

옷을 갈아입으려는지 상의를 탈의한 상태였던 남자는 갑작스레 침입한 그녀를 보며 인상을 찡그렸다. 그 모습마저 놀랍도록 잘생겨 눈이 휘둥그레해졌다. 알코올 때문인지 모르겠지만 강한 수컷의 페로몬이 느껴지자 온몸이 주체할 수 없을 정도로 흥분에 휩싸였다. 남자를 보고 심장이 쿵 하고 떨어진 느낌은 난생처음이었다.

'수면부족이 심해 미쳤던 거야.'

한 달 동안 매일 세 시간 이상을 잔 적이 없는 상태라 잠시 잠깐 뇌가 이상해진 걸지도 모른다. 고작 와인 몇 잔에 취해 처음 본 남자와 원나잇을 했으니.

하룻밤 인연이었지만 그녀를 기억하지 못하는 남자를 보니 맥이 빠졌다. 지금 이 순간만큼은 솜사탕을 찾는 데 실패한 것보다 헌터가 자신을 잊었다는 게 더 큰 충격으로 다가왔다.

민견은 소정이 잠시 흔들린 틈을 놓치지 않고 커다란 손으로 그녀의 가느다란 두 팔을 잡은 뒤 반 바퀴를 돌았다. 순식간에 소정이 민견의 몸에 깔리면서 상황이 역전되었다. 소정은 그에게서 벗어나려 몸부림쳤지만 오히려 그의 몸에 더욱 밀착만 되고 말았다. 그 바람에 앞치마 주머니에 넣어둔 칼이 툭 소리를 내며 바닥으로 떨어졌다. 잭나이프를 본 민견의 표정은 사정없이 일그러졌다.

"메이드 복장이나 칼에 흥분하는 변태가 아니라서 미안한데."

민견은 힘을 줘서 그녀의 손을 머리 위로 들어 올렸다. 바닥에 여기저기 흩어진 옷가지 중 눈에 띈 넥타이를 집어 그녀의 양 손목을 묶었다.

"풀어줘요!"

"어설픈 솜씨로 봐서 청부살인업자는 아닌 거 같고."

피가 통하지 않아서인지 저릿한 통증이 몰려왔다.

"내가 너에게 무슨 원한을 샀나?"

나를 잊었다는 거. 그리고.

"당신이 민견이면 솜사탕은 어디 있지?"

소정이 반쯤 혼이 나가 중얼거렸다. 민견은 예기치 않은 소정의 대답에 황당했는지 표정이 사정없이 험악해졌다.

"솜사탕을 여기서 왜 찾아! 장난해?"

소정의 소리 없는 눈물을 보며 민견의 미간에 주름이 굵어졌다.

띵동 띵동. 쾅쾅쾅!

그때 벨소리와 함께 문을 다급히 두드리는 소리가 들렸다.

"실장님, 안에 계십니까! 실장님!"

필사적으로 고함을 치는지 현관문과 꽤 멀리 떨어진 큰 방에 있는 그들에게까지 고함소리가 들려왔다.

"미치겠네."

민견은 넋이 나간 소정을 보며 한숨을 내쉬었다.

이 상황은 4년 전 그날도 같았다. 나비를 쫓아온 팬들이 객실 문이 부서져라 두드렸고 소정은 놀라서 침대 안으로 뛰어 들어가 시트를 뒤집어썼다. 남자는 한숨을 내쉬며 문을 열어 그들을 쫓아냈었다.

'빚쟁이에게 쫓기는 건가?'

그가 침대시트를 거칠게 들어 올리며 한 첫말이었다. 벨벳 드레스에 두꺼운 화장, 짙은 와인컬러의 머리를 한 소정을 보며 유흥업소 여자라고 생각했던 것 같다. 소정은 남자가 한류스타인 자신을 모르는 게 신기해서 아무런 부정을 하지 않았다.

"실장님, 말씀 좀 해보십시오!"

"휴우."

아니, 또 다른 게 있구나. 남자는 같으나 자신은 달라졌다. 한류여신 '나비'와 메이드 '이소정'의 스타일은 하늘과 땅 차이겠지.

안에서 아무런 대꾸가 없자 그들은 문을 부술 기세로 두드렸다. 민견은 소정이 떨어뜨린 칼을 집어 들더니 서서히 몸을 일으켰다. 장신인 남자의 알몸이 그대로 드러났다. 소정은 그의 페니스를 보며 헉하며 긴 숨을 들이마셨다. 검붉게 부푼 거대한 페니스가 좁은 속살 안을 헤집고 꿰뚫었던 느낌은 아직도 생생하다. 생각만으로도 온몸이 찌릿하고 다리가 오므라든다.

민견은 자신을 빤히 쳐다보는 소정의 시선에 아랑곳하지 않고 옷장에서 가운을 꺼내 걸쳤다. 곧 들이닥칠 보안요원들에게 눈요기를 시켜주고 싶지 않아서였다. 소정은 민견이 이대로 가서 문을 열어주면 모든 게 끝이란 걸 알고 있었다.

"전 이대로 끝낼 수 없어요."

"그래서 어쩌란 거지?"

"생각 중이에요."

소정은 초점 없는 눈동자로 그를 쳐다보았다. 자신을 바라보는 그의 눈빛은 냉랭했다. 그녀의 말을 끝까지 듣는 걸 보면 엄청난 자제력을 발휘하고 있는 것일지도 모른다. 그들이 문의 잠금장치를 풀었는지 쿵쿵거리며 거실을 질주하는 소리가 들린다. 달칵, 쾅, 남자를 찾는지 여러 방의 문들을 여닫는 소리들이 들린다. 소정은 본능적으로 몸을 움츠렸다. 드레스룸이 있는 큰 방에서 그들을 발견하는 건 시간문제다. 이대로 잡혀 끌려 나갈 순 없었다.

"잠깐만 실례할게요."

소정은 천천히 묶인 두 팔을 들어 민견의 목 뒤로 끼고 바싹 잡아당겼다. 그 바람에 얼기설기 묶은 가운의 끈이 풀어지면서 그의 보기 좋은 상체가 드러났다. 소정은 건조한 눈으로 그의 눈동자를 뚫어지게 쳐다보았다. 4년 만인가. 목구멍까지 숨이 차올라 멈추는 거 같다.

"뭐, 하자는 거지?"

민견이 이를 악물자, 소정은 대답 대신 그의 목에 감은 팔에 힘을 주었다. 그들은 더욱 밀착이 되어 서로의 입술이 아슬아슬하게 맞닿았다.

"곤란한 짓 안 해요."

"지금도 충분히 곤란해."

사정이라도 해야 할 텐데, 누군가에게 부탁을 하고 매달리는 자존심 상하는 행동은 할 수 없었다. 나비를 버리고 빈껍데기만 남은 주제에 그녀는 자존심만큼은 버린 적이 없었다. 지금도 위기를 모면할 수만 있다면 백 번이고 천 번이고 자존심을 버리고 고개를 숙여야 하는데 오히려 당당하게 행동하고 있다. 그 모습이 못마땅한지 민견의 입술은 사정없이 비틀어졌다.

"이거 가지고 되겠어?"

민견은 눈을 가늘게 뜨고 소정을 노려보았다. 속내를 짐작하기 어려운 얼굴에 소정은 명청하게 쳐다만 보고 있다.

"네가 자초한 거야."

민견은 손에 들고 있던 칼을 힘껏 휴지통에 던져버렸다. 땅 하는 소리와 함께 휴지통이 흔들거린다.

"하려면 제대로 해."

빈정거리는 말투에는 조롱하는 기운이 가득했다. 민견은 소정의 허리에 팔을 감았다. 그제야 소정은 자신이 실수를 했다는 걸 알게 되었다. 두 손이 자유롭지 못한 상황에 남자에게 몸을 내주고 말았으니. 소정은 팔을 빼내려 몸을 틀었지만 그에게서 자유로워지는 건 버거웠다. 오히려 까치발로 간신히 서 있어 그녀의 의도와 달리 그에게 몸을 밀착시키는 상황이 되고 말았다.

"어떠한 상황이든 자신의 몸을 함부로 내던지면 안 돼."

민견의 냉기 어린 눈초리에 온몸이 위축되는 거 같았다. 그날 그의 침대에 뛰어든 그녀에게 보냈던 눈빛과 같다.

"나는 그런 여자를 제일 경멸하거든. 존중받을 자격도 없지."

그저 입술만 살짝 누른 소정과 달리 민견은 벌주듯 거칠게 소정의 아랫입술을 깨물었다. 피비린내가 입안에 퍼져간다. 소정은 아픔에 신음을 뱉으며 입술을 벌렸고 그 사이로 뜨거운 혀가 침투했다. 그의 혀가 소정의 혀를 감싸며 빨아 당긴다. 이가 부딪히고 혀뿌리가 뽑힐 것 같은 아픔이 쾌감의 열기가 되어 온몸이 불덩이처럼 달아오른다.

"하앗, 하."

숨이 턱까지 찬 야릇한 신음소리가 누구의 입에서 나왔는지 모르겠다. 그녀를 희롱하던 그의 입술이 그녀의 입에서 떨어져 나와 어느새 그녀의 귓불을 깨물며 핥아댄다. 그의 채 마르지 않은 젖은 머리카락이 소정의 얼굴을 스친다. 그날 밤처럼.

"실장님! 실장님, 어디 계십니까?"

검은 양복을 입은 보안요원들과 호텔 총지배인이 그들이 있던 방으로 뛰어 들어왔다. 소정은 본능적으로 민견에게서 몸을 떼려고 했지만 그런 소정을 비웃듯 그는 소정을 더욱 옥죄었다. 본래부터 타고난 여유로움일까. 민망스러운 상황이 노출되었음에도 그의 거만한 표정은 조금도 누그러지지 않았다.

"실장님. 괜찮으십…… 헉."

바닥에는 급하게 벗은 옷가지. 상체가 드러난 민견의 품에 여자가 안겨 있다. 민견의 손은 가느다란 여자의 허리를 두르고 풍만한 엉덩이를 움켜쥐고 있다. 이 상황이 무엇을 의미하는지 그들도 모르지 않을 것이다.

"실장님⋯⋯."

차마 말을 잇지 못하는 총지배인의 시선은 민견의 목을 감싸고 있는 소정의 팔에 고정되어 있었다. 하얗고 가느다란 손목에 묶인 화려한 넥타이, 그녀의 팔 라인과 함께 그의 시선은 민견에게 향했다. 적당히 넓은 탄탄한 어깨선과 자잘한 근육으로 이어진 등 라인은 남성적인 매력이 물씬 풍겨 시선을 빼앗았다. 도저히 눈을 뗄 수가 없는지 그들은 멍하게 서 있었다.

"구경 다하셨습니까?"

민견의 무표정하고 냉담한 눈빛에 그들은 화들짝 놀랐다.

"저저저, 실장님. 그게."

민견이 그들을 서늘히 노려볼 때 얼핏 여자의 얼굴이 보였다. 타액에 번들거려 부풀어버린 입술, 색정적인 팜므파탈의 눈동자에 넋이 빠져 할 말을 잃고 말았다. 공기가 무거워졌다. 갑갑한 침묵이 이어졌고 이내 그가 입을 열었다.

"계속 관전할 생각이라면, 저희가 자리를 옮기죠."

시베리아도 얼릴 것 같은 서늘한 민견의 목소리에 적막감이 감돌았다. 완벽하게 평정심을 유지하고 있는 그와 달리 총지배인과 보안요원들은 사색이 되어 안절부절못하고 있다.

"본사 윤 비서님에게 실장님 신변에 변고가 생긴 거 같다는 연락을 받았습니다. 너무 다급한 목소리라 실례를 범했습니다. 죄송합니다."

얼굴과 목까지 불그스름해진 총지배인은 어색한 웃음을 지으며 난처한 듯 변명을 했다. 그는 감정을 다잡으려 애를 쓴다.

"죄송합니다."

보안요원들도 덩달아 고개를 숙였다. 소정은 긴장감으로 심박수가 올라가며 등골이 오싹해졌다. 민견에게 매달려 있지 않았으면 쓰러졌을 것 같다.

"괜찮으신 걸 보았으니. 됐, 됐습니다."

민견의 비난 서린 눈빛을 고스란히 받으며 총지배인은 얼굴을 손수건으로 톡톡 닦았다. 목소리가 떨리고 있다.

"하던 거 마저 하십…… 아니 죄송합니다."

당황하는 총지배인을 보며 소정은 심장이 터질 거 같았다. 여기서 민견이 '이 여자 미친 여자입니다' 한마디만 하면 소정은 끝장이다. 다행히 민견은 아무런 말도 하지 않았다. 소정에게는 천운과도 같은 일이었지만 그들에게는 미안했다. 본사 후계자의 애정행각 현장을 쳐들어와 방해한 것도 모자라 관음증 환자처럼 관전을 했으니 문책은 자명한 일. 하지만 지금 소정이 누굴 걱정할 상황은 아니다. 당장 제 발등에 떨어진 불을 끄는 게 우선이다. 소정은 자신의 메이드 복장이 들키지 않게 그의 품에 더욱 파고들었다. 다행히 민견의 등이 그들을 향하고 있었다. 그에게 폭 안겨 있는 자신이 그들에게 보이지 않길 기도했다.

방 안에 둘만 남았다는 걸 확인한 소정은 그제야 민견의 품에서 빠져나오기 위해 몸을 틀었다.

"이제 됐어요. 다 갔어요."

그러나 그녀의 허리를 잡은 그의 손에 힘이 빠지지 않고 있다.

"내가 왜 네 말을 들어야 하지?"

민견의 표정 없는 얼굴은 무슨 생각을 하는지 가늠할 수 없었다. 장난인 건지 진심인 건지도 알 수 없다.

"남자의 품에 겁도 없이 뛰어들었으면서, 이 정도는 각오한 거 아닌가?"

그의 입술 사이에서 쏟아져 나오는 더운 숨결이 뺨에 닿았다. 얼굴은 열이 올라 화끈화끈하고 가슴 또한 세차게 뛰어 숨 쉬기가 버겁다. 그의 시선을 버텨내기도 힘들어 다리가 휘청거린다.

"하지만 끝났잖아요."

"넌 그런지 모르지만 난 아니야."

이글거리는 눈빛과 따스한 숨결, 온몸으로 느껴지는 그의 온기 때문에 정신을 차릴 수가 없었다. 어떤 바디 용품을 쓰는지 그의 맨살에서 시원하고 기분 좋은 향이 났다.

"여기서 끝까지 간다고 해도 변명의 여지가 없어. 날 거부하려 했다면 저들이 있을 때 도와달라고 했어야지."

민견의 조소 어린 목소리에 소정은 얼굴이 빨개졌다.

"죄송해요."

"죄송? 알몸의 남자를 덮친 여자 입에서 나올 소리는 아닌데?"

조롱이 담긴 힐난에 소정은 할 말을 잊었다. 입이 열두 개라도 변명할 여지가 없었다. 더군다나 그의 품에 안겨 있는 지금은 아무 생각도 할 수 없었다. 그와 했던 모든 행위들을 몸이 기억하는지 아랫배가 조여오고 심박수가 빨라지고 있었다.

"그건 실수로……."

"이소정 씨는 실수는 다 용서가 되나 본데."

그가 자신의 이름을 부르자 소정은 헉하며 숨을 내쉬었다. 자신

의 이름을 어떻게 알았을까 놀람은 잠시였다. 민견의 시선이 그녀
의 가슴에 달린 명찰에 머물러 있었으니까. 옷에 달린 이름표도 떼
지 않은 서투름에 고개를 떨어뜨리고 말았다. 이렇게 어설퍼서 무
슨 복수를 하겠다고.

"그게……."

떨리기 시작하는 입술을 악물며 침을 꿀꺽 삼켰다.

01. 도화선(導火線)

민견은 급하게 잡힌 미팅으로 모든 스케줄을 미루고 부산으로 내려왔다. 그러나 미팅 한 시간을 앞두고 중요한 관계자가 과로로 쓰러져 미팅이 취소되었다. 미팅 장소가 하필이면 크루즈라 1박 2일 동안 꼼짝없이 배 안에 갇혀 있어야 했는데, 어느 미친놈이 이 벤트를 하는지 쉼 없이 터지는 폭죽 소리에 두통까지 밀려오고 있었다. 객실에 비치된 와인을 마시고 속에서 치밀어 오르는 화를 누그러뜨리기 위해 샤워를 했다. 바지를 입고 상의를 막 입으려는 찰나 객실 문이 벌컥 열렸다. 블랙코트에 모자를 푹 뒤집어쓴 여자가 들어와 문을 잠갔다.

「잠깐만 실례.」

그녀는 상의가 탈의된 그의 모습을 보고는 미간을 살짝 찡그리더니 침실로 직행했다.

앙큼하게도 이런 수법으로 날 유혹하겠다? 기가 막혀 한숨을 내쉬고 있는데 객실 문이 부서져라 두드리는 소란이 있었다. 왜 그랬는지 모르겠지만 홧김에 모두 쫓아냈다.

「빚쟁이에게 쫓기는 건가?」

시트를 걷어내자 여자는 몸을 웅크리고 있다가 몸을 일으켰다.

「그들은 대가를 바라고 돈을 투자했을지도 모르지. 하지만 난 갚을 의무는 없는걸.」

여자는 더운지 모자와 코트를 벗었다. 그러자 허리까지 내려오는 와인색 머리칼과 업소 여자가 할 법한 분장 수준의 얼굴이 모습을 드러냈다. 평소 같으면 천박하다는 생각에 쳐다보지 않았을 텐데. 왠지 찰랑거리는 붉은 머리가 그리스 신화에 나오는 불의 여신 같다는 생각이 들었다.

「물 한잔 마셔도 돼? 갑자기 뛰었더니 목이 마르네.」

그녀는 냉장고 문을 열더니 워터수를 꺼내 마셨다. 목울대로 넘어가는 꿀꺽꿀꺽 소리마저 섹시하게 느껴졌다. 몸매가 드러나는 블랙 벨벳 드레스에 붉은색 머리가 흘러내려 색정적인 분위기를 자아냈다.

「잠깐만 쉬었다 나갈게. 지금 나가면 잡힐 거 같아서.」

그녀는 중얼거리며 침대에 앉았다.

「뭐 하자는 거지?」

「한 달 동안 전국을 돌아다니느라 세 시간 이상 숙면을 취한 적이 없어. 자고 싶어.」

「……날 유혹하는 건가?」

「당신이 날 숙면하게 만들어준다면.」

그녀의 눈빛은 집요하고 질퍽이게 그의 온몸을 훑고 있다. 그녀가 손을 뻗어 그의 상체를 어루만진다. 유난히도 차가운 손가락이 가슴을 거쳐 치골까지 내려온다. 그녀의 차가운 손길에 닿는 곳마다 피가 끓어올랐다. 그는 그녀의 잘록한 허리를 휘감아 끌어당겼다.

「자는 건 포기해.」

어느새 그의 손은 벨벳 드레스의 지퍼를 내리고 있었다. 꽉 조이는 벨벳의 느낌이 사라지자 그녀는 인상을 찡그렸다.

「그럼 곤란한데.」

여자는 입술을 비틀며 몸을 틀었다. 지퍼가 벌어져 보이는 그녀의 등 라인이 참을 수 없는 유혹을 하고 있다.

「나도 곤란해졌어.」

그는 자신의 중심부를 보며 중얼거렸다. 그러곤 그녀를 침대로 밀었다. 벨벳 드레스가 순식간에 벗겨지자 여자는 시트로 가슴을 가렸다. 그는 시트 안으로 손을 넣어 익숙한 손놀림으로 유두를 살살 돌리며 희롱하고 잡아당겼다.

「아앗.」

그녀의 입에서는 비명인지 신음인지 모를 야릇한 소리가 새어 나온다. 유두를 희롱하던 그의 손은 어느새 있으나 마나 한 브래지어를 거칠게 떼어냈다.

「으응.」

그녀는 신음소리를 내며 시트로 가슴을 돌돌 말아 가렸다. 그러나 위를 가리면 뭐하나, 아래가 고스란히 드러나는 것을. 그는 씩 웃으며 그녀의 얇은 실크 팬티 속으로 손을 넣었다. 은밀한 곳을 손가락 끝으로 건드리고 문질렀다. 그의 손가락은 느릿하게 여성 주위를 자극하며 여성 입구에서 원을 그리고 간질이며 약을 올렸다. 입구가 촉촉해지자 굵은 손가락이 그녀의 여성 안으로 무자비하게 들어갔다.

「흐응.」

그녀의 입에서 나직한 신음소리가 흘러나왔다. 내벽을 긁으며 자극하자 참을 수가 없는지 온몸을 비틀었다. 그녀의 여성에서는 애액이 흘러나왔다.

찌걱, 찌걱. 그녀의 달뜬 목소리에 자극을 받았는지 손가락의 움직임이 거칠어졌다. 옥죄는 부드러운 여체가 손가락을 감싼다. 그녀는 다리를 오므리며 몸을 틀었지만 그는 멈추지 않았다. 그녀는 비음이 섞인 말로 투덜거렸다.

「이래서는 잘 수 없잖아.」

「재운다고 안 했어. 지금 난 1박 2일 동안 할 일이 없거든.」

그는 그녀의 말을 무시하고 더 깊숙이 침투해 여성의 깊은 곳까지 자극했다.

「원한다면 그만둘 수 있어.」

이런 말도 안 되는 상황이 짜릿하다고 느껴져 혼란스럽기도 했다. 참기 힘든 욕정으로 아랫배는 찌릿하고 이성은 욕망에 의해 함락당했다. 지금 이 순간만큼은 여자가 자기에게 완전히 항복하길 바라고 있다. 그녀 스스로 그의 품으로 달려들길 바라고 있다.

「그만둘 수는 있고?」

「아니.」

별다른 저항이 느껴지지 않자 그녀의 팬티를 거침없이 벗겼다.

그는 그녀의 양다리를 벌리고 그녀의 발, 종아리, 무릎, 허벅지까지 올라가며 할짝거렸다.

「하…… 아…….」

그의 혀가 그녀의 은밀한 곳까지 올라와 여성을 깨물면서 빨아 당겼다. 그의 남성은 벌써 터질 듯이 부풀어 있다. 그는 벨트를 풀고 바지의 지퍼를 내렸다. 바지를 내리자 성난 남성이 해방되었다. 그는 자신의 페니스를 여성의 입구에 대고 조심스레 문질렀다. 애액이 흘러내리던 여성은 남성을 만나자 부드럽게 열렸다. 그는 자신의 페니스를 잡고 침입을 시도했다. 지독하게도 좁고 뜨거운 속살에 남성이 닿자 자제심을 완전히 잃어버리는 듯했다. 하지만 반도 집어넣지 않았는데 아파하는 여자를 보며 행위를 멈출 수밖에 없었다.

「처음인가? 근데 왜?」

아무 남자에게 몸을 던졌지? 그녀는 그가 듣고 싶어 하는 대답을 하지 않았다.

「묻지 마. 오늘은 나도 내가 이해가 되지 않으니까. 하려면 빨리 해. 자고 싶으니까.」

여자의 말에 자존심이 상했다. 그가 원하면 어떤 여자라도 단숨에 달려온다. 그런데 이 여자는 뭐지? 민견은 오기로 망설임 없이 한 번에 끝까지 쑤욱 밀고 들어갔다. 그리고 조금의 간격도 없이 밀착되어 있는 페니스를 움직여보았다. 그의 남성은 여체 속에 틈도 없이 빡빡하게 가득 차 있다. 그는 그녀의 엉덩이를 움켜쥐고 서서히 움직였다. 여성이 그의 움직임에 딸려 나오며 조여지자 정신을 차릴 수 없었다.

「아프잖아. 천천히 해.」

그의 움직임이 서서히 거칠어지자 여자는 미간을 찡그리며 그의 어깨를 꽉 움켜쥐었다. 그의 어깨와 등에 그녀의 손톱 자국이 선명하게 새겨져 핏물이 배어 나오고 있다.

「빨리 끝내라며. 으읏.」

처음이라 아플 줄 알면서도 그녀가 주는 쾌감에 멈출 수가 없었다. 지독하게 욱죄는 뜨거움에 정신을 차릴 수가 없다. 한번 시작된 행위는 멈춰지지 않는다. 욕망이 짙게 배인 남자의 거친 행위는 여자의 신음소리가 더해지자 더욱 격해지고 있다. 고요한 공간에 철썩거리는 살의 마찰음만 울리고 있다. 그들 사이엔 얇은 시트만이 존재할 뿐.

「아앗. 아.」

여자는 남자의 목을 잡고 애원하듯 신음을 내뱉었다.

「이름이 뭐지?」

색정적이고 뇌쇄적인 생김새와 다르게 첫 경험을 자신과 나누는 그녀의 정체가 남자는 궁금했다.

「나비.」

「장난하지 말고.」

'나비'라는 단어가 나오자 그는 높낮이가 없는 서늘한 음성으로 여자를 쳐다보며 움직임을 멈췄다.

「나비라니까.」

민견은 그녀의 말에 서늘한 미소를 지었다. 하필이면 나비일까. 그가 가장 싫어하는 생명체.

「네가 나비라면 난 사냥꾼이 되어야겠네.」

「헌터는 별론데.」

그녀는 나직이 한숨을 쉬며 몸을 일으켰다. 그 바람에 남성이 여성에게서 빠져나왔다.

「끝난 거지?」

「설마.」

행위를 멈춘 것뿐이지 설마 벌써 끝났을까. 하지만 여자는 그의 말을 듣지도 않고 몸이 불편한지 인상만 찡그렸다. 그 모습에 민견은 무심코 삐죽 튀어나온 그녀의 입술에 입을 맞췄다. 그녀의 입안으로 그의 혀가 강하게 밀고 들어갔다. 섹스처럼 키스도 처음이다 싶을 정도로 그녀는 키스가 어색했다. 이가 부딪혀 딱딱거리는 소리가 났고 자꾸 혀를 움츠렸다. 그는 돌돌 말리는 그녀의 혀를 건드려가며 강하게 빨아 당겼다.

「이것도 아프네.」

그녀의 구시렁거림을 들으며 윗입술과 아랫입술을 강하게 빨면서 목덜미까지 내려와 붉은 자국을 만들었다.

「칫. 뭐야.」

여자는 민견을 흘기더니 살짝 밀었다. 그러더니 여자는 재미난 생각을 하는지 갑자기 입꼬리가 올라갔다.

「핫. 뭐 하는 거야?」

여자가 무릎을 꿇은 채로 앉아 고개를 숙이자 민견은 이를 악물 수밖에 없었다.

「이것도 궁금했는데 해보는 김에 다 해보려고.」

부드러운 혀가 남성의 돌기를 건드리며 물어버리자 끙 하는 소리가 저절로 잇새로 새어 나왔다. 그녀는 그를 놀리듯 부드럽게 빨고 물고 핥았다. 귀두를 자극하자 더 이상 참을 수가 없었다.

「장난하지 마.」

「반응이 책에서 본 그대로네.」

입안에 그의 남성이 가득해 그녀는 웅웅거리는 소리로 말했다. 혀로 톡톡 건드릴 때마다 남성은 미칠 듯이 불끈거린다.

「나비, 경고하는데 난 실험대상이 아니야.」

민견은 이미 온몸이 전기에 감전된 것처럼 찌릿거려 인내심을 모두 써버렸다. 화려한 기술이 아닌 서투른 행위가 더 흥분되고 짜릿했다. 그녀는 결국 힘조절을 하지 못하고 이로 귀두를 물고 말았다. 민견은 인상을 험하게 찡그렸다.

「젠장, 하려면 제대로 해.」

잇새로 신음에 가까운 말들이 흘러나왔다.

「싫으면 말고.」

여자가 민견의 욕설에 팩 토라져 물고 있던 남성을 놓아버리자 아랫부분이 갑자기 서늘해졌다. 밀당이라도 하자는 건지 민견의 입주변 근육들이 사납게 꿈틀거린다. 그는 여자를 밀어 침대에 눕혔다. 여성의 입구에 사납게 부풀은 페니스를 천천히 삽입시켰다. 남성은 미끄러지듯 꽉 조이는 여성 안으로 진입했다.

「아웃, 좋다고 하더니 다들 거짓말이었어. 더럽게 아프잖아.」

「네가 자초한 거야. 사자를 잠재울 생각은 않고 자꾸 깨워대니까.」

「또 할 줄은 몰랐지.」

여자가 엉덩이를 이리저리 흔들며 남성을 빼버리려 했지만, 그 행위에 오히려 자극받은 남성은 미칠 듯이 꿈틀거렸다. 결국 민견은 그녀의 허리를 잡고 경고했다.

「가만있어. 자꾸 이러면 밤새 안 끝나.」

「헌터, 이 짓을 밤새 한다고?」

「하다 보면 좋아져.」

믿지 않는 눈초리지만 결국 그녀도 이해했는지 그에게 그냥 몸을 맡기기로 했다.

그의 온몸은 거친 움직임에 의해 흥건히 젖어 있다. 그 땀방울이 이마에서 목으로, 어깨 라인을 따라 그녀에게 떨어진다.

「헌터.」

남자의 움직임이 강해질수록 여자의 입에서는 교태 어린 신음이 흘러나온다. 어느 순간 여자는 긴 두 다리를 들어 남자의 허리에 감고 공중에서 리드미컬하게 같이 움직였다. 남자의 손이 여자의 엉덩이를 강하게 움켜잡았다. 퍽퍽, 살의 마찰음이 고요한 객실에 울려 퍼지고 있다.

「아응, 핫.」

그녀의 입에서 신음소리가 터져 나오자 그의 움직임은 더 격렬해졌다. 남성이 거칠게 밀어붙일 때마다 그녀는 깊숙이 그를 받아들였고, 남성은 그녀의 깊숙한 곳 구석구석을 흔들어댔다. 남성은 여린 여성을 봐줄 생각이 없었다. 그의 몸 구석구석에 있는 모든 근육들이 미쳐 날뛴다. 그러다 엄청난 양의 폭죽이 한꺼번에 하늘 가득히 터진 것처럼 남자는 머릿속이 하얘졌다.

잠시 멍해져 있던 민견은 여자의 얼굴을 내려다보았다. 여자는 시트를 끌어 모아 가슴에 쥐고 있었다. 여자의 색정적인 눈빛이 마음에 든 민견은 시트를 끌어 내리며 여자의 가슴에 입을 가져갔다.

그러다 그녀의 왼쪽 가슴에 선명하게 새겨진 나비 문신을 보았다. 순간, 그는 온몸이 마비되는 전율과 함께 온몸의 피가 사정없이 거꾸로 치솟았다. 입술이 사정없이 비틀어졌다. 그녀가 말한 나비가 이걸 뜻하는 거였나?

「나비 문신.」

그는 입을 악물었다. 심장 가까운 곳에 새겨진 나비의 날갯짓이, 누구에게는 아름다울지 몰라도 그에겐 경악과 끔찍함 그 자체다. 구역질이 치밀어 올랐다. 할 수만 있다면 여자의 가슴에 있는 나비의 두 날개를 찢고 머리와 몸통을 갈기갈기 찢어버리고 싶다.

할 수만 있다면…….

Rrrrr- rrrrr- rrrrr-

「나비 널…….」

"……부숴버리고 말 거야."

의식을 소환하는 소리가 울린다. 꿈속에서 소리치는 말인지, 현실의 말인지 구분이 되지 않는다.

Rrrrr- rrrrr- Rrrrr- rrrrr-

침대 옆 탁자 위에 놓인 휴대폰에서 쉼 없이 알람이 울리고 있다. 남자는 지끈거리는 머리를 부여 잡고 신경질적으로 일어났다.

"또 꿨어. 젠장."

그는 유성의 후계자로 태어나 자라면서 절제를 배웠다. 철없는 행동 하나로 유성그룹 자체가 흔들리는 스캔들을 만들 수 있으니까. 그런 그가, 그날 이성을 잃고 여자를 탐했다는 게 저조차 신기했다. 갑자기 그의 품으로 날아 들어온 나비로 인해 처음이자 마지막 일탈을 했었다.

'헌터, 그렇게 만지면 아프다고.'

여자의 가슴에 나비가 날아다니자 그의 손이 자신도 모르게 나
비를 움켜쥐었다. 구겨버리듯이 거칠게. 여자의 말에 깜짝 놀라 가
슴에서 손을 뗐다. 시트를 끌어 올려 그녀의 가슴을 다시 덮었다.
나비가 싫어서 자신도 모르게 그랬다는 변명은 대지 않았다.

나비가 싫다. 두 날개를 펴고 펄럭이며 날아다는 모습만 봐도
소름이 돋고 메스껍고 온몸에 힘이 쭉 빠지는 걸 느낀다. 그 끔찍
한 생물체가 펄럭일 때마다 더러운 가루가 퍼져 나와 온몸에 진득
하게 들러붙는 것 같다.

'졸려.'

자고 싶다고 하더니 여자는 정말 금방 잠이 들었다. 그녀가 잠
들고 나서 옷을 입고 조용히 객실에서 나왔다. 속의 울렁거림이 사
라진 뒤 다시 객실에 들어갔을 때 그녀는 흔적도 없이 사라진 뒤
였다. 다만 그녀가 처음이었다는 증거로 시트에는 붉은 꽃이 남겨
져 있었다.

평소 즐겨 듣는 클래식 음악 벨소리지만 오늘따라 짜증이 났다.
민견은 휴대폰을 들어 집어 던졌다. 퍽 소리와 함께 카펫 바닥에
떨어지면서도 계속 기분 나쁜 소리를 냈다.

꿈일 뿐이라 치부했지만 몸은 몇 분 전에 일어난 일처럼 반응하
고 있었다. 꿈이지만 밤새 질퍽하게 한 섹스로 온몸은 땀으로 젖어
있다. 기분 나쁘게 아랫도리는 홍건하고 맥박은 아직도 빠르게 뛰
고 있다.

"쳇!"

꿈속에서 흥건히 흐르던 쿠퍼액이 현실에서는 끔찍한 결과물이 되었다. 아무리 성교하는 꿈을 꾸었다고 하지만 몽정이라니. 그는 욕실로 들어갔다. 신경질적으로 드로어즈를 벗어 휴지통에 버렸다. 탕 하는 소리와 함께 그는 나직한 신음을 내뱉었다. 드로어즈를 벗자 욕망에 가득 찬 검붉은 페니스가 보였다. 그의 남성은 큰 사고를 쳤음에도 아직 목마름이 해소되지 않았다. 더러운 기분과 상반되게 몸의 반응은 나비와의 섹스를 떠올리는 것만으로도 격렬하게 반응하고 있다. 도톰한 속살 속에서 미친 듯이 조여대던 그 느낌을 잊을 수가 없어 아랫도리가 불끈불끈 성을 낸다.

욕구 불만도 아니고…….

그는 샤워기를 틀어 온몸에 찬물을 뒤집어썼다. 온몸의 열기를 해결할 방법은 냉수마찰뿐. 차가운 물이 몸에 닿자 온몸에 소름이 오소소 돋았다.

"미쳐가고 있거나, 벌써 미쳤거나."

민견은 거울에 비친 모습을 쳐다보았다. 머리에서 흘러내리는 물줄기 아래 빨갛게 충혈된 눈이 보인다. 자조적인 웃음이 씁쓸해 보인다.

[일어났으면, 1층 커피숍으로 내려오거라. 기다리마.]

민견이 샤워를 마치고 나왔을 때 막 문자가 울렸다. 민견은 발신자를 확인하고 미간을 찌푸렸다.

"언제부터 다정한 아버지였다고."

기다린다는 단어가 목에 걸린 가시 같다. 이런다고 내가 감격을 받아 당신을 아버지라고 인정할 거라 생각하는 건지 궁금하다. 이럴 거면 처음부터 매몰차게 버리지를 말았어야지. 쓸데가 있어서야 다시 찾는 것 같아 불편하기만 하다.

[오랜만에 얼굴이나 보자꾸나.]

문자를 확인하는 사이 또 한 건의 문자가 전송되었다. 유성호텔에 일이 있어 오신 건가?

"젠장, 적응 안 되네. 평소 하던 대로 하시지."

민견은 문자 메시지가 신경 쓰이는지 손가락으로 액정을 연신 톡톡 치고 있다. 요 며칠 불면증이 심해져 컨디션이 엉망이다. 눈은 뻑뻑하고, 가슴은 답답하고, 생각이 많아 머리는 띵하다. 민견은 커다란 유리문을 열고 테라스로 나왔다. 한겨울의 매서운 바람이 볼을 치고 들어오자 몽롱한 머릿속이 서서히 정리되었다.

"기다린다. 기다린다."

민견은 중얼거리며 빽빽한 빌딩들을 험악하게 노려보았다. 부자관계에 금이 가게 된 건 20년 전 어머니가 사고로 돌아가시면서부터다. 그전까지 민견은 민성규가 세상에 둘도 없는 다정한 아버지라 생각했다. 그러다 어머니의 장례식장에서 숨어서 미소 짓던 유정혜를 보았다. 그 여자가 어머니 생전부터 만남을 지속한 아버지의 상간녀란 사실을 알게 되면서 아버지와 급속도로 틀어지게 되었다. 그동안 자신에게 했던 모든 것이 가식 같아 용서가 되지 않았다.

그렇게 삐걱거리던 부자 관계는 4년 전 그 사건 이후로 완벽하게 깨지고 말았다. 쫓겨나듯 유성 미국 지사로 발령을 받고 유배를 당했다. 처음 한동안은 아버지에 대한 분노를 다스리기 위해 미친 듯이 일에 몰두했지만, 시간이 지날수록 허무해질 뿐이었다. 그리고 많은 생각 끝에 모든 걸 독하게 끊어내리라 마음먹고 미국에서 추진하던 모든 프로젝트들을 스톱시키고 한국에 들어왔다.

그런데 기다린다는 문자에 마음이 흔들리다니. 미친 게 맞다.

민견은 빽빽이 들어선 빌딩들을 보며 긴 숨을 내쉬었다.

[손자님, 12시입니다. 밥이나 한 끼 하게 SJ호텔로 오십시오. 한식당에서 기다리고 있겠습니다.]

"영감은 SJ입니까?"

영감과 아버지가 텔레파시라도 통했는지 같은 시간에 호출을 했다. 장소가 다르다는 게 문제지만, 영감이 어떤 일로 호출했는지는 잘 안다. 그리고 그곳에 갈 마음은 전혀 없다. 하지만 아버지는 무슨 일로 보자는 걸까?

민견은 드레스룸의 옷장 문을 열었다. 자연스럽게 시선을 밑으로 내렸다. 일주일 전, 미친 여자가 옷장에서 뛰어나와 살해 위협을 한 이후 생긴 버릇이다.

'당신을 다른 사람과 착각했어요.'

변명을 하는 그녀의 눈빛은 진실이라 말하고 있었다. 무슨 일인지 모르지만 말하고 싶지 않은 사연은 누구에게나 있는 법이다. 말도 안 되는 상황이지만 여자를 경찰서에 넘기지 않고 그냥 보내고 말았다.

"그 눈빛 때문에."

여자의 깊은 눈동자가 낯이 익었다. 유난히 옅은 갈색 눈동자는 쳐다볼수록 빠져드는 매력이 있었다.

"그 말투 때문에."

덤덤하고 건조한 목소리에 마음이 동요되었다. 정신을 차렸을 땐, 자신의 방에 침입한 여자라는 것도 잊은 채 이미 그녀의 입술을 짓이기고 헤집고 있었다. 그걸로도 부족했는지 쇄골 부위를 핥고 가느다란 목덜미를 물어 벌건 생채기를 만들었다. 여자의 가녀린 신음소리만 아니었다면 정신을 차리지 못하고 그 자리에서 여자를 가졌을 것이다. 가운을 입지 않았다면 흥분한 남성 때문에 곤욕을 치렀을지도 모른다.

"4년 전에도 그랬었지."

갑자기 객실 안으로 뛰어 들어왔던 여자. 그날도 샤워 후 옷을 갈아입고 있는 상태라 상의를 탈의한 상태였다. 다른 게 있다면 나비와 달리 이소정은 수수했다. 그럼에도 불구하고 그때의 그녀 못지않게 강렬한 매력으로 민견이 4년간 억누르고 있던 비틀어진 욕망을 자극하고 동요하게 만들었다. 이 모든 게 이해가 되지 않는다. 민견은 고개를 흔들며 편한 옷을 꺼냈다. 면바지와 니트를 입고 편한 슈즈를 신은 뒤 룸에서 나와 엘리베이터를 탔다.

1층 커피숍에는 민성규가 아닌 어쩔 수 없이 나왔다는 표정으로 뚱하게 앉아 있는 유정혜가 보였다. 반면 유정혜 옆에는 화려하게 꾸민 젊은 여자가 민견을 보자 표정이 환하게 변했다. 이 낯설지 않은 그림에 기가 막혀 민견의 입술 끝이 기묘하게 비틀어졌다. 요즘 외조부 천광일은 민견의 선 자리에 열을 올리고 있다. 그래서 SJ호텔에 가지 않은 것인데, 이제는 민성규까지 가세를 했나 보다. 어이가 없어 헛웃음만 새어 나왔다.

"왔으면 앉아라."

유정혜의 교양 있는 척하는 행동이 역겨웠다. 그는 냉담한 표정으로 유정혜 앞에 앉았다.

"오랜만이구나. 한국에 들어온 지 꽤 됐다고 하던데 본가에 들르지 않아 아버지가 서운해하시더구나."

유정혜는 찻잔을 받침에 내려놓는다. 달그락거리는 소리가 나자 그녀는 마음에 들지 않는지 살짝 인상을 찡그렸다. 후끈한 실내에서도 보란 듯이 벗지 않고 있는 밍크코트. 테이블 위에는 커다란 로고가 박힌 명품백이 놓여 있다. 알이 굵은 다이아몬드 반지가 잘 보이게 손가락을 펴 커피 잔을 만지는 모습까지. 그 전에 어떤 삶을 살았는지 알 바는 아니나, 그녀가 민성규와 어떤 관계인지는 유성의 관계자라면 다들 안다. 70년대에서나 볼 법한 허연 분칠에 빨간 립스틱이라니. 그녀는 아직도 삼류 에로배우 티를 벗지 못했다. 싸구려가 어딜 갈까.

한편 민견이 모습을 드러내자 커피숍 매니저가 직접 서빙을 했다. 그녀는 민견이 즐겨 마시는 에스프레소와 샌드위치를 내려놓았다. 평소 같으면 커피를 마시며 여유롭게 헤드라인 뉴스를 검색하며 즐기겠지만 지금은 그럴 상황이 아니었다.

"인사하려무나. 김진희 양이란다."

그에게서 답을 듣는 건 바라지도 않는다는 듯 유정혜는 뒷말을 이었다.

"민 실장도 잘 알겠지만 김진희 양은 우리 유성에서 탐내는 재원이란다."

차라리 'OO그룹 OO임원의 몇 번째 여식으로 OO대학을 나왔고 OO그룹에서 OO직함을 가진 올해 OO세의 OO입니다'라고 간단히 프로필을 설명했다면 그녀가 누군지 알 수 있었을 거다. 그러고 보면 그런 면에서 천광일은 치밀했다. 민견이 모습을 보이면 그가 성질을 내고 자리를 뜰 시간도 없이, 1분이 안 되는 시간에 상대 여자의 프로필을 읊어버리니까. 유정혜의 두루뭉술한 소개를 들으니 천광일의 깔끔한 일처리가 새삼스레 대단하게 여겨졌다.

민견은 김진희의 위아래를 훑어보았다. 반묶음으로 돌돌 말아 올린 머리에는 나비 모양의 금박이 박힌 비녀를 꽂았고, 나비 브로치에, 나비가 프린트된 원피스, 나비 로고가 박힌 클러치백까지. 나비에 환장한 여자도 아니고, 온몸을 나비로 칭칭 감고 나왔다. 저런 나비에 미친 여자를 민견이 알 리가 없다.

"초면인 거 같습니다."

조신하게 앉아 정숙한 척 웃음을 짓고 있는 김진희를 보자 구역질이 치밀어 올랐다.

"저 매년 창립 파티 때 인사드렸는데요."

미치겠다. 그렇게 인사한 사람들이 한둘인 줄 아나?

"그렇습니까? 기억이 잘 안 나는군요."

너무도 직접적이고 솔직한 대답에 김진희의 얼굴 표정이 굳어 갔다.

"우리 견이가 만나는 사람들이 워낙 많아야지. 진희 양이 이해해요."

"그럼요."

가지가지 한다. 민견은 비딱한 자세로 앉았다. '우리 견이'라니, 이름을 부를 정도로 그녀와 친하게 지낸 기억 따위는 없다. 어머니의 장례식장에서 미소를 짓던 그 순간부터 민견에게 유정혜는 짐승과 다를 바 없었다. 속이 뒤집혔다. 그는 유정혜의 착각과 주제넘은 행동에 쐐기를 박고 싶었다.

"팔려면 제대로 팔 것이지. 영감 안목보다도 못하시네."

김진희의 손끝에서 반짝거리는 나비 보석이 박힌 네일아트를 보자 민견은 모든 인내심이 바닥났다. 보기만 해도 역겨운 나비를 연달아 보니 그나마도 말이 곱게 나가지 않는다.

"견아."

유정혜는 갑작스런 민견의 반응에 놀랐는지 눈을 동그랗게 떴다. 민견의 사늘한 표정에 김진희도 눈을 동그랗게 떴다. 과도한 시술로 인해 제대로 눈도 떠지지 않는 두 여자의 부자연스러운 얼굴들을 보니 한숨이 저절로 새어 나온다.

"설마 우리가 널 아무 집안하고 엮겠어? 다 고르고 골라 참한 집안을 선택한 거야. 김진희 양은 머니캐시 김종수 대표님 따님이야. 미모와 재력을 다 갖춘 보기 드문 일등 신붓감이라고."

그녀는 어린 네가 뭘 아냐는 말투로 어른들의 결정에 순순히 따르라는 듯 목에 힘을 주어 말을 쏟아냈다. 하지만 유정혜의 입에서 머니캐시가 거론되자 민견의 표정은 더욱 냉정하고 어두워졌다.

"머니캐시라. 국내 최대의 대부업체와 사돈을 맺으시겠다?"

아흔아홉 석을 가진 부자들은 한 석을 가진 이들의 곡식마저 빼앗으며 새롭게 지은 곳간을 채우기에 바쁘다 하더니.

"유성그룹 자금에 문제라도 생겼답니까? 저를 거기에 파는 대가로 뭘 약속 받으셨습니까?"

"그게 무슨 소리니?"

민견의 서늘한 질문에 유정혜는 핸드백에서 손수건을 꺼내더니 이마를 톡톡 닦았다. 민견이 이곳에서 난리라도 칠까 두려운지 동공이 흔들렸다. 저런 새가슴을 가지고 유성의 안주인 노릇을 하고 있다니. 자신과 눈조차 제대로 마주치지 못하면서. 서슬 퍼런 분위기를 느꼈는지 커피숍 매니저도 이쪽을 조심스레 지켜보고 있었다.

"민 실장님, 이 자린 제가 우겨서 만든 거예요. 제가 오래전부터 민 실장님을 짝사랑했거든요. 민 실장님이 미국 지사로 가지 않으셨다면 이 만남은 예전에 성사되었을 거예요. 그러니 사모님께 너무 뭐라 하지 마세요. 제 집안과 제가 부족한 거 알지만 정말 잘할 게요."

김진희의 갑작스런 발언에 민견은 당황했다. 짝사랑이라니. 그럴 정도로 우리가 자주 만났던가? 미안하지만 이 또한 전혀 기억이 나지 않는다.

"제가 마음에 들지 않는 이유를 말씀해주시면 고칠게요."

"안 듣는 게 좋을 겁니다. 김진희 씨."

민견은 숨을 깊게 내쉬며 서늘히 대꾸했다. 성형 괴물에 나비에 미친 여자라 싫다고 사실대로 말해줄까? 이 여자야, 분위기 파악을 좀 하라고. 민견의 싸늘한 대응에 여자의 표정이 굳어졌다. 그의 입술이 사납게 비틀어졌다. 그러나 마음과 달리 민견은 한발 물러나 유하게 대답했다.

"약혼녀가 있습니다. 당신이 누구처럼 세컨드라도 좋다면 이 만남, 생각해보도록 하죠."

"약혼녀라니요? 민 실장님에게 여자가 있었어요?"

김진희는 생각지 못한 민견의 대답에 난감한 표정이 역력했다. 한순간에 열기가 올랐는지 얼굴은 시뻘게지고 눈매가 파르르 떨렸다. 유정혜 또한 민견이 생각지도 못한 폭탄을 터뜨리자 새된 목소리로 음성을 높였다.

"네가 언제 약혼을 했어!"

"그동안 내가 뭘 하고 다녔는지 다 아십니까?"

민견은 여유로운 표정으로 당황해하는 유정혜를 쳐다보았다. 그녀는 여전히 못 믿겠다는 표정으로 민견을 다그쳤다.

"네게 여자가 있다는 소리, 들은 적이 없어."

"제 연애를 일일이 보고해야 할 의무는 없죠."

민견은 삐딱하게 앉아 조소를 날렸다. 김진희는 얼굴이 새하얘진 채 숨을 가쁘게 쉬었다. 이런 상황은 예측하지 못했을 거다.

"저 오늘은 아무래도 날이 아닌 것 같네요. 다음 기회에 다시 자리를 만들죠."

"저는 김진희 씨와 다시 만날 일 없었으면 합니다."

민견의 서늘한 반응에 김진희는 이를 지그시 물고 일어났다.

"아뇨. 사람의 일이란 모르죠. 그럼 이만."

두 손을 부르르 떠는 걸 봐서는 이 일을 조용히 넘기지 않을 거란 걸 알 수 있었다. 그녀는 뒤도 돌아보지 않고 자리를 떴다.

그녀가 보이지 않자 유정혜는 본색을 드러냈다.

"민견. 이게 무슨 추태고 무례한 행동이니!"

"무례란 제 동의도 없이 이런 자리를 만든 겁니다."

"잊었나 본데 넌 유성의 후계자야. 회사를 위해서 정략결혼은 당연한 거잖아. 다들 그러는데 너만 유별나게 반항하는 이유가 뭐니?"

민견을 좌지우지할 수 있어야 진정한 유성의 안주인이 될 거라 생각하는지 자기 분수도 모르고 훈수를 두고 있다. 가소롭다 못해 한심했다. 민견이 대꾸 없이 자신을 비웃자 유정혜는 씩씩거리며 열을 냈다.

"이 자리 내가 만들었니? 네 아버지가 만든 거야. 그리고 머니캐시의 자금을 마음대로 이용할 수 있게 되는데, 얼마나 큰 힘이 되겠어."

지금 그에겐 자금 운운하고 있는 유정혜가 제정신으로 보이지 않았다. 그의 외조부는 대한민국에서 현찰을 가장 많이 보유한 사채업자다. 모르는 척 맹한 표정을 보니 짜증이 치밀어 올랐다. 유정혜가 천광일과 민성규의 관계를 모를 리 없다. 유성의 최대주주이기도 한 외조부 눈치를 보는 민성규 때문에 제대로 된 안주인 대접도 못 받고 있기 때문이다. 또한 자신의 아들 박규를 민성규의 호적에 올리지도 못했다. 유정혜가 박규를 호적에 입적시켜달라고 민성규 앞에서 매일 눈물로 애원하고 있지만 요지부동이라는 것도 알고 있다.

"백번 양보해 아버지 생각이라 해도, 당신이 내게 할 말은 아니죠."

콧소리가 섞인 말로 앵앵거리는 건 아버지 앞에서만 하라고.

짜증이 났다. 저런 표정으로 아버지에게 항상 동정심을 유발했었지. 그녀의 자존심을 뭉개버리고 싶다는 생각을 하며 등받이에 등을 편히 묻었다. 지금부터 그녀의 아킬레스건을 건드려볼 생각이다.

"재미있는 소식을 들었는데 사실입니까? 제가 없는 사이 박규가 유성 기획실 팀장이 되었다면서요."

"우리 규가 팀장 된 게 어때서?"

아들의 이름이 그의 입에서 거론되자 유정혜는 정색을 했다. 그녀가 본색을 감추고 있는 건 아들 박규 때문이라는 걸 진작 알아챘지만, 이렇게 순순히 인정하면 재미가 없다. 그녀의 반응에 민견은 피식 웃고 말았다.

"어두운 방구석에 틀어박혀 나오질 않는 히키코모리에게 유성의 기획팀장 자리라니. 과하단 생각 안 하십니까?"

"우리 규가 어렸을 적 아주 잠시 몸이 허약해서 집에서 요양한 걸 가지고 그렇게 매도하다니."

유정혜는 박규 일에 관해서는 민감하게 반응한다. 정신적인 문제가 있다는 걸 남들이 알까 봐 파르르 떨며 변명하는 모습이 우습다.

"그 요양이 끝나지 않으니 문제 아닙니까? 어떻게 유성에서 박규 얼굴을 아는 직원이 하나도 없는지. 오죽하면 유령팀장이라 그럴까요. 그러고 보니 4년 전에도 그랬던 거 같습니다. 출근을 한다고 하는데 볼 수는 없고, 그러면서 월급은 꼬박꼬박 받아서 월급도둑이라고 불리기도 했는데. 변하지 않는 게 신기하군요."

"마, 말이 지나치구나."

"주총이 열리면 최대주주인 제가 건의를 해봐야겠습니다. 아무리 회장 백이라지만 형평성에 어긋나서 말이죠."

최대주주란 말이 나오자 유정혜의 낯빛은 붉으락푸르락해졌다. 민성규가 민견을 버리지 못하는 가장 큰 이유가 그 주식 때문이니까. 민견의 어머니 주식이 고스란히 민견에게 상속되었고, 외조부의 주식까지 합치면 유성을 쥐락펴락할 수도 있다.

"넌, 다른 사람 무시하는 게 하나도 안 변했어."

"무시는 무슨. 팩트만 말하고 있는데, 듣기 거북하십니까?"

"민견!"

아들에 대한 공격이 끝나지 않자 유정혜는 결국 백기를 들었다. 박규가 사회 부적응자라는 것이 유정혜의 가장 큰 약점이었다. 사랑하는 남자와 살고 있지만 인정받지 못하는 삶이 평탄할 리 없다. 그녀는 입술을 깨물더니 온몸을 바르르 떨며 자리에서 일어났다. 자신이 어떤 임무를 띠고 이 자리에 나왔는지 망각한 채 화를 이기지 못하고 커피숍을 나가버렸다. 유정혜를 자극하면 속이 후련해질 줄 알았지만 답답함은 그대로다. 결과가 바뀌지 않는 수박 겉핥기식의 화풀이라 그럴지도 모른다.

"머니캐시와 엮을 생각을 하다니."

정복을 단정하게 차려입은 매니저가 민견의 눈치를 보며 비워진 물컵에 물을 채우고 있다. 조르르 채워지는 물 잔을 보며 민견은 자신이 이 자리에 왜 나왔는지 자괴감이 들었다. 처음부터 싸움의 승자는 결정되어 있었다. 그들은 물과 기름이다. 융합될 수 없는 관계, 이 관계를 만든 것도 민성규다. 부아가 치밀었다.

민견은 휴대폰을 들어 전화를 걸었다.

-네, 형님.

"준희야, 머니캐시에 대해 분석해봐. 유성 지분 변동도 체크하고."

-갑자기 머니캐시는 왜요?

결코 유쾌한 자리는 아니었지만 한 가지 소득은 얻었다. 민성규가 지금에 와서 아비 노릇을 하려는 것 자체가 코미디여서 이해가 되지 않았는데, 그 이유를 알게 되었으니. 머니캐시와 사돈 관계를 맺고 그 대가로 훗날 천광일에게 대적할 자금을 확보하려는 수작인 게 분명하다. 확실한 건 확인을 해보면 알겠지.

-형님? 형님!

대답이 없자 준희는 재차 그를 불렀다.

"……민성규와 머니캐시 김종수 대표 사이에 거래가 분명 있을 거야. 티 내지 말고 은밀하게 알아봐."

자신을 어떻게든 이용하려고 하는 아버지에게 또다시 실망을 하고 말았다.

-머니캐시와 유성그룹이라. 아름다운 그림은 안 그려지는데요.

"끊는다."

-형, 잠깐만…….

준희의 시답잖은 소리가 더 나오기 전에 종료 버튼을 터치하고 다 식은 커피 잔을 들었다.

"실장님, 다시 리필해드릴까요?"

눈치를 보던 매니저가 조심히 말을 건넸다. 민견은 대답이 없었지만 그녀는 직원들에게 눈짓을 했다. 곧이어 차갑게 식은 커피 잔이 따스한 김이 나는 커피 잔으로 바뀌었다.

민견은 조용히 잔을 들어 뜨거운 커피를 한 모금 입에 머금었다. 아버지도 이 커피처럼 따뜻해지길 바랐던 걸까. 민성규의 문자에 마음이 약해져 흔들린 건 사실이다. 혹시나 하는 마음, 정말 4년 만에 돌아온 자신을 봐주러 왔을까 하는 기대감. 하지만 착각이었다. 아버지는 커피가 아니다. 박규가 변하지 않는 것처럼, 사람의 본질은 변하지 않는다.

턱을 괴고 휴대폰 기사를 검색했다. 하나같이 쓸데없는 기사들로 도배가 되어 있다. 민견은 한참을 읽다가 지루해져 고개를 들었다. 그러다 눈에 익은 여자가 커피숍에 들어오는 걸 보았다.

'……이소정?'

메이드복을 입지 않았지만 스위트룸에 침입했던 그녀다.

여긴 무슨 일이지? 얼굴이 창백하고 볼이 홀쭉해진 걸 보니 어디 아프기라도 한 걸까?

소정은 전화를 받으며 두리번거리다 민견의 테이블과 통로를 사이에 두고 떨어져 있는 옆 테이블에 자리를 잡았다. 자리에 앉아서도 뭐가 불안한지 연신 신발코로 바닥을 툭툭 치고 있다. 그 흔들림이 민견에게도 전달되고 있다.

하나도 변하지 않았다. 어딘가 맹한 표정이, 민견의 기억 속 그대로의 모습이다. 민견은 다리를 꼬고 팔짱을 낀 채 여자를 관찰했다. 피사체 자체는 나쁘지 않지만 어딘가 모르게 1퍼센트 부족하다. 민견은 소정을 덤덤하게 쳐다보았다. 미용실에 언제 갔는지 가늠할 수 없는 윤기 없는 머리카락은 포니테일로 질끈 묶었고, 다크서클을 감추려는 듯 뿔테 안경을 썼다. 갑자기 나타난 저 안경의 정체는 뭘까? 아름답다고 느꼈던 눈인데 돋보기 같은 안경이 그 눈의 매력을 감추고 있다. 의도적이라면 성공했다. 두꺼운 안경알은 그녀의 매력을 반감시키는 역할을 톡톡히 하고 있으니까.

"지금 무슨 생각을 하는 거지?"

민견은 고개를 가로저었다. 자리에서 일어서려고 하는데 한 중년 남자가 두리번거리고 오더니 소정의 맞은편 자리에 앉는 것이 보였다.

"제가 상해용역으로 가도 되는데 굳이 호텔에서 보자고 한 이유가 뭐죠?"

일주일 전과 변함없는 덤덤하고 건조한 소정의 목소리를 듣자 피식 코웃음이 새어 나왔다.

"내가 오늘 유성호텔에 일이 있다고 했잖아. 누가 찾아온다고 사무실에서 죽치고 앉아 기다릴 만큼 한가한 사람 아니라고."

불만이 가득한 남자의 목소리가 들려온다.

상해용역이라. 유성호텔의 청소 아웃소싱 업체가 상해용역이었던가? 민견은 유성호텔 운영에는 신경을 쓰지 않다 보니 아웃소싱 업체까지는 정확히 기억하지 못한다.

"이제 말해봐. 갑자기 일을 그만둔다는 이유가 뭐야?"

일을 그만둔다? 그래서 일주일 동안 그녀가 보이지 않았던 건가? 하긴 그런 대담한 일을 저지르고 계속 일을 한다는 것도 무리겠지.

"개인적인 사정이에요."

"그래? 그럼 그 소문, 사실인가 보네?"

소정은 뜬금없이 소문을 언급하는 상해 사장을 보며 미간을 찌푸렸다. 앞뒤를 자르고 내뱉은 말의 저의를 알아채기 힘든 듯 보였다. 그녀의 표정을 보며 상해 사장은 입꼬리를 비틀어 코웃음을 쳤다.

"재벌3세와 스위트룸에서 변태섹스를 하면서 질펀하게 놀아난 간 큰 메이드가 이 양이라며? 도둑이 제 발 저린다는 말이 맞네. 흐흐, 세상 오래 살고 볼 일이야. 어쩐지 허겁지겁 일을 그만둔다고 하는 이유가 있었어. 근데 우리 회사 이미지에 먹칠해놓고 그냥 나가면 끝인가?"

소정은 다짜고짜 으름장을 놓는 상해 사장을 보며 입술을 악물었다. 화를 참느라 입술 근처의 근육들이 바르르 떨리고 있다.

"개인적인 사정이라고 말씀드린 걸로 압니다."

소정은 누가 들을까 두려운지 주변을 두리번거렸다. 상해 사장은 그런 그녀를 보며 비웃었다.

"그런 핑계를 내가 믿을 거 같아. 너 같은 것들 때문에 내가 사업하기가 힘들어. 직원 교육 제대로 시키지 못한다고 손가락질 받는 건 결국 나라고."

소정은 화제가 불편한지 얼굴이 발갛게 달아올랐다.

"일과 관련 없는 말까지 사장님께 들을 이유는 없어요."

"지금 꼬락서니를 보니 재벌 꾀는 것도 성공하지 못했나 보네. 하긴 어느 미친 눈 삔 재벌이 이 양에게 넘어오겠어? 데리고 놀아도 급이 있지, 누가 너 같은 거하고. 주제 파악을 해야지."

상해 사장이 소정을 훑어보며 비웃었다. 민견은 상해 사장의 기분 나쁜 말투에 그 어느 때보다 냉랭한 표정을 짓고 있었다. 저 남자가 비웃는 범위에 자신도 포함되었기 때문이다.

눈 삔 미, 친, 재벌이라……. 상해 사장이라는 저 남자는 그가 비웃는 재벌3세의 정체를 모르는 걸까? 알았다면 유성호텔 내에서 날 비웃는 저런 미친 짓거리를 하진 않겠지. 알지도 못하는 이상한 남자의 모욕을 받고 있으니 민견은 억누르고 있던 분노가 형용할 수 없을 만큼 치밀어 올랐다.

"이제 됐으니 월급이나 정산해주세요. 별의별 핑계를 다 대면서 임금 체불하셨잖아요."

"임금 체불이라고? 어디서 못 배운 티를 내? 내가 너 때문에 곤란해졌다는 말을 허투루 들었어? 유성과 재계약 못 하면 너한테 손해배상 청구를 한다고 해도 넌 할 말 없어."

상해 사장은 기분 나쁘다는 듯 이죽거리고 있다. 그는 자신을 죽일 듯이 노려보고 있는 민견의 시선을 의식하지 못한 채 소정에게 열을 내고 있었다.

"임금을 떼 먹혔어?"

민견은 혼자 중얼거렸다. 유성호텔 아웃소싱 업체에서 임금 미지급이라니 말도 안 된다. 유성호텔은 제 날짜에 입금을 시켰을 텐데, 그 말은 중간에서 저 사장이 떼어 먹었다는 결론인데. 민견은 테이블을 손가락으로 두드리며 사태의 심각성을 인지하고 있었다.

"지금도 말도 안 되는 억지를 부리시잖아요. 손해배상이라뇨? 이만 일어날게요. 더 이상 못 듣겠어요."

소정은 얼굴을 붉히며 성난 눈빛으로 자리에서 벌떡 일어났다.

"이 양. 이제 백수인데 할 일도 없잖아. 차 한잔 마시면서 이 양의 미래에 대해 진지하게 대화하자고."

남자가 덥석 그녀의 손을 잡으며 추파를 던졌다. 민견의 눈썹이 바르르 떨렸다. 지금 뭐 하는 거지? 분위기가 요상해진다. 지금 설마 성추행을 하는 건가?

"이 손 놓으세요."

소정은 상해 사장의 손을 뿌리쳤다. 그는 강하게 거부를 당하자 인상이 심하게 구겨졌다.

"재벌에게 들이대다 까인 주제에 큰소리는. 내가 이 양의 구질

구질한 인생 구제해줄게. 이 양도 알겠지만 내 사업체 꽤 쏠쏠해."

"그만하라고!"

더 이상 참을 수 없었는지 소정은 물 잔을 들어 남자의 얼굴에 부었다. 물은 남자의 훵하게 벗겨진 머리와 이마를 타고 주르르 흘러내렸다. 갑작스레 물벼락을 맞은 남자는 버럭 화를 냈다.

"퉤퉤. 뭐 하는 짓이야! 여기가 내 직장이라는 거 잊었어? 이게."

"사장님 이러는 거 사모님은 아세요? 일하는 여직원들한테 추잡하게 작업 거는 사장님의 추태를?"

주변의 시선들이 두 사람에게 집중되었다. 그러자 남자는 화를 참으며 씩씩거렸다. 이목이 집중돼서 좋을 건 없다는 걸 아는지 남자는 목소리를 낮추며 으르렁거렸다.

"너 당장 나와. 나오지 않으면 경찰에 신고할 테니까."

"아뇨. 여기서 말씀하세요."

남자의 얼굴이 벌겋게 달아오르고 숨소리가 거칠어졌다. 소정은 갑작스런 상황에 혼란스러웠지만 곧 이성을 찾은 듯 차분해졌다.

"예쁘다, 예쁘다 해주니까 어디까지 기어오르는 거야? 그나마 얼굴이 반반해서 내가 도와주겠다는데!"

남자는 안경을 벗어 테이블에 던져놓은 뒤, 냅킨을 뽑아 얼굴을 닦으며 성질을 냈다. 하지만 소정 또한 만만치 않았다.

"내가 언제 꽁돈 달랬어? 일한 대가를 달라는 거지. 직원 등쳐먹는 악덕업주 짓 좀 그만해. 쳐다보는 것도 역겨우니까."

"이게 미쳤나!"

남자가 벌떡 일어났다. 살기 어린 표정으로 씩씩거리며 소정을 치려는 듯 공중으로 팔을 치켜 올렸다. 그 모습에 민견은 더 이상 방관할 수 없었다. 그는 부적절한 관계라면 치가 떨리는 사람이다. 민견이 긴 다리로 옆에 있던 의자를 세게 차자 우당탕 소리와 함께 의자가 날아갔다. 그리고 서 있는 남자의 정강이에 정통으로 부딪쳤다.

"으악!"

상해 사장은 느닷없이 날아온 의자가 정강이를 치자 고함을 질렀다. 그리고 정강이를 부여잡고 고통스럽게 신음하며 민견을 사납게 노려보았다.

"넌 뭐야?"

민견은 상해 사장을 쳐다보는 것도 역겨운지 인상을 찌푸렸다.

"벌건 대낮에 성추행이라니."

"뭐라 헛소리를 씨불이는 거야?"

민견의 말에 상해 사장의 표정이 사정없이 구겨졌다. 긴 다리를 꼬고 앉은 모습이 한 마리 고고한 학처럼 보였다. 상해 사장은 미동도 없는 민견에게 열이 받았는지 막말을 서슴지 않았다.

"이 여자는 내 직원이야. 못 믿겠다면, 그래, 여기 커피숍 직원에게 직접 물어보라고."

시끄러운 소리에 뛰어온 매니저의 얼굴이 하얗게 사색이 된 것을 보지 못했는지 상해 사장은 혼자 열을 내고 있다.

"실장님……."

소정도 갑자기 나타난 민견을 보고 커피숍 매니저와 마찬가지로 귀신이라도 본 것처럼 사색이 되어가고 있다. 두 여자의 표정과 행동만 봐도 민견이 누군지 알아차릴 만하지만 상해 사장의 눈에는 아무것도 보이지 않는 거 같다.

"감히 날 범죄자 취급을 해? 내가 누군지 알아?"

"휴우. 사장님, 안경부터 쓰세요. 아무래도 눈에 뵈는 게 없어 보이시네요."

소정은 긴 한숨을 쉬며 어이없는 표정으로 상해 사장을 쳐다보았다. 민견은 피식 비웃으며 천천히 자리에서 일어났다. 상해 사장은 여전히 사나운 표정으로 그를 위아래로 훑어보았다. 잡지에서 갓 튀어나온 듯 모델 같은 비주얼이 마음에 들지 않는지 연신 눈썹을 씰룩거리고 있다.

"뭐? 뵈는 게 없는 건 너희야. 물벼락에 폭행이라니. 다 고소할 거야!"

"마음대로 하시든가."

낮은 중저음의 목소리는 흐트러짐이 없다. 상해 사장은 오기 때문인지 민견의 분노를 감지하지 못한 채 목소리를 높였다. 지금까지는 만만한 상대만 만났겠지만 오늘은 상대를 잘못 골랐다. 상해 사장의 넓은 콧구멍이 벌름벌름해진다. 목소리가 크면 이길 거라 생각하는지 콧바람을 씽씽 내며 막무가내로 소리쳤다.

"남 일에 함부로 끼어들 때 알아봤지만, 이거 완전 또라이 아니야?"

상해 사장은 분위기 파악도 못하고 오만상을 찌푸리며 비아냥거렸다.

"남의 일이 아니라면?"

민견의 차갑고 날렵한 눈매가 매섭게 올라붙었다.

직원의 보고가 들어갔는지 커피숍 주변이 소란스러워졌다. 호텔의 임원들이 허둥지둥 뛰어 들어오고 있었다. 유성호텔 오정우 대표와 그 뒤로 사색이 된 총지배인의 모습이 보이자 민견은 입술 끝을 비틀어 말아 올렸다. 상해 사장은 소정 말대로 뵈는 게 없어서 그런지 그들이 자신에게 다가오는 것도 알아채지 못하고 있었다. 소정조차 그들을 보고는 한 걸음 뒤로 물러나 있는데 말이다.

"번지르르하게 입으면 다들 껌벅 죽고 넘어가나 본데. 내가 누군지 알고 큰소리야!"

"미친놈, 안경 좀 쓰라니까."

소정은 고개를 절레절레 저으며 중얼거렸다.

"이제는 나한테 욕까지 해?"

사장은 인상을 찡그리며 테이블에서 안경을 집었다.

"사장님, 진심으로 충고하는데요. 말씀 가려서 하시는 게 좋을 거예요. 이미 늦은 것 같지만."

소정의 눈빛에는 참을 수 없는 혐오감이 가득 차 있었다.

"시팔. 누가 보면 이 시끼가 대통령이라도 되는 줄 알겠네."

"여기선 더 높을 수도……. 아무튼 후회하실 일만 남으신 것 같네요."

소정은 길게 한숨을 내쉬며 민견을 쳐다보았다.

"그러니까 누구냐고."

상해 사장은 안경알을 닦으며 구시렁거렸다. 그 모습을 보며 민견이 입을 열었다.

"눈 삔 재벌3세."

낮게 가라앉은 저음이 주는 압박감에 소정조차 얼어붙을 것 같았다. 안경을 쓰던 상해 사장은 민견의 대답에 놀랐는지 헉하는 숨을 토해냈다. 그제야 주변이 소란스러운 것을 느꼈는지 주위를 둘러보았다. 그러다 오 대표와 총지배인의 모습을 보고는 얼굴이 사색이 되었다.

"대표님이 여기는 어쩐 일로?"

"이 사장. 지금 이게 무슨 행패입니까?"

오 대표는 난감한 표정을 지으며 상해 사장을 나무랐다. 그제야 분위기가 심상치 않다는 것을 눈치챈 상해 사장은 테이블에 있던 냅킨을 들고 흥건하게 젖은 얼굴의 물기를 닦았다. 넓은 이마에 휴지조각이 붙자 민견은 눈살을 찌푸렸다. 이마에 붙은 하얀 휴지조각이 남자가 움찔거릴 때마다 눈에 거슬리게 움직인다.

"이 사장, 미쳤습니까?"

"그, 그게."

상해 사장은 목이 타는지 테이블 위에 놓인 물 잔을 집었다. 그는 덜덜 떨리는 손으로 물 잔을 입에 가져갔다. 그사이 오 대표는 민견에게 악수를 청했고, 총지배인은 고개를 숙여 인사했다. 그 모습에 깜짝 놀란 상해 사장은 물을 마시다 사레가 들렸다. 눈물이 나도록 연신 콜록거리는 그를 보며 민견은 입을 열었다.

"대표님이 오셨으니 간단히 말씀드리죠. 저희 유성호텔이 임금체불도 모자라 여직원에게 성추행을 일삼는 더러운 업체와 아웃소싱 계약을 하셨더군요."

민견의 눈썹이 치켜 올라가면서 한쪽 입술이 비정상적으로 말려 올라갔다. 용광로도 서늘히 얼려버릴 듯한 눈초리와 낮은 음성은 상해 사장을 주눅 들게 만들기 충분했다. 상해 사장은 놀라 손에 들고 있던 물 잔을 떨어뜨렸다. 카펫 바닥에 떨어진 물 잔이 쩍

하며 반으로 갈라졌다. 지금 상해 사장의 심정이 갈라진 물 잔 같으리라.

"누, 누명입니다."

상해 사장은 멈추지 않는 기침을 간신히 참으며 오 대표를 향해 항변했다.

"조용하세요, 이 사장."

오 대표가 서늘하게 노려보자 상해 사장은 입을 다물었다. 그 모습에 민견은 짜증이 치밀어 올랐다. 자신이 직접 상해 사장의 추잡스런 행동을 목격을 했는데 변명하는 꼴이라니.

"실장님, 도대체 이게 무슨 일입니까?"

"제가 직접 목격했으니 모르는 척할 수는 없군요. 이러다 저희 호텔 명성에 금이 가게 생겼으니 말입니다. 당장 유성호텔의 아웃소싱 담당자부터 조사하세요. 금품이나 로비를 받은 정황이 있는지, 철저하게."

상해 사장은 당장 장례를 치러도 될 정도로 얼굴이 창백해졌다.

"비리가 있었다는 말씀이십니까?"

"일차로 상해용역을 조사해 브리핑 준비하세요. 준비되면 연락하시고, 그동안 저는 긴급 이사회를 소집하겠습니다. 그 자리에서 대표님의 자질도 함께 논해볼까 합니다. 대표님이 그 자리를 유지하고 싶다면 일말의 의혹조차 남지 않게 철저히 준비하셔야 할 겁니다."

짐승을 탈을 쓴 인간에게 자비를 베풀 이유는 없다. 자기가 무슨 잘못을 저질렀는지 알게 하려면 죗값을 톡톡히 치르게 만드는 방법뿐이다

"난 잘못 없어. 모함이라고. 오 대표님, 전 억울합니다!"

상해 사장은 오 대표의 바짓가랑이에 매달려 읍소를 했다. 하지만 오 대표는 그런 상해 사장을 보며 이를 악물었다. 도대체 뭘 어떻게 했기에 민견이 이렇게 화가 났는지 그에게 따져 묻고 싶은 얼굴이었다.

"이 사장. 그럼 민 실장님이 거짓말을 하시겠나."

"민 실장님이라니…… 요?"

상해 사장의 말에 다들 오 대표는 어이없는 표정을 지었다.

"설마, 이 사장님! 이분이 누군지 모르는 겁니까?"

뒤에 서 있던 총지배인이 한심하다는 듯이 말했다. 상해 사장의 멍한 표정을 보며 오 대표는 혀를 차더니 결심했다는 듯 민견에게 말했다.

"상해용역과 유성호텔의 계약 기간 동안 임금체불과 성추행이 있었는지 철저히 조사하겠습니다. 그 과정에서 비리가 드러나면 계약 파기는 물론 그에 따른 손해배상 청구에 관한 절차도 밟겠습니다. 우리 유성호텔에서 할 수 있는 모든 법적 조치를 다하고 책임을 묻겠습니다."

"기대하겠습니다, 오 대표님."

민견은 만족스런 표정을 지었다. 반면 상해 사장은 세상을 다 잃은 표정이다. 유성 실세에게 찍혔으니 이 사업은 망했다고 보면 된다. 사람들이 여기저기서 흘끔거리며 그들을 쳐다보고 있었다. 상해 사장을 알아보고 손가락질을 하는 이도 있다.

"여기는 오 대표님께 맡기고 전 가보겠습니다. 일이 많아서."

"실장님. 조심히 가십시오."

민견이 나가자 소정은 그의 뒤를 쫓아 커피숍을 빠져나왔다. 로비까지 나오자 소정은 긴 다리로 성큼성큼 걷는 그의 보폭을 맞추는 게 버거웠는지 헉헉거리며 간신히 말을 토해냈다.

"저기요."

소정의 말에 민견은 발걸음을 멈췄다.

"도와주신 건 감사해요."

"항상 이런 식인가?"

민견은 험악한 표정으로 소정을 노려보았다.

"무슨 말씀이신지?"

소정이 놀라서 눈을 동그랗게 뜨자 민견은 짜증이 밀려왔다. 그는 자신이 왜 소정에게 퉁명스럽게 말을 하는지 이해가 되지 않았다. 기껏 도와주고 나서 싫은 티를 내는 이유를. 이 모든 게 유정혜와의 기분 나쁜 만남 때문일 거라고 민견은 생각했다.

"월급을 받지 못했으면 노동청에 신고를 했어야지. 저런 인간인 걸 알면서 일대일로 만나는 건 무슨 배짱인 거야."

"도와주신 건 감사한데 저도 사정이 있어서요."

민견이 맥락 없이 짜증을 내자, 소정은 덤덤하게 대답했다. 소정이 민견에게 훈계를 들을 이유는 없었다.

"무슨 사정. 신분이 드러나면 안 되는 범죄자라도 되는 거야?"

"그건 아니에요."

소정은 양팔을 저으며 부정했다. 그녀의 떨떠름한 표정을 보며 민견은 눈살을 찌푸렸다.

"내가 나선 게 불만인가?"

민견은 삐딱하게 서서 소정을 쳐다보았다. 소정은 자신보다 한참 큰 그를 올려다보며 한숨을 내쉬었다.

"불만이긴요. 재벌3세 백이 좋다는 걸 처음 느꼈는데요. 상해 사장 죽상인 모습 보니 3년 묵은 체증이 싹 내려가네요."

소정은 씩 웃었다. 그 모습에 민견은 인상을 찡그렸다. 자신이 왜 이 여자에게 이런 호의를 베풀고 신경을 쓰는지 모르겠다. 그저 어디선가 본 것 같은 여자. 생각할수록 꺼림칙한 기분이 드는데 이유조차 알 수 없다. 어딘가 모자라 보이는 여자의 행동과 외모가 그의 취향인 것도 아니었다.

정적 속에 그의 휴대폰이 울렸다. 그는 발신자를 확인하고는 인상을 찌푸렸다.

'그새 쪼르르 이르셨나, 유 여사? 그렇다고 바로 발끈해서 전화하는 회장님이라니.'

민견은 휴대폰의 종료 버튼을 터치했다.

02. 인연의 시작

　민견이 이해를 못하는 건 당연하다. 그런 그에게 구질구질한 변명은 하고 싶지 않다. 아무것도 하지 않은 게 아니라 못한 거라고, 나에게 감추고 싶은 비밀이 너무 많아서 참은 것뿐이라고. 속 시원하게 털어놔서 홀가분해질 수만 있다면 백 번이고 천 번이고 말했을 거다.

　나는 지나가다가도 내 얼굴을 알아보는 사람이 있을까 봐 고개를 숙이고 다닌다. 손질하지 않은 머리와 꾸미지 않은 얼굴로 날 감춘다. 공인이 되고 나서 나에게 '진실'은 의미 없는 단어가 되었다. 대중들이 믿고 싶은 게 '사실'로 포장돼버리니까.

　"악질들은 만만해 보이는 약자에게만 갑질을 하지. 당하지 않으려면 스스로가 먼저 강해져야 해."

　그의 말뜻을 안다. 상해 사장 같은 악질에게 당한 게 한심하다는 의미였다.

"누가 모르나요?"

그녀도 잘 알고 있지만 강해지는 건 쉬운 게 아니다. 민견 같은 금수저들은 이해 못하겠지. 소정도 그가 가진 그런 든든한 뒷배가 있었다면, 4년 전도 지금도 이렇게 어이없이 당하진 않았을 거다. 씁쓸하지만 그게 현실이다.

"앞으로는 안 당하도록 노력하죠."

과거에 당한 일을 후회한다고 결과가 바뀌지 않으니, 앞으로 조심하면 된다. 하지만 민견은 소정의 대답이 그다지 마음에 들지 않는 눈치다.

지잉, 지잉. 그의 전화기가 또다시 울리기 시작했다.

"오늘 일은 고마워요. 정말로요."

소정은 서둘러 감사 인사를 했다. 어서 여기서 벗어나고 싶었다. 하지만 민견은 울리는 전화도 무시한 채 소정을 빤히 바라보았다. 소정은 얼굴이 달아올랐다. 그의 눈빛을 보고 있자니 호흡이 가빠지고 머릿속이 어지러워졌다.

지잉, 지잉. 끊기지 않고 전화가 계속 울리자 민견은 결국 인상을 찡그리며 전화를 받았다.

-밥 한 끼 먹자는 할아비의 소원을 이리 무시합니까!

받자마자 쩡쩡한 노인의 음성이 흘러나오고, 민견은 덤덤히 대꾸했다.

"영감. 내가 언제 SJ호텔에 간다고 했습니까?"

차가운 음성과 어울리는 서늘한 시선이 소정에게 꽂히고 있었다. 그는 그녀에게 향한 시선을 거두지 않고 한참을 아무 말 없이 듣기만 했다. 할 말을 삭히며 입을 꽉 다문 모습이 크루즈에서 나비의 문신을 보며 지었던 표정과 같았다.

"……저, 오늘은 정말 고마웠습니다. 전 약속이 있어서 가볼게요."

소정은 답답함을 이기지 못하고 결국 도망치듯 그 자리에서 빠져나왔다. 호텔 밖으로 나온 소정은 근처에 있는 벤치를 찾아 무너지듯 주저앉았다. 그가 그녀를 쫓아 올 리가 없는데도 소정의 시선은 호텔 회전문에 고정되어 있었다.

주머니 안에 넣어두었던 휴대폰에서 진동이 울리자 그제야 정신을 차렸다. 천광상사 면접날이라는 스케줄 알람이었다. 상해용역에 사직서를 내고 면접을 넣은 회사 중 유일하게 면접을 보자고 한 곳. 지금 가지 않으면 면접 시간에 늦을지도 모른다.

"목구멍이 포도청이라는 말 실감이 나네."

그녀는 중얼거리며 벤치에서 일어났다. 옷을 털면서도 시선은 호텔 회전문을 미련스럽게 쳐다보고 있었다.

"나란 애, 정말 바보 같다."

입술을 잘근거리며 한숨을 깊게 내쉬었다.

명동에 위치한 천광상사를 가기 위해 지하철을 탔다. 지하도를 빠져나와 큰길을 따라가다 골목으로 꺾었다. 으리으리한 신식 건물 틈으로 난 좁은 골목에 위치한 낡은 3층 건물. 그곳에 그녀가 면접을 보러 가는 천광상사가 있다. 소정은 이곳이 자신의 희망이 되어주길 바라며 숨을 고르고 시커먼 콘크리트 계단을 올랐다. 군데군데 페인트가 벗겨진 벽, 낮임에도 불구하고 어두컴컴한 복도를 따라 걷자 '천광상사'라는 현판이 보였다. 소정은 옷매무새를 가다듬고 오래돼 보이는 낡은 나무 문을 열고 문지방을 넘었다. 그리고 의자에 뚱하게 앉아 있는 민견을 보고 소정은 눈이 휘둥그레졌다.

민견은 오묘한 시선으로 소정을 쳐다보았다.

"약속이 있다더니."

"네? 아."

소정은 그가 혼잣말을 하는 거란 걸 알고 말을 거두었다. 어정쩡한 자세로 서 있다 보니 마치 선생님에게 혼나는 학생 같다는 생각이 들었다.

"면접 보러 왔는데요."

"약속은 약속이겠네. 아무데나 앉아."

"다른 분들은……."

소정이 주변을 두리번거리자 민견은 시큰둥하게 말했다.

"면접관을 찾는 거라면 유감스럽게도 나야."

"아? 그렇군요."

유성의 후계자가 작은 사무실의 면접관으로 있는 상황은 의심스러웠지만 굳이 따져 묻지 않았다. 친절하게 설명해줄 마음이 없어 보였기 때문이다.

"마음에 들면 일하든가."

"정말로요? 근데 왜요?"

자신을 죽이려고 한 여자를 쉽게 취직시키는 그를 보니 혼란스러웠다.

"아무래도 이소정 씨가 백수가 된 게 나 때문인 거 같아서."

"동정심 때문에 아무나 취직시키는 건 아니죠."

"그래서 싫다?"

소정은 민견을 쳐다보았다. 찬밥 더운밥 가릴 처지가 아닌 소정이 싫을 리가 없다.

"설마요. 다만 당신이 괜찮을까 싶어서요."

"그건 내 대사일 거 같은데. 난 상관없어."

그는 책상에 있는 이력서에는 눈길도 주지 않고 합격을 시켰다. 왜인지는 모르지만 그가 순간 미소를 지은 것 같다는 생각이 들었다.

"언제부터 출근하면 되죠?"

"지금부터."

"네, 실장님."

소정은 민견의 책상 위에 있는 명패를 보며 중얼거렸다.

오히려 잘된 걸지도 모른다. 그가 어떤 이유로 여기서 일하고 있는지 모르겠지만, 그가 유성의 후계자란 사실에는 변함이 없다.

당신 곁에 있다 보면 유성 뒤에 숨어 있는 악마의 정체를 알 수 있지 않을까. 민견 옆에 있다 보면 솜사탕에 대한 자그마한 실마리라도 찾을 수 있을지 모른다.

부재중 전화 5통, 이어 문자 알림음이 울렸다. 문자는 녹색등에서 적색등으로 바뀌는 타이밍에 울렸다.

[손자님이 전화 안 받는다고 이 할아비가 포기할 거 같습니까? 오늘…….]

민견은 집요한 천광일의 문자를 보며 입술을 실룩거렸다. 신호를 기다리는 동안에도 계속해서 문자가 울리자 화가 치밀어 올랐다.

"영감, 자꾸 이러시면 곤란합니다."

천광일이 내민 선 자리로 인해 미치기 일보 직전이다. 저녁식사를 하자고 불러서 나갔더니 낯선 여자가 앉아 있었고, 투자자를 만나는 줄 알고 나간 자리조차 선 자리였다. 그런 천광일에 대한 반항으로 근 보름간 천광에 출근하지 않았다.

인상을 쓰며 신호를 기다리던 민견은 창밖에서 익숙한 여자의 뒷모습을 발견했다. 검은 구스 패딩 위로 붉은 고무줄로 질끈 묶은 머리가 걸을 때마다 시계추처럼 흔들린다. 저런 복장이야 흔하겠지만, 손에 등유통을 들고 명동 한복판을 걸어 다니는 젊은 여자라면 한 명뿐이다.

민견은 신호가 바뀌자 인도 쪽으로 차선을 바꿔 그녀를 쫓았다. 차가 막혀 속도가 나진 않았다. 그는 전화를 걸었다. 두어 번 울리더니 여자가 전화를 받았다.

-네, 이소정입니다.

스피커를 통해 여성의 가느다란 음성이 흘러나왔다.

"어디야?"

-일하고 있죠.

"주변이 소란스러워."

-휴우, 천 회장님 심부름으로 밖에 나왔어요.

힘든지 숨을 가쁘게 쉬며 걸음을 멈춰 선다. 멈췄으면 무거운 등유통은 바닥에 내려놓지, 한쪽 어깨가 치우치면서도 꼭 쥐고 있다.

"비서가 왜 잡일까지 해?"

민견은 그녀 바로 뒤까지 오자 차를 멈추고 비상등을 켰다.

-심심할 때나 출근하시는 실장님 입에서 나올 소리는 아닌데요.

"주제넘어."

-피, 제가 뭐라 했나요.

소정은 손에 들고 있는 등유통을 놓치지 않으려고 힘을 주는지 팔까지 바르르 떨고 있다. 입고 있는 옷차림에 센스라고는 눈을 씻고 찾아봐도 없다. 차라리 처음 만났을 때 입었던 메이드 복장이 세련되게 느껴질 정도다.

"천광상사의 난방을 네가 왜 책임져?"

-…….

순간 당황했는지 고요해졌다. 민견은 멍하게 서 있는 그녀를 보며 피식 웃었다. 면접 때, 합격만 시켜주시면 시키는 모든 일을 마다하지 않겠다더니, 그녀는 정말 궂은일도 불평 없이 열심히 하고 있다.

"내가 출근 안 하면 대충 눈치껏 시간 때우다 퇴근할 것이지. 미련스럽게."

-그러니 문제죠. 얼굴이 보여야 실장님 백으로 땡땡이라도 칠텐데, 뵐 수가 없으니 천광의 실세인 천 회장님 지시에 따를 수밖에요.

소정은 억울한지 목소리가 커지기 시작했다.

"등유는 배달시켜."

-배달 안 해줘요.

빠앙- 민견이 클랙슨을 울렸다. 갑작스런 클랙슨 소리에 놀랐는지 그녀는 들고 있던 등유통을 놓쳐버렸다. 조수석 창문을 내리자 그녀의 난감한 표정이 고스란히 보인다. 소정은 살짝 미간을 찌푸리며 통을 다시 집어 들고, 뒤에 있던 민견의 차를 확인하고는 그에게 다가왔다.

"안 해주면 퀵으로 배달시키면 되지. 미련스럽게 왜 무거운 걸 들고 다녀?"

"등유 한 통이 얼마나 된다고 퀵을 불러요? 퀵이 얼마인지는 알기나 해요?"

잔소리를 하는 모양새가 천광일과 비슷해져 간다. 같은 공간에서 일하다 보니 그의 자린고비 습관이 옮겨지나 보다.

"타."

"괜찮아요. 사무실 바로 앞이잖아요."

"내가 내려서 문이라도 열어줘야 하나?"

고집스럽게 버티는 민견을 보며 소정은 한숨을 내쉬었다. 결국 소정은 뒷문을 열고 등유통을 먼저 밀어 넣고 차에 올라탔다. 차 안에 등유 냄새가 확 퍼지자 민견은 인상을 썼다.

"비싼 차에 등유 냄새 밸까 봐 그냥 가려고 했다고요."

룸미러를 통해 죄인처럼 안절부절못하는 소정의 표정이 보였다.

"석유난로를 고집하는 자린고비 영감이 문제지. 명동 한복판에서 석유난로 때는 회사는 천광뿐일걸."

"석유 한 방울 안 나오는 나라에서, 석유난로도 감지덕지죠."

"영감 편드는 거야? 좋아하겠는데?"

민견은 자신이 끌고 다니는 차를 보며 기름을 바닥에 줄줄 흘리고 다닌다고 호통 치던 외조부 천광일을 떠올렸다. 대중교통을 고집하고 소매가 닳은 낡은 양복을 입고 다니는 천광일이 대한민국의 돈줄을 쥐락펴락하는 인물이라면 누가 믿을까.

"누가 편든대요?"

민견은 룸미러를 흘끔 보았다. 화장이라고는 입술틴트 하나만 바른 민낯이지만 윤곽이 뚜렷해서인지 청초해 보인다. 그녀의 얼굴을 보자 민견은 재미난 생각이 들었다.

'자폭을 해봐? 이참에 완전 깽판을 치고 영감이 포기하게 만들어볼까?'

민견은 묘한 미소를 지으며 서둘러 차선을 바꿨다.

"천광 사무실은 이쪽이 아닌데. 실장님, 지금 유성그룹으로 가는 거예요?"

민견이 천광으로 향하는 골목을 지나 계속 직진하자 소정은 화들짝 놀랐다.

"잠깐 들를 데가 있어. 그리고 내가 유성을 왜 가."

"천광에 출근을 안 하니 유성으로 가나 했죠."

소정은 입을 뿌루퉁하게 내밀며 말했다.

"그럼 일 보고 오시고, 전 여기 내려주세요. 지금 천광 사무실이 냉골이라."

"내가 가는 곳마다 다 따라다니는 것도 비서 업무야. 영감이 뭐라고 하면 내 핑계 대."

민견의 고집스러운 얼굴을 보며 소정은 시트에 등을 깊게 묻고는 투덜거렸다.

"비서 업무라면 등유통을 사무실에 두고 와서 해도 되잖아요. 이 통을 가지고 어딜 다니라고."

"금방 끝나."

생각해서 태워주었더니 계속 구시렁거린다. 민견은 못마땅한 표정을 지으며 SJ호텔로 차를 몰았다.

"차에서 기다리든가, 마음대로 해."

"차에서 기다리게 할 거면 굳이 데리고 올 필요가 없었잖아요."

소정의 항의에 민견은 시큰둥하게 대꾸했다.

"그럼 내리든가."

"뭐든지 자기 마음대로라니까. 등유통 들고 호텔에 서 있으면 테러범으로 오해받아 잡혀가요."

소정은 궁실거리며 민견을 쫓아 나왔다. 아직까지 불만인지 입은 뽀로통 튀어나왔다.

민견은 천광일과 식사를 약속한 호텔 양식당에 도착하자마자 나릿한 표정으로 주변을 둘러보았다. 역시나 예상은 한 치의 오차도 없었다. 저 멀리 새치름하게 앉아 있는 여자가 보였다. 머리부터 발끝까지 신상 명품으로 중무장한 섹시 컨셉의 여자였다. 민견은 옆에 서 있는 소정을 머리부터 발끝까지 훑어보았다. 다른 건 대충 넘길 수 있는데 얼굴 대부분을 가리고 있는 저 안경은 도저히 참을 수가 없다.

"이 비서, 렌즈 없어? 안경 도수 때문에 눈이 바늘구멍처럼 보이잖아."

"안구건조증이 있어 렌즈 못 껴요."

소정은 인상을 쓰며 시큰둥하게 대답했다. 지금이 어느 때인데 영화나 만화에서 보는 위장용 두꺼운 뿔테 안경을 쓸까.

"렌즈가 없으면 일단 안경부터 벗어."

"안경을 벗으면 아무것도 안 보여요."

"안 보이라고."

민견은 소정의 대답도 듣기 전에 안경을 벗겼다. 두꺼운 안경에 가려진 커다란 눈이 드러났다. 역시 안경에 가려지기엔 아까운 눈이다.

"훨씬 낫네."

민견은 소정의 옷차림을 찬찬히 살펴보았다. 민견이 알고 있는 여자들에게는 상상도 못할 수수한 옷차림이다. 그녀들은 하나같이 몸매를 드러내는 최신 스타일의 옷만을 고집해 입으니까.

"실장님, 지금 뭐 하는 거예요?"

안 그래도 민견에게 나는 은은한 향에 정신을 차릴 수 없는데, 자신을 뚫어지게 바라보니 견디기가 힘들었다.

"……"

"실장님, 제대로 설명해주지 않으면 갈 거예요."

소정은 부러 토라진 척 몸을 돌렸다. 큰 걸음으로 한 발자국 걸은 것까지는 좋았다.

"영감이 스무 번째 선을 주선했지."

민견의 시큰둥한 대답에 소정은 자신도 모르게 인상을 구기고 말았다. 그제야 그가 자신을 이곳에 데리고 온 이유를 알 것 같았다.

"선 자리 훼방, 혹은 깽판은 비서가 아니라 여자친구에게 부탁해야 하는 거 아닌가요?"

"최근 내 알몸을 본 가장 가까운 여자가 이 비서뿐이라서."

"실장님!"

소정은 누가 들었을까 봐 놀라 주변을 두리번거렸다. 다행히 그들밖에 없는 걸 확인한 소정은 눈을 가늘게 뜨고 민견을 못마땅한 시선으로 노려보았다.

"아무리 그래도 언질도 없이 이런 자리에 데리고 나오면 어떡해요."

"그랬다면?"

민견의 호기심 어린 눈빛을 보니 오기가 났다. 머리손질, 풀메이크업, 정장을 입고 왔을 거란 대답이 나오길 바랐을지 모르지만, 그러고 싶지 않다.

"안 왔죠."

민견의 얼굴에 살짝 미소가 지어졌다.

"오늘 잘해주면 스위트룸 사건은 앞으로 거론 안 하지."

"믿어도 될까요?"

"한 입으로 두말 안 해."

소정이 미심쩍은 시선으로 쳐다보자 민견은 손가락으로 그녀의 이마를 톡 건드렸다. 사납게 노려보는 그녀를 향해 그는 씽긋 미소를 지었다.

"……이런 차림으로 들어가면 누가 믿을까."

소정은 무릎까지 내려오는 구스패딩과 낡은 청바지를 쳐다보며 입술을 삐죽거렸다.

"적어도 여기 있는 어떤 여자들보다 꾸미지 않은 네가 더 나아."

민견은 식당 안을 주시하며 중얼거렸다. 진심일지는 모르겠지만 적어도 그는 다른 사람 기분 좋으라고 거짓말을 할 사람은 아니었기에 그녀는 자신감이 생겨났다.

"연기를 하려면 제대로 해야지."

민견이 소정의 어깨에 팔을 두르더니 자신의 품으로 끌어당겼다. 소정은 갑작스런 민견의 행동에 놀라 눈을 동그랗게 떴다. 그녀의 심장은 튀어나올 듯이 쿵쾅거리기 시작했다. 안경을 벗어 시야가 흐릿해졌지만 그렇다고 눈뜬장님은 아니었다. 민견에게 이끌려 간 테이블에 앉아 있는 여자는 소정이 입고 있는 옷과는 상대가 안 될 정도로 고가의 명품들을 걸치고 있었다. 테이블에 앉아 있던 여자는 두 사람이 자기 옆에 서자, 뭐지 하는 표정을 짓다가 금방 얼굴이 일그러졌다. 그러고는 비웃는 표정으로 소정의 위아래를 훑어보았다.

앉아. 민견은 소정에게 속삭이며 자리를 빼주었다. 다정하게 보이려는 연기인 줄은 알고 있었지만 소정은 그런 민견의 친절이 어색했다. 맞은편에 앉은 여자는 기가 막힌지 표정이 어두워졌다.

"민견 실장님이시죠. 선 자리에 여자를 데리고 나오는 거 너무 고전적인데."

여자는 새빨갛게 칠한 입술을 잘근잘근 씹으며 정색을 했다.

"그렇습니까?"

"제가 누군지는 알고 이런 실례를 범하시나요?"

"알 필요가 있습니까?"

"무례하시네요."

그녀는 진한 한숨을 토해낸 후 짐짓 놀란 어조로 말했다.

갑작스레 시작된 기싸움에 소정은 애먼 물만 마셨다. 아무리 안경이 없어 세상이 흐릿하다지만 바로 앞에 있는 여자의 표정은 알아볼 수 있었다.

"민견 실장님, 여자친구 행세를 하려면 제대로 꾸며서 데리고 나오세요. 너무 급하게 만든 티가 나잖아요. 너무 어처구니없어 싸울 맛도 안 나네요."

컥. 소정은 물을 마시다 사레에 걸리고 말았다. 정곡을 찔린 데다 이런 상황에 기침까지 하니 창피해 죽을 것 같다. 완벽하게 차려입은 여자 앞에 화장기 없는 얼굴에 대충 묶은 머리와 커다란 패딩을 입은 자신이 한없이 초라해졌다.

"저, 화장실 좀요."

소정이 겸연쩍은 표정으로 일어서려 하자 민견이 그녀의 손목을 잡았다.

"어떤 여자가 제대로 된 여자입니까?"

민견은 기분이 상했다. 감히 내가 데리고 온 여자를 모욕해? 민견은 상대 여성을 사늘히 노려보았다. 하지만 이 자리에서 가장 난감한 건 소정이었다. 가운데 껴서 이러지도 못하고 저러지도 못하는. 심지어 어느샌가 주변의 호기심 어린 눈동자들이 그들을 바라보고 있었다. 전형적인 삼각관계의 폭풍전야.

"적어도 남들 앞에서 창피할 정도는 안 돼야죠. 남들이 고개를 끄덕이며 인정할 정도의 여자면 더 좋고요."

소정은 얼굴이 화끈거려 고개를 숙이고 말았다. 소정이 무시당하는 이유는 겉모습일 테지. 지금 비록 추레한 모습을 하고 있지만 한때는 패셔니스타로 칭송받고, 그녀가 입었다 하면 무엇이든 완판되고 유행되던 때가 있었다.

스캔들이 터지고 그녀가 제일 먼저 한 건 숨는 거였다. 나비를 죽일 듯이 달려드는 잔인한 대중들, 그들 때문에 그녀는 기약 없이 고치 안에 숨어 몸을 웅크렸다. 고치를 깨고 나와 하늘을 날고 싶지만, 그들 눈에 띄면 날개를 찢기고 유린당할지 몰라서. 발기발기 찢겨지는 것보다는 못났다고 손가락질을 받는 게 나을 것 같아서. 자신을 숨기고 또 숨겼다.

"겉모습이 문제라면 시간과 돈만 있으면 해결될 식상한 기준이네."

그녀를 사이에 두고 민견과 여자의 기싸움이 팽팽하다.

"어쨌든 불쾌하네요. 아버지께 말씀드려 오늘 일은 꼭 사과 받고 말겠어요."

"아버지까지 갈 필요가 있을까? 사과 받고 싶으면 여기서 요구하지. 제가 잘못한 건 사과하죠. 그 대신 당신도 제 여자에게 사과를 해야 할 겁니다."

민견의 눈매가 매서워졌다. 반격을 당한 여자의 얼굴에 황당함이 스민다.

"그만하죠. 어이가 없어서 더 이상 대화를 이어가지 못하겠네요. 유성그룹 후계자의 여자가 그 흔한 명품백도 없이 보세를 입는다? 지나가는 개가 웃겠네요."

여자의 조롱에 소정은 더 이상 참을 수 없었다. 다른 건 몰라도 옷차림으로 인해 자신이 평가되는 건 비참했다. 내 본연의 모습은 초라하지 않아. 당당하지 못할 이유가 없다. 민견의 말대로 명품을 걸치지 않았다고 그 사람이 평가 절하되어야 하는 건 아니다. 외형은 그저 껍데기일 뿐이다. 소정은 허리를 펴고 자리에 앉았다.

"겉모습으로 사람을 판단하다니, 천 회장님께서 주선하신 분이 맞긴 하나요?"

소정은 여자를 뚫어지게 바라보며 서늘히 미소를 지었다.

"뭐라고요?"

"회장님 사람 보는 눈이 좋으신 줄 알았는데 의외라서요."

천광일은 겉모습으로 사람을 평가하는 것처럼 어리석은 일은 없다고 항상 말했다.

"천 회장님은 번지르르하게 입어야 사람 대접하는 사람들을 제일 경멸하세요. 물론 본인도 수십 년 된 양복을 입으시죠. 하나만 묻죠. 낡은 양복을 입고 계시는 천광일 회장님에게도 예의가 없다고 지적하시겠어요?"

여자는 꿀 먹은 벙어리처럼 가만있던 소정이 반격을 하자 놀랐는지 말문이 막혀버렸다. 그 여자도 천광일을 잘 아는 눈치였다. 사치를 싫어하는 깐깐한 영감. 여자는 난감한 표정을 지었다.

"계속 앉아 계실 거면 저희가 나가죠."

소정은 자리에서 일어나면서 민견을 쳐다보았다. 그의 재미있어하는 표정을 보니 혈압이 오른다.

"자기, 그만 일어나지. 이런 자리 불편해서."

"화나셨나? 허니."

민견은 '허니'라는 단어에 유독 악센트를 주며 입술을 비틀었다. 당신은 연기는 하면 안 되겠어요. 이 딱딱한 발음은 뭔지. 지금 나 연기하고 있다, 광고하고 싶으신지요. 하고 묻고 싶은 걸 참았다. 한숨이 길게 새어 나왔다.

"우리 허니가 화가 나서. 이만 일어나겠습니다."

민견은 부들부들 떠는 여자를 두고 소정의 어깨에 팔을 두른 채 유유히 식당을 빠져나왔다.

"자기, 이제 안 보일 텐데 좀 떨어지지."

"허니, 막 나가고 싶은가 본데."

"내가 배고프면 좀 사나워져."

표정과 입은 웃고 있지만 오가는 대화는 살벌했다. 그러면서도 민견은 여전히 소정의 어깨에서 팔을 내리지 않고 있다.

어느새 엘리베이터가 지하층까지 내려왔다. 주차된 차를 타자 소정은 쌓였던 불만을 터트리고 말았다.

"다음부터 이런 일 시키면 회장님께 이를 거예요."

"허니, 우리는 같은 배를 탄 공범이잖아."

그의 입에서 믿기 힘들 정도로 부드럽고 매끄러운 대답이 흘러나왔다. 이렇게 잘할 거면서 아까 그 여자 앞에선 국어책 읽기를 하셨는지. 소정은 미간을 살짝 찡그리며 딱딱한 어조로 말을 이었다.

"희생양라고 정정해주시죠."

"허니, 바로 우리 영감에게 호출이 오는데 어떡하지."

유들유들한 표정으로 민견은 울리는 휴대폰을 소정에게 보여주며 흔들었다.

"실장님 맘대로 알아서 하세요. 언제는 제 의견을 듣고 행동하셨나요?"

"그럼 비서님 충고대로 전화는 무시하지."

"평소대로 안 받는 거면서 제 핑계 대지 마세요."

소정은 창밖으로 시선을 돌렸다. 점심시간은 다 지나가는데 아직 식사 전이다. 배가 고프다. 서글프게도 배에서는 꼬르륵 소리가 난다. 그 소리를 들었는지 민견이 물었다.

"배고파?"

"누구 때문에 점심을 굶어서요."

천광상사 건물에 도착하자 소정은 등유통을 들고 내렸다. 건물 바로 앞 분식집에서 솔솔 풍기는 떡볶이와 튀김 냄새가 오늘따라 유난히 후각을 자극한다. 소정이 멍하게 쳐다보자 민견이 씩 웃는다.

"먹고 싶어? 사줄까?"

"사준다면 사양 안 해요."

소정은 분식점 안으로 들어갔다. 민견은 소정과 함께 자리에 앉자마자 이것저것 주문했다.

"누가 다 먹는다고."

곧이어 끊이지 않고 테이블을 가득 채우는 수북한 음식들을 보며 소정은 중얼거렸다.

"황 부장님도 불러야 할 양인데."

"먹다 배부르면 남겨."

"실장님은 안 드시나요?"

"별로."

그도 아직 식사 전인 듯했지만 분식에는 관심이 없어 보였다.

소정이 음식에 손을 대지 않자 그는 미간을 찡그리며 물었다.

"이 비서 먹고 싶은 거 아니었어?"

"아, 먹어요."

떡볶이를 한 점 찍어 입안에 넣으니 매콤한 게 꽤 맛있었다. 순대도 적당히 익어 입안에서 녹았다. 고급 스테이크는 아니더라도 배가 고프니 맛은 있었다. 하지만 그 맛도 잠시, 소정의 주머니에서 계속 울리는 휴대폰을 확인하자 입맛이 떨어져 포크를 내려놓았다.

"천 회장님이시네요. 하긴 등유 사러 가서 오질 않으니."

소정은 액정을 확인하고 나직이 한숨을 쉬었다.

"받지 마. 받으면 귀찮아져."

민견이 시큰둥한 반응을 보이자 소정은 못마땅한 시선으로 쳐다보았다.

"이 비서 눈초리 마음에 안 들어. 안 그래도 눈 큰 거 아니까 먹던 거나 마저 드시지."

"실장님, 입장을 바꿔 생각해봐요. 음식이 목구멍을 넘어갈 수 있는지."

소정이 기묘하게 일그러진 표정으로 퉁명스럽게 쏘아붙였다.

"어떤 행동을 하실 때는 뒷일을 생각하고 하세요. 천 회장님 성격 뻔히 알면서, 선 자리에 다른 여자를 데리고 나와 파토를 낼 생각을 한 것부터가 잘못된 거예요. 그리고 실장님의 공범이 저였다는 걸 회장님이 아시면 제 입장이 난처해질 거란 건 생각도 안 하셨죠?"

민견은 휴대폰에서 시선을 떼지 않으며 느긋하게 말을 이었다.

"영감이 알아채면 내가 시켜서 한 일이라고 해. 그 뒤는 내가 책임지고 해결할 테니 걱정 마."

책임이라는 말에는 여러 가지 뉘앙스가 있다. 그가 말하는 책임은 일적인 거겠지. 소정은 부러 무표정한 얼굴로 퉁명스럽게 내뱉었다.

"그걸 말이라고 해요? 아무 생각 없이 던진 돌에 개구리는 맞아

죽는다는 거 몰라요? 다음부터는 실장님 일에 저를 끼워 넣지 마세요. 혼자 알아서 해결하시라고요."

소정은 나직이 한숨을 쉬었다. 민견은 아무렇지 않게 행동하고 말하는 거겠지만, 소정은 그때마다 기분이 열두 번도 더 변한다. 소정은 어묵꼬치를 들었다.

"선 보는 것도 귀찮은데 그냥 아까 여자분 만나시지 그랬어요?"

"내 스타일이 아니야."

"실장님 이상형은 어떤 여자인데요?"

민견이 휴대폰에서 시선을 떼더니 소정을 물끄러미 쳐다보았다. 소정은 갑작스런 시선에 몸 둘 바를 모를 정도로 당황스러웠다. 아무 말 없이 한참을 뚫어지게 바라보더니 민견은 휴대폰으로 도로 시선을 돌렸다. 그리고 툭 내뱉었다.

"예쁜 여자."

소정은 민견의 시선을 받는 동안 잠시 기대를 했었다. 그의 입에서 나비라는 이름이 나올지도 모른다는. 그러나 기대는 그저 착각일 뿐이었다. 소정은 서운함에 말까지 더듬었다.

"그, 그건 모든 남자들의 이상형이잖아요. 기어 다니는 아기부터 무덤에 들어가기 직전의 노인까지 변하지 않는다는 불변의 법칙, 예쁜 여자."

"알면서 뭘 물어."

소정은 입안 가득 어묵을 집어넣었다. 귀가 빨개지도록 창피했다.

비록 하룻밤의 관계였지만 소정에게 민견은 첫 남자였다. 그녀가 잊지 못하는 것처럼 그도 그녀를 기억해 주길 바랐다. 그래서 서운한 감정이 드는지 모르겠다.

"아까 선 본 여자도 예쁘던데 얼마나 더 예쁜 여자를 찾으시려고요."

"먹으면서 말하지 마. 다 튀잖아. 그리고 괜한 걱정도 하지 말고. 적어도 이 비서는 아니니까."

누가 모르나요? 알면서도 여친인 척 실장님의 연극에 동참하고, 거짓말인 줄 알면서 실장님이 예쁘다고 한 말에 설레었어요.

"이 비서 왜 그래."

눈물이 그렁그렁 차오르는 소정을 보며 민견의 미간에 주름이 잡혔다.

"어묵 먹다가 혀 깨물어서요."

말도 안 되는 변명을 했다. 민견은 피식 웃더니 종이컵에 찬물을 따라 소정에게 내밀었다.

"마셔봐. 좀 나아질 테니."

무뚝뚝한 말투와 늘 자신감 가득한 행동. 4년 전 크루즈에서의 모습 그대로다. 그는 이렇게 그대로인데 소정만 변한 게 가슴이 아팠다. 창밖 하늘을 보니 구름 한 점 없이 맑다.

묵직해 보이는 나무 문을 열고 천광상사에 들어서자 추위에 떨고 있는 천광일 회장이 그녀를 맞이했다.

"미스 리 기다리다가 얼어 죽을 뻔했습니다."

"죄송해요, 회장님."

소정은 급하게 고개를 숙였다.

"죄송은 무슨. 전기히터 하나 없는 천광 사무실이 문제란 생각은 안 하십니까, 회장님?"

이소정의 뒤를 쫓아 민견이 모습을 보이며 구시렁거리자, 천광일의 표정이 사정없이 구겨졌다.

"손자님은 무슨 일로 오셨습니까? 할아비는 손자님이 하늘에서 갑자기 떨어진 여자친구분과 데이트 중일 거라 생각했습니다."

여든을 바라보는 나이가 무색하게 목소리에 힘이 있다.

"차였습니다."

민견은 코트의 깃을 올리고 칭칭 동여맨 목도리를 목까지 올리면서 자리에 앉았다. 소정은 민견이 허튼소리를 할까 봐 가슴이 철렁했다. 민견의 연극에 동참한 여자가 자신이라는 게 알려지면 어렵게 얻은 직장을 잃을까 겁이 났다.

"어떤 여자분이기에 손자님을 버렸을까요?"

"길에서 주웠는데 가버렸습니다. 어묵만 먹고."

민견의 변명에 소정은 기가 막혔다. 자신을 길에서 주웠다고 표현했다. 내가 무슨 길고양이도 아니고 어묵만 먹고 사라져? 그리고 누가 누굴 버려. 예쁜 여자가 좋다면서 날 밀어낸 게 자기면서.

"다음번에는 우리 손자님이 헌팅할 일 없도록 더 신경을 써드리지요. 어떤 여자분이 손자님의 취향일지."

"보나마나 예쁜 여자겠죠."

소정은 구시렁거리며 난로 앞에 등유통을 내려놓았다. 쿵 소리가 나자 시선이 그녀에게 몰렸다. 소정은 뭐가 못마땅한지 연신 콧등을 찡그리고는 종종걸음으로 창고로 들어갔다.

"우리 미스 리 대답이 우문현답이군요. 맞아요. 예쁜 여자 마다 할 사내는 없지요. 손자님, 다음번에는 이 할아비가 미스코리아를 데려다 놓지요."

"굳이 그러실 필요까지는 없습니다. 이 고물처럼 다 필요 없어요."

민견은 코트 주머니에 손을 집어넣고 어깨를 움츠렸다. 의자에 등을 깊게 묻으며 책상 위에 놓여 있는 낡은 컴퓨터를 쳐다보았다. 소정의 책상에도 같은 기종의 컴퓨터가 있다. 그녀가 아무런 불만 없이 사용하는 걸 보니 작동은 되는 거 같긴 하지만 요즘 프로그램들이 제대로 돌아갈 것 같지는 않다.

위이잉, 우우웅. 소정의 컴퓨터에서 나는 쇠가 긁히는 시끄러운 소리로 볼 때 멀쩡하진 않다. 아무리 작은 사무실이라도 다른 회사는 일체형 PC 아니면 최소한 LED 평면모니터가 장착된 컴퓨터를 쓸 것이다. 하얀 페인트가 군데군데 벗겨진 70년대식 구식건물 사무실에 걸맞게 책상에 덩그러니 올려져 있는 컴퓨터는 10년 전에도 보기 힘들 법한 앞뒤로 길쭉한 볼록이 모니터에 부팅 한번 할 때마다 인내심 테스트를 하는 펜티엄급 컴퓨터다.

"그 아인 그저 조금 느린 것뿐일세. 사람이든 기계든 나이를 먹으면 다 똑같아지지."

"그 돈 다 싸들고 저승 갈 생각 아니면 자신에게도 좀 쓰세요. 옷도 제대로 입으시고."

민견의 시선은 오래되어 낡아 해진 와이셔츠 소매 끄트머리로 향했다. 삐쩍 마른 손을 보니 화가 치밀어 올랐다. 아까 선 본 여자가 소정의 옷차림을 가지고 비웃던 게 떠올랐다.

"겉으로 보이는 모습으로 사람을 판단하는 것만큼 어리석은 게 없는 법입니다. 손자님처럼 번지르르하게 입어야만 대접하는 어리석은 인간은 상종조차 하면 안 되는 겁니다."

아무리 손자라고 하지만 돈에 대해서는 철저한 천광일이었다. 대한민국의 돈줄을 쥐고 흔드는 명동 사채 시장의 큰손 천 회장의 눈빛이 매서워졌다. 천광일은 민견의 어깨를 톡톡 치더니 회장실로 들어가버렸다.

"으, 밖보다 안이 더 춥네."

소정이 창고에서 휴대용 기름펌프를 들고 나왔다. 소정은 손에 입김을 불며 등유통의 빨간 뚜껑을 열었다. 소정은 익숙하게 펌프를 등유통과 난로 연료통 주입구에 넣었다. 그녀가 손가락에 힘을 주자 푸쉭푸쉭 소리와 함께 난로 연료통으로 조르르 등유가 흘러들어간다. 기름을 다 넣은 소정은 점화 스위치를 눌렀다. 매캐한 냄새가 풍기더니 불이 점화됐다.

"그러게. 이번 겨울은 유난히도 춥네."

천광상사의 모든 살림을 맡고 있는 경리부장 황조현이 핫팩을 들고 몸서리를 쳤다.

"그래도 견딜 만해요. 입춘은 지났으니 조금만 더 버티면 돼요."

소정은 손을 비비며 긍정적인 표정을 지었다. 아직 2월. 본격적으로 따스해지려면 꽃샘추위가 지나야겠지만 이 정도면 괜찮다. 몸이 추운 건 그래도 견딜 만하니까.

"견딜 만하긴. 추워 죽겠고만."

석유 특유의 냄새까지 더해지자 민견은 머리가 아팠다. 난방이 제대로 안 되는 사무실에 앉아 있으니 찬바람이 뼛속까지 스며들고 있었다. 유성의 후계자가 추위에 떤다면 누가 믿을까. 민견은 구시렁거리더니 눈을 감았다.

"실장님, 추운데 따듯한 커피 한잔 타드릴까요?"

소정의 말에 민견은 별 반응이 없었다. 실장의 대답을 기다리는 소정에게 황조현은 고개를 저었다. 소정은 뽀로통해서 황조현을 쳐다보았다.

"부장님 타드릴까요?"

"사람이 얘기를 하면 들은 척은 해줄 것이지. 난 타주면 좋지."

황조현은 민견을 보며 중얼거리더니 소정을 향해 상큼한 미소를 지었다.

소정은 '탕비실'이라고 적혀 있는 방으로 들어갔다. 말이 좋아 탕비실이지 구석 모서리에 파티션으로 막아놓은 공간이다. 싸구려 믹스커피와 함께 바닥에는 쓰레기봉투가 있다. 소정은 탕비실에 있는 자그마한 싱크대에서 손을 씻었다. 그리고 서로 다른 모양의 컵에 각자의 취향에 맞게 커피를 준비했다. 그러고는 컵을 하나씩 들고 정수기 온수 레버를 눌러 조심스레 물의 양을 맞췄다. 종이컵도 낭비라는 천회장의 철칙에 천광 직원들은 각기 개인 컵을 가지고 있었다. 정수기 물통에서 나는 보글거리는 물방울 소리가 오늘따라 경쾌하게 들린다. 오늘 하루의 피로를 날려줄 다방커피 완성. 코끝으로 훅 밀려오는 커피 향이 좋다.

소정은 네모난 플라스틱 쟁반에 잔들을 담아 내왔다.

"실장님도 따뜻할 때 드세요."

민견의 취향을 몰라 일단 커피, 설탕, 프림을 다 넣었다. 하지만 여전히 눈을 감고 있는 민견이라 조용히 그의 책상에 잔을 올려두고는 황조현에게 몸을 돌렸다. 핫팩을 손에 쥐고 비비고 있던 황조현은 소정이 내미는 잔을 받으며 입을 동그랗게 말아 땡큐라고 소곤거렸다. 그녀는 따스한 컵을 두 손으로 잡더니 한 모금 마시며 행복한 표정을 지었다. 추위가 좀 가셨는지 그녀는 서랍을 열고 검은색 장부와 영수증을 꺼내 정리하기 시작했다. 영수증을 보니 시간이 90년대 초에서 멈춰버린 듯하다.

마지막으로 소정도 커피 잔을 들고 자리에 앉았다. 추운 사무실 온도 때문인지 하얀 김이 유난히도 모락모락 피어오른다. 소정은 책상에 떡하니 자리 잡은 구식 컴퓨터의 윙윙거리는 소리를 들으며 커피를 마셨다. 따스한 커피가 식도를 타고 내려가는 느낌이 묘했다.

드르륵거리는 휴대폰의 진동소리에 소정은 고개를 돌렸다. 민견은 한참 울리는 전화의 발신자를 확인하더니 자리에서 일어났다.

"응, 준희야."

그는 전화를 받으며 사무실 문을 열었다.

"실장님, 어디 가세요?"

민견이 사무실을 나가자 소정이 급하게 물었다. 그러나 돌아오는 대답은 쾅 하고 닫히는 문 소리뿐이었다.

"나가면 어디 간다고 말하면 좀 좋아. 전화라도 제때 받으시거나. 휴우."

소정이 중얼거리자 황조현은 장부를 정리하다 말고 고개를 들어 소정을 바라보며 씽긋 웃었다.

"민 실장이 추운 거 더운 거에 좀 약하다. 잘하면 따시시한 봄이 될 때까지 천광에 모습을 드러내지 않을 수도 있어."

"뭐, 유성그룹만 가도 더울 테니, 굳이 여기서 추위에 떨 이유가 없죠."

소정은 마우스를 움직여 인터넷 창을 클릭하며 한숨을 쉬었다.

워낙 오래된 컴퓨터라 인터넷 포털 사이트 하나 여는 데도 버벅거린다. 이 컴퓨터로는 간단한 워드 작업밖에 못한다. 그것도 수시로 저장하지 않으면 파일을 몽땅 날려먹는 불상사가 발생한다. 최신형 기계를 고집하는 민견에겐 이 또한 구시대 유물일 것이다. 기계를 잘 만지지 못해 느린 소정조차 답답할 때가 있는데 오죽할까 싶다. 소정은 창이 열리길 기다리는 동안 옆에 있는 누렇게 색이 바랜 프린터기를 쳐다보았다. 이 아이는 또 얼마나 오랜 시간 이 자리를 지켰을까 궁금해졌다.

그러면서 한편으로는 안심이 되었다. 큰 사고만 치지 않는다면 이 사무실의 기계들처럼 자신도 이곳에서 오래 일할 수 있지 않을까? 아무리 낡고 오래되어 제 기능을 발휘하지 못해도 버림받지 않을 수 있지 않을까 희망을 가져본다.

"처음에는 소정 씨가 잘할까 걱정이었어. 근데 민 실장 낙하산인데 티도 안 내고."

"저, 낙하산 아니라니까요."

소정은 놀라며 손을 내저었다. 그런 반응이 재미있는지 황조현은 아예 일을 손에 놓고 놀리기 시작했다.

"민 실장이 사무실에 앉힐 정도면 여자친구인가 했지. 정말 말 안 할 거야? 어떻게 민 실장을 알게 된 건지."

황조현은 턱을 괴고 소정을 뚫어져라 바라보았다. 소정은 고개를 숙여 시선을 피한 뒤 개미 소리로 변명을 했다.

"제 사정이 어려운 걸 알고 취직시켜주신 거라서, 사실 저도 실장님을 잘 몰라요."

자신이 들어도 변명 같은데 여우 같은 황조현이 믿을 리가 없다. 그렇다고 '사실 제가 민견 실장 살해를 시도했다가 미수로 그쳤는데, 그런 자신을 실장님이 경찰에 신고하지 않았고, 어쩌다 보니 취직까지 시켜주셨네요'라고 곧이곧대로 말할 수는 없다. 아무리 소정을 잘 보았다고 해도, 범죄란 건 변하지 않기에 입 밖으로 낼 수 없었다.

"사정이 어렵다는 이유로 개인비서로 옆에 뒀단 말이지. 난 영화 같은 스토리라도 있나 했는데."

"말이 개인비서지 하는 일도 없는데요."

소정은 개미 기어가는 소리로 변명을 했다. 영화를 찍긴 했다. 범죄영화. 소정은 그날 일을 생각하며 로딩 중인 윈도우 창에 엄한 마우스 클릭을 반복하고 있다.

"민 실장이 본격적으로 일을 안 해서 한가한 거 같지만, 일 시작하면 그 자리가 제일 바쁜 자리야. 나중에 후회하지 말고 지금 즐겨."

"실장님이 일을 하긴 하나요?"

소정은 놀라서 되물었다.

"그럼, 민 실장 알고 보면 일중독자야."

"네? 정말요?"

소정의 못 믿겠다는 반응을 보며 황조현은 키득키득 웃기 시작했다.

"준희 씨가 전화한 거 보면 다시 일을 하려는 것 같기도 하고."

"그 사람이 누군데요?"

소정은 갑작스레 등장한 준희란 사람이 궁금했다.

"뭐야. 소정 씨 정말 아무것도 모르잖아. 민 실장의 그림자 같은 윤준희도 모르는 걸 보면."

"아무 관계 아니라니까요."

과거 스쳐 지나간 하룻밤의 인연, 소정에게는 자신의 처음을 줬던 남자라 기억에 남았을지 모른다. 민견은 그동안 얼마나 많은 여자가 있었기에 하룻밤 여자는 깡그리 잊었을까.

"시시하네. 암튼 민 실장이 다이아수저라면 윤준희는 금수저 정도 되려나? 준희 씨도 민 실장만큼은 아니지만 유성에서 배짱 꼴리는 대로 일하거든. 끼리끼리 만났다고 보면 되지."

내로라하는 대기업 유성을 기분 내킬 때만 가서 일하다니. 그 배경이 부럽긴 했다. 그제야 인터넷 포털 사이트 창이 열렸다. 소정이 조급하게 누른 횟수만큼 계속해서 창이 열리기 시작했다. 마치 바이러스가 침입한 프로그램처럼 다다닥 창이 열리더니 결국 띠이잉- 소리를 내며 멈추고 말았다.

"하아, 이 고물."

저절로 한숨이 흘러나온다. 자신도 모르게 손이 올라가 본체를 탕 치고 말았다. 그런 소정을 보며 황조현은 이해하겠다는 표정으로 고개를 끄덕였다.

"젊은 사람들에겐 유물이지. 울 회장님, 바꿔주실 때도 되었건만."

황조현은 네일아트를 한 손톱을 책상에 톡톡 두드리며 장부로 시선을 돌렸다.

03. 과거의 굴레

휘이잉, 펑펑. 화려한 불꽃들이 하늘을 수놓았다. 창밖의 불꽃이 쉼 없이 터지고 깔깔거리는 사람들의 웃음소리가 나른하게 들려온다. 소정은 가쁜 숨을 쉬는 헌터를 바라보았다.

그는 그녀의 살결에 입을 맞추고 있다. 그의 입술이 그녀의 목덜미를 지나 가슴으로 내려갔다. 가슴을 핥고 딱딱하게 솟은 유두를 빨아 당겼다. 그의 손이 그녀의 등을 어루만지면서 내려온다. 엉덩이를 만지고 은밀한 속살을 간질인다. 그가 그녀의 몸 위로 올라오자, 뜨겁고 단단한 그의 것이 느껴졌다.

펑, 펑. 불꽃이 터질 때마다 방 안에 야릇한 빛이 물들어간다. 얼마나 돈이 많으면 이렇게 오랜 시간 불꽃을 터트리는 걸까. 그녀의 시선이 작은 창으로 향한다. 밤바다를 수놓은 불꽃이 수백 가지의 작은 불꽃으로 터져 흘러내리는 모습을 보니 축제가 생각이 났다.

불꽃에 반하고 그의 체향에 취하고 섹스에 미쳤다.

쇼스타코비치의 왈츠 2번이 선체에서 흘러나온다. 축제의 끝은 왈츠인 걸까? 지금의 상황과 맞아떨어질 정도로 아름답고도 가슴 시린 음률이다. 소정은 아무 생각 없이 왈츠를 흥얼거렸다.

「나비 문신.」

헌터가 갑자기 소정의 왼쪽 가슴을 움켜쥐었다. 소정의 나비 문신은 섹시가수 '나비'의 트레이드마크와도 같았다. 한 시상식에서 가슴이 파인 드레스를 입었을 때 노출되어 인터넷이 마비가 될 정도로 크게 회자되었었다.

「아파.」

소정은 흥얼거림을 멈추고 인상을 찡그렸다.

「날개를 바스러뜨리고, 갈기갈기 찢어 날지 못하게 만들 거야.」

헌터의 손아귀에 힘이 들어가자 소정의 가슴에 새겨진 나비가 구겨져 간다. 남자의 커다란 손에 잡힌 가슴이 욱신거리며 아프다. 소정은 헌터를 밀치며 몸을 일으켰다.

「그렇게 만지면 아프다고.」

그러나 머리가 띵하며 어지러움이 몰려왔다. 세상이 빙글빙글 돌면서 속이 울렁거렸다. 소정이 휘청거리며 헌터의 품에 안기고 말았다. 수면부족 상태에서 심하게 몸을 움직여서 그런지 온몸이 두들겨 맞은 것처럼 아팠다. 그렇게 그의 품에서 잠이 들었다.

드르륵, 문이 열리는 소리가 들린다. 그녀 앞에 그림자가 드리워진다. 그녀의 어깨를 잡는 손길이 느껴지더니 몸이 살포시 흔들린다.

「……괘, 괜찮아? ……이, 일어나 봐.」

웅웅거리는 목소리가 이명처럼 울린다. 누구의 목소리인 걸까.

「나비. 너, 너…….」

문득 온몸에 소름이 돋는다. 제발…….

"소정 씨. 소정 씨, 일어나봐. 아휴 이 식은땀 좀 봐."

황조현의 목소리가 들려오자 소정은 그제야 정신을 차렸다. 소정은 무거운 머리를 들고 몸을 일으켰다. 머리가 아파 잠시 엎드렸더니 잠이 들었나 보다.

"소정 씨, 괜찮아?"

"황 부장님?"

어느새 다가온 황조현이 근심 가득한 얼굴을 보이자 소정은 입술을 움직여 간신히 미소를 지어 보였다. 그녀의 뒤편으로 의자에 등을 깊게 묻고 눈을 감고 있는 민견이 보인다.

'헌터.'

소정이 조용히 소곤거렸다. 꿈속의 헌터가 실제 앞에 앉아 있으니 마음이 설렌다. 정작 상대방은 아무것도 모르고 초연하게 앉아 있건만 그녀만 얼굴이 달아오른다. 그의 몸 구석구석을 다 기억하고 있다. 그의 어깨를 안고 그의 허리에 다리를 감았었다. 그의 남성이 여성 깊숙이 꿰뚫고 들어왔을 때 느낌과, 그의 입술에서 흘러나오던 신음들까지 생생히 기억하고 있다. 소정은 얼굴이 점점 붉게 물들어갔다. 하지만 헌터를 가졌던 건 이소정이 아니라 나비였다. 그는 다시는 가질 수 없는 존재일 뿐. 생각이 여기까지 이어지자 소정의 눈에서 갑자기 눈물이 쪼르륵 흘러내렸다.

"병원에 가야 하는 거 아니야?"

황조현이 소정의 이마를 짚으며 걱정을 했다.

"괜찮아요. 식곤증으로 잠깐 존 것 같아요."

"휴우. 오늘 다들 컨디션이 엉망이네. 민 실장도 몸이 안 좋으면 퇴근해. 소정 씨도 마찬가지고. 내가 다 불안하다."

황조현은 대답이 없는 그를 보며 관자놀이를 꾹꾹 누르며 서 있다가 고개를 젓고는 자리에 가서 앉았다. 소정의 시선은 여전히 민견에게 멈춰 있다.

자꾸 그날의 꿈을 꿔서 어쩔 건데.

소정은 눈물을 닦았다. 오랜만에 '나비'를 보았다. 민견을 다시 만나자 그동안 억누르고 있던 나비가 꿈속에 나타났다. 손질하지 않은 머리, 두꺼운 뿔테 안경에 얼굴을 가리고 펑퍼짐한 옷을 입고 다니는 이소정이 아닌, 허리까지 내려오는 짙은 와인색 머리에 육감적으로 몸에 달라붙는 옷을 입은 대한민국 섹시 아이콘 '나비'.

내가 살기 위해 버린 네가 왜 자꾸 나타나는 거니?

잡아먹느냐, 잡아먹히느냐. 그녀는 포식자에게서 살아남기 위해 치열한 생존싸움을 했다. 주변 환경에 따라 몸 색깔을 바꾸는 카멜레온처럼 상황에 따라 자신을 버리면서 살기 위해서 발버둥 쳤다. 혹시 민견에게 잘 보이고 싶은 거니? 나비로 되돌아가 그의 품에 다시 안기고 싶은 거니? 이소정, 정신 차려. 그는 이제 너의 헌터가 아니야. 그 사건이 다시 수면 위로 올라오게 된다면 그나마 그를 바라볼 수 없을지도 모른다. 나비가 세상에 나오면 잠잠해졌던 마녀사냥은 다시 시작될 것이다. 4년 전 일이 반복될 것이다.

더럽게 아프고, 아직도 아픈데.

그녀는 이미 너덜너덜해졌다. 그녀의 마음은 그녀가 흘린 피가 딱딱한 피딱지가 되어 뒤덮고 있다. 옛날처럼 힘없이 당하지 않으려면 이렇게 살 수밖에 없다고 스스로에게 족쇄를 채우고 있다. 괴로웠던 건 과거로 족하잖아. 아무 일도 없는 지금이 좋지 않아? 넌 어둠 속에서 나올 생각 마. 그렇게 자신을 향해 독하게, 잔인하게 말했다. 이렇게라도 바라볼 수 있다면 그걸로 만족해야 하는 거야.

드르득, 드르득. 민견의 책상에서 휴대폰이 혼자서 움직이고 있다. 그는 눈을 감은 채 더듬거리며 휴대폰을 집었다.

"네."

아무 생각 없이 전화를 받은 민견은 상대방의 음성을 듣고선 표정이 굳었다. 받지 말았어야 하는 전화였던 모양이다.

"그래서요?"

민견의 표정처럼 음성이 건조하다. 누구와 통화를 하는데 저럴까 소정은 의아했지만 황조현은 알만하다는 듯 한숨만 내쉬었다.

"제발 아무것도 하지 마세요. 오늘이 무슨 날인지 잊으신 건 아니시겠죠."

차라리 화를 내는 게 나을 것이다. 싸늘한 기운이 감도는 일촉즉발의 상태다. 소정은 분위기 파악이 안 돼 눈만 멀뚱히 뜨고 민견을 바라보았다.

"사랑하는 다른 아들이 있잖습니까. 그 여자가 바라는 게 그거 아닙니까. 자기 아들이 당신 뒤를 잇는 것. 전 그 자리 관심 없으니 마음대로 하세요."

대화 내용을 들어보니 유성의 민성규 회장인가 보다. 그런데 그에게 사랑하는 다른 아들이라니. 민성규에게 아들은 민견 하나로 알고 있었다. 재혼했다고 하지만 그 사이에 아들은 없는 걸로 알고 있다. 그렇다면 재벌 총수들에게 흔하다는 사생아가 존재하는 걸까? 소정은 갑자기 눈이 번쩍 뜨여졌다.

"……당신의 왕국을 산산조각으로 분해해서 공중폭파시킬까 봐 겁이 납니까? 원하신다면 못할 것도 없지만. ……네, 봅시다. 당신 소원이라면."

그가 전화를 끊고 자리에서 일어났다. 그가 옷걸이에 걸려 있는 코트를 입자 소정도 덩달아 일어났다.

"어디 가시게요?"

민견이 목도리를 두르고 휴대폰을 챙기며 걸음을 떼자 소정의 마음이 급해졌다. 통화 내용에서 언급된 민성규의 다른 아들의 존재를 알아내야 한다. 세상에 드러나지 않은 그 숨겨둔 아들이 그녀가 찾는 악마일 수도 있다.

"신경 쓰지 마."

"걱정돼서요."

퉁명스런 말투에 소정은 말끝을 흐리며 민견의 표정을 살폈다.

"남의 일에 신경 쓸 생각 말고 자신부터 챙기지."

"전 실장님 비서잖아요. 당연히 쫓아다녀야죠."

급하게 생각한 변명이지만 먹힌 모양이다. 민견은 의아한 눈빛으로 소정을 쳐다보았지만 그녀는 굽히지 않았다.

"지금 나가면 이용만 당할 텐데. 비서님."

"뭘 하면 되는데요?"

민견은 모든 게 귀찮은지 무뚝뚝했다. 소정도 자신이 민견을 걱정할 처지가 아니란 걸 안다. 하지만 오늘 그는 왠지 모르게 아슬아슬해 보였다.

"그냥 옆에 붙어 있다가 내가 사고 칠 것 같으면 말려줘. 이를테면……."

소정은 민견이 뜸을 들이자 불안해졌다. 그의 눈동자가 심하게 흔들렸기 때문이다.

"내가 이성을 잃고 누군가 죽이려고 들 때, 정신 차리게 해줘. 찬물을 끼얹든, 두들겨 패든, 경찰을 부르든, 수단과 방법을 가리지 말고 말려."

"네?"

그의 말뜻을 이해할 수 없었지만 큰 사고를 칠 것 같은 불안감이 느껴졌다.

"말릴 자신 있으면 따라오고 아니면 그냥 쉬어."

민견이 앞서 나간다. 오늘따라 유난히 더 위태롭게 보인다. 그가 사고를 친다면 그녀는 말려야 한다. 그는 수렁에서 허우적거리는 소정에게 유일하게 손을 내민 사람이기도 했다. 그녀의 발걸음이 자기도 모르게 그를 뒤따랐다.

"소정 씨 아픈 사람이 어딜 가. 민 실장은 그냥 둬."

황조현은 소정이 안쓰러운지 걱정스런 표정을 지으며 말렸다. 민견이 저러는 게 하루 이틀 아니라면서 오늘은 그냥 두는 게 좋을 거라고 덧붙였지만 소정은 그대로 있을 수 없었다.

"괜찮아요. 황 부장님, 회장님에겐 잘 말씀해주세요."

"지금 사무실 걱정할 때야? 가려면 빨리 따라가봐. 민 실장 벌써 나갔다."

황 부장은 근심이 가득한 얼굴로 소정을 쳐다보았다. 소정은 괜찮다며 미소를 지어 보이고 민견을 따라 나갔다. 가파른 계단을 뛰다시피 내려왔다. 민견이 차 문에 기대 서 있었다. 머리가 아픈지 관자놀이를 계속 누르며 인상을 찌푸리고 있다. 소정이 보이자 민견은 차 문을 거칠게 잡아당겼다. 순간 그의 몸이 휘청거렸다. 운전석 문을 열고서도 한참 숨을 토해내고 그마저도 고통스러운지 표정을 일그러뜨렸다.

"괜찮아요?"

"안 괜찮아. 우리 비서님. 다른 건 몰라도 운전면허증은 있다고 했었지?"

민견이 고개를 들자 소정과 눈이 마주쳤다.

"있긴 하지만 운전대를 잡아본 기억이……."

소정은 민견의 시선을 피하며 말끝을 흐렸다. 민견은 소정이 서 있는 조수석 쪽으로 발걸음을 옮겼다.

"받아. 지금 내가 운전하면 사고 낼 것 같아서."

민견이 자동차 키를 던지자 소정은 급하게 잡았다.

"정말 제가 운전해요? 아마 실장님 못 견디실 텐데요."

소정은 다급하게 말을 이었지만 눈이 충혈되고 혈색마저 좋지 않은 민견을 보자 더 이상 말을 잇지 못했다. 편하게 조수석에 타고 쫓아다닐 거면 굳이 그녀가 올 이유는 없었다. 비서는 상사를 모셔야 하는 게 임무니까. 그녀가 조용해지자 민견은 조수석에 탔다. 그러고는 의자와 함께 몸을 뒤로 젖혔다. 소정은 짧게 한숨을 내쉬며 운전석에 탔다.

"목적지는 어딘가요?"

소정은 버튼을 눌러 시동을 걸었다.

"강일 추모공원."

민견은 무뚝뚝하게 대답하더니 창 쪽으로 고개를 돌렸다. 소정은 앞이 깜깜했다. 명동에서 강남이라. 험난한 주행이 될 거라 예상하는 바다. 그나마 한가한 낮 시간이라 내비게이션의 소요시간은 30분이지만 실제로 얼마가 걸릴지는 신만이 알 것이다.

"강일 추모공원은 왜 가는 건데요?"

그에게 친절한 대답을 원한 건 아니었지만 눈도 꿈쩍 않는 건 아무것도 묻지 말라는 거다. 소정은 길게 한숨을 내쉬며 시동을 걸었다. 두 손에 힘을 주어 핸들을 잡았다. 얼마나 힘을 주었는지 두 손이 부들부들 떨리고 있다.

'할 수 있다. 할 수 있다. 액셀, 브레이크. 액셀, 브레이크.'

그녀는 몇 번이나 혼잣말을 한 뒤 액셀 위에 올린 발에 힘을 주었다.

"제대로 운전해. 이 비서가 그따위로 운전하면 핸들을 맡긴 이유가 없잖아!"

소정이 운전하는 차가 앞뒤로 계속 출렁거리자 민견이 언성을 높였다.

"네. 네. 누구 분부인데."

소정은 입을 삐쭉 내밀었다. 운전대를 잡은 두 손에 땀이 나는지 축축하다. 날씨도 그녀 편이 아닌지 하늘이 잔뜩 찌푸리고 있다. 소정은 몸을 핸들 앞으로 바싹 대고 하늘을 바라봤다.

'그러고 보니 내가 언제 운전을 했더라?'

생각해보니 직접 운전을 했던 기억이 없다. 항상 매니저가 했거나, 아빠가 했었다. 그 말은 운전면허증을 딴 후 처음 운전대를 잡아보는 거다. 갑자기 등 뒤에서 식은땀이 흐른다. 백미러도 사이드 미러도 눈에 안 보인다. 오직 앞만 보일 뿐. 천천히 주행하다 보니 뒤에서는 빵빵 소리까지 난다. 결국 민견이 폭발했다.

"다른 사람을 죽이기 전에 너부터 죽일 것 같다."

그의 목소리에는 짜증이 묻어나 있었지만 소정은 앞에서 시선을 떼지 못했다.

"제가 운전 안 한 지 오래됐다고 경고했는데도 무시하고 시킨 건 실장님이세요."

소정은 개미 기어가는 목소리로 변명하며 눈을 부라렸다. 날씨가 좋아도 힘든 운전일 텐데 결국 빗방울이 떨어지고 있다. 와이퍼를 작동시켜야 하는데 무엇을 눌러야 하는지 모르겠다. 이것저것 눌러볼 여유도 없어 눈만 부릅뜨고 앞을 노려보았다.

"이렇게 못할 줄 몰랐지. 아무리 시내라지만 속도가 이게 뭐야!"

"좀만 참으세요. 운전대 맡기고 옆에서 잔소리하면 사고 나요."

"이렇게 죽는 것도 나쁘지 않겠군."

옆에서 지껄이는 말이 진심인지 농담인지 모르겠지만, 기분이 나빴다. 간신히 숨을 쉬고 이제야 사람답게 살고 있는데 죽는다니.

"안, 죽일 테니 걱정 마요."

차체에 떨어지는 빗소리가 점점 강해지고 있다. 두둑두둑, 두두둑. 천장을 때리는 묵직한 소리를 들으며 소정은 두 손에 힘을 주어 핸들을 잡았다. 아무리 눈에 힘을 주고 봐도 쏟아지는 비 때문에 앞이 보이지 않았다. 어느새 의자와 함께 몸을 일으킨 민견이 와이퍼를 작동시켰다. 앞이 보이자 소정은 눈이 동그래졌다. 급작스럽게 바뀐 빨간불을 보며 급하게 브레이크를 밟았다. 급브레이

크로 인해 민견의 몸이 앞으로 기우뚱 쏠렸다.

"너 살고 싶은 거 맞아?"

어떠한 상황에서도 흥분하지 않던 민견의 목소리 톤이 계속 높아지고 있다.

"그럴걸요. 아, 마, 도."

사고가 나도 시내니 가벼운 접촉사고일 테고, 무엇보다 고가의 외제차 덕을 톡톡히 보고 있다. 빵빵거리기는 하지만 알아서 다들 비켜주는 분위기다. 이건 마치 모세가 가른 홍해의 바다 같다고 할까.

"이 비서. 내 정신을 다른 곳으로 분산시키려고 일부러 이러는 거라면, 충고하는데 하지 마. 정말 너부터 죽일 수 있으니까."

"정말로 아닌데."

"야! 초록불이야."

민견의 고함소리에 소정이 급하게 액셀을 밟자 차체가 흔들리며 급하게 출발했다.

"천천히!"

"정신없으니 조용히 해요!"

"이 상황에서 침착할 수 있냐고."

"잔소리할 거면 차라리 누워서 자요."

안 그래도 운전 때문에 정신이 없는데 옆에서 구시렁거리는 민견 때문에 속에서 열불이 치밀어 올랐다. 최근 한 달 동안 들었던 말들을 다 합쳐도 지금 20분 동안 한 잔소리보다 적을 것이다.

"농담이겠지. 이 비서 같으면 잘 수 있나."

"싫으면 말고요."

그 후에도 몇 번의 실랑이가 더 있었지만, 결국 멀게만 느껴졌던 목적지에 도착했다. 강남 한복판, 빌딩숲 사이에 어울리지 않는 공원, 20년 전 대한민국 최악의 인재사고였던 강일쇼핑센터 붕괴 사고 자리다. 그 자리에 희생자들의 영혼을 위로하고자 추모공원이 세워진 것이다. 소정은 덩그러니 서 있는 추모관을 바라보며 한숨을 쉬었다.

"실장님, 추모공원에는 무슨 일로 오신 거예요?"

"누가 여기서 보자고 해서. 고해성사를 하면 용서라도 해줄지 아는 건지."

"누가요? 아, 민 회장님이요?"

민견은 말하고 싶지 않은지 묵묵부답이었다. 그렇지만 소정은 더 이상 신경 쓸 여력이 없었다. 운전만으로도 온 신경이 곤두서 있었다.

"여기로 가는 게 맞나?"

주차장이라고 적힌 표시판을 따라왔지만 주차는 자신이 없다.

"……"

아무리 앞만 보고 운전을 한다고 옆 좌석의 험악한 시선이 느껴지지 않는 건 아니다. 살해 위협을 당하면서 도착한 목적지인데 이깟 주차쯤이야. 자신 있게 시도했지만 결국 멈춰 서고 말았다.

"뻔뻔하게."

민견의 중얼거림에 분노가 스며 있다. 소정은 자신에게 하는 말 같아 고개를 들지 못하고 있다. 그사이 쾅 하고 문이 닫히는 소리가 들렸다. 소정이 급하게 머리를 드니 그가 추모관을 향해 걸어가고 있었다.

"시, 실장님. 잠시만요."

소정이 창문을 내려 급하게 말을 내뱉었지만 민견에겐 들리지 않는 거 같았다. 그녀도 쫓아가고 싶었지만 비싼 외제차를 대충 세워둘 수는 없었다. 소정은 혼신의 힘을 다해 차를 넣었다 뺐다를 반복해 간신히 주차를 마쳤다. 주차를 시키고 나니 갑자기 긴장이 풀어졌다. 소정은 핸들에 머리를 박고 긴 숨을 쉬었다.

"이 정도면 성공한 거지. 참는 김에 조금만 더 참지. 이래서 운전은 가까운 사람에게 배우면 안 된다는 건가 봐."

그가 남편도 남자친구도 아닌 직장 상사라지만 서운한 건 어쩔 수 없다. 아무리 운전을 엉망으로 했다고 해도 버리고 가버리는 건 심했다. 주차 좀 봐주면 어디 덧나나? 비싼 차 긁으면 다 물어내라 할 거면서.

소정은 구시렁거리며 장대우산을 챙겨 들고 차 밖으로 나갔다.

"보이지도 않네. 사고 치면 말려달라는 건 다 뻥이었어."

민견이 갔던 길을 쫓아갔지만 벌써 추모관 안으로 들어갔는지 보이지 않았다. 거칠게 내리던 비가 잠시 소강상태라 그나마 다행이었다. 아니었다면 민견은 물에 빠진 생쥐 꼴을 면하기 어려웠을 것이다.

"어디로 가셨을까?"

소정은 추모관 안으로 들어가 로비 한가운데 있는 지도를 뚫어지게 쳐다보았다. 그러나 그가 어디로 가는지 모르기에 섣불리 움직일 수 없었다. 잘못 움직였다가는 서로 길이 어긋날 것 같아 휴대폰을 들어 전화를 걸어보았지만 그의 휴대폰은 전원이 꺼진 상태였다.

"하아, 전화를 폼으로 가지고 다니는 것도 아니고."

소정은 걸리지 않는 휴대폰을 꼭 쥐고 사방을 두리번거렸다.

'이성을 잃고 누군가 죽이려고 들 때, 정신 차리게 해줘.'

그의 말이 떠올라 소정은 온몸에 소름이 오소소 돋았다. 추모관 특유의 서늘한 느낌에 온몸이 사시나무 떨듯 떨려왔다. 소정은 양 팔을 비비며 걷다가 20년 전의 참사 현장의 사진들이 전시되어 있는 전시관이 눈에 띄자 걸음을 멈췄다. 소정이 워낙 어렸을 때 난 사고라 기억이 어렴풋했지만, TV에서 매일 구조 상황을 보도하고 부실공사에 관해 전문가들이 그림까지 그려가며 분석했던 게 인상 깊었었다. 하지만 이렇게 눈으로 참사현장 사진을 보니 느낌이 달랐다.

전시관 한가운데에는 그날의 참사를 되새기듯, 강일쇼핑센터의 무너진 건물 일부분이 전시되어 있다. 흉물스러운 콘크리트 잔재를 투명 보호막으로 둘러싸 막아놓았지만, 보호막에는 색색의 포스트잇들이 붙어 있었다. 거기에는 각각의 사연들과 보고 싶지만 보지 못하는 가족을 그리워하는 마음이 구구절절 적혀 있었다. 소정의 기억에서는 희미하게 잊혀져간 사고지만, 누군가에겐 아직도 아픔이고 상처란 사실을 새삼 깨달았다. 그러다 예전 민견에 대해 조사했을 때 읽었던 기사를 어렴풋이 기억해냈다.

'실장님 어머니였나? 강일 사고 때 돌아가신 분이.'

인터넷 검색을 하면 자세히 나오겠지만 소정은 그럴 수 없었다. 인터넷 기사만 보면 가슴이 두근거려 몇 초를 견디지 못하고 창을 닫고 말았다. 스토커 솜사탕의 악플 테러 이후 생긴 그녀만의 트라우마다. 천광의 낡은 컴퓨터가 좋은 이유는 인터넷 창이 느리게 켜지고 창이 열림과 동시에 닫히는 데 있다. 그녀가 인터넷 검색을 잘 하지 못하는 이유를 낡은 컴퓨터 탓으로 돌릴 수 있으니까.

"휴우. 난 천광 아니면 일하기 힘들지도 몰라. 그나저나 실장님은 어디로 가신 거야?"

소정은 주변을 두리번거리며 민견을 찾아다녔다. 그러다 대강당이라고 적힌 방향으로 여러 사람들이 이동하는 모습에 따라 움직였다. 커다란 강당 안에 쭉 배열된 의자에 사람들이 앉아 있다. 행사가 있는 건지 보안 직원들의 움직임도 분주해 보였다. 소정은 강당 안으로 들어서다 마침 달려 나오는 꼬마와 부딪쳤다. 서너 살 정도로 보이는 남자아이는 소정과 부딪쳐 바닥에 넘어지고 말았다.

"꼬마야, 괜찮니?"

"앙, 내 솜사탕."

넘어지면서 놓쳤는지 바닥에 솜사탕이 떨어져 있다. 소정은 솜사탕을 보자 온몸이 굳어 움직일 수 없었다. 솜사탕에 대한 끔찍한 기억이 떠올라 온몸에 소름이 오소소 돋고 잔털들이 곤두섰다.

"당신이, 솜사탕?"

"내 정체는, 비, 비밀인데……."

악마는 그녀의 머리카락을 손가락 사이에 끼워 움켜쥔 후 잡아당겼다. 그녀는 머리 가죽이 벗겨질 것 같은 아픔에 비명을 질렀다. 눈물이 맺힌 상황에서 그녀는 악마를 보며 목소리를 높였다.

"나에게 왜 이러는데. 내가 뭘 잘못했다고!"

"나비 네, 네가 나, 날 배신했으니까."

가래 섞인 음성. 어눌한 말투. 남자의 입술 사이로 뿌연 담배연기가 뿜어져 나와 그녀의 얼굴을 덮쳤다. 콧속으로 연기가 들어가자 그녀는 연거푸 콜록거렸다.

"난 당신에게 아무 짓도 하지 않았어."

그녀는 이를 악물고 말을 내뱉었다. 그동안 자신을 협박했던 스토커 솜사탕은 그녀가 생각한 대로 미친 사이코패스였다. 입은 의상만 봐도 정상은 아니다.

"넌 나에게 사, 상처를 줬어. 다른 놈 품에 안겨 있는 너, 널 보며 내 마음이 찢겨졌어. 순결한 내, 내 나비가 더, 더러워졌다고."

"고작 그 이유? 내가 누구와 사귀든 섹스를 하든 너와 무슨 상관이야."

"고, 고작이라고? 너, 넌 내 꺼야."

상대방이 자기 거라는 망상으로 스토커 짓을 하겠지만 이런 극한 상황까지 오리란 생각은 하지 못했다. 그녀는 얼굴을 하얗게 분칠하고 시뻘건 입술에 우스꽝스런 광대 옷을 입은 스토커가 자기 가슴을 주먹으로 치며 발작하는 걸 보며 두려움에 휩싸였다.

"너, 널 박제시켜 내 곁에 두면, 나, 날 배신하지 않을까?"

다른 남자의 품에 안겼다는 이유로 살아 있는 그녀를 박제하겠다니 경악스런 발언이었다. 솜사탕은 담배를 바닥에 던지고 발로 비벼서 껐다. 그러더니 그녀를 밀쳤고, 그 힘에 바닥으로 내동댕이쳐졌다. 악마가 그녀의 몸 위로 올라타 두 팔을 벌려 바닥에 고정시켰다. 저항을 해야 하는데 온몸이 이상하게도 움직여지지 않는다. 수면제라도 복용한 것처럼 온몸이 마비되어가는 느낌이다.

"바, 박제의 첫 번째 단계가 뭔지 아, 알아?"

악마가 손을 뻗어 그녀의 얼굴을 어루만진다. 가죽 재질 장갑에서 느껴지는 차가움이 뺨을 거쳐 목덜미를 훑자 소름 끼칠 정도로 입안이 바싹 마르고 온몸에 소름이 곤두섰다. 그녀는 온 힘을 다해 고개를 저었다. 그의 눈빛을 보니 농담처럼 느껴지지 않았다. 죽을 수도 있다는 생각에 정신이 아찔해졌다.

"연화 작업. 굳은 몸을 부드럽게 만들어주는 자, 작업인 거지."

실핏줄이 터져 벌게진 눈빛은 악마의 눈이다.

"나, 나비의 날개는 상하기 쉬워서 부, 부드럽게 다뤄줘야 해."

끌끌거리는 웃음에 그녀는 온몸을 떨었다. 파닥거리는 날개에 핀셋이 박히고 축 늘어진 몸뚱이가 연화되어가는 환상이 머릿속에 떠올랐다.

"살려……"

살려달라는 말조차 제대로 나오지 않았다. 그녀가 있는 공간 사면의 벽에 나비 표본들이 빽빽이 걸려 있는 게 보였다.

나도 저렇게 되는 건가. 저렇게 죽는 걸까.

"진실을 알게 되면 시, 시시해져 버려."

그녀의 모습을 비웃던 솜사탕은 그녀의 턱을 치켜들었다. 악마의 모습이 둘에서 셋으로 겹쳐 보인다. 희미해져가는 정신을 붙잡으려 그녀는 두 눈을 부릅떴다. 그녀의 눈에 바닥에 힘없이 늘어져 있는 하얀 손과 허리까지 내려오는 긴 생머리가 어지럽게 흩뿌려져 있는 게 보였다. 붉은빛을 띤 머리카락이 마치 핏빛 같아 섬뜩했다.

이렇게 나는 죽는 걸까. 내가 무엇을 그리 잘못했을까? 누군가의 분노를 살 만한 짓을 한 기억이 없다. 그저 이 자리까지 올라오기 위해 죽을힘을 다해 노력한 죄밖에 없다.

"으아앙. 내 솜사탕!"

소정은 남자아이가 떨어뜨린 솜사탕을 보자 과거의 일이 떠올랐다. 어느새 양손이 덜덜 떨리고 있다. 남자아이가 울자 아이 엄마가 급하게 뛰어와 아이를 일으켰다. 아이 엄마는 소정을 흘겨보았다. 넘어진 아이를 일으키지 않고 멍하게 서 있는 게 못마땅한 얼굴이었다. 아이가 땅에 떨어진 솜사탕을 주워 들었다.

"욱."

복도는 사람들의 신발과 우산에서 떨어진 빗물로 젖어 있었다. 물기 있는 바닥에 떨어진 솜사탕은 금세 녹아 진득거리는 액체로 변했다. 끈적거리는 설탕 덩어리들이 온몸에 붙은 것처럼 몸이 굼 질거렸다. 목구멍에 구역질까지 치밀어 오르자 더 이상 참을 수가 없었다. 잊으려 했지만 몸은 여전히 기억하고 있다.

솜사탕이 누군가에겐 달콤한 음식이지만 그녀에게는 쳐다보는 것만으로도 소름 돋는 공포의 대상일 뿐이다.

소정은 입을 막고 추모관 밖으로 뛰쳐나갔다.

가까운 벤치에 앉아 숨을 가쁘게 몰아쉬었다. 한참을 앉아 있다 보니 옥죄던 심장이 안정을 되찾았다. 그제야 소정은 주변이 보이기 시작했다. 부축을 받으며 추모관으로 향하는 노인과 검은색 정장을 입은 중년의 사람들이 추모관 안으로 들어가고 있었다.

그들은 사건으로부터 강산이 두 번 변한 시간이 지났지만 상처가 아직 아물지 않은 듯 다들 침통한 표정들이다. 소정은 그 마음을 알 거 같았다. 소중한 사람을 잃는 것, 삶의 희망이 사라지는 아픔이 무엇인지 아니까.

"소중한 걸 잃는 건 누구에게나 힘든 일이지."

한참을 멍하게 추모관을 바라보던 소정은 기분이 울적해졌다.

무릎을 세우고 그 위에 턱을 얹었다. 긴 장대우산을 바닥에 그으며 '희망'이라는 단어를 써보았다.

"헛된 꿈이야. 나에게 희망이란."

그녀의 마음을 아는지 하늘은 다시 굉음을 내기 시작했다. 우르르 쾅, 하늘이 화를 내듯 사방이 어두컴컴해졌다. 순식간에 어둠이 깔린 하늘이 번쩍거렸다. 건물을 휘돌아 치는 돌풍에 날카로운 바람소리가 길게 이어졌다. 후드득 빗방울이 떨어진다. 차가운 돌풍과 함께 휘몰아치는 비. 추모공원 특유의 서늘함까지 더해져 흉흉하고 을씨년스러웠다. 다행히 소정이 앉아 있는 벤치에는 아치형 천장이 있어 비를 피할 수 있었다. 소정은 매서운 바람에 몸을 움츠렸다.

"아빠도 그렇게 생각해? 하늘에서 잘 보고 있지?"

소정의 눈에 눈물이 고인다. 어릴 적부터 소정은 아버지와 둘뿐이었다. 소정이 '나비'로 대한민국의 스타가 되자 아버지가 가장 기뻐했다. 그녀의 사건이 터지자 아버지는 소정의 무죄를 증명하겠다고 홀로 뛰어다니다 뺑소니 교통사고로 즉사했다. 항상 그녀 편이었던 아버지를 잃자 소정은 혼자가 되었다. 살아남으려면 강해져야만 했다. 어둠 속에서 언제까지나 옹송그려 떨고만 있을 수 없었다. 그 무렵 소정은 솜사탕에게 복수를 하겠다고 마음먹었다. 그녀를 망친 것도 부족해 아버지를 죽음으로 몰고 간 원인이기 때문이다. 솜사탕 너만 아니었다면 가수 '나비'도, 아버지도 잃지 않았을 거야.

"아빠, 이제는 솜사탕이 누군지 알지 않아? 제발 꿈속에라도 나타나서 가르쳐줘."

그녀의 마음을 알고 눈물을 흘리는 건지, 후두둑, 천장을 때리는 비가 점점 더 굵어졌다. 공원 여기저기에 순식간에 물웅덩이가 만들어졌고, 그 위로 굵은 빗방울이 파문을 그리며 쏟아지고 있다.

"보고 싶어, 아빠."

빗길에 한 사람이 급하게 뛰어온다. 우산을 챙기지 않았는지 급한 발걸음이다. 자세를 낮춘 소정에게 보이는 건 발뿐이지만 그 발이 소정 앞에 멈추어 한참을 서 있자 소정은 고개를 들었다. 머리와 어깨에 흐르는 물기를 털지도 않은 채 놀란 눈으로 그녀를 쳐다보는 한 남자가 서 있었다.

"나비?"

소정은 깜짝 놀라 눈이 동그래졌다. 돌아가신 아버지 생각에 맺혔던 눈물이 시야를 가려서 소정은 급하게 눈을 훔쳤다.

"나비 맞지? 나야, 강진영. 모르겠어?"

입에서 하얀 입김이 새어 나온다. 남자가 소정의 눈높이에 맞춰 몸을 낮췄다.

강진영. '나비'의 매니저였고, 아버지 장례식장에 찾아온 유일한 사람이었다. 남들이 말하는 운명적 사랑은 아니었지만 믿고 의지한 남자였다.

"사람 잘못 보셨어요."

소정은 고개를 숙였다. 예전에는 의지하고 싶었던 남자였지만 지금은 만나고 싶지 않은 사람들 중 하나일 뿐이다. 그녀의 마음을 아는지 모르는지 강진영은 두 손으로 그녀의 어깨를 붙잡았다.

"내가 널 얼마나 찾았는지 알아? 나라고, 나. 강진영."

'나비, 넌 내가 지켜줄게.'

장례식장에서 했던 말. 소정은 그 말을 순진하게 믿었었다. 입에 발린 소리나 하지 말지. 앞에서는 그럴싸하게 위로를 했지만 곧 연락이 끊겼다. 다른 사람들처럼.

"그 손 놓지."

서늘한 음성이 들려오자 소정은 움찔 고개를 들었다. 소정의 눈에 심기가 불편해 보이는 민견이 보였다. 민견이 등장하자 소정의 어깨에 놓여 있던 강진영의 손이 부르르 떨렸다.

"제가 사람을 잘못 본 것 같습니다."

민견이 다가오자 강진영은 다급하게 소정에게 손을 떼고 고개를 푹 숙였다. 그러고는 급하게 추모관으로 들어갔다.

"누구야?"

"저, 저도 잘 몰라요."

소정은 자리에서 일어났다. 그러곤 애써 고개를 저어 강진영을 부정했다. 하지만 그녀의 눈은 강진영의 뒷모습을 좇고 있었다.

"이 비서, 여기 놀러 온 줄 알아?"

"먼저 가신 분은 실장님이잖아요. 안 그래도 찾으려 했는데 솜사탕 때문에……."

화를 내는 민견에게 소정이 섭섭함을 느꼈다. 그를 찾아다니다 솜사탕 때문에 아픈 상처만 떠올리고 말았지만 자세한 얘기를 할 수도 없었다.

"솜사탕?"

"아무것도 아니에요. 그냥 어디 계신지 몰라서 기다리고 있……."

소정은 변명을 하려다 민견의 딱딱한 표정에 입을 다물었다. 자신이 사고 칠 때 말려달라고 기껏 데리고 왔는데, 옆에 없었으니 화가 날 만도 하다. 또한 아까의 상황을 오해할 수도 있겠다는 생각이 들었다.

"웬 모르는 남자가……. 실장님, 젖어요. 우산 쓰고 가요."

소정은 급하게 둘러댔지만 그는 듣는 척도 하지 않고 걸음을 옮겼다. 소정은 급하게 우산을 폈다. 짧은 시간이지만 민견의 옷에는 물기가 많이 묻어 있었다.

"뭐가 그리 급해요. 다 젖었잖아요."

소정이 민견을 막아서고는 주머니에서 손수건을 꺼냈다. 한 손으로는 민견의 옷에서 물기를 털어내고, 나머지 손으로는 장우산을 들다 보니 아슬아슬하게 우산이 흔들렸다. 키가 큰 민견에게 우산을 씌우는 게 쉽지 않았는지, 휘날리는 빗방울이 그녀의 양 어깨를 적셨다.

"더 젖겠어."

민견은 그녀에게서 우산을 빼어 들었다. 소정이 쭈뼛거리며 떨어지자 빗방울이 고스란히 그녀의 머리 위로 떨어졌다. 민견이 못마땅한 표정을 지으며 긴 팔을 뻗었다. 그녀의 어깨에 팔이 둘러지는가 싶더니 그가 자신의 쪽으로 바싹 잡아당겼다. 민견의 품 속으로 들어가자 소정은 심장이 빠르게 뛰었고, 얼굴이 또 붉게 달아올랐다.

그사이 민견은 소정에게 아는 척했던 남자를 떠올리고 있었다. 왜인지 모르지만 기분이 나빴다. 그 음울한 분위기, 어디서 본 듯한 생김새. 게다가 그를 대하는 어정쩡한 소정의 태도도 신경이 쓰였다. 거기까지 생각한 민견은 갑자기 당황스러웠다.

'내가 왜 신경을 쓰지? 헌팅을 당하든, 대시를 당하든 나하고 무

슨 상관이라고?'

한참이나 작은 여자를 민견이 내려다보았다. 여자는 그의 시선을 느꼈는지 고개를 들었다.

"일은 다 보셨어요?"

소정의 얼굴에는 걱정스러움이 묻어났다.

"아니. 그냥 나왔어."

"왜요?"

"살인할 것 같아서."

그 말에 소정의 눈이 불안하게 흔들렸다. 잠시 뜸을 들이던 민견이 말을 이었다.

"농담이야."

"휴우, 놀랐잖아요. 저 없을 때 사고 쳤을까 봐."

"잘 쫓아왔어야지."

민견의 말이 서운한지 소정은 볼멘소리를 하기 시작했다.

"그러면 기다리셨어야죠. 제가 분명 운전은 미숙하다고 말씀 드렸는데도 막무가내로 운전을 시켰잖아요. 주차하는데도 얼마나 힘들었는지 아세요. 혹시나 긁을까 봐."

양 뺨이 홍시처럼 붉게 물들어 있던 소정이 소심하게 발끈했다.

"그리고 휴대폰은 왜 자꾸 꺼놓는 건데요. 연락도 안 되고."

"……."

"……걱정했잖아요."

걱정이라는 말에 민견은 씁쓸한 감정이 들었다. 생판 남인 이소정도 그의 위태로움을 알아차리는데.

민견은 추모관에서의 일을 떠올렸다.

20년 전 오늘, 많은 사람들이 변을 당했다. 유가족들이 추모를 위해 오늘이 되면 이곳을 찾지만 민견은 이 장소가 끔찍하게도 싫었다. 모친이 피를 흘리고 죽어가는 모습을 지켜봐야 했던 그날의 사고가 생생히 기억나 온몸에 소름이 끼친다. 그래서 그런지 추모관에 발걸음을 한 날은 어김없이 크게 앓곤 했다.

그러나 그깟 아픔 따윈 견딜 수 있다. 부친의 가식적인 행동을 지켜보는 것에 비하면. 오늘도 민성규는 아내를 잃은 슬픔으로 이 추모공원을 만들었다는 헛소리로 유가족 대표 연설을 했다. 하지만 이 추모공원은 유성의 회장인 민성규가 아닌, 자신의 딸의 죽음을 위로하기 위해 천광일이 자신의 사비로 지은 곳이다.

'유정혜도 피해자 중 한 명이라는 거지?'

방금 전 민견이 추모관 안으로 들어서자 민성규는 사람들 앞에서 자상한 아버지인 척 그를 껴안았다. 그의 옆에는 그의 새 부인인 유정혜가 가식적인 눈물을 훔치고 있었다. 그녀는 자신도 이 사고로 첫 남편을 잃었고 이후 같은 유가족인 지금의 남편을 만나 상처가 조금씩 치유되고 있다고 눈물을 흘리며 말했다. 그들의 관계를 아는 민견은 실소가 나오는 걸 간신히 참았다.

하지만 일은 그 뒤에 벌어졌다. 민견은 맨 앞 로열석에 앉아 있는 귀빈들을 확인하다 예상치 못한 두 사람을 발견하고 표정이 굳어버렸다. 머니캐시 김종수 대표와 그의 딸 김진희가 참석해 있었다. 김진희는 민견을 보자 환하게 미소를 지었다. 그녀는 맞선 자리에서 처음 봤을 때처럼 머리부터 발끝까지 역겨운 나비로 치장하고 있었다. 구역질이 치밀어 올랐다.

민성규가 무리수를 써가며 민견을 이곳으로 끌어들인 이유가,

결국 김진희와 엮기 위한 쇼였다는 걸 알게 되자 속이 부글부글 끓었다. 슬픔에 빠져 있는 유가족들만 아니었다면 어떤 행동을 했을지 모르겠다. 또 자신을 말리겠다며 형편없는 운전 실력으로 쫓아온 소정을 생각해서 간신히 성질을 누르고 행사장에서 나온 것이다.

"잘은 모르지만, 아무튼 잘하셨어요. 살인은 안 좋은 거거든요."

그녀가 민견을 보고 해맑게 웃자 민견은 어이가 없었다.

"이 비서가 내게 하려던 짓을 생각해봐. 날 죽이려 했던 네가 그런 말 할 자격이 있을까?"

"실장님이 기억이 안 나시나 본데, 전 미수로 그쳤거든요."

소정은 정색을 하더니 환한 웃음을 지으며 그를 쳐다보았다. 민견은 어처구니없는 표정을 지었다.

"너 바보지."

"아니거든요."

소정의 대답을 들으며 민견은 우뚝 솟은 추모관과 공원을 쳐다보았다. 지금은 사람의 온기가 도는 공간이 되었지만, 강일쇼핑센터가 무너진 뒤 유가족 보상 문제와 사회적 이슈로 사고현장은 오랜 시간 방치되었었다. 사고 자리가 워낙 덩어리가 크다 보니 한두 푼 가지고는 인수를 할 수도 없었지만, 수백 명이 희생된 그 땅에 무엇을 세울 수 있겠는가.

쇼핑센터를 세우기도 주상복합건물을 짓기도 애매할뿐더러 들어가는 자금에 비해 수익성이 떨어지는 것도 사실이었다. 그런 이유로 자금을 가진 기업들도 등을 돌리자 사고 장소는 흉물스러운 폐허가 되어갔다. 밤이면 귀신이 나온다는 소문이 흉흉하게 났고,

실제로 귀신을 보았다는 목격담도 심심찮게 나왔다. 근처 지하철에서 강일쇼핑센터의 종이백을 가지고 탑승한 아가씨를 보았다느니, 거리에서 강일쇼핑센터 카트에 물건을 싣고 밀고 가는 중년부부를 보았다느니, 별의별 소문들이 돌기 시작하자 해가 지면 사람의 발걸음도 뜸해졌고 자동차마저도 돌아가는 상황이 되었다. 이렇게 되자 서울시가 직접 나서서 수습하려고 했지만, 다들 약속이나 한 듯 강남 한복판의 거리가 텅 비는 말도 안 되는 상황이 만들어졌다.

그렇게 되자 언론과 대중들은 사고 피해자인 유성이 나서주길 은연중에 바라며 요청했지만, 민성규는 아무것도 하지 않았다. 언론에 포장된 것과는 달리 부부 사이가 애틋하지도 않았고, 더욱이 그에게는 유정혜란 다른 관심사가 있었기 때문이었다. 보다 못한 천광일이 나섰다. 천문학적인 거금을 들여 땅을 인수했고 추모공원을 건설했다. 최신식 건물이 들어서고 여러 볼거리가 있는 공원으로 바뀌자 귀신이 출몰한다던 폐허에 사람들이 발걸음을 하기 시작했다.

'한스럽게 생을 마감한 것도 억울한데 귀신이 되어 떠돌게 할 수는 없네.'

천광일이 매년 추모공원에 쏟는 돈은 천문학적이다. 건물을 보수하고 공원의 나무 하나 꽃 한 포기 다치지 않게 관리인을 두고 관리한다. 또한 유가족들에게 재정적인 지원과 후원을 아끼지 않을뿐더러 장학재단을 설립해 인재 또한 양성하고 있다. 또한 매 분기마다 꽃 축제, 세계 음식 축제, 눈 축제, 불꽃놀이 등 볼거리를 마련해 축제의 장을 만들었다. 주변 사람들은 공원을 나라에 기부해

국가에서 관리하도록 하는 게 어떻겠냐고 제안했지만, 천광일은 관리가 안 되고 방치되는 것이 염려되어 일언지하에 거절했다. 그리고 민견에게 당부했다. 최고의 시설로 유지될 수 있도록 아낌없이 투자하라고. 또한 이곳이 한스럽게 죽어간 이들의 마지막 안식처인 만큼 편하게 쉴 수 있는 곳이 되어야 한다고 강조하기도 했다.

'자식을 잃은 사람이 어디 나뿐이겠나. 그들도 다들 누군가의 하늘 같은 부모였거나, 사랑스런 아내, 남편, 혹은 금쪽같은 자식들이었을 걸세. 그들을 기억하며 추모하는 공간은 아름다웠으면 좋겠네.'

유성건설에서 땅을 다지고 건물을 세웠지만 유성그룹의 소유는 아니었다. 이곳은 천광일의 개인 사유지나 다름없다. 외동딸을 그리는 아비의 한과 혼신의 힘을 담아 지은 추모공원. 한데 민성규는 자신의 이미지나 세탁하려고 이곳을 이용하고 있다. 추모관을 바라보는 민견은 눈빛에 쓸쓸함이 가득했다.

"천광으로 가실 거죠?"

소정이 운전석 문을 열려고 하자 민견이 얼떨결에 그녀의 손을 붙잡았다. 순간 손끝이 찌릿했다. 민견은 깜짝 놀라 잡은 손을 놓았다. 그녀도 놀랐는지 토끼 눈을 하고 민견을 바라보았다. 저렇게 눈을 동그랗게 뜨고 있으면 뿔테 안경을 벗기고 싶다는 생각이 든다.

"음."

소정을 보며 귀엽다는 생각을 하는 자신이 이해가 되지 않아 민견은 고개를 저었다. 필시 이건 수면 부족 때문이다.

"왜, 하실 말씀 있으세요?"

그녀의 눈이 더 동그래진다. 민견은 숨을 길게 내쉬며 흐트러진 머리카락을 쓸어 올리고는 양쪽 관자놀이를 꾹꾹 눌렀다. 두통이 쉬이 가시지 않는다.

"죽고 싶지 않아."

민견은 소정의 동그란 눈을 향해 퉁명스럽게 대꾸하고는 천천히 운전석 문을 열었다.

"여기 올 때 제가 운전했거든요."

"다시는 경험하고 싶지 않은 끔찍한 사건이었지."

민견의 대답에 소정은 못마땅한지 입술만 삐죽 내밀었다.

"난 살아서 영감을 봐야 하거든. 이 비서는 여기서 퇴근해."

오늘 가장 슬픈 사람은 천광일이다. 자신의 외동딸을 비명횡사로 보낸 날이니까. 부모가 죽으면 땅에 묻고, 자식이 죽으면 가슴에 묻는다 했다.

"회장님 보러 가신다면서요?"

어디로 가면 회장님을 만날 수 있냐고 물었지만 조수석에 앉아 있는 민견은 아무런 대답이 없다. 사무실에 전화해봤지만 회장님은 이미 퇴근하셨다는 황 부장의 답변만 얻었을 뿐이다.

"저보고 어쩌라고요."

소정은 깊은 한숨을 내쉬며 핸들에 얼굴을 묻었다.

민견이 직접 운전을 하겠다고 차 문을 연 것까지는 좋았다. 그가 갑자기 휘청하더니 주저앉았다. 쏟아지는 빗속에서 커다란 그를 부축해서 간신히 조수석에 태웠다. 출발하기 전부터 상태가 안 좋아 보이긴 했지만 이마를 짚어보니 불덩어리다. 이 상태로 돌아다닌 게 신기할 정도다.

"제가 비서라서 하는 거예요. 정말 다른 뜻은 없어요."

소정은 근처 약국에 뛰어가 고열, 목 부음, 기침, 몸살감기 등에 복용하는 종합감기약을 한 통 샀다. 죽집에 들러 전복죽도 1인분 포장했다. 이럴 땐 집에 가서 푹 쉬는 게 나을지 모른다.

"실장님, 약이에요. 일단 드셔보세요."

소정은 정신이 없는 그를 흔들어 간신히 약을 먹였다.

"실장님, 댁이 어디예요? 지금도 유성호텔에 계세요?"

그 말에 그는 고개를 저었다. 하긴 자신을 죽이겠다고 미친 여자가 뛰어든 곳에 계속 살 리 만무했다.

"그럼 어디로 이사하셨어요?"

주소를 말해야 알 것 아닌가. 열 때문인지 아무리 흔들어도 일어나지 못하고 앓는 소리만 냈다. 그녀는 결국 민견의 지갑을 뒤져 신분증을 확인했다. 다행히도 신분증 뒷면에 새 주소가 적혀 있었다. 그 뒤 소정은 어떻게 운전을 했는지 기억이 나지 않았다.

민견이 사는 빌라를 보자 으리으리한 외관에 소정은 기가 죽었다. 간신히 지하 주차장에 주차를 한 소정은 아직도 깨어나지 못하는 민견을 보며 좌절할 수밖에 없었다. 덩치나 작으면 모를까 그녀보다 한참이나 더 큰 그다. 하지만 급한 상황에서는 초능력이 발휘된다고 했던가. 그녀는 자신도 모르는 괴력으로 그를 들쳐 업었다. 등에 업었다고는 하지만 키가 큰 민견의 발이 땅에 질질 끌렸다. 끙끙거리며 간신히 엘리베이터에 올랐다. 엘리베이터에 들어서자 힘겹게 민견을 업고 있는 자신의 모습이 거울에 비쳤다. 비를 쫄딱 맞은 그녀의 모습은 평소보다 더 추레해 보였다.

흘러내리는 민견을 다시 한 번 등 위로 치켜 올린 그녀는 힘에 부쳐 숨을 고르며 잠시 민견을 바라보았다. 수백만 원은 돼 보이는 명품 슈트가 부드러운 곡선을 그리고 있었고, 손목에 매달려 있는 명품 시계가 실내조명에 반짝거렸다. 그가 신고 있는 슈즈 또한 만 만치 않은 가격의 명품이었다.

'자체도 명품인데……'

소정은 고개를 들어 자신의 얼굴을 이리저리 비쳐보았다.

'나는 명품은커녕 제대로 화장한 게 언제였을까?'

이래 봬도 불과 몇 년 전만 해도 천의 얼굴을 가졌다 해서 메이 크업 아티스트나 카메라 감독들이 가장 좋아했던 얼굴이었다. 그 러면 뭐하나. 꾸미지 않으니 몰골이 흉하다 못해 쳐다보기에도 민 망할 정도가 되었다. 여자는 꾸미기 나름이라던 광고 카피가 떠오 른다. 같은 거울에 비치는 민견의 모습과 너무나 대조된다.

결국 소정은 계속해서 올라가는 LED 창의 숫자를 보며 깊은 한 숨을 내뱉었다.

이 빌라는 그녀도 들어본 적이 있는 곳으로 그 유명한 청담 D빌 라이다. 가구마다 정원 테라스가 있는 데다가 고급스런 유럽풍 외 관은 지나가던 이가 걸음을 멈추고 쳐다볼 정도로 수려했다. 내부 또한 외부 못지않게 고급스럽게 꾸며져 화려함에 익숙한 연예계 선배들마저 혀를 내둘렀다고 한다. 하지만 매입하려는 사람은 많 아도 무슨 이유에서인지 매물이 나오지 않아 예상 가격만 계속 오 르고 있다는 꿈의 집이다. 소정이 과거 '나비'였던 시절 매입하려 무던히도 애를 썼지만 매물이 없어 포기한 집이다. 그래서 이 빌라 에 어떤 사람들이 주로 사는지 잘 알고 있다. 소위 다이아몬드 수

저를 물고 태어났거나 우주 대스타가 되어야만 살 수 있는 곳.

"나한테 살해 위협을 당하더니, 보안이 철저한 곳으로 이사 오셨네."

소정은 씁쓸한 표정을 지었다. 잠시 묵는 곳도 호텔 스위트룸, 그리고 새로 구한 집은 최고급 빌라의 펜트하우스다. 이 펜트하우스는 백 평이 넘는 복층이란 소문만 들었었다. 과연 유성의 후계자답다. 유성이 아니라 천광의 재력만으로도 충분하겠지만.

"내 정보력은 꽝이었어. 그러면서 무슨 복수를 하겠다고."

그녀가 4년 동안 찾은 정보는 유성의 후계자가 민견이라는 것이 다였다. 천광도 민성규의 사생아도 금시초문이었다. 민견이 취직을 시켜줘서 천광에 대해 알게 되었고, 그와 부친의 통화를 엿듣고서야 민성규의 또 다른 아들에 대해서 알게 되었다. 그게 아직 누군지는 모르지만. 그래도 혼자만의 힘으론 찾을 수 없었던 정보니, 제법 큰 수확이라고 할 수 있었다.

이런저런 생각을 하는 사이 민견의 집 현관에 도착했다.

비밀번호가 뭐지?

소정은 현관 문 앞에서 다시 한 번 민견과 씨름을 하고 나서야 간신히 비밀번호를 알아냈다. 여러 번의 시도끝에 띠리릭, 기계의 해지음과 함께 달칵, 현관문이 열렸다. 천상의 어떤 노래도 이보다 아름답지는 못할 것이다. 소정은 그를 거의 질질 끌다시피 해서 안으로 들어왔다. 센서 등이 꺼졌다 켜지기를 몇 번이나 반복할 동안 소정은 그를 바닥에 앉히고 구두를 벗긴 뒤 앉아 있는 그의 등 뒤에서 두 손을 겨드랑이 사이로 끼워 그의 가슴을 끌어안은 뒤 두 손에 깍지를 끼고 그를 조금씩 안으로 끌어 당겼다.

"실장님이 죽이고 싶었던 사람이 혹시 저인가요? 끙. 스위트룸에서의 복수를 지금 하려고요? 헉헉."

온몸이 땀범벅이 되었다. 그녀는 이 상황에서도 그의 체향이 좋다고 생각했다. 샴푸는 뭘 쓰기에 이렇게 기분 좋은 향이 날까 싶었다. 양손에서 느껴지는 그의 따스한 체온에 가슴이 속절없이 뛰고 있었다. 힘들어서 뛰는 건지, 설레서 뛰는 건지 알 수 없었다.

커다란 침대에 그를 간신히 눕혔다. 매트리스 밖으로 삐져나온 기다란 다리를 어떻게 할 수 없어, 일단 젖은 양말을 벗겼다. 데굴데굴 굴려서 슈트 상의는 벗겼지만 셔츠와 바지에서 손놀림이 멈췄다. 젖은 옷을 입고 있으면 열이 떨어질 것 같지 않아 셔츠의 단추를 풀어보았지만 은밀한 속살이 나오자 더 이상 쳐다볼 수 없었다. 그녀의 한숨이 끊임없이 새어 나오고 있다.

미치겠다. 그저 누워 있는 민견을 보았을 뿐인데, 심박수가 순식간에 최고치로 올라갔다. 소정은 화끈거리는 얼굴을 식히려 욕실로 들어갔다. 거울에 비친 모습을 보니 가관이 아니었다. 열은 민견이 아니라 소정이 나고 있었다. 얼굴 전체가 뻘건 홍시빛이다. 헌터와의 은밀하고 강렬한 행위가 떠올라 심장이 계속 두근거렸다. 세면대 탭을 한쪽으로 젖히니 차가운 물이 흘러나온다. 소정은 안경을 벗었다.

내가 미친 거지. 단 한 번뿐이었으면서. 자신의 위에서 움직이던 작은 근육의 움직임조차 머릿속에 박힌 이유가 뭐니. 이소정, 너 변태니?

추모관에서부터 계속 소정의 심장이 미쳤는지 진정되지 않는다. 솜사탕 때문인지, 강진영 때문인지, 아니면 민견 때문인지 도

무지 모르겠다.

"정신 차리자."

시원한 물이 얼굴에 닿자 살 것 같았다. 급한 대로 땀으로 축축해진 머리를 손가락으로 대충 빗어 넘겨 묶었다. 세면대 옆 커다란 월풀 욕조를 보자 씻고 싶어졌다. 따뜻한 물속에 몸을 담그면 온몸의 피로가 가시겠지. 참을 수 없는 유혹이다. 소정은 욕조를 쓰다듬으며 씁쓸한 표정을 지었다. 지금 살고 있는 원룸에서 욕조를 바라는 건 언감생심이다. 당면한 현실이 녹록지 않다 보니 대중목욕탕에 가는 것도 감히 꿈도 꾸지 못하고 있다.

"씻지 못하는 상황보다 이게 더 싫어."

소정은 왼쪽 가슴에 손을 얹었다. 너를 가슴에 담고 있는 한 무리겠지? 가슴에 새겨진 낙인이 주홍글씨처럼 그녀를 괴롭힌다. 그녀는 씁쓸한 표정으로 욕실에서 나왔다.

그녀는 주방으로 가 포장된 죽을 데워 쟁반에 담았다. 그것을 침대 옆 협탁에 쟁반을 내려놓고 실내조명을 부드러운 무드등으로 바꿨다. 불그스름한 조명을 보니 예전 크루즈 객실이 생각났다.

"실장님, 일어나시면 죽 드세요."

소정은 민견이 일어나지 못하자 침대 모서리에 앉아 잠든 그를 멍하게 쳐다보았다.

"정말 잘생겼네. 일반인이 이렇게 생긴 건 반칙이잖아."

무드등 조명 아래서 보니 그의 날렵한 턱 선이 아름답다는 생각이 들었다. 소정은 대담하게도 손가락으로 그의 턱 라인을 따라 뺨과 콧날, 그리고 눈꺼풀을 손가락으로 쓰다듬었다. 긴 속눈썹이 바르르 떨린다. 키스할 때, 긴 속눈썹이 떨렸었지. 그녀의 두 뺨이 발그레해졌다.

"당신을 생각하면 심장이 아파. 처음에는 잊혀서 아픈 거라 생각했는데 지금은 잘 모르겠어. 당신에게 난 아무것도 아닌데. 나 혼자 당신을 가슴에 담았나 봐."

그녀는 조용히 혼잣말을 하고는 민견의 이마를 짚었다. 아직도 불덩어리처럼 뜨거웠다.

"내릴 생각을 않네."

약을 먹이는 게 아니라 병원 응급실로 갔어야 했나?

소정은 응급실이 아니라 그의 집으로 데리고 온 자신의 경솔함을 후회했다. 그녀는 항상 대처 능력이 떨어졌다. 무슨 일이든 제대로 대처하지 못해 뒤늦게 후회한다. 지금이라도 구급차를 불러야 하나 고민하며 몸을 일으키는 그 순간 민견이 그녀의 팔을 잡고 끌어당겼다. 그 바람에 그의 몸 위로 몸이 포개지는 상황이 되었다. 열에 들뜬 몽롱한 눈동자를 마주한 순간 심장이 쿵 하고 떨어졌다.

"넌 누구야?"

그의 입술 속에서 낮은 음성이 갈라져 나오자 소정은 묘한 흥분을 느꼈다. 주체 못하는 심장박동에 몸이 뜨거워졌다.

"……누구지?"

그녀의 귓가로 그의 속삭이는 음성이 들렸다. 그의 목소리가 달콤하게 그녀의 귀에 각인되듯 파고들어 왔다. 두근두근. 누구의 심장소리인 걸까.

"나는……."

소정은 아랫입술을 지그시 깨물며 말끝을 흐렸다. 그의 팔이 허리와 어깨를 감싸 움직일 수가 없었다. 그의 두근거리는 맥박이 느껴지고 숨결이 귓가를 간질이고 있다.

"······나비?"

"네?"

그의 말에 소정은 깜짝 놀라 몸이 움츠러들었다. 순간 소정은 이 상황이 꿈이 아닐까 생각했다. 항상 꾸던 그 꿈을 꾸고 있는 건지 모른다.

"날개를 바스러트릴 거야. 날지 못하게······."

그의 손이 그녀의 티셔츠 안으로 들어와 가슴을 움켜쥐었다. 소정은 몸을 틀었지만 그의 손은 더욱 집요하게 죄여왔다. 나비를 바스러트리려는 듯 손아귀 가득 그녀의 가슴을 움켜쥐었다.

그날도 이랬지.

"······도망가지 못하게."

그의 눈동자에 습한 기운이 감돈다. 민견의 손아귀에 쥐어진 왼쪽 가슴에 통증이 느껴진다. 온몸에 쭈뼛쭈뼛 소름이 돋았다.

"난 도망간 게 아니야."

소정은 이를 악물었다. 지금 저 남자는 헌터가 아니라 고열 때문에 혼란스러워하는 직장 상사 민견이다. 그럼에도 그녀는 믿고 싶었다. 그가······.

"날 기억해, 헌터?"

······나의 헌터라는 것을.

순간 뜨거운 숨결이 느껴지면서 그의 혀가 소정의 입술 사이를 가르고 들어왔다. 조급한 그의 손길에 의해 티셔츠는 뒤집혀 머리 위로 올려졌고 머리끈과 함께 벗겨져버렸다. 머리끈 안에 고집스럽게 감춰뒀던 머리카락이 그의 어깨 위로 쏟아져 내려왔다. 무드 등의 붉은 조명이 그녀의 머리 빛깔을 붉어 보이게 만들었다.

"나비."

입술과 입술이 짓이겨져 말소리가 제대로 전달되지 않는다. 그녀를 삼켜버릴 작정인지 혀뿌리가 뽑힐 정도로 강렬하게 빨아 당겼다. 탁탁 이와 이가 부딪쳐 입술에 생채기가 나고 혀가 얽히고 타액이 진한 핏물과 함께 섞여간다. 소정은 그가 자신을 나비라고 부르자 다잡고 있던 이성의 끈을 놓쳐버렸다. 그의 선실에 들어가 무모하게 관계를 가졌던 4년 전 그날처럼 몸을 던지고 싶었다.

"헌터를 가지고 싶어."

"……유혹하는 건가?"

낮게 가라앉은 목소리가 지독하게도 색정적으로 들려온다. 심장이 빠르게 뛰고 목구멍까지 숨이 차올랐다. 간신히 숨을 삼키며 그에게 속삭였다.

"날 숙면하게 만들어준다면."

소정은 깊은 숨을 몰아쉬며 그를 보았다. 붉은빛이 감도는 그의 눈동자가 자신에게 고정되어 있다. 머릿속은 백지가 되어 아무 생각도 할 수 없었다. 온몸의 감각들이 모두 민견에게 향해 있다.

"자는 건 포기해."

"그럼 곤란한데."

객실 룸에서 나누었던 대화가 그대로 반복되고 있다. 그녀는 그의 셔츠 안에 손을 넣었다. 가슴의 감촉과 근육들의 자잘한 움직임을 따라 손가락을 움직였다. 따스한 온기, 수컷의 페로몬이 느껴지는 체향에 정신이 희미해진다.

"나도 곤란해졌어."

그 말과 동시에 소정의 몸이 돌아갔다. 순식간에 민견의 몸 밑에 깔린 소정은 욕망에 짙게 드리운 그의 표정을 보며 숨을 짧게 들이마셨다. 그의 손길에 몸에 걸쳐 있던 옷가지들이 순식간에 다 벗겨졌다.

"헌터."

"나비, 도망갈 생각 마."

찌익, 바지의 지퍼 내리는 소리가 들린다. 성난 남성이 그녀의 속살을 간질인다. 그는 단단한 손길로 그녀의 엉덩이를 힘껏 잡았다.

"아……."

그녀의 입에서 나직한 신음소리가 나자 거칠고 강한 남성이 여린 여성을 탐욕스럽게 집어삼킨다. 그날처럼…… 뜨겁게.

04. 현실과 꿈의 경계

아무것도 보이지 않는 어둠 속. 팔랑, 팔랑, 날갯짓을 하는 생물체가 누워 있는 남자 주변을 배회하고 있다. 야광색을 흩뿌리며 날아다니는 나비들이 날개를 펄럭일 때마다 빛이 수십 개로 갈라져 눈을 어지럽힌다. 음산한 빛으로 시선을 혼란시키는 더러운 이물질들을 쫓아내려고 남자는 손을 뻗어 휘저었다. 그런 그를 비웃기라도 하듯 나비들은 남자의 손가락 사이로 빠져나가며 여유로운 날갯짓을 하고 있다.

빌어먹을 나비 같으니라고.

그의 미간이 사정없이 구겨졌다. 빛을 뿌리며 날아다니던 나비들이 한데 뭉쳐 커다란 빛이 되었다. 그 빛이 여자를 따라다니며 비추고 있다. 그에게서 또다시 달아나려는 나비를……. 그는 팔을 뻗어 그녀를 잡아당겼다. 그의 몸 위로 쓰러지듯 누운 나비를 향해 나직하게 경고했다.

「날개를 바스러뜨리고, 갈기갈기 찢어 날지 못하게 만들 거야.
……도망가지 못하게.」

「난 도망간 게 아니야.」

갈증과 욕망이 가득한 그녀의 눈빛을 보는 순간, 전신에 전율이
느껴지고 온몸의 피가 사정없이 거꾸로 치솟았다. 또다시 나비의
유혹에 빠져드는 건가? 그의 입술이 사정없이 비틀어진다.

「유혹하는 건가?」

나비의 가냘픈 신음소리에 억누르고 있던 욕망을 분출시켰다.
항상 그랬던 것처럼 남성은 그녀의 좁은 속살을 관통하며 휘젓는
다. 그가 허리를 추켜올릴 때마다 나비가 파닥거린다.

「헌터, 다 잊어. 그날 밤처럼.」

입술이 눌리더니 귓가를 간질이는 목소리가 들려왔다. 뭘 잊으
라는 거지? 토닥토닥 손길이 느껴지면서 콧노래가 들려온다. 쇼스
타코비치의 왈츠. 예전 선실에서 창밖으로 터지는 불꽃놀이를 보
며 나비가 흥얼거리던 노래다.

쿵작작 쿵작작. Rrrrr- rrrrr- 애잔한 클래식 음이 울려 퍼진다.
쇼스타코비치의 왈츠 2번의 멜로디가 동굴 안을 울리듯 메아리쳐
퍼진다. Rrrrr- rrrrr- Rrrrr- rrrrr- 의식의 저편에서 또 다른 내가
나를 끌어 올리며 소환하고 있다. 마치 모든 플레이의 종료를 선언
하듯, 그의 손으로 직접 종료 버튼을 눌러주길 기다리며 계속 울려
댔다. 잠결에 들었던 멜로디가 나비의 콧노래가 아닌 알람 벨이었
나 보다. 그는 손을 뻗어 종료 버튼을 누르며 몸을 일으켰다.

"음."

평소와 다르게 희미한 안개가 걷히듯 정신이 들었다. 전날 하루 종일 그를 괴롭혔던 두통이 믿을 수 없이 말끔하게 사라졌다. 요상한 꿈으로 잠을 설친 상태라 하기엔 너무도 말끔했다. 몸속에 쌓였던 스트레스를 다 푼 것처럼.

"오히려 몸이 개운하다? 모든 걸 쏟아낸 것처럼 말이지."

이랬던 적이 없었기에 당황스럽다.

"이건……."

민견은 자신의 몸 상태를 보며 인상을 찡그렸다. 그동안 수없이 꿈을 꾸었지만, 자던 도중에 바지를 뒤집어 벗어 침대 밑에 던져놓거나 옷을 완전히 다 벗어 나체가 된 적은 단 한 번도 없었다.

'날 기억해, 헌터?'

환각 상태라도 빠졌던 건가? 차가운 손길이 가슴을 쓸어내리는 촉감은 꿈이라 하기엔 너무도 생생했다. 나비를 떠올리자 그의 남성이 꿈틀거린다.

'실장님, 일어나시면 죽 드세요.'

소정의 목소리까지 겹쳐 들리니 더욱 혼란스럽다. 하지만 소정의 방문이 꿈은 아닌가 보다. 협탁에 놓인 죽과 약이 눈에 띄었다. 게다가 칠칠맞지 못한 소정은 민견이 CCTV를 확인해 빌라에 출입한 사람을 확인하는 번거로움을 피하게 해줄 확실한 증거물까지 그 옆에 남겼다.

민견은 협탁 위에 놓인 소정의 안경을 집었다. 그것만으로도 부족했는지 바닥에는 붉은 고무 밴드가 떨어져 있다.

'정신 차리세요.'

어제 차에 올라타려는 순간 그녀의 모습이 두 겹 세 겹으로 겹치더니 세상이 노랗게 변했었다. 그리고 나비를 보았다.

'헌터를 가지고 싶어.'

나비와 키스를 하고 진한 스킨십을 나누었다. 그런데 그게 꿈인지 현실인지 구별이 되지 않는다. 약 기운에 취해 소정을 나비와 착각한 걸까?

민견은 침대에서 일어났다. 밤새 격렬한 행위를 한 흔적들이 고스란히 침대에 남아 있다. 반쯤 흘러내린 시트와 긴 머리카락. 무엇보다 그의 몸 상태가 다르다. 나비와 관계를 가진 후 다른 여자들에겐 흥분하지 않던 몸인데, 이소정을 떠올리는 것만으로 남성이 흥분하고 있다.

"이소정, 네 정체는 뭘까."

그동안 쌓였던 불만을 풀어서일까. 4년 만에 처음으로 숙면을 취한 뒤라 몸이 가벼웠다. 두통 없이 맞이하는 아침이 신기한 민견은 커다란 전면 창의 블라인드를 걷었다. 따스한 햇살이 쏟아져 들어왔다. 민견은 창밖을 바라보며 묘한 미소를 지었다.

지잉, 지잉, 휴대폰이 울리고 있다. 발신자를 확인한 민견은 휴대폰의 통화 버튼을 터치했다.

"네, 민견입니다. 메일은 확인했습니다."

민견은 몸을 돌려 소파로 걸어갔다. 소파에 털썩 주저앉은 그는 주변에 아무렇게나 던져져 있던 두툼한 서류를 집었다. 한 장씩, 한 장씩 넘기며 상대방의 말을 경청하던 민견은 테이블 위로 서류를 휙 내던지더니 자리에서 일어났다.

"직접 가서 확인을 하는 게 빠르겠습니다. 물론 대표님이 괜찮으시다면."

상대방의 음성이 잠깐 끊어지더니 곧이어 말소리가 이어졌다.

민견은 벽면에 걸려 있는 시계를 보았다. 8시 정각, 그녀는 아직 출근 전이다. 이소정, 너와 단둘이 있을 기회를 어떻게 만들까 했는데 하늘이 도와주고 있다. 민견은 순간 바들거리는 사냥감을 쳐다보는 매처럼 눈매가 매서워졌다.

"기대하고 있겠습니다."

그리고 이소정, 그대도 기대해.

덫에 걸린 너를 어떻게 할지 고민 중이니까.

두통으로 인해 고통스러운 신음소리가 저절로 튀어나왔다. 온몸이 물 먹은 솜처럼 축 처졌다. 깊은 숨을 들이마시며 소정은 침대에서 일어났다. 침대 옆 붙박이 거울 속에 하얗게 질린 여자가 비치고 있다.

"휴우. 제대로 사고를 쳤어."

드러난 목 위로 여기저기 진한 키스마크가 새겨져 있다. 그녀는 한숨을 쉬며 티셔츠를 말아 올렸다. 왼쪽 가슴에 아로새겨진 나비가 눈에 띈다. 간밤 민견에게 잡혔던 가슴은 아직도 빨간 손자국이나 있다. 나비를 바스러뜨리겠다더니 정말 있는 힘껏 잡고 물고 빨아 당겼다.

내가 나비란 걸 눈치채진 않았겠지? 정신없는 상태였기에 나비라는 이름을 불렀다고 해서 그녀의 정체를 알아차린 거라고는 확신할 수 없었다.

"그나저나 어떻게 보냐고."

당장 출근을 해야 하는데 아무렇지도 않게 그를 볼 자신이 없다. 움직일 때마다 자신의 몸에서 그의 체향이 느껴진다. 온몸 구석구석 그의 손길이, 그의 살결이 닿지 않은 곳이 없다. 눈을 감으면 그의 입술과 손길이 떠오른다. 이제 어쩌라고. 소정은 바닥에 주저앉았다.

그에게 잊히는 건 한 번이면 족하다. 더 이상 스쳐 지나가는 여자가 되고 싶지 않았다. 하지만 헛된 바람일 뿐이다. 가슴이 아리고 아파온다.

"팬들이야 모를 수 있다지만, 헌터 당신은 날 못 알아보면 안 되잖아."

예전 한 드라마에서 죽을 위기를 겪었던 여자 주인공이 얼굴에 점 하나 찍고 돌아왔더니 아무도 못 알아봤었다. 그때는 말도 안 된다며 코웃음을 쳤는데 막상 내 입장이 되니 웃을 일이 아니다. 물론 점 하나가 아니라 머리 컬러가 변하고 진한 화장을 벗긴 민낯에 옷 스타일까지 달라졌다지만 알아채지 못한 당신이 잘못한 거야.

소정의 눈에 한쪽 벽면에 쌓아둔 이삿짐 박스들이 들어왔다. 이곳으로 이사하고 한 번도 열어보지 않았던 박스들. 소정은 힘없이 일어나 박스를 열어보았다. 나비였을 때 입었던 의상들이 고스란히 들어 있었다. 일반인이 입기엔 지나치게 화려한, 연예인이라고 티 내는 그런 무대의상들이다. 그땐 얼굴을 숨긴다고 모자에 선글라스, 마스크까지 쓰고 다녔지만, 다 부질없던 행동이었다. 그게 더 튄다는 걸 알게 되었으니까. 차라리 민낯으로 돌아다니면 아무도 몰랐을 걸. 지금처럼.

"오늘은 출근하기 싫다."

힘들게 얻은 직장이다. 생계가 걸려 있으니 그저 한순간의 투정일 뿐이다. 소정은 의상박스에서 그나마 무난한 바지 정장을 꺼냈다. 오늘은 초라하게 입고 싶지 않았다. 소정은 정장을 입은 뒤 퀭한 얼굴을 가리기 위해 오랜만에 옅은 화장을 했다. BB크림을 바르고 눈썹을 연하게 그리고 마스카라를 칠했다. 틴트까지 살짝 바르고 나니 창백한 혈색이 가려졌다. 칠칠맞게 안경을 민견의 집에다 두고 온 바람에 렌즈를 꼈다. 몸이 아픈 상태라 그런지 눈이 뻑뻑하다.

출근 준비를 마친 소정은 한숨을 내쉬며 버스정류장으로 걸어갔다. 밤새 내린 비 때문인지 아침공기가 더 싸늘하다. 소정은 머플러를 코까지 올리며 어깨를 움츠렸다. 지잉, 구스패딩 주머니 안에 넣어둔 휴대폰에서 문자 진동음이 울렸다.

"아침부터 누구지?"

소정은 아무 생각 없이 문자를 확인하고 사색이 되었다.

[이 비서, 나한테 할 말 없나?]

드디어 우려했던 일이 벌어졌다. 민견의 문자는 도전적이었다. 어젯밤 일은 실수였다고 하면 이해해줄까? 직장 상사와 엮여서 좋을 건 없다. 소정은 다리가 풀려 버스정류장 벤치에 털썩 주저앉고 말았다.

지잉- 소정의 휴대폰이 또 울렸다. 소정은 고개를 들지 못한 상태로 문자를 확인했다.

[할 말이 없어 답변이 없는 건가?]

빨리 답변하라는 소리다. 썼다 지웠다를 반복하다 결국 전송 버튼을 터치했다.

[없는데요.]

모르쇠로 일관하는 게 좋을 거란 생각이 들었다.

[어젯밤에 내 집에 왔잖아.]

범인 취조하는 것도 아니고. 그의 집에 간 것은 아픈 그를 데려다주기 위해 어쩔 수 없었던 일이었다.

소정의 얼굴에 부루퉁한 표정이 저절로 지어졌다.

[쓰러진 실장님을 댁에 모셔다드렸는데요.]

[그리고?]

"객사를 하더라도 그냥 길거리에 버려두고 올걸. 여기서 뭘 더 말하라는 거야?"

소정은 퉁명스럽게 말을 내뱉었다. 손에 쥐어진 휴대폰에서는 계속 진동이 울리고 있다. 소정은 긴장감을 이기지 못하고 구둣발로 아스팔트 바닥을 두드렸다.

[다시 묻지. 내 집에서, 나에게, 무슨 짓을, 했지?]

쉼표만으로도 상대방에게 압박감을 줄 수 있다는 걸 이제야 알게 되었다.

[내 옷을 벗긴 것도 모자라 여기저기 흔적들을 남겨서 말이야.]

[저한테 왜 그러세요?]

[몰라서 물어?]

자신은 죽을힘을 다해 민견을 집에 옮긴 죄밖에 없다, 그 외에는 아무 일도 없었다며 소정은 스스로에게 최면을 걸고 있다. 하지만 그것은 민견이 원하는 대답이 아닐 것이다. 민견은 소정이 자기에게 무슨 짓을 했는지 알고 싶은 거겠지만, 미치지 않고서야 맨정신으로 입 밖에 낼 수는 없었다.

[옷은 비에 젖어 어쩔 수 없이 벗긴 거고요.]

이런 변명을 하는 자신이 초라하다.

"덩치나 작아야지요. 죽을힘을 다해 필사적으로 옮겼고. 그리고…… 온몸이 뜨거워서……."

차마 문자로 전송하지 못할 말들. 어제 일은 실수였어요. 열에 들뜬 당신은 내가 아니라 나비를 안았고, 난 민견이 아닌 헌터를 가졌죠. 그러니 그냥, 없었던 일로 해요.

소정은 허벅지에 올려놓은 채 전송하지 못한 문자 메시지를 보며 한숨을 쉬었다. 안 그래도 무거운 머리인데 숙이고 있자니 모든 피가 머리끝으로 몰리는 거 같다.

"온몸이 뜨거웠다는 건 또 무슨 소리지?"

문자가 음성 지원을 하는 것도 아닌데 그의 목소리가 귀에 들린다. 코끝으로 익숙한 향이 스며들자 몸이 먼저 반응했다. 밤새 음미했던 자극적이지 않은 그만의 은은한 시그니처 향이 느껴지자 그녀의 심장은 의지와 무관하게 미친 듯이 뛰기 시작했다. 강력한 최음제를 마신 것처럼 이성이란 놈은 사라지고 밤새 그와 나눈 행위들만이 머릿속에 채워졌다. 소정은 무거운 머리를 천천히 들었다. 번쩍이는 슈즈와 기다란 다리, 그리고 블랙 캐시미어 코트를 걸친 민견이 그녀 앞에 서 있었다.

"내가 이상한 꿈을 꾸었는데, 꿈같지 않아서. 이 비서, 간밤에 나에게 이상한 짓 하지 않았나?"

설마 그걸 확인하려고 여기까지 온 건가요? 이렇게 대놓고 노골적으로 물어볼 줄은 몰랐다. 소정의 등 뒤로 식은땀이 흘렀다.

"뭐, 뭘요?"

"내가 궁금한 건 꼭 확인해봐야 하거든."

민견의 얼굴에는 그녀가 지금까지 한 번도 보지 못했던 오묘한 표정이 지어져 있었다.

"내가 맛본 게 무엇이었는지."

강한 시선으로 태연하게 그녀를 바라보던 그가 손등으로 입술을 문지르자, 소정은 침을 꿀꺽 삼키고 말았다. 지금 민견이 무슨 짓을 하고 있는 거지? 뭘, 확인해본다는 걸까? 어젯밤 자신의 입술을 강하게 누르고 입안을 샅샅이 훑던 장면이 떠올라 차마 그의 눈을 마주 볼 수가 없다.

소정은 당혹스러워 마땅히 변명할 말을 찾을 수가 없었다. 때마침 정거장에 버스가 도착했다. 끼이익 앞문이 활짝 열리자 소정은 구세주를 만난 것처럼 벌떡 일어났다.

"저, 버스가 와서요. 회사에서 봬요."

소정이 버스를 타기 위해 발걸음을 떼려 했지만 민견이 그녀를 막아섰다. 커다란 장신이 앞을 딱 가로막으니 옴짝달싹하지 못하고 갇히고 말았다. 그사이 버스는 야속하게 떠났다.

"도망가는 게 이 비서 특기인가 본데, 내가 눈치 못 채게 하고 싶었으면 뒤처리를 제대로 하든가."

뒤처리라니. 뭘 말하는 거지? 안경을 두고 온 거라면 큰 문제는 아닐 텐데. 소정의 머리 위로 그의 노골적인 시선이 느껴져 고개를 더욱 숙일 수밖에 없었다. 그의 태도를 보아하니 제대로 답하지 않으면 절대 비켜주지 않을 기세다. 무슨 말을 어떻게 해야 할까. 어떤 변명을 해야 믿어줄까.

"우리 어젯밤, 볼 거, 못 볼 거, 다 본 사이가 된 거 같은데."

"아, 아니에요!"

놀란 나머지 소정의 입에서 하이 톤의 쇳소리가 튀어나왔다. 입가의 근육들은 가늘게 경련이 일고 그를 불안한 시선으로 응시하고 있다. 소정의 반응에 민견은 예상했다는 듯 미간을 좁혔다.

"잊을 뻔했어. 우리 이 비서님이 내 알몸을 좋아했다는 것을."

스위트룸 사건은 이제 좀 잊어주시지……. 소정은 마땅한 변명거리를 찾지 못해 구두코로 애꿎은 보도블록을 콕콕 치고 있다.

"나는 우리에게 대화가 필요하다 생각하는데."

민견의 시선 끝에 깜빡이를 켜고 정차되어 있는 고급 세단이 보였다. 소정은 덫에 걸렸다. 지금 민견과 붙어 있으면 무슨 일이 벌어질지 눈에 선하다. 오늘만큼은 단둘이 있는 걸 피하고 싶었는데. 소정은 다시 고개를 푹 숙이고 말았다. 얼마나 바닥을 쳤는지 구두 앞부분의 가죽이 벗겨져 있다.

"이 비서, 차에 타지."

민견이 울리는 휴대폰을 보며 구시렁거린다. 시간을 확인하더니 먼저 차로 걸어간다.

"빨리 와. 참는 데도 한계가 있어."

소정은 심장이 오그라들었다. 내가 뭘 그리 잘못했다고 사람을 이리 궁지로 몰까. 민견이 먼저 운전석에 올라타자, 소정은 순간 고민했다. 지금이라도 도망칠까? 차 안에서 자신을 쳐다보는 민견의 매서운 시선이 느껴지자 소정은 이내 도망치기를 포기하고 조수석에 올랐다. 안전벨트를 매던 소정은 갑작스런 손길에 고개를 돌렸다. 민견의 손이 그녀의 머플러를 잡더니 인정사정없이 잡아

당겼다.

"꺄악, 실장님, 무슨 짓이에요!"

소정은 날이 선 비명을 지르고 숨을 헐떡이며 목을 감쌌다. 민견은 소정의 턱을 잡고 천천히 추켜올렸다. 머플러가 사라진 소정의 목의 얼룩덜룩한 멍은 부정할 수 없는 어젯밤의 흔적들이다.

"이래도 아니라 할 건가?"

소정의 반응에 예상은 했지만 목의 멍을 확인하자 더 확실해졌다. 어젯밤의 일들이 꿈속 상황이 아니란 걸. 그렇다면 그녀를 나비라 착각하고 스킨십을 한 이유가 무엇인지 알아내야 했다.

"여러 번 물었지만 아직 대답을 못 들었어. 다시 묻지. 어젯밤 나에게 무슨 짓을 한 거지?"

그는 소정의 어깨를 잡았다. 서늘한 눈초리에 소정은 안색이 파리해졌다.

"말씀드렸잖아요. 실장님이 추모관에서 쓰러져서 집에 모시고 간 것뿐이라고요. 정말 그게 전부예요."

"그럼 이 멍은 뭐야!"

"기억 안 나세요? 절 너무 꽉 잡으셔서."

소정의 목소리가 떨린다.

"어떻게 잡으면 목에 멍이 그렇게 들지? 그걸 믿으라는 거야? 변명을 하려면 제대로 하라고."

"옮기는데 실장님이 머, 머플러를 잡아당겼어요. 그래서 생긴 멍이에요. 이제 됐죠?"

키스마크를 얼렁뚱땅 넘기시겠다? 소정이 그의 손에서 머플러를 빼앗아 다급하게 목에 감더니 창밖으로 고개를 돌렸다. 절대로 말하지 않겠다는 의지가 보인다. 이렇게 해서는 원하는 대답을 얻을 수 없다. 하지만 그는 포기할 생각이 없었다. 두통도 사라지고 컨디션도 최고니 천천히 알아내주겠다고 민견은 마음먹었다.

"어디로 가시는데요? 천광은 이 길이 아닌데요?"

소정은 놀라 민견을 쳐다보았다. 민견은 여유롭게 핸들을 돌리고 있다. 너도 제대로 대답을 하지 않는데 내가 해줄 이유는 뭐냐는 듯 그는 입을 꾹 다물고 있다. 소정은 꽉 다문 그의 입술을 보며 코끝을 찡그렸다. 어제는 그리도 잘 써먹더니, 그 입술은 키스할 때만 요긴하게 쓰나 보다. 아니지, 좀 전에 날 닦달할 때도 쉼 없이 뭐라 했지.

"휴우."

그나저나 저 남자는 왜 저렇게 생생할까. 어젯밤 아무 일도 없었던 것처럼 멀쩡하다. 경험이 많으면 저리 될 수 있는 건가? 난 아직까지 아랫도리가 쓰리고 온몸이 두들겨 맞은 것처럼 아픈데.

잊힌 것도 짜증 나는데 갑자기 억울했다.

섹스는 사랑을 바탕에 두고 관계를 가지는 거라 막연하게 생각하던 때가 있었다. 배려와 교감을 느끼는 게 섹스라 생각했는데, 그와 두 번의 관계를 가지면서 환상이 깨졌다. 밤새 지치지 않는 짐승이 파트너가 되면 교감이란 그저 사치다. 죽지나 않으면 다행이지.

"저건……."

창밖에 우뚝 솟은 유성호텔이 보인다. 소정은 믿을 수 없어 민견을 쳐다보았다. 그가 핸들을 꺾어 유성호텔로 들어가고 있다.

'내가 궁금한 건 꼭 확인해봐야 하거든. 내가 맛본 게 무엇이었는지.'

설마, 어젯밤 일을 확인하기 위해? 소정의 표정이 난감해졌다.

"실장님, 이러시면 안 돼요."

민견이 유성호텔 입구에 차를 세우자 소정은 양팔로 가슴을 가리며 몸을 움츠렸다. 민견은 소정의 행동을 보며 못마땅한 표정을 짓더니 때마침 울리는 휴대폰을 여유롭게 받았다.

"오 대표님. 지금 막 유성호텔에 도착했습니다."

민견의 차가 보이자 발레파킹 직원이 다급히 뛰어왔다. 직원이 운전석 문을 열자 민견이 자연스럽게 내렸다. 그는 차 키를 직원에게 넘기면서 대화를 이어갔다.

"대회의실이면 5분 안에 도착할 거 같습니다."

직원은 민견이 통화를 하고 있는 사이에도 90도로 고개를 숙였고 소정은 쭈뼛거리며 조수석에서 내렸다. 소정이 내리자 직원은 차를 타고 능숙하게 지하주차장으로 몰고 들어갔다. 민견은 계속 통화를 하며 유성호텔의 커다란 회전문 안으로 발걸음을 옮기고 있었다. 이러다 민견을 놓치면 어제의 추모관 행사 때처럼 난처한 일이 생길 수 있을 거란 걱정에 소정은 빠른 걸음으로 그를 따라갔다. 그는 커다란 회전 유리문을 지나 로비에 들어서면서 통화를 마쳤다.

"무슨 생각을 하고 있었던 거지, 이 비서?"

소정은 호텔 앞에서의 과민행동이 떠올라 얼굴이 목까지 빨개졌다. 불과 몇 분 전, 머릿속에 떠올렸던 불순한 그림들을 입 밖으로 꺼낼 수 없었다. 소정은 한숨을 짧게 내쉬었다. 민망하고 창피해서 그를 쳐다볼 수도 없었다.

"내가 아침부터 이 비서와 이상한 짓을 할 거라 생각한 건가?"

비틀어진 입매를 보자 소정은 왠지 억울해졌다. 미리 얘기해주면 어디 덧나나?

"일 때문에 오신 거 같은데, 저는 천광으로 바로 출근할게요."

그와 더 있다간 제 명에 살지도 못하고 죽을 거 같았다.

"따라오지 않으면 후회할 거야. 어젯밤 사건처럼 아주 재미난 자리가 있을 예정이거든."

어젯밤 이야기가 나오자 소정은 또 고개를 숙이고 말았다. 민견에게 제대로 약점이 잡혔다.

"그래도, 전……."

"오늘 할 일이 많아. 딴생각 말고 쫓아와."

유성호텔은 좋은 기억이 있는 곳이 아니라 내키지 않았지만 민견의 표정을 보니 선택권이 없었다. 유성호텔 로비는 언제 봐도 으리으리했다. 다만 오늘은 평소와 다르게 호텔의 분위기가, 뭔가 살벌했다. 모든 직원들이 경직되어 있다고 할까? 하긴 유성그룹 후계자가 나타났으니 그럴 만도 하겠지. 소정은 쓸쓸한 표정을 지었다.

"실장님, 어서 오십시오. 다들 기다리고 계십니다."

정복을 입은 직원이 민견에게 90도로 인사를 했다. 업무용 말투였지만 목소리가 미세하게 흔들리는 것이 초조한 기색이다. 그를 따라가다 보니 대회의실이라 적혀 있는 커다란 문이 보였다.

"들어가십시오."

직원이 열어준 문 안으로 민견을 따라 들어갔다. 커다란 테이블 양옆으로 쭉 앉은 임원들의 시선이 동시에 몰리더니 다들 분주히 자리에서 일어났다. 민견은 당당하게 상석에 가서 앉았다. 이런 자리는 처음이라 소정은 어찌할 바를 몰라 서 있었다.

"소정 씨도 왔네?"

소정이 어정쩡하게 서 있자 30대 중반쯤 되는 여자가 손짓했다. 소정은 여자가 앉아 있는 곳으로 갔다.

"왕언니도 오셨어요?"

소정이 놀란 얼굴로 묻자 그녀는 씽긋 웃었다.

"나야 연락받고 왔지."

그녀는 상해용역 사장에게 성추행을 당하고 소송 준비를 하고 있던 전 직원 왕영미로, 소정의 바로 위 사수였다.

"언니, 다른 곳에서 일한다고 하지 않으셨어요?"

"응. 오늘은 저녁조라서 늦게 출근해도 돼. 여긴 점심 전까지 일이 마무리될 거라 해서 왔지."

"무슨 일인데요?"

"소정 씨도 연락받고 온 거 아니었어?"

왕영미는 이해가 안 간다는 표정으로 고개를 갸웃거렸다. 그러더니 덤덤히 설명을 시작했다.

"유성호텔 측에서 얼마 전부터 상해에서 부당한 대우를 받은 사람들에게 순차적으로 연락을 돌렸어. 그러면서 오늘 상해용역 이상해 사장의 징계위 회부가 있을 거라고 해서 내가 대표로 참석했지."

"전 연락 못 받는…… 아."

민견이 방금 전 로비에서 말한 재미난 일이 이런 건가? 그렇다면 좀 친절하게 설명을 해주든가. 무작정 호텔로 끌고 오면 어떤 상황인지 알 수 없지 않은가. 괜히 이상한 상상을 하게 만들어 민망한 상황만 연출시켰다.

'이 모든 원흉은 민 실장이야.'

소정은 상석을 차지하고 있는 민견을 보며 미간을 찌푸렸다. 그는 오정우 대표에게 보고를 받고 있었다. 심각한 표정으로 서류를 넘기며 검토하고 있다. 그가 일하는 모습을 처음 봐서 그런지 생소했다. 그의 양옆에는 유성호텔 총지배인 포함 객실 담당 차장과 총무팀장, 판촉팀장이 굳은 표정으로 자리 잡고 있었다. 소정의 놀란 표정에 왕언니는 낄낄거리며 말을 이었다.

"이 재미난 일을 구경 못하면 안 되잖아. 나 엄청 기대 중이야."

이른 아침부터 소환된 임원들을 한 자리에서 보는 일이 흔하지는 않지. 몇몇 낯익은 얼굴들이 초췌한 모습으로 앉아 있는 게 눈에 띄었다. 그들의 표정은 판결을 기다리는 죄인처럼 오정우와 민견의 행동 하나하나에 촉각을 곤두세우고 있었다. 물론 오정우와 민견의 대화가 소정에게까지는 잘 들리지 않았지만 창백한 안색의 총지배인과 직원들을 보니 결코 좋은 소리는 아니란 걸 알 수 있었다.

"천장 안 무너져, 소정 씨. 어서 앉아."

"아, 네."

소정은 그제야 왕영미 옆에 있는 의자를 빼고 앉았다.

"상해 사장 기죽은 모습만 봐도 속이 뻥 뚫리네. 하늘 높은 줄 모르고 날뛰더니 쌤통이야."

소정은 찬찬히 주변을 훑어보았다. 테이블 가장 말단에 상해 사장이 고개를 숙이고 앉아 있었다. 두 손을 허벅지 위에 올리고 불안한지 다리를 연신 떨고 있다.

한참의 시간이 지나고 민견과 의견 조율이 되었는지 오정우가 말문을 열었다.

"이제 시작하세요."

오정우는 가라앉은 얼굴로 총지배인을 쳐다보았다. 총지배인은 오정우가 넘긴 서류를 검토하더니 굳은 표정으로 단상에 섰다.

"유성호텔 총지배인 조민석입니다. 먼저 불미스러운 일로 만나 뵙게 된 점 유감스럽게 생각하며 주식회사 상해용역 전 직원 대표 자격으로 참석하신 왕영미 씨를 포함 상해용역의 전 직원들께 깊은 사과 말씀 드리겠습니다."

총지배인 조민석은 90도로 고개를 숙여 사죄한 후 말을 이었다.

"우리 유성호텔에서 내부적으로 검토한바, 아웃소싱 업체로 상해용역을 지정하는 과정에서 투명하지 못한 사항들이 포착되었습니다."

총지배인이 나직이 한숨을 쉬며 침을 꿀꺽 삼켰다. 그가 머뭇거리는 이유를 잘 아는 소정과 왕영미는 입술 끝이 말려 올라갔다. 유성호텔의 아웃소싱을 담당하는 박 과장이 상해 사장의 처남과 동창이라 그간의 모든 비리를 눈감아주었다. 그 과정에서 뇌물과 접대까지 오간 걸로 알고 있다. 그런데도 박 과장의 비리가 호텔 측에서 크게 이슈화되지 못한 것은 박 과장 뒤에 바로 총지배인이 있었기 때문이었다. 하지만 이번에는 상황이 달랐다. 밑에서 올라온 의혹은 힘으로 무마시킬 수 있겠지만, 최고위층에서 직접 내려온 조사 지시였다. 총지배인은 자신이 살기 위해 치부를 감추고 오른팔을 무조건 잘라내야만 했다.

"아웃소싱 담당자였던 박 과장은 이에 책임을 묻고 정직 처분하고 총지배인인 저는 아랫사람을 간수 못한 책임을 지고 시말서와 3개월 감봉 처분을 받기로 결정했습니다."

민견은 의자에 등을 깊게 묻고 예리한 눈빛으로 총지배인을 쳐다보았다. 그가 가진 권력은 아무 말을 하지 않아도 사람을 위축시키는 힘이 있다. 하긴 태생적으로 우월한 인간이라 범접할 수 없는 아우라가 느껴지긴 했다.

"더불어 상해에서 임금을 체불당한 직원들에게 사과문과 함께 밀린 임금과 위로금을 전달하기로 결정하였습니다. 또한 성추행을 당한 직원들이 고소를 원한다면 유성호텔에서 최대한 협조를 하겠다는 공문도 같이 보내도록 하겠습니다."

총지배인은 진땀을 닦아가며 브리핑을 했다. 그들은 유성호텔 내에서 막강한 힘을 가진 사람들로 소정이 호텔에서 일할 당시에는 제대로 쳐다볼 수도 없는 존재들이었다. 그런 그들이 민견 앞에서 쩔쩔매는 걸 보니 마음이 심란했다. 민견의 위치가 저 정도였나? 그와 같이 일하면서는 보지 못했던 모습이었다.

"이소정 씨."

소정은 자신의 이름이 호명되자 벌떡 일어났다. 총지배인은 소정을 보며 말을 이었다.

"작년 10월부터 12월까지…… 계약직으로 주5일 08시 30분부터 17시 30분 월 140만 원을 받는 조건으로 계약을 하였습니다. 총 84일 근무를 하였고 첫 달 20일을 제외한 64일치를 받지 못하였습니다."

"64일치라."

민견은 살짝 미간을 좁히며 소정을 쳐다보며 중얼거렸다. 그의 얼굴에 그의 생각이 고스란히 드러났다.

'미련 곰탱이'. 말로 하지 않았지만 소정은 온몸으로 느낄 수 있었다.

"이소정 씨는 아직 고소에 관해 들은바 없어 우선 밀린 임금부터 지급하기로 했습니다. 이소정 씨는 계약 당시 임금을 현찰로 직접 받게 해달라 요청하였습니다. 그래서 이 자리에서 지불하기로 결정했습니다."

총지배인의 말이 끝나기도 전에 상해 사장이 벌떡 일어나 소정에게 다가왔다. 움푹 파인 눈 밑으로 다크서클이 코밑까지 내려와 있다. 그동안 얼굴이 반쪽이 되었다.

"미, 미안하네. 이 양, 아, 아니 이소정 씨. 절대 고의는 아니었어, 요 한 번만 용서해주면 이 은혜 잊지 않겠네요."

어색한 존칭에 할 말을 잃은 소정은 상해 사장을 보며 긴 한숨을 내쉬었다.

"다시 한 번 깊이 사죄드립니다."

상해 사장은 90도로 허리를 굽히며 두툼한 흰 봉투를 내밀었다. 오만 방자했던 상해 사장의 비굴한 모습에 소정은 기가 막혔다.

"왕왕. 어디서 미친 개소리가 들리네."

옆에 있던 왕영미가 이죽거렸다. 그제야 소정은 이 자리가 이해되었다. 퀭한 눈을 한 임원들의 얼굴을 보니 이미 지옥을 경험한 상태들이다. 하긴 상해용역의 비리가 한둘이었어야지. 그래도 그 짧은 시간에 그 비리들을 다 조사했다니, 민견이 무섭긴 무서웠나 보다. 재벌3세의 위력이 대단하긴 하다.

"이소정 씨."

"네?"

소정은 민견의 목소리에 반사적으로 대답했다.

"금액 확인 안 합니까?"

"아. 네, 확인해야죠."

소정은 자신에게 쏠리는 시선에 차마 고개를 들지 못하겠다. 손에 들린 봉투의 무게만큼 마음도 무겁다. 소정이 봉투를 가지고 자리에 앉았다.

"고소하네. 상해 사장이 저렇게 묵사발이 될지 누가 알았어? 아웃소싱을 좌지우지하는 박 과장이랑 죽이 맞아 하늘 높은 줄 모르고 날뛰더니. 세상은 오래 살고 볼 일이야."

왕영미는 상해 사장을 향해 조소를 날렸다. 곧이어 총지배인은 상해용역에게 법적인 책임을 다하게 하고 다른 모든 하청업체들도 투명하게 관리하겠다는 다짐을 했다.

"역시 유성의 후계자 파워가 대단하네."

왕영미는 민견을 보며 나직이 휘파람을 불었다.

"소정 씨, 알아? 내가 여기 오기 전에 들었는데 유성호텔의 실소유자가 저기 앉아 있는 민견이래. 민견이 가지고 있는 주식이면 대표도 마음대로 바꿀 수도 있다고 하나 봐."

소정은 오정우 대표와 심각하게 대화를 하고 있는 민견을 쳐다보았다.

"그러니 대표가 꼼짝 못하고 있는 거지. 암튼 다들 쌤통이야."

소정은 민견이 유성의 후계자니 유성호텔 내에서 어느 정도 파워는 있을 거라 생각했다. 하지만 예상보다 더 임직원들이 쩔쩔매는 걸 보면서 의아했었는데 이젠 이해가 된다. 자신들의 모가지가 걸려 있으니 죽을힘을 다해 변명하고 아부하고 있는 거였다.

"알겠습니다. 결과는 나중에 보고받기로 하죠. 저는 물러날 테니 뒤는 대표님이 알아서 잘 처리해주십시오."

"걱정하지 마십시오. 이번 기회에 심기일전하는 마음으로 임하겠습니다."

오정우는 변명을 하듯 민견에게 굽실거렸다. 민견이 일어나자 모두들 서둘러 일어섰다. 회의실 문까지 열어주는 총지배인을 보면서 소정의 눈매가 가늘어졌다. 소정은 민견이 일어서자 따라 일어났다. 밀린 임금도 받았겠다 더 이상 여기 있을 이유가 없었다.

"그리고."

나가다 말고 민견이 멈추고 몸을 돌렸다.

"하명하실 일이 또 계신가요?"

"제가 빠트린 말이 있어서. 이소정 씨의 고소는 제 법무법인에서 따로 준비 중입니다. 그렇게 알고 계십시오."

"네? 어째서요?"

오정우가 이해하지 못하겠다는 표정으로 민견을 쳐다보았다. 다른 이들의 시선도 이소정에게로 쏠렸다. 소정은 갑자기 무안해졌다.

"이소정 씨가 저와 아주 깊은 친분이 있어서 대충 넘어가지 못할 것 같습니다."

"네? 아, 스위트룸."

민견의 발언은 과거의 사건을 사람들에게 상기시켰다. 그들은 이소정과 소문의 스위트룸 메이드가 동일 인물이라 넘겨짚고는 고개를 끄덕였다.

그냥 비서라고 하면 되지, 저렇게 대책 없이 말을 내뱉으면 뒷수습을 어쩌려고. 어젯밤 일을 이렇게 복수하는 건가? 소정은 민망함에 고개를 들지 못했다.

"오호, 스위트룸에서 재벌3세를 자빠뜨렸다는 메이드가 역시 소정 씨였구나. 멋져부러."

"아니에요."

모든 시선이 소정에게 쏠렸는지 뒤통수, 옆통수 할 것 없이 다 따가웠다.

"아니긴. 어쩐지 하청업체의 직원 문제를 왜 유성의 실세가 나서서 해결하나 했다. 그런 예를 들어보질 못했는데 이제야 이해가 되네. 자기 여자 일이라 나선 거였어. 소정 씨 덕분에 내가 덕을 봤네. 역시 줄은 잘 서야 한다니까."

왕영미는 이제야 이해가 됐다는 오묘한 표정으로 고개를 끄덕였다.

"아무 사이 아니라니까요."

소정이 애써 얼버무렸지만 아니라 부정하기엔 너무 늦고 말았다. 민견이 루머를 사실로 인정한 꼴이 됐다. 하아, 미치겠다. 빨리 이 자리를 벗어나는 게 상책이다. 오늘따라 이상하게 잘 차려입고 싶다 했더니, 선견지명이 있었나 보다. 소정은 정장에다 화장이라도 한 게 그나마 다행이라고 생각했다.

"조심히 가십시오."

어쩌다 보니 소정까지 임원들의 인사를 받고 말았다. 이게 말로

만 듣던 그 신데렐라인가. 소정은 고개를 푹 숙이고 민견의 뒤를 쫓았다. 총지배인이 엘리베이터까지 쫓아와 버튼을 눌렀다. 그는 엘리베이터 문이 닫힐 때까지 고개를 제대로 들지 못했다. 이번 일로 제대로 혼이 났나 보다. 엘리베이터 문이 닫히자 민견의 입꼬리가 사정없이 말려 올라갔다.

"하나같이 다 마음에 안 들어. 특히 그놈과 연결될 때는."

그놈이 누굴까. 소정은 가만히 그를 쳐다보았다. 굳게 다문 그의 입술에 소정은 묻는 걸 포기하고 한숨만 내쉬었다.

민견이 유성호텔을 나서자 대기하고 있던 직원이 그에게 키를 넘겼다. 그는 여유롭게 차에 탔지만, 소정은 구경 나온 호텔 직원들의 시선을 한 몸에 받으며 조수석에 올랐다. 소정은 차에 타자마자 긴장이 풀려 대시보드에 머리를 박았다.

"너무하세요. 거기서 아는 척을 하면 어떡해요?"

"뭐가 불만이지?"

소정의 투정에 그의 짙은 눈썹이 치켜 올라갔다. 냉기가 뚝뚝 떨어지는 음성에 소정은 고개를 돌리며 소심하게 대꾸했다.

"그게 아니라, 다들 뭐라 생각하겠어요."

"불만을 토로하기 전에 앞으론 아무도 널 건드리지 못할 거란 생각은 안 해봤나?"

날 위해서 그랬다는 거야? 소정은 동그란 눈으로 민견을 쳐다보았다. 이번 일로 상해용역만 다친 게 아니다. 유성호텔에서 상해와 연관된 임직원들이 줄줄이 징계와 정직을 당했다. 그들이 마음만 먹는다면 소정에게 어떤 해코지를 할지 모른다. 그런 소정을 위해 민견이 보호막이 되겠다는 거다. 호텔 메이드와의 추문이 장차

한 기업을 이끌 민견에게 도움이 될 리가 없는데, 사람들의 손가락질을 받을 것을 감수하더라도 그녀를 보호하려고 하는 것이다. 소정은 이 상황을 어떻게 받아들여야 할지 당황스러웠다. 그녀는 시선을 어디다 둬야 할지 몰라 고개를 푹 숙였다.

"근로기준법 제43조."

민견의 뜬금없는 말에 고개를 들어 그를 쳐다보았다.

"대한민국 국민이라면 누구나 헌법에서 보장한 근로기준법으로 근로자의 기본적 생활을 보장받지. 제43조 임금 지급 조항을 보면 사업자는 임금을 통화로 직접 근로자에게 그 전액을 지급하여야 하고, 매월 1회 이상 일정한 날짜를 정하여 지급하여야 하지. 제43조를 위반한 자는 3년 이하의 징역 또는 2천만 원 이하의 벌금에 처한다. 이렇게 경제적, 사회적으로 약자인 근로자들을 실질적으로 보호하는 법률이 있음에도 불구하고 64일치의 임금을 받지 못한 이 비서를 보면 책임감이 느껴져. 어떻게 사람을 만들까."

"그게, 전."

민견의 말들이 다 옳아서 반박할 수 없었다. 소정이 머뭇거리자 민견은 못마땅한 표정을 지었다.

"아까 상해 사장에게 돈봉투를 받음과 동시에 얼마가 들었는지 확인했어야지. 통장 입금이 아닌 이상 그 자리에서 확인해서 정확하지 않을 경우 추가 조치를 취해야 하는 게 기본 아닌가? 자신의 권리를 제대로 찾으려면 어떤 수고로움도 필요가 있다면 해야지. 아무것도 하지 않은 지금은 설사 액수가 틀렸다고 해도 항의 못 해."

민견의 눈썹이 사납게 치켜 올라갔다.

"……이렇게까지 말했는데도 액수를 확인 안 하는 건 무슨 똥배 짱이야?"

"맞겠죠."

"내가 한 말 허투루 들은 게 아니라면 당장 확인해."

소정은 가방을 만지작거리며 민견의 눈치를 보았다. 누가 천광일 손자 아니랄까 봐 돈에 관한 건 철저하다.

"여기서요?"

다시 날아오는 그의 서늘한 시선에 그녀는 결국 가방 안에 넣어둔 봉투를 꺼내 돈을 셀 수밖에 없었다. 험악하게 노려보는 민견의 시선이 고스란히 느껴져 머리에 숫자가 제대로 들어오지 않았다. 통장을 사용하지 못하는 게 이럴 때는 불편하다. 나비의 추락은 이해타산이 얽힌 관계에도 문제를 일으켰다. 1년에 수십 편의 광고를 찍었던 나비는 스캔들이 터지자 기업 이미지에 타격을 입혔다는 이유로 엄청난 금액의 소송에 휘말렸다. 결국 몇십 배에 해당하는 위약금들을 물어야 했고, 결국 아버지가 운영하던 소속사는 파산을 피하지 못했다.

"밤새 세겠네."

민견은 중얼거리더니 등받이에 뒷머리를 대고 등을 깊게 묻었다. 눈이 피로한지 그는 눈두덩을 가볍게 누르다 눈을 감았다.

"출발 안 하세요?"

호텔 앞에 오래 서 있다 보니 지나가는 사람들의 시선을 받고 있다. 창문들이 짙게 썬팅되어 있어 차 내부까지는 보이지 않겠지만 남의 시선이 느껴지는 게 불편했다.

"기다리는 전화가 있어서."

"누구요?"

그녀의 말이 떨어지기가 무섭게 드르득, 드르득, 민견의 휴대폰이 울리고 있다. 발신자를 확인한 민견은 미간을 찡그렸다. 통화 버튼을 누르고 휴대폰을 천천히 귀로 가지고 갔다.

"누군가 아버지에게 살려달라고 하던가요?"

민견의 음성은 건조했다. 차라리 화를 내면 상대방이 대응하기 편할 것이다. 서늘한 기운이 감도는 일촉즉발의 상황이다.

"……."

그는 별 대꾸 없이 듣고만 있었고 흥분한 민성규의 목소리가 소정에게까지 들려왔다. 통화 내용에 신경 쓰다 보니 얼마까지 셌는지 금액을 잊어버리고 말았다. 결국 처음부터 돈을 다시 세기 시작했다.

"네, 지금 갑니다. 가서 마저 얘기하죠."

민견의 차가 급하게 출발하자 소정은 불안해 손잡이를 잡았다. 어딜 가는지는 묻지 않아도 알 것 같았다.

출발한 지 10분도 되지 않아 햇빛에 반사돼 번쩍거리는 유성그룹 빌딩에 도착했다. 그는 보란 듯이 유성그룹 현관 앞에 차를 세우고 내려섰다. 그의 차를 알아본 직원들이 그들을 쳐다보며 웅성거렸다. 민견은 차에서 내려 제집인 양 여유롭게 로비를 지나 엘리베이터로 발걸음을 옮겼다. 민견이 나타나자 직원들이 고개를 숙여 인사를 했고, 보안직원이 재빠르게 다가와 엘리베이터까지 안내한 뒤 올림 버튼까지 눌렀다.

"일 보십시오."

엘리베이터의 문이 닫힐 때까지 몸을 90도로 숙이고 있던 탓에 소정은 보안요원의 얼굴을 볼 수가 없었다. 회장 아들이 대단하긴 했다. 예전 그녀가 억울한 일을 따지려고 유성그룹에 찾아온 적이 있었다. 물론 로비에서 저지당했다. 실무자를 만나게 해달라고 사정도 하고 협박도 해봤지만 결과는 경비직원에 의해 쫓겨나는 거였다. 과거의 일과 비교되니 기분이 묘해졌다.

회장실은 최고층에 위치해 있다. 회장실 문이 열리자 비서실의 직원들이 모두 일어섰다. 민견의 모습에 다들 당황한 기색이었다. 젊은 여직원이 벌떡 일어나 민견에게 다가왔다.

"민 실장님, 연락도 없이 어떤 일이십니까? 회장님은 지금 중요한 미팅 중이십니다."

"상관없습니다."

회장실에 들어가는 것을 막으려는 듯한 느낌을 받았지만, 민견은 아랑곳하지 않고 회장실로 곧장 향했다. 여비서가 다급하게 회장 집무실 나무 문을 노크했지만 민견은 대답도 듣지 않고 문을 벌컥 열었다. 민견이 육중한 나무 문을 밀고 안으로 들어갔지만 아무도 그를 말리지 못했다. 민견이 안으로 들어가자 나무 문이 다시 닫혔다. 소정은 들어갈 타이밍을 놓쳤다. 노크를 하고 안에 들어가야 하는 건지 밖에서 기다려야 하는 건지, 비서로서 대동하는 제대로 된 업무 자체가 처음이라 난감했다.

회장실 안에는 민성규 회장이 두 명의 남자 직원에게 보고를 받고 있었다. 민성규에게 두툼한 서류를 보여주고 있는 남성은 민견도 잘 알고 있는 윤 비서실장이었다. 다른 직원은 젊은 남자였는데, 낯이 좀 익었다. 갑작스레 문이 벌컥 열리자 시선이 민견에게 쏠렸다. 민성규는 민견을 보자 표정이 급작스레 굳었다.

"제가 올 거 예상하지 않았습니까?"

민견은 민성규의 맞은편 소파에 편하게 자리를 잡았다. 민성규는 서류로 시선을 돌렸다.

"너는 한국에 돌아와 첫 번째로 하는 일이 분란을 조성하는 일이구나."

민성규는 불편한 속내를 드러냈다.

"제가 없는 사이 비리덩어리를 요직에 앉히셨더군요. 이번 기회에 썩은 가지들을 다 잘라낼까 하는데 아버지 생각은 어떠십니까?"

"내 생각이 필요하긴 하더냐."

민 회장과 민견 사이에 신경전이 벌어졌다. 그 틈에 낀 윤 비서는 표정관리조차 되지 않았다. 민견은 테이블 위에 펼쳐진 두툼한 서류에 시선이 갔다. 민견의 시선이 서류로 향하자 윤 비서는 당황하는 빛이 역력했다.

"두 분 말씀 나누십시오."

윤 비서는 테이블의 서류를 정리해서 봉투 안에 넣어 옆에 있는 젊은 남자에게 넘겼다. 남자는 서류를 받더니 조용히 일어났다.

"처음 보는 직원 같은데. 누구죠?"

민견은 윤 비서 옆에 있는 남자를 날카롭게 쳐다보았다. 어디서 본 듯한 느낌에 민견의 눈초리가 매서워졌다. 윤 비서는 민견에게 젊은 남자를 소개했다.

"기획2팀 강진영 대리입니다."

"기획2팀이라면?"

"박규 팀장 밑에서 일하고 있습니다."

강진영은 민견의 날카로운 시선에도 위축되지 않았다. 민견을 똑바로 쳐다보는 강진영의 시선은 도전적이었다.

"우리 구면 아닌가요?"

민견이 남자의 얼굴을 자세히 보자 그는 고개를 숙이며 나직이 말을 이었다.

"처음 뵙지만 박 팀장님께 말씀은 많이 들었습니다."

"박 팀장이 일을 하긴 하나 보군요. 들리는 소리와 달리."

민견은 박규라는 이름이 나오자 얼굴을 찡그렸다. 생각만 해도 기분 나쁜 놈.

"무슨 소리를 들으셨는지 몰라도, 전 박규 팀장이 굉장히 유능한 분이라 생각합니다."

"강 대리 기준이 그렇다면."

민견이 냉랭한 시선으로 강진영을 위아래로 훑어보았다. 박규와 연관된 자라 그런지 곱게 보이지 않는다.

"말씀 나누십시오. 전, 이만 나가 보겠습니다."

강진영은 꾸벅 묵례를 하고 집무실을 나갔다.

집무실 문 앞에서 서성거리던 소정은 문이 열리는 소리가 들리자 자세를 바로잡았다. 민견에게 괜히 책잡힐까 봐 허리를 펴고 최대한 상냥한 미소를 지었다.

"……강진영?"

소정은 집무실에서 나오는 사람을 보고 사색이 되었다. 유성그룹에서 강진영과 마주칠 거라고는 생각하지 못했기에 눈에 띄게 당황했다.

"나비?"

소정처럼 그도 놀랐는지 안색까지 변하며 중얼거렸다. 강진영과 우연히 다시 만나게 되면 어떨까라는 상상은 해보았지만 막상 연이어 만나게 되니 유쾌하지만은 않았다. 어제도 느꼈지만 그동안 편했는지 제법 살집이 늘어 날카롭던 인상이 부드럽게 변해 있었다. 그동안 힘들었던 건 그녀뿐이었다는 생각을 하자 억눌려 있던 화가 치밀어 올랐다. 그 화를 누르려고 시선을 돌려 회장 집무실을 쳐다보았다.

"기다려야 할 겁니다."

강진영은 집무실 문을 조심스레 닫으며 묵직한 목소리로 말을 이었다.

"안에 들어가봤자 괜히 불똥만 튈 겁니다. 저희 같은 말단 직원들은 가만히 있는 게 살길이라."

소정은 그가 아는 척을 하자 불편했다.

제발 아는 척하지 마. 과거의 당신처럼 그냥 모르는 척해. 당신 앞길을 망치는 걸림돌 취급, 다시는 받고 싶지 않으니까.

소정은 강진영을 무시하고 굳게 닫힌 집무실 문만 쳐다보았다.

"어제 추모관에서도 뵀었는데 기억나십니까?"

"……."

"어제도 민 실장님과 같이 계셨잖습니까?"

대답 없는 소정이지만 강진영은 포기하지 않고 말을 걸었다. 소정은 강진영에게 초라한 모습을 보이기 싫어 최대한 몸을 꼿꼿이 펴고 도도한 표정을 지었다. 긴장을 해서 그런지 새벽부터 그녀를 괴롭히던 두통은 잊혀졌다. 대신 골치 아픈 인물을 만났지만.

소정은 그의 목에 걸려 있는 사원증을 보았다. 기획2팀 강진영 대리. 명문대 출신인 그가 대기업 대리 직함을 달고 있는 게 이상한 일은 아니지만, 그 회사가 유성이라고 하니 배신감이 느껴졌다.

소정은 나비였던 자신의 이력을 숨기고 나니 작은 회사에도 취직하기 힘들었다. 학벌도 경력도 없는 그녀는 작은 일을 하기 위해서도 죽을힘을 다해야 했다. 가진 자들의 울타리 안으로 들어가려 노력했지만, 자신은 먹는 쪽이 아닌 먹히는 쪽이란 사실만 깨달았을 뿐이다.

"나비 맞지? 왜 모른 척을 해? 나라고, 강진영."

그가 비서실 직원들을 의식한 듯 소곤거렸다.

"그동안, 내가 얼마나 찾았는지 알아?"

과거 나비를 바라보며 미소 짓던 매니저 강진영의 모습이 얼핏 드러났다. 하지만 소정은 더 이상 예전의 나비가 아니었다.

"왜……."

소정이 무언가 말을 하려는 순간 회장 집무실에서 고성이 들려왔다. 소정은 놀라 고개를 돌렸지만, 강진영은 예상했다는 듯 표정 변화가 없었다.

"다 너를 위해서야! 유성의 후계자가 이리 자각이 없어서야."

"앞으로 제 결혼에 대해 왈가왈부하지 마십시오. 머니캐시를 다시 한 번 입에 올리신다면 유성호텔 하나 뒤집어엎는 걸로 끝나지 않을 겁니다."

"민견!"

민 회장의 노한 음성이 들려온다. 민견의 목소리도 들려왔지만 흥분하기보다는 빈정거리는 말투였다. 소정은 그 자리가 가시방

석처럼 불편해 두 손을 쥐었다 폈다 하며 아슬아슬하게 서 있었다. 그때 앞이 어두워지더니 따스한 손이 그녀의 손을 덮어왔다.

"긴장하면 손이 차가워지는 건 여전하네."

강진영의 따뜻한 손도 그대로였다. 소정은 입술을 악물었다. 이 손은 그녀가 힘들 때 내밀어야 했다. 잡아달라 뻗었을 때는 뿌리치더니 지금에 와서 잡는 의도가 뭘까.

소정은 눈살을 찌푸렸다.

강진영은 비서실 직원을 등진 채로 소정의 바로 앞에 서 있어 아무도 그의 행동을 눈치채지 못한 듯했다. 마치 비밀 연애하는 연인들이 상사의 눈을 피해 손을 잡는 것처럼. 한쪽 손에 든 두툼한 서류가 교묘하게 그들이 잡고 있는 손을 가리고 있었다.

벌컥 문이 열렸다. 소정은 몸을 틀어 급하게 손을 빼려 했지만 강진영의 손에 힘이 들어갔다. 손을 뺄 타이밍을 놓치고 민견이 걸어 나왔다. 민견은 강진영이 소정과 마주 보고 있자 미묘하게 얼굴이 일그러졌다. 소정은 민견의 날카로운 시선과 마주치자 가슴이 콩닥거렸다. 도둑질하다가 걸린 아이처럼 심장이 쿵 하고 떨어졌다.

"이제 속이 후련하냐?"

집무실 안에서 감정을 억누른 말소리가 들려왔다.

"다 너를 위한 일이었다. 모든 걸 망치려는 네 속내를 모르겠지만, 후회하게 될 거다."

"아버지의 따뜻한 환영을 받으니 눈물이 앞을 가리는군요. 보답하는 의미로 아버지가 그토록 원하셨던 유성의 후계자가 되어볼까 합니다. 제 집무실은 그대로 있을 테니 당장 일을 시작하죠."

"뭐?"

자리에 앉아 있던 민 회장이 벌떡 일어났다. 민견은 피식 웃더니 덤덤하게 말을 이었다.

"미국 지사에서 진행했던 프로젝트도 마무리할 겸, 아, 하버스 그룹의 제이드 윌슨이 조만간 방한한다고 하는데, 제가 유성에 자리를 잡고 있어야 그림이 좋지 않을까 싶은데 말입니다."

미국 지사에서 무슨 일을 했기에 민성규가 말을 더 이상 잇지 못할까? 소정은 붉으락푸르락해지는 민성규의 안색을 보며 의아해했다.

"아니면 유성그룹 최고 주주의 권한으로 한자리 차지해볼까요? 이럴 때는 저에게 모든 권한을 주신 할아버님께 감사할 따름입니다. 안 그렇습니까, 아버지?"

그렇게 말하는 동안에도 민견의 시선은 계속 강진영을 향해 있다. 민견의 말에 강진영이 움찔했다. 소정은 강진영의 손아귀 힘이 약해진 틈을 타서 손을 비틀어 뺐다.

"식사하고 오겠으니 점심 식사 후 일을 시작하도록 하죠."

누구에게 한 말인지 모르겠지만, 반응은 집무실에 있는 민성규 회장이 했다. 민 회장의 고함소리가 집무실을 넘어 비서실 전체에 쩌렁쩌렁하게 울리고 있다.

"주먹구구식으로 일을 처리하는 천광에 가 있으니, 체계적인 시스템을 이해하지 못하는 게다. 그래가지고 네가 유성의 후계자라니 부끄럽구나. 정 그렇게 원한다면······. 윤 비서, 이놈이 일했던 집무실 다시 내줘."

소정은 안타까움이 일었다. 그래도 부자 간인데 어떤 깊은 골이 있기에 이리도 사이가 나쁜 걸까?

"회장님, 몇 년 동안 창고로 쓰던 곳입니다. 적어도 며칠은 주셔야 원상복구가 가능합니다."

"쌓여 있는 짐들 치우고 책상만 놓게. 뭐가 더 필요한가. 때만 부리면 다 되는 줄 아는 무식한 놈에게는 그것도 감지덕지야."

민견을 바라보는 민 회장의 시선은 벌레를 보는 듯했다.

"아무리 마음에 들지 않는 자식이라지만 일하던 곳을 창고로 만드시다니, 참 아버지답군요."

민견의 입술이 비틀어졌다.

"집무실에 아무것도 없는데 정말 괜찮겠습니까?"

윤 비서가 한숨을 쉬며 말했다. 두 사람 모두에게 묻는 질문이었지만 두 사람 다 대답이 없다. 윤 비서는 포기한 듯 민 회장에게 고개를 숙여 인사를 하고는 집무실에서 서둘러 나왔다. 그러다 강진영을 보고 걸음을 멈췄다.

"강 대리, 아직 여기 있었나?"

"윤 비서님을 기다리고 있었습니다."

강진영은 소정을 흘끔 쳐다보더니 무덤덤하게 대답했다.

"이 비서, 우리는 이만 나가지."

민견은 소정에게 눈을 떼지 못하는 강진영을 보자 짜증이 치올랐다.

"이제 기다리면 되는 건가?"

민견은 회장실에서 나와 엘리베이터로 천천히 걸어갔다. 소정은 강진영을 만나 당황했던 모습을 최대한 지우려 애쓰며 그를 뒤따랐다. 엘리베이터에서 내린 직원들이 민견을 알아보고 당황해했다. 급하게 옷매무새를 가다듬고, 90도 가까이 고개를 숙여 인사를 하고, 직접 엘리베이터 버튼을 눌러 민견이 타는 것을 기다리기까지 했다. 크게 티를 내지는 않았지만 모두들 민견에게 잘 보이기 위해 애쓰는 모습이었다. 유성호텔에서 오정우 대표와 총지배인이 굽실거릴 때부터 느꼈지만 그동안 그녀가 그를 너무 과소평가한 거 같다. 천광상사에서 보던 그와는 180도 다른 모습이다.

엘리베이터를 타자 소정은 조심스럽게 물었다.

"실장님은 내일부터 유성으로 출근하실 거예요?"

그의 표정이 쓸쓸해 보인다. 추모관에서 봤던 그 표정이다.

'……당신의 왕국을 산산조각으로 분해해서 공중폭파시킬까 봐 겁이 납니까? 원하신다면 못할 것도 없지만. ……네, 봅시다. 당신 소원이라면.'

그래서 어제 그렇게 흥분한 건가? 자신을 말려달라고 할 만큼 화가 났던 이유가 아버지와의 갈등을 두고 한 말이었나 보다. 소정은 그를 뚫어져라 쳐다보았다. 비록 등짝이지만.

"선전포고를 했으니 그래야겠지. 이 비서도 함께."

"저도 유성으로 출근하라고요? 왜요?"

뜬금없는 대답에 소정은 살짝 미간을 찌푸렸다.

"이 비서는 가끔 자신의 직책을 잊어버리는 거 같아."

강진영과 같은 공간에서 일해야 한다는 건 부담스럽다. 하지만 다르게 생각하면 기회일 수도 있다. 나비의 삶을 망친 솜사탕을 찾아낼 수 있는 기회.

"기획2팀 강 대리와 어떤 사이였던 거지?"

"모르는 사람이에요."

손잡힌 걸 본 건가? 그와의 관계를 설명하려면 그녀의 과거에 대해서도 말해야 하기에 소정은 모른 척 잡아뗐다.

"무조건 아니라고 부정하는 게 이 비서 특기인가 본데, 모르는 남자가 손을 잡으면 소리를 지르거나 불쾌한 표정을 지어야 정상이지. 이 비서처럼 놀라는 표정이 아니라."

소정은 눈이 동그래졌다. 모른 척 잡아뗐던 게 민망하기도 했고, 한편으로는 자신을 향한 민견의 관심이 이해되지 않았다.

"실장님이 관여할 문제는 아니잖아요."

로비 층까지 내려오는 시간이 길게 느껴졌다.

"신경 쓰여."

"아무 사이도 아닌 실장님이 왜요."

"아무 사이도 아니라면 어제는……."

민견의 중얼거림에 소정의 가슴이 철렁했다. 하지만 다행히도 민견은 뒷말을 잇지 않았다. 소정은 입을 꾹 다물고 내려가는 LED창의 숫자만 노려봤다.

두 시간도 안 돼 정리가 끝난 걸 보면 민견의 협박이 제대로 통했나 보다. 기획실 안에 들어서자 모든 기획실 직원들이 일렬로 서서 그를 맞이했다. 초췌한 모습들을 보니 오랜 시간 창고로 방치되어 있던 공간을 치우느라 정신이 없었나 보다. 회장 아들이란 이유로 점심시간도 반납하게 한 핵폭탄급 사건이었을 것이다.

그러나 민견을 환영하는 그들의 모습은 과하다 싶을 정도로 리액션이 컸다.

"오랜만에 뵙습니다. 정동우입니다. 민 실장님, 4년 만에 뵙는데도 그대로이십니다. 전 살이 많이 쪘죠?"

정동우 과장이다. 4년 전과 변함없이 과장 자리를 지키고 있다. 대리였던 박규가 정동우를 넘어 팀장으로 승진할 동안 뭐 했는지. 저 살집을 줄이고 빠릿빠릿하게 일하지 않으면 그 자리도 위태로울 것이다.

"실장님, 전 처음 봬요. 이미현 주임입니다. 말씀 많이 들었어요."

이미현은 미소를 지으며 환영의 뜻을 전했다.

"실장님, 전 미국 지사에서 같이 일했던 김선우인데 기억나세요?"

이전에 함께 일했던 직원부터 새로운 직원까지 열렬히 그를 환영했다. 회장과 관계가 나쁘다고 해도 민견이 유성의 후계자란 사실은 변함이 없다. 유성호텔을 뒤집어엎은 사건도 다 들었을 터. 민성규는 그저 이름만 있는 껍데기 회장이라는 걸 모르는 직원이 있었던가? 결국 중요한 사안은 천광일에 의해 결정된다는 건 선대 회장 때부터의 불문율이었다.

민견의 조부 민영환이 쓰러져가는 유성을 살리기 위해 민성규를 천광에 팔았다. 그 정략결혼의 희생양으로 태어난 민견의 존재를 민성규는 못 견뎌했고, 그때 억지로 헤어진 첫사랑 유정혜를 잊지 못했다. 민견의 친모가 쇼핑센터 붕괴사고로 죽자, 그는 기다렸다는 듯 유정혜를 데려와 자기 옆에 두었다.

이 정략결혼의 가장 큰 피해자는 유정혜가 아니라 민견의 친모였다. 남편에게 사랑 한번 받지 못하고 젊은 나이에 끔찍한 사고로 죽었으니. 어머니의 자리를 차지한 유정혜를 보며 민견은 이를 악물며 다짐했다. 유성그룹을 공중분해시키는 한이 있더라도 유정혜와 박규에게는 그 어떠한 것도 넘기지 않을 거라고.

"환영회 해야 하는 거 아닙니까?"

"실장님 시간에 맞춰 싹 다 비워놓겠습니다."

"어머, 전 오늘도 괜찮아요."

민견의 눈 밖에 나면 자신들에게 좋을 게 하나도 없음을 잘 알기에 그들은 온 힘을 다해 민견을 환영했다.

민견의 시선이 그중 이소정의 손을 슬그머니 만진 강진영을 향했다. 민견은 이소정에게 별말을 듣지 못해 확신하진 못했지만 그 둘을 과거의 연인 사이로 추정했다. 번지르르한 호남형 얼굴을 보니 기분이 나빠졌다.

'어디서 봤더라?'

심지어 묘하게도 낯이 익다. 민견은 눈살을 찌푸리며 강진영을 빤히 쳐다보았다. 분명 어디선가 본 적이 있다. 하지만 떠오를 듯 떠오르지 않는 게 계속 신경에 거슬렸다.

모든 직원들이 있었지만 박규는 눈에 띄지 않았다. 민견은 굳게 닫힌 팀장실을 쳐다봤다. 팀장에게 중역에게만 주는 집무실을 내주었다고? 박규의 모습을 최대한 감추기 위한 꼼수처럼 보인다.

"박 팀장은 어디 있습니까?"

민견의 시선이 팀장실로 향하자 직원들은 난감한 표정을 지었다.

'유령팀장은 왜?'

'누구 팀장님 본 사람?'

'휴우, 사실대로 말하는 게…….'

수군거리는 직원들을 보니 그들도 박규를 모르는 눈치였다. 그러고 보니 박규가 어떻게 생겼더라? 그는 눈까지 가리는 긴 앞머리에 항상 고개를 숙이고 있었다. 비쩍 마른 체형에 피부가 하 던 걸로 기억한다. 하지만 그게 전부다. 항상 방구석에 처박혀 기다란 손가락으로 컴퓨터 자판만 두들기던 놈. 그나마 자세히 본 게 4년 전인데, 얼굴에 가면을 쓰고 어눌한 목소리로 말을 더듬었다.

기분 나쁜 놈.

"출장 가셨습니다."

박규의 직속 부하라더니, 강진영이 급하게 변명을 댔다.

"출장?"

민견은 비웃음이 나오는 걸 참았다. 기껏 생각해낸 게 출장이라니. 유령팀장 박규의 끝나지 않는 긴 출장이겠군.

"어디로요?"

"확실하게 말씀드리기 어렵습니다."

"제가 없는 동안 유성의 직원 관리시스템이 엉망이 되었나 보군요. 팀장이 출장을 갔는데 보고조차 받지 못하다니."

박규의 출장보고서가 있을 리 없다. 민견이 불쾌한 기색을 보이자 직원들의 당황한 표정이 볼만했다. 오늘은 대충 얼버무리고 끝냈지만 계속 감싸기는 힘들 것이다.

민견이 굳게 닫힌 팀장 직무실을 쳐다보는 사이 정 과장의 목소리가 들려왔다.

"그런데 옆에 미녀분은 누구신지요?"

분위기를 바꾸려는지 정 과장이 소정을 보며 애써 밝은 목소리로 물었다. 소정은 자신을 어떻게 설명해야 할지 몰라 난감했다. 소정의 소속은 천광상사지 유성과는 아무런 상관이 없기 때문이다. 어쩌다 민견을 쫓아왔지만 유성에서의 그녀 위치는 애매했다.

"제 개인 비서입니다."

머뭇거리는 소정 대신 민견이 대답했다. 직원들은 민견의 말에 아, 하며 고개를 끄덕였다. 순간 직원들 사이로 강진영의 입매가 민견의 눈에 들어왔다. 아무에게도 가르쳐주지 않은 이름이었지만 강진영이 입술을 달싹거리며 그녀의 이름 세 글자를 소리 없이 그리고 있었다. 순간 민견은 적의를 드러내며 강진영을 노려보았다. 민견의 시선을 느낀 강진영의 눈이 희번덕거린다 싶더니 입가 근육이 파르르 떨렸다.

"그럼. 일들 보세요."

차가워진 분위기에 직원들이 어쩔 줄 몰라 했다. 그중 가장 불편해 보이는 건 강진영이었다. 민견은 소정을 알고 있는 그가 유령 팀장 박규와 연결되어 있다는 게 더욱 꺼림칙했다.

"제가 안내해드리겠습니다."

정 과장이 나서자 민견은 손을 들어 저지했다.

"설마 제가 일했던 곳을 모르겠습니까?"

민견의 말에 머쓱해진 정 과장은 머리를 긁으며 허허 너털웃음을 터트렸다. 그러더니 인사를 꾸벅하고 자리를 급하게 피했다.

기획실 가운데를 가로질러 맞은편 끝에 마련된 별도의 집무실. 민견은 집무실로 통하는 커다란 문을 열었다. 관리가 안 되었는지 삐걱 소리를 내며 힘겹게 열렸다. 급하게 청소한 티가 났다. 물걸레질을 해도 찌든 때는 그대로였고, 바닥의 물기는 채 마르지도 않았다.

"미끄러지겠네."

뒤쫓아 오던 소정이 걱정이 됐는지 중얼거렸다.

썰렁했다. 급하게 준비했다지만 비어 있는 사무실에 책상만 넣어둔 느낌이랄까? 책상 위에 예전에 쓰던 명패가 보였다. 찌든 때가 껴 이름이 흐릿했다.

"유성에서도 실장님이셨군요?"

"별 의미 없는 거야."

"그래도 아무에게나 붙이는 직함은 아니잖아요."

소정이 명패를 어루만지며 중얼거리는 소리가 들린다. 사실 때가 낀 명패를 본 민견의 심기가 더 불편했다. 아무리 마음에 들지 않는 자식이지만, 나가자마자 일하던 곳을 창고로 방치할 수 있을까? 생각할수록 어이가 없었다. 욱하는 마음에 집무실을 내놓으라고 했지만, 민견은 이곳에서 단 1초도 있고 싶지 않다. 그저 자신을 벌레 보듯 하는 민성규를 보자 오기가 생겼을 뿐.

'당신과 같은 곳에 있는 것만으로도 구역질이 나지만 저는 유성에 버티고 있어야겠습니다.'

민견은 의자 등받이에 등을 깊게 묻고 책상에 발을 올려놓았다. 소정은 구석에 놓인 간이 책상을 쳐다보며 깊은 한숨을 쉬었다.

"여기서도 실장님이랑 마주 보고 일해야 하는 건가요?"

"비서님 마음대로."

"그건 별로인데. 차라리 밖을 청소하고 쓰는 게 나을 듯하네요."

시큰둥하게 대답하는 민견을 보며 소정은 입을 삐죽거렸다.

"그나저나 전 유성의 직원도 아닌데 여기서 무슨 일을 해요?"

소정답지 않게 계속 구시렁거린다. 갑작스레 일하는 공간이 바뀌었으니 부담스럽긴 하겠지. 민견은 두 손을 머리에 받치면서 의자를 뒤로 젖혔다.

"우린 여기서 불청객이야."

여기서 일을 할 생각은 없다.

며칠 전 유성호텔 오정우 대표에게 메일을 받았다. 아웃소싱 업체 전반에 관한 보고서였고, 그중 비리가 가장 많았던 상해용역이 주 타깃이었다. 민견은 보고를 받은 후 징계에 관한 부분은 오 대표에게 일임하려 했다. 그러나 오늘 아침 마음이 바뀌었다.

이소정, 당신 때문에. 어제 분명 나는 나비를 보았고 그 장소에 당신이 있었다. 당신을 나비와 착각한 이유를 찾을 때까지 단둘이 있을 장소가 필요했다. 다소 충동적으로 아버지를 자극해 유성그룹 기획실을 차지했다.

민견의 시선이 머플러로 돌돌 말은 그녀의 목으로 향했다. 목 전체가 키스마크로 덮여 있다는 건 짐승처럼 덮쳤다는 건데.

'그런데 아무 사이가 아니다?'

민견은 가느스름한 눈으로 소정을 쳐다보았다. 이소정, 그대는 몰라도 난 아니야. 이미 나는 당신 때문에 상당히 불편해졌어. 어젯밤 일을 생각하자 민견은 또다시 아래가 뻐근해졌다.

"미친 거지."

민견의 건조한 목소리에 소정은 눈을 동그랗게 떴다.

"네? 그렇다면 여긴 왜 있어요?"

제발 그런 표정 짓지 말라고. 깜박거리는 큰 눈을 보니 어루만지고 싶다. 밤새 물고 빤 흔적이 고스란히 남아 도톰하게 부어 있는 입술을 다시 깨물어주고 싶다. 민견은 애써 열기를 누르며 시큰둥하게 대답했다.

"천광보다 유성이 스펙터클할 거야. 어디에 붙어야 할지 고민하는 많은 박쥐들 때문에 한동안 심심하지는 않겠지."

사실이었다. 유성에 오면 가장 피곤한 게 이런 문제다. 정치적인 이해관계로 움직이는 사람들. 일분일초라도 틈을 주면 파고들어 이익을 취하려는 사람들 사이에 있어야 한다는 것이다. 내 편인 듯 싶어도 알고 보면 적들이 심어놓은 스파이였고, 그들이 친 덫에 걸려 4년 전에는 맥없이 당하기도 했다. 아무도 믿을 수 없어 운전기사를 두지 않고 직접 운전을 하게 된 것도 그쯤이었다.

"일을 재미로 하나요? 실장님 같은 금수저들은 재미로 일을 할지 몰라도 저 같은 흙수저에게는 생계라고요."

삼자의 눈으로 보면 배부른 투정이지만, 다 나름대로 사정이라는 게 있는 거다. 너에겐 생계지만, 나 또한 살기 위해 전쟁을 하고 있는 거다.

"여기 탕비실 텅텅 비었어요. 마트에 가서 믹스커피라도 사와야 하나? 에휴. 겉만 번쩍대면 뭐해. 나에겐 천광보다 못한 걸."

소정은 집무실을 돌아다니며 연신 불만을 토로하고 있다. 그에게도 인간적인 정이 있는 천광이 백배 낫다. 의자를 뒤로 젖히고 책상 위에 발을 올린 채 앉아 있는 민견의 눈에 시커먼 먼지가 가득 붙어 있는 천장이 보였다. 그 천장 구석에 얽히고설켜 엮인 선들이 거슬렸다. 실선에 붙어 있는 건 작은 나방들이고, 또 그 실선을 타고 꼬물꼬물 내려오는 시커먼 물체는.

"으악."

민견이 깜짝 놀라 버둥거리자 의자가 뒤로 벌렁 넘어갔다. 쾅 하는 요란한 소리가 났다.

"실장님, 괜찮으세요?"

소정이 놀라서 뛰어왔다. 젠장, 못 볼 꼴을 보이고 말았다.

"왜 그러세요? 뭘 보셨기에?"

민견은 거미를 보고 놀랐다는 걸 들키고 싶지 않았다. 그는 머리를 문지르며 급하게 일어났다. 거미와 나방을 본 순간 온몸에 소름이 돋았다. 저 생물체들과 단 1초라도 같은 공간에 있을 수 없었다.

"아니야. 나가자."

온몸의 열기가 한순간에 사늘히 식었다.

"오자마자 땡땡이치려고요?"

"우리 월급이 유성에서 나오는 것도 아닌데 뭔 상관이야."

"네. 여긴 더 있다간 없던 병도 생기겠어요. 일을 시작하기 전에 청소부터 해야겠어요."

소정도 갑갑했는지 투덜거리며 민견을 따라나섰다. 그녀의 말에 전적으로 동의했다. 지금 당장 용역업체를 불러서 청소부터 시켜야 할 것 같다. 가구들도 들여놓고. 아버지는 더 이상 해줄 마음이 없어 보이니 내가 할 수밖에.

"실장님, 정말 여기 천광보다 더 일이 없는 거예요?"

"아마도."

민견에게는 관심 없이 계속 구시렁거리기만 하는 소정. 민견은 그녀의 까만색 정수리를 내려다보며 또다시 생각에 잠겼다. 분명 어제 붉은빛이 도는 머리카락을 보았는데. 고열 때문에 헛것을 본 걸까?

"천광에서도 할 일 없이 빈둥거리고 놀았는데, 여기서는 뭐 하고 노시려고요?"

"주제넘어."

민견의 대답에 소정의 입술이 샐쭉거린다.

"안경도 안 주고, 일하는 곳도 마음대로 바꾸고. 뭐든지 자기 마음대로야."

그녀의 중얼거림을 들으며 민견은 피식 웃었다. 한동안은 저 투덜거리는 소정을 옆에 데리고 다닐 수밖에 없다. 원하는 걸 얻기까지는.

05. 관심

"형님, 유성호텔을 뒤엎을 거였으면 미리 언질을 주셨어야죠.
그 재미난 구경을 못하다니."

"윤준희, 시끄럽다."

하루가 멀다 하고 집무실에 들어와 수다를 떠는 윤준희 때문에
머리가 지끈거린다. 천광상사 황조현의 잔소리 못지않게 말이 많
다. 부친인 윤 비서실장은 과묵한데 윤준희는 누굴 닮아 저리 수다
스러운지.

"좋아서 그렇죠. 형님을 유성에서 매일 보니까. 더불어 예쁜 소
정 누님까지. 눈이 호강을 한다니까."

"누가 예쁘다고?"

민견은 말도 안 된다는 듯 피식 웃으며 고개를 저었다. 그러자
윤준희는 목소리를 높여가며 열을 올린다.

"사내 홈페이지 게시판 못 보셨어요? 갑자기 혜성처럼 나타난 기획실 이소정 비서님의 미모 찬양글이 도배되어 있는데?"

민견이 미간을 좁히며 손가락에 힘을 주어 관자놀이를 눌렀다. 골치가 아프다.

이소정은 무슨 심경의 변화가 생겼는지 유성에 출근하면서부터 천광에서는 하지 않은 멋을 부리고 있다.

천광상사에서는 물 빠진 청바지와 티, 구스패딩에 운동화를 신고 다녔다. 화장은커녕 커다란 뿔테안경으로 얼굴을 가렸고 부스스한 머리는 질끈 묶고 다닐 뿐이었다.

"하긴 컴퓨터 자체를 켜지 않으니 알 턱이 있나. 남자 직원들이 소정 누님 사진에 목숨을 걸고 있는 현실을. 근데 신기한 건 소정 누님은 연예인도 아닌데 어느 각도에서 찍어도 굴욕사진이 없어요. 심지어 전 소정 누님 처음 봤을 때 저보다 어린 줄 알았어요. 저 아기 같은 피부가 20살이지, 누가 28살로 보겠어요. 비비에 틴트만 바르고 다니는데도 민낯이 예술이에요. 다른 누님들처럼 풀 메이크업하면 여신급 미모로 변신한다에 전 재산을 겁니다."

천광상사에서는 비비는커녕 로션이나 제대로 바르는지 의심스러울 정도에 푸석한 얼굴에 늘 다크만 달고 다녔다. 그런데 요즘 들어서는 눈썹도 그리고 옅게나마 아이섀도에 립스틱까지 하고 다니는 것 같다. 기획실에 옛 남자 강진영이 있다 이거지.

내가 여길 연애나 하라고 데려다놓은 줄 아나.

"옷은 수수하게 입는데도 패션센스가 남다르단 말이죠. 실장실에 형님이 버티고 있지 않았다면 남자 직원들 들락날락거리느라 문지방 꽤 닳았을걸요."

"시끄럽고. 기획실 분위기는 어때?"

강진영을 떠올리니 기분이 나쁘다. 그가 이소정의 손을 잡고 아련하게 그녀를 쳐다보던 그 눈빛이 잊히지 않는다. 옆에 두려고 데려왔는데 날파리들만 꼬이는 게 영 못마땅하다.

"회사 비전을 위해서라며 제 적성과 무관하게 기획1팀장으로 절 불러주신 우리 민견 실장님께서 기획2팀장 박규가 뭘 하고 있는지 궁금하시다?"

IT 전문가인 윤준희가 갑자기 기획실로 발령 난 것에 대해 여러 사람들이 의아해했다. 하지만 민견이 판단하기에 윤준희만큼 자료수집과 데이터 분석능력이 뛰어난 자가 없다. 또한 사내정치가 판치는 지금, 윤준희는 자신의 편으로 심어둘 적임자다. 게다가 그의 부친이 민성규의 오른팔인 윤 비서실장이다 보니 어느 쪽에 붙을지 고민하는 박쥐들에겐 큰 혼선을 일으키고 있다. 윤준희는 민성규 편인가, 민견 편인가.

"그 덕분에 기획실이 팀장들 자질 논란에 휩싸였지. 1팀은 날라리 뺀질이, 2팀은 유령."

"형님이 그런 말씀 하시면 안 되죠. 기획실이 졸지에 유성그룹을 좀먹는 부서가 되는 데……."

"……."

"화룡점정을 찍으신 분이 바로……."

윤준희는 편하게 자세를 바꾸고 다리를 꼬았다.

-민 실장이지.

"화룡점정이요?"

소정은 이해가 안 돼 황조현에게 되물었다. 황조현은 낄낄거리더니 찬찬히 설명하기 시작했다.

-심심할 때나 출근하는 비서실장 아들이 1팀장, 얼굴 없는 회장 사모님 아들이 2팀장. 그것도 부족해 회장 아들이 떡하니 낙하산 부대의 화룡점정 격으로 실장으로 내려왔잖아. 낙하산 인사들이 대거 포진한 기획실은 한순간에 다이아 수저통에, 유성그룹을 좀 먹는 부서가 되었다는 거지.

황조현의 말에 소정은 긴 한숨을 내쉬었다. 그녀 또한 낙하산 부대의 일원인 '실장 개인비서'였기 때문에 마음이 편치 않았다.

"휴우."

유성에 출근한 지 일주일이 되어가는데 그녀가 한 일은 청소뿐이다. 일주일 내내 청소를 한 결과 절대 벗겨지지 않을 것 같은 때는 벗겨졌다. 역시 모든 일에 허튼 일은 없다. 몇 달 유성호텔 메이드 일을 했다고 청소에 일가견이 생긴 걸 보면 세상의 모든 경험은 나름의 가치가 있다는 것을 절실히 깨닫게 되었다.

녹슨 수전 번쩍이게 닦기. 먼지가 내려앉지 않게 하는 요령. 그리고 가구에 광택 내는 방법.

"휴우."

-남들이 뭐라든 난 민 실장이 유성에 복귀해서 다행이라 생각해. 자리가 사람을 만든다고, 지금이야 부친에 대한 불만으로 저러고 있지만 민 실장 성격 자체가 일벌레에 완벽주의자라서 일이 쌓여가는데 가만 두고 보는 것도 힘들 거야.

듣기만 했지 민견이 일하는 걸 본 적이 없는 사실이라 믿기 힘들다. 지금도 민견의 책상에는 검토하거나 결재할 서류가 산더미

같이 쌓여 있지만 그는 쳐다보지도 않고 있다. 민성규 회장은 민견을 괴롭힐 작정이라도 했는지 모든 일을 민견에게 넘겼고, 민견은 보란 듯이 무시하고 있는 상황이다.

-회사 내 민감한 정치 관계 판도를 파악하는 능력이 탁월한 민실장이야. 지금도 아무 생각 없이 행동하는 건 아닐 거야.

정말 그럴까요? 되묻고 싶은 것을 참았다.

아침마다 한 아름씩 서류를 들고 오는 기획실 인턴들의 표정은 보기에도 불쌍할 정도다. 결재가 전혀 이루어지지 않아 빈손으로 돌아갈 때마다 죽상들이다.

-다른 건 몰라도 커피머신은 좀 부럽네.

"천광 갈 때 싸갈게요. 맛이나 보세요. 그 뭐냐, 고양이던가, 다람쥐였던가? 암튼 똥 커피도 있어요."

이젠 제법 실장실이 정리가 되었다. 최첨단 시설을 자랑하는 유성그룹답게 천광에 있는 고물은 비교조차 할 수 없는 성능 좋은 컴퓨터가 설치되었고 인터폰, 정수기, 가죽소파에 커피머신도 있다. 하지만 천광에서 일하면서 달달한 믹스커피에 길들여졌는지 원두커피는 쓰게 느껴졌다.

-오우, 콘삭커피도 있어? 커피 마시러 유성 놀러 가야겠네.

황조현이 재미있는지 낄낄거린다.

-한가할 때 즐겨. 일이 없다고 사건마저 없진 않을 테니. 조만간 폭탄 처리하느라 고생 좀 할걸.

"폭탄 처리요?"

소정은 고개를 갸웃거렸다.

-다들 지금은 간보느라 조용한 거지. 여우들이 대시하기 시작하

180

면 소정 씨 정신없을 거야. 지금부터 마음 단단히 먹고 민 실장 지켜.

"네? 설마 직장 내에서 대놓고 대시를 하겠어요?"

게다가 유성의 후계자인데 잘못 행동했다가 불이익을 당하면 어쩌려고.

-설마가 사람 잡을걸? 요즘 젊은 애들은 그런 거 안 따져.

최근 실장실을 기웃거리는 여직원들이 종종 눈에 띄긴 했다. 우연을 가장해서 민견을 만나려는 의도였을까? 그러고 보니 남직원들도 마찬가지였는데, 그들도 민견에게 잘 보이고 싶어서겠지.

소정이 실눈을 뜨면서 생각하는 사이, 똑똑, 노크소리가 들리더니 실장실의 문이 열렸다. 화려한 차림의 여성이 또각거리는 하이힐 소리를 내며 안으로 들어왔다. 그녀가 다가오자 진한 향수 냄새에 얼굴이 절로 찌푸려졌다. 그녀는 아랑곳하지 않고 소정에게 쇼핑백을 내밀었다.

"이 비서님, 안녕? 이건 마카롱과 유기농 꽃차예요. 실장님 하루 종일 일하시느라 힘드실 텐데 중간중간 간식으로 한번씩 챙겨주세요."

소정은 자신에게 지시조로 말하는 여직원의 사원증을 흘깃 보았다. 홍보팀 주임이었다. 내가 네 비서니? 되묻고 싶다.

"이러시면 곤란합니다. 도로 가지고 가세요."

소정이 정중히 사양했다. 그러나 여직원의 시선은 온통 굳게 닫혀 있는 실장 집무실로 향해 있었다.

"하루 종일 일만 하시나? 도통 얼굴을 뵐 수 없네."

민견을 보지 못한 그녀의 얼굴에 실망한 표정이 그대로 드러났다. 소정은 절로 한숨이 새어 나왔다. 미처 끊지 못한 전화 너머로 황조현의 웃음소리가 경쾌하게 들려왔다. 홍보팀 주임의 시무룩한 얼굴을 보며 소정은 소리치고 싶었다. 민견은 열심히 일하는 게 아니라 집무실에서 하루 종일 빈둥거리고 있다고. 지금도 윤준희 팀장과 함께 즐겁고 편안한 시간을 보내고 있으니 괜한 착각도 쓸데없는 기대도 하지 말라고.

"실장님은 언제 식사하러 가시나요?"

그것도 네가 알아서 뭐하게?

"실장님께 전할 말씀이 있으시다면 보고드릴까요?"

소정의 말에 여직원은 나직이 한숨을 쉬었다.

"아니에요. 실장님 바쁘신 거 같으니 제가 나중에 다시 오지요."

여직원은 들어왔을 때처럼 또각거리며 돌아 나갔다. 진한 향수 냄새만 남긴 채. 지끈거리는 두통과 울렁거리는 메스꺼움은 소정의 몫이었다.

-봐, 내가 뭐랬어? 여담이지만 작업녀들 대시의 시작은 항상 소소한 선물로 시작하지. 하지만 곧 눈물바람, 애걸복걸, 협박이 들어간 신파로 이어지지. 근데 민 실장은 여자 눈물 같은 거 정말 싫어하거든. 여자들이 신파 찍겠다고 달려들면 바로 스릴러와 공포로 장르가 바뀌지. 별명이 괜히 '미친 견'이겠어? 가만히 두면 멀쩡한데 건드리면 투견으로 돌변해버리니까. 암튼 거기까지 가지 않게 중간에서 잘 끊어. 그것도 비서 임무 중 하나니까.

황조현은 예전 일까지 들며 주의를 주었다. 그녀 말을 듣다 보니 머릿속이 하얘졌다. 이제는 민견 주변까지 정리해야 하다니.

그런데 이상했다. 크루즈와 스위트룸에서 소정이 겪은 민견은 로맨스 쪽이지 공포물과는 거리가 멀었다. 로맨스도 19금 빨간 딱지가 붙은 성인용이었다. 미친 견이 아니라 밤새 지치지 않는 에너자이저 견이다.

-우리 소정 씨 잘하리라 믿어. 홧팅! 아, 잠깐만. 소정 씨, 전화 끊지 마. 회장님이 잠깐 바꿔달라네.

"네? 회장님이요?"

'날세'로 시작된 천광일의 한마디는 짧았지만 굵었다. 소정은 연신 네, 네, 대답을 한 뒤 결국 짧은 한숨과 함께 통화를 마쳤다. 전화를 끊고 나니 인터폰에 빨간 불이 껌벅거리고 있다. 기획2팀이다. 기획2팀 이미현 주임은 일주일 내내 집요하게 민견의 스케줄을 물었다.

"다 핑계지……."

사채 독촉도 아니고 환영회 독촉은 또 처음이다.

"휴우."

소정은 한숨을 쉬며 자리에서 일어났다. 천광일의 메시지를 받았으니 전해야겠지. 소정은 집무실 문 앞에서 노크를 했다. 문을 여니 여직원들의 선망의 대상인 민견은 그저 평화롭다. 그는 책상에 다리를 올리고 의자에 등을 깊게 묻고는 팔짱을 낀 채 잠을 자고 있었다. 소파에서는 윤준희 팀장이 태블릿으로 게임을 하고 있다.

"하, 다들 놀고 주무시려면 집에 가세요. 회사가 놀러 오는 덴 줄 알아요!"

아무런 대꾸도 없는 남자들을 노려보던 소정은 큼직한 걸음으로 다가가서 윤준희의 귀에서 이어폰을 낚아챘다.

"억, 소정 누님?"

"윤 팀장님 사무실은 이곳이 아닌 걸로 알고 있는데요?"

소정의 사나운 눈빛에도 아랑곳없이 윤준희는 천연덕스레 웃었다.

"누님, 그렇게 보시면 저 설렙니다."

윤준희는 소정을 보며 미소를 지었다. 보조개가 옴폭 들어간 꽃미남의 미소는 생각을 멎게 하는 효과가 있다. 그렇지만 지금은 이 미소에 넘어가면 안 된다. 윤준희가 여기서 노는 이유를 안다. 파티션으로 가려져 있다지만 직원들의 시선이 의식되는 사무실보다는 독립된 룸인 실장 집무실이 놀기 편하겠지. 소정은 화난 표정을 거두지 않고 양손을 허리에 올렸다.

"이를 어쩌나? 나는 일하는 남자가 더 섹시한데."

"헉. 심장어택! 제 일하는 모습이 섹시한 건 또 어찌 아셨지?"

"그럼 우리 윤 팀장님, 제 가슴 떨리게 그만 일하러 가시죠."

소정은 집무실 문을 손가락으로 가리켰다. 윤준희는 머쓱한 표정을 지으며 일어났다.

"누님, 이따가 점심 같이해요."

"말 잘 들으면 생각해볼게요, 윤 팀장님."

윤준희를 집무실 밖으로 내쫓은 뒤 소정은 민견의 책상 앞으로 바싹 다가갔다. 여전히 눈을 감고 있는 민견을 보니 어이가 없다.

"실장님, 주무시려면 굳이 여기에 있을 이유가 없지 않을까요?"

잠잠하다. 소정은 속으로 참을 인 자를 새겼다.

"실장님, 천광에서 주무시는 것도 꿀잠이지 않나요?"

묵묵부답이다. 소정은 참을 인을 또 한 번 마음에 새기며 화를 꾹꾹 눌렀다.

"실장님, 정말 이러실 거예요?"

참을 인 자 셋이면 살인도 피한다 했던가. 나비였던 시절의 소정은 화가 나거나 짜증이 나면 그 감정을 감추지 않고 표현했었다. 나이가 어린 것도 있었지만 자신의 인기가 평생 갈 거라 자신했기에 안하무인이었던 면도 있었다. 만약 그때 싫어도 좋은 척 감정을 속일 수 있었다면 지금 다른 삶을 살고 있을까?

"천광은 영감 때문에 시끄러워서 잘 수 없어."

소정의 말이 시끄러운지 귀를 후비며 느릿느릿 대답한다. 그녀는 입술을 지그시 깨물면서 눈을 가늘게 뜨고 그를 흘겨보았다.

"그걸 말이라고 해요? 회사가 일하는 곳이지 잠자는 데는 아니잖아요. 잠은 집에서 주무세요."

"집에서 잠을 잘 수 있다면 좋겠지."

심드렁한 목소리가 흘러나오더니 피곤한지 하품을 했다.

"다시 불면증이 시작됐어. 그래서 생각 중이야. 잘 드는 수면제를 집에 가지고 갈까 하고."

갑작스레 민견의 집요한 시선이 느껴졌다. 수면제가 필요하면 병원에 가서 처방을 받을 것이지, 자신을 쳐다보는 눈빛이 부담스러웠다.

"병원 예약해드릴까요?"

"그보다 즉효약이 있어. 아직 약효가 검증은 안 됐지만."

말의 뉘앙스가 이상하다. 민견의 눈매가 가늘어지더니 소정의 위아래를 훑어본다. 그러더니 안주머니에서 지갑을 꺼내 들었다. 그러고는 그 안에서 자그마한 플라스틱 카드 한 장을 꺼내 책상 위에 툭 내던졌다.

"이건 뭐죠?"

"못 봐주겠으니 안경 도로 써."

"네?"

소정은 어이가 없어 입을 딱 벌리고 말았다. 안경 쓰는 게 보기 싫다고 투정 부린 게 불과 일주일 전이다. 돌려달라고 해도 요지부동이더니 이제 와서 안경을 쓰라니. 변덕도 이런 변덕이 없다.

"지난번 안경은 버렸어. 새로 구입해."

"그러니까 이 카드로 안경을 사라는 말씀이시죠?"

소정은 카드를 집어 이리저리 돌려보았다. '민견' 이니셜이 선명하게 박혀 있는 검정색 카드. 이게 그 말로만 듣던 상위 0.001%만 사용한다는 전설의 카드인가? 소정은 한숨이 절로 나왔다.

"이 블랙카드로 말이죠?"

소정은 당황스러운 표정이었다. 민견은 소정의 그런 반응에는 별 관심이 없는 듯했다. 소정의 얼굴을 계속 쳐다보던 민견이 불쑥 말했다.

"예쁜 눈 다른 놈들 보는 게 불편해."

"이런 카드로, 네?"

잔소리를 하려던 소정은 민견의 갑작스런 말에 할 말을 잊어 버렸다. 어색한 침묵이 흘렀다.

"잔소리하려고 들어온 건가?"

그제야 소정은 자신이 왜 들어왔는지 기억났다.

"설마요. 방금 전 천광에서 연락 왔었어요. 천 회장님이 민 실장 유성에서 뭐 하고 있냐며 역정 내셨고요, 받지도 않을 휴대폰은 왜 들고 다니느냐고도 하셨고요."

아무렇지도 않게 뚱한 표정을 하고 있는 그를 한 대만 쳤으면 좋겠다. 소정은 입을 삐죽거렸다.

"일도 안 하고 빈둥거리고 있다는 말이 들려오는데, 그러려면 선이나 보래요. 아예 하루에 한 군데씩. 천 회장님께 뭐라고 할까요?"

소 잡아먹은 귀신에 씌었는지 갑자기 입을 꾹 다물고 있다. 소정은 비장의 방법을 쓰기로 했다. 일주일 동안 민견 옆에 있으면서 알아낸 민견의 약점.

"꺄악! 나방이얏."

"뭐?"

민견이 눈을 크게 뜨더니 자리에서 급하게 일어났다. 소정은 옆구리에 양손을 얹고 민견을 못마땅하게 쳐다보았다. 민견은 소정이 장난친 걸 알고 표정이 험악해졌다.

"뭐 하는 짓이야?"

"나방이 날아다닌다는 말도 못하나요? 어이, 저리 가라. 우리 실장님이 너 싫단다."

소정이 손을 공중에서 휘휘 저었다.

"장난도 정도껏 하지……."

그가 이렇게 날아다니는 곤충을 싫어하는 줄 알았다면, 그때 칼이 아니라 상자 가득 날벌레들을 채워 스위트룸에 풀었을 거다. 완전범죄로 보낼 수 있었는데. 소정은 건조한 웃음을 지으며 못마땅하게 민견을 노려보았다.

"그런 표정 좋지 않다."

눈치는 빠라서. 민견이 도로 자리에 앉는다. 그는 양팔을 머리에 얹고 편한 자세를 잡았다.

"날 괴롭힐 시간이 있으면 기획2팀에 가서 박규 팀장 스케줄이나 알아와."

"지금 절 괴롭게 만드는 건 실장님이고요."

소정은 시큰둥하게 대꾸했다.

"박규 팀장은 ……휴우, 존재하는 사람이긴 한가요?"

유성에 출근한 지 얼마 되지는 않았지만 적어도 유성 그룹 내에서 박규의 얼굴을 아는 직원은 없는 듯했다.

"다들 유령팀장이라고 하는데 도대체 정체가 뭐죠?"

"미친놈."

슬쩍 빈정대더니 다시 눈을 감는다. 한 대 쥐어박았으면. 답답해 죽겠다.

"미친놈을 유성에서 왜 찾을까요? 정신병원에서 찾아야지. 가봤자 있겠어요? 출근했다면 벌써 소문이 났을 텐데."

회장의 숨겨둔 아들 박규는 어디에 숨었는지 머리카락 보기도 힘들다. 회장 뒷배가 좋긴 좋다. 아니면 출근도 않는 사람이 팀장을 유지할 수는 없을 것이다. 회장과의 트러블로 유성그룹에 4년 동안 모습을 드러내지 않아도 실장 직함을 유지한 민견처럼.

'세상은 불공평하지.'

머리로는 이해하지만 마음은 심란했다.

박규. 네 정체가 궁금해. 제발 모습을 드러내. 확인해봐야 하니까.

소정은 복잡한 얼굴로 실장실에서 나왔다. 터덜터덜 걸어가는 그녀의 발길에 한숨이 가득했다. 기획2팀에는 강진영이 있다. 소정의 과거를 잘 아는 그와 마주치는 건 불편하다. 하루 종일 걸레질을 하더라도 실장실 안에 붙어 있는 게 백배 낫다.

"이 비서님, 안녕하십니까?"

"아? 네."

일면식도 없는 남직원이 발그레 얼굴을 붉히며 아는 체를 하자 소정도 엉겁결에 인사를 하며 곁눈질로 사원증을 훑었다. 유성에 출근한 뒤 그녀는 유명인사가 되었다. 민견의 입에서 개인비서라 불린 뒤, 그녀를 호기심 있게 보는 눈이 한둘이 아니다.

'이렇게 주목받는 거 별로인데.'

출근 첫날엔 혹시나 나비를 기억하는 사람들이 있을까 싶어 실장실에서 한 발자국도 나오지 못했다. 하지만 지난 4년간 그랬듯이 아무도 그녀가 나비란 사실을 알아채지 못했다.

'그래도 명색이 실장 비서인데 명품은 아니더라도 단정하게는 입어야겠지?'

그와 함께 다니기 시작하면서 사람들의 시선이 불편해졌다. 자신을 품평하듯 쳐다보는 시선에 얼마 전 자신의 옷차림을 보며 비웃던 여자가 생각났다.

소정은 구석에 쌓아둔 박스를 뒤적거렸다. 4년 만에 옷들이 하나둘씩 박스에서 나와 옷장에 걸리기 시작했다. 노출이 많아 입지 못하는 무대용 의상들이 대부분인지라 아침마다 씨름을 하긴 했지만 적어도 패션 테러리스트는 피할 수 있었다.

그녀는 씽긋 미소를 지으며 남직원을 지나쳤지만, 몇 걸음 떼지 못하고 새로운 인물과 마주쳤다.

"이 비서님, 어디 가세요? 안 그래도 실장실 가던 중이었는데."

그녀의 두 손에는 박스가 하나 들려 있었다. 이번에는 A3구나. 몇 박스가 쌓여 있었더라. 소정은 자기 책상 맞은편 벽에 쌓여져 있는 복사용지 박스를 떠올렸다.

"뭐 하고 싶은 말씀 있으세요?"

소정이 인쇄용지 박스를 보며 멍한 표정을 짓자 그녀가 고개를 갸웃하며 물었다. 소정은 급하게 미소를 지었다.

"아니요. 실장님 지시로 어딜 좀 가는 중이라서요."

"실장님 심부름 가시는구나. 그러면 실장님은 안에 계신 거죠?"

그녀의 기분이 좋아 보이는 이유가 뭘까?

"네. 그런데 지금 방해받으시면 싫어하실 거예요."

잠자는 중이라는 말은 차마 할 수 없었다. 소정은 대충 말하고 그녀를 지나쳤다. 지금 집무실에 당신이 들어가면 전면 창에서 비치는 따스한 봄볕에 꾸벅이며 졸고 있는 커다란 개 한 마리를 볼 수 있을 것이다. 뭐 그마저도 당신 눈에는 아름다워 보이겠지만. 민견이 회사에 모습을 드러내면 여직원들은 한바탕 소동을 벌였다. 그녀들의 눈은 반짝거리고 입에선 연신 감탄사가 흘러나왔다. 다물어지지 않는 입에서 침을 흘리는 않는 게 용했다. 하긴 남성들조차 눈이 휘둥그레질 외모이니.

"흠을 잡자면 성격이 모나다는 거 하나인데……."

다이아몬드 수저인데 성격이 더러운들 사람들이 신경이나 쓸까. 재력을 가지고 태어났다면 외모는 좀 떨어져도 되는 거 아닌가? 아니면 정력이라도. 시간이 지나며 멍들이 희미해지긴 했지만, 온몸에 얼룩덜룩한 멍들을 볼 때마다 인상이 저절로 찡그려진다.

"내가 다시 건드리면 성을 갈지."

그녀는 새삼 고개를 저었다. 그날 밤 이후 다짐한 게 있다. 잠자는 사자의 코털은 건드리지 말자고. 잘못 건드리면 밤새 괴롭힘을 당한다. 몸이 바스라지고 가루가 되어 소멸되는 경험을 하게 된다.

"난 오래 살고 싶어."

복도를 걷는 소정의 두 손에 힘이 들어갔다. 기획2팀 앞에 도달하자 직원들의 시선이 소정에게 몰렸다.

민견은 햇빛이 비치는 전면 유리창을 향해 의자를 돌려 밖을 보고 있었다. 발아래에는 성냥갑같이 조그만 차들이 16차선을 꽉 채운 채 느리게 미끄러져 가고 있었고, 눈앞에는 높은 빌딩들이 경쟁하듯 불쑥불쑥 솟아 있었다.

"예쁜 눈 다른 놈들 보는 게 불편해, 라니."

생각할수록 이해가 안 된다. 수면 부족으로 헛소리가 새어 나왔나 보다. 민견은 고개를 저으며 의자를 돌렸다. 이소정이 다녀간 그날 이후 다시 불면증이 시작되었다. 그나마 회사에서 잠깐씩 눈을 붙이지만, 그 토막잠마저 휴대폰이 방해하고 있다. 민견은 책상 위에서 쉼 없이 울리는 휴대폰을 집었다. 끊어진 전화를 확인해보니 영감이다.

[손자님. 이렇게 할아비의 간절한 마음을 몰라주면 안 됩니다. 서운해지려 합니다.]

천광일의 문자를 보며 민견은 입술을 비틀었다. 민견이 전화를 받지 않자 소정을 통해 메시지를 전달하셨다. 하루에 한 건씩 선을 보라면 순순히 '네'라고 할 줄 아셨습니까?

집무실 밖에서 달칵하는 문소리가 들려온다. 이 비서가 벌써 왔나? 그렇다면 오늘도 박규의 소식은 허탕인가? 하긴, 그도 10년 동안 제대로 보지 못한 얼굴인데 쉬이 모습을 드러낼까.

"점심식사도 해야 하니까."

민견은 손목시계를 보며 자리에서 일어났다. 사내식당에서 해결하기엔 쳐다보는 시선이 부담스러워 밥이 넘어가지 않는다. 아부하기 위해 옆에 앉는 이들에게 일일이 대응하는 것도 귀찮다. 그렇다고 회사 밖 식당을 이용하자니 그 나름대로 고충이다. 혼밥은 싫다.

며칠간은 윤준희와 해결했는데, 오늘 소정에게 들이대는 걸 보니 한동안 멀리해야겠다는 생각이 든다. 민견은 집무실 문을 활짝 열었다.

"점심 같이하지."

민견은 인쇄용지 박스를 들고 멍하게 서 있는 낯선 여직원을 보았다. 여직원은 갑자기 나타난 민견을 보자 얼굴이 발그레해졌다. 거기다 식사를 같이하자는 말에 입마저 벌어져 있다. 반면 민견은 소정이 아닌 다른 여자가 보이자 순간 당황했다.

"실장님 전 시간 괜찮……."

"잠깐."

민견은 그녀의 말을 중간에 자르며 휴대폰을 받았다. 계속 무시하던 천광일의 전화였는데 요상한 여자 때문에 얼떨결에 받고 말았다.

"지금 나가는 중입니다. 식사 장소가 어디라고요?"

여자는 민견이 대놓고 무시하자 무안한지 입을 다물었다. 민견은 그녀를 지나 실장실의 커다란 나무 문을 힘껏 열고 부서져라 닫았다. 이소정이 있어야 할 자리에 다른 여자가 보이자 괜히 화가 났다.

-손자님, 그럼 늦지 않게 오세요.

"……아."

아무 생각 없이 약속을 하고 말았다. 영감이 아침부터 밥 먹자고 문자를 남긴 장소는 유명한 레스토랑이다. 고기는 질겨서 싫다던 영감이 스테이크를 먹고 싶어 고른 장소는 아닐 터. 또 선 자리일 것이다. 제 실수로 약속을 하고도 머리가 지끈거리고 아파온다. 민견은 끊긴 휴대폰을 쳐다보며 인상을 찌푸렸다. 민견이 실장실에서 나오자 직원들이 그를 흘끔거렸다. 동물원의 희귀 동물도 아니고. 이젠 짜증이 밀려왔다.

영감과의 약속을 어떻게 깰까 고민하고 있는데 이소정의 모습이 보였다. 터덜터덜 걸어오고 있는 모습을 보니 조그마한 토끼 같다고 할까. 인상이 밝지 않은 걸 보니 기획실에서 원하는 대답을 듣지 못했나 보다.

'최근 사내 홈페이지 게시판에 트래픽 걸리게 만든 주범이 소정 누님이에요. 사진과 동영상. 단톡방까지 다들 소정 누님 이야기뿐이라니까요. 우윳빛 피부에 호수 같은 눈동자. 오뚝한 코에 과즙이 뚝뚝 흐르는 관능적 입술까지. 큰 키는 아닌데 몸매 비율까지 예술이라니까요. 다리 길이 보세요. 모델을 해도 되겠다니까요.'

"예쁘긴. 평범하기만 하네."

민견은 눈살을 찌푸리며 소정 주변에 꼬여 있는 날파리들을 사납게 노려보았다. 윤준희의 말처럼 그녀 주변에 알짱거리는 남자들이 거슬렸다. 몰래 사진을 찍는 건지 휴대폰의 카메라가 소정을 향해 있다.

"뿔테안경으로 가리는 게 낫겠어."

"이 비서님, 잠깐만요."

그때 기획2팀 강진영 대리가 큰 걸음으로 소정의 뒤를 쫓았다. 소정이 숨을 깊게 내쉬며 고개를 돌렸다.

"무슨 하실 말씀 있으세요?"

"곧 점심시간인데 식사 같이할래요?"

단박에 자를 줄 알았는데 소정이 뜸을 들인다. 곤란한 표정을 짓는 소정의 귀에 강진영이 뭐라 소곤거렸다. 민견은 이마에 핏줄이 곤두섰다. 누가 보면 아주 친밀한 관계 같다. 더 화가 나는 건 그걸 피하지 않는 소정이다. 소정은 강진영의 말에 눈살을 찌푸렸다. 민견은 불만족스런 표정으로 소정을 향해 걸음을 옮겼다.

"저게!"

민견의 눈썹이 사납게 치켜 올라갔다. 강진영이 소정의 손목을 낚아채는 모습이 보였기 때문이다. 소정은 손목을 쳐내려 했지만 강진영이 쉽게 놓아주지 않았다.

"이 손 놔. 아파."

"미, 미안."

강진영이 손을 놓자 소정은 손자국이 벌겋게 난 손목을 일그러진 표정으로 주물렀다. 강진영이 서둘러 변명을 했다.

"걱정이 돼서. 내 맘 알지?"

대답 없이 손목만 쳐다보고 있는 소정의 모습에 민견은 저도 모르게 목소리가 올라갔다.

"이 비서, 무슨 일이지?"

소정은 갑자기 들려오는 민견의 목소리에 놀라 움찔했다. 그 바람에 몸이 휘청거리자 강진영이 그녀의 어깨를 감쌌다. 강진영이 감싸지 않아도 넘어질 상황은 아니었다.

"강진영 대리, 우리 이 비서에게 무슨 볼일이라도 있나?"

민견의 목소리가 으르렁거렸지만 강진영은 물러서지 않았다.

"그러는 민 실장님은 우리 소정이한테 무슨 볼일이 있으시죠? 저희는 지금 점심 먹으러 가는 중입니다."

강진영이 소정을 '우리'라는 말로 다정히 부르자 민견은 매서운 눈매로 소정의 어깨에 올려 있는 강진영의 손을 노려보았다. 강진영은 그 눈길이 의미하는바를 눈치챘지만 손을 내리지 않고 입술 끝을 비틀어 올리며 민견의 눈을 똑바로 쳐다보았다. 마치 도전하는 것처럼.

"우리 이 비서는 나와 함께 업무상 미팅에 가야 하는데. 안 그런가, 이 비서?"

"12시면 점심시간입니다."

강진영은 손목에 찬 시계를 슬쩍 쳐다보며 차가운 미소를 지었다. 기분 나쁜 미소. 무엇보다 그를 화나게 하는 것은 하얗게 질려 아무것도 하지 못하고 있는 이소정의 모습이다. 강진영이 뭐라고 했기에 저리 충격을 받은 걸까?

"지금 이동해야 안 늦어. 점심은 나중에. 그만 비켜주지?"

민견의 목소리에 짜증이 가득했다. 더 이상 귀찮게 하면 폭발할지도 모른다. 강진영의 턱 근육이 움찔거렸다. 그는 소정의 어깨에서 손을 떼더니 그녀의 어깨에 붙은 머리카락을 한 올 떼어 엄지와 검지로 비벼 동그랗게 말았다.

"실장님. 지금 소정이, 아니 이 비서님의 머리카락이 어떤 컬러로 보이십니까?"

"……강 대리, 지금 뭐 하자는 거지?"

강진영의 행동에 어이가 없는 민견이었다. 강진영은 돌돌 말은 머리카락을 튕겨냈다.

"일주일 전 이 비서님 머리 컬러도 당연히 블랙이겠죠?"

강진영의 물음에 소정은 헉하는 짧은 신음과 함께 입술을 잘근거렸다. 그녀의 동공이 불안하게 일렁이고 있다. 민견은 소정의 반응에 신경이 쓰였다.

"무슨 말을 하고 싶은 거지?"

낮게 가라앉은 음성이 새어 나왔다.

"실장님이 이 비서님께 관심이 없어서 다행이군요. 참고로 우리 이 비서님 원래 머리 컬러가 자연갈색, 다시 말해 다크브라운이죠. 지금은 한 톤 밝은 초코브라운이지만."

이소정의 머리색이 바뀌었나? 민견은 소정의 머리카락을 살펴보았다. 조명 탓이라 생각했는데 좀 밝아진 것 같기도 하다. 거의 바뀐 게 없어 보이는데 강진영은 어떻게 알고 있을까?

"레드와인이었다면 다른 사람으로 착각할……."

"오빠, 그만!"

소정은 강진영의 말을 자르며 새된 목소리를 냈다.

"아, 미안."

강진영은 원하는 대답을 얻었는지 순순히 그녀의 말을 들었다.

그러더니 소정의 반쯤 세워진 옷깃을 곱게 접으며 털어주었다.

"소정아, 오빠가 이따 연락할게."

이소정이 자신의 여자라는 걸 알리고 싶은 듯 강진영의 행동은 과장스러웠다. 주변에서 지켜보던 시선들이 웅성거렸고, 민견의 마음은 더욱 어지러워졌다.

06. 베일에 가려진

"이소정이 그 녀석을 오빠라고 불렀어. 오빠라……."

민견은 책상을 연신 손가락으로 두드리며 불편한 심기를 감추지 못했다. 강진영의 의도대로 사내 홈페이지는 마비상태가 되었다. 점심시간 내내 게시판에는 기획2팀 강진영 대리와 실장실 이소정 비서의 스캔들이 한바탕 휩쓸고 지나갔다.

하지만 가장 마음에 안 드는 건 그들의 모습을 보고 놀란 표정을 짓고 있던 자신의 모습이었다. 강진영의 예상치 못한 공격에 무방비 상태로 당했다고 할까.

'실장님이 이 비서님께 관심이 없어서 다행이군요.'

'레드 와인이었다면 다른 사람으로 착각할…….'

목에 걸린 가시처럼 강진영의 말이 뇌리에서 사라지지 않는다. 레드 와인이라. 민견은 태블릿 액정을 터치했다. 게시판을 클릭해 이소정의 사진을 확대했다. 그녀의 상체를 계속 확대한 뒤, 터치펜을 들었다. 그러곤 와인 컬러로 그녀의 머리카락을 그어보았다. 그의 펜이 지나가는 자리에 핏빛 컬러가 진하게 입혀져간다.

지잉, 지잉. 고요한 집무실에 그의 작업을 방해하는 전화 진동음이 울렸다.

"네, 민견입니다. 누구시라고요?"

민견은 작업을 멈추고 펜을 책상 위에 올려놓았다. 짙고 또렷한 눈매가 가늘게 휘더니 자리에서 일어났다.

"제 번호는 어떻게 아셨습니까?"

민견은 전면 유리창으로 걸음을 옮겼다. 서서히 어두워지는 도로 위 하나둘씩 켜지는 가로등을 보며 민견은 영 못마땅한 표정을 지었다.

"오늘 야근이야."

하루 종일 심술과 성질만 부리던 민견이 퇴근 시간이 다가오자 야근 통보를 했다. 소정은 일도 없는데 무슨 야근이냐며 되물었다가 낭패를 보았다. 민견은 집무실로 들어가더니 서류를 한 아름 안고 와 소정의 책상에 올려놓았다.

"이게 뭐죠?"

"내일까지 이 기획서들의 내용을 다 파악한 다음 요약 보고서를 작성하도록."

"네? 이걸 다요?"

민견은 당연하지 않느냐는 표정만 남긴 채 몸을 돌려 집무실로 들어갔다. 소정은 서류들을 보며 경악스런 표정을 지었다. 일주일 내내 민견이 쳐다보지도 않던 서류들이다. 소정은 벽에 걸린 시계를 흘끔 쳐다보았다. 6시 정각. 이 서류를 다 읽고 보고서를 작성하려면 밤을 새도 모자를 판이다. 소정은 한숨을 내쉰 뒤 문서들을 한 장씩 넘기기 시작했다.

문서들을 읽다 보니 지금 당장 처리해야 하는 일들인가 하는 의구심이 들었다. 4년 전 기획서부터 최근 프로젝트 문서까지 있었다.

"유성에서 엔터테인먼트 사업에도 손을 뻗었었네?"

소정은 4년 전 추진된 프로젝트 건을 보다가 인상을 찡그렸다. 하루 종일 렌즈를 꼈더니 눈이 뻑뻑하다. 렌즈를 빼고 눈두덩을 누르며 잠시 눈을 감았다. 오전에 민견이 안경을 사라고 카드를 내민 이유가 이거였나? 밤새 부려먹으려고 선수를 친 거였다. 이럴 줄 알았으면 블랙이든 화이트든 카드를 긁어 비싼 안경을 살 걸 그랬어. 소정은 잠시 눈을 감고 있다가 가방에서 인공눈물을 꺼내 눈에다 한 방울씩 넣고 기획서로 다시 시선을 돌렸다. 잠시만 이 상태로 해보자. 눈이 아파 렌즈를 다시 낄 엄두가 나지 않는다. 소정은 한쪽 손으로 턱을 괴고 흐릿하게 보이는 종이를 한 장씩 설렁설렁 넘겼다.

"이건……."

소정은 눈이 휘둥그레졌다. 자세를 바로잡고 미간을 찌푸리며 문서를 눈앞으로 바싹 가지고 갔다. 잘못 본 게 아니었다. NB엔터테인먼트에 대대적으로 투자를 진행한다는 내용인데, 일시가 4년 전 그날이었다.

"나비가 일탈했던 그날."

미팅 장소는 크루즈, NB측에서는 이성일 대표가 참석하기로 되어 있었다.

아빠와 민견이 만나기로 했던 건가? 근데 왜 만남이 성사되지 않았지? 그 의문은 다음 장에서 해결이 되었다. NB엔터테인먼트 관계자가 과로로 입원해서 미팅이 취소되었다는 내용의 메모가 붙어 있었다.

과로라면 자신과 관계된 일일 것이다. 팬미팅이 취소된 이유로 나비가 과로로 쓰러져서 입원했다는 핑계를 댔으니까. 그렇다면 그날 팬미팅 이후 민견을 만날 예정이었던 건가? 그래서 아빠가 부산까지 내려오신 거였어. 그제야 민견이 크루즈에 있었던 이유를 알게 되었다. 그리고 매니저였던 강진영의 가방에 크루즈의 티켓이 있었던 이유 또한.

"내가 다 망친 거야."

어느새 소정의 눈에서 눈물이 흐르기 시작했다.

그날 소정이 제대로 스케줄을 소화했더라면, NB엔터테인먼트가 유성에서 투자를 받았다면, 쉽게 무너질 이유도 없었겠지만, 솜사탕에게 납치를 당하지도, 스캔들에 휘말릴 이유도 없었다. 아버지의 사고도 없었을 거다.

믿기지 않는다. 소정은 가슴이 답답해 자리에서 일어났다. 그녀는 실장실 문을 열고 밖으로 나갔다. 무엇부터 잘못된 것일까. 예정된 팬미팅을 내팽개치고 도망친 것부터 잘못된 걸까. 아니면 민견과 원나잇을 한 게 잘못된 걸까. 복도에 나와서도 뒤죽박죽 머릿속이 어지러웠다.

그때 또각또각, 복도에 하이힐의 굽 소리가 울린다. 대부분이 퇴근해 조용해진 저녁 시간이라 그 소리가 유난히도 크게 들렸다. 맞은편에서 걸어오는 여자의 흐릿한 형상이 점점 선명해졌다. 소정은 자신이 잘못 봤나 싶어 눈을 깜빡였다. 붉은 와인색 머리칼이 허리까지 찰랑거리고, 반묶음을 한 머리카락에는 나비 문양의 비녀가 꽂혀 있다. 찰랑이는 나비 귀걸이, 나비 펜던트 목걸이, 그리고 나비가 프린트된 원피스, 나비 장식이 달려 있는 백까지.

순간 자신이 아닐까 착각할 정도로 4년 전 그녀의 스타일을 똑같이 흉내 냈다. 그녀가 스캔들에 휘말린 뒤 없어진 유행이지만, 한때는 전국에 나비열풍이 불었었다. 여자는 소정을 쳐다보지도 않은 채 지나쳐 갔지만 그녀의 인상은 소정의 기억에 강하게 남았다.

똑똑, 집무실의 노크소리가 들린다. 민견은 휴대폰 모서리로 책상을 톡톡 두드리고만 있다. 방금 전 걸려온 한 통의 전화 때문에 짜증이 나 있는 상태였다. 상대방은 머니캐시 김진희로, 민견의 번호를 유정혜를 통해 알아냈다고 했다.

그때 끼익, 문이 열리더니 또각거리는 발소리가 들려온다.

"벌써 다 한 거야?"

민견은 고개를 돌리다 어이없다는 표정을 지었다. 나비로 온몸을 치장한 김진희가 눈에 띄었기 때문이다. 액세서리만으로도 못 봐주겠는데 가발을 썼는지 허리까지 붉은 와인색 머리가 흘러내린다.

"실장님 야근하신다고 해서, 야식 준비해 왔어요."

언제 봤다고 친근한 표정까지 지으며 초밥 봉투를 민견의 책상 위에 올려놓는다. 민견은 서늘한 표정으로 인터폰을 눌렀다. 비서 업무 중 하나가 잡상인의 출입을 막는 것도 있다는 걸 모르나. 한 바탕 하려고 했지만 인터폰에는 아무런 대답도 없었다.

"비서님 찾으세요? 아무도 없던데."

"무슨 일로 오셨습니까?"

와인색이 저리도 역겨운 컬러였던가. 민견은 소정의 머리를 와 인색으로 칠하던 작업을 그만둬야겠다고 생각했다. 아무나 소화 할 수 있는 색상은 아니었다.

"연락을 기다리다 지쳐서요."

"그런 약속을 한 기억이 없군요."

"이제 약혼할 사이인데, 너무 무심하셔서 서운했어요."

쾅. 민견은 도저히 들어줄 수 없어 책상을 주먹으로 치며 벌떡 일어났다. 갑작스런 큰 소리에 김진희는 놀란 표정을 지었다.

"약혼이라니, 누구 마음대로!"

유성호텔과 강일추모관에서 잠시 본 게 전부인데, 약혼이라니. 누굴 호구로 아나. 민견은 분노를 잠재울 수 없었다.

"와인색은 오랜만이네."

NB엔터테인먼트 투자 관련 문서에다 나비 의상을 흉내 낸 여 자까지 보고 나니 소정은 마음이 뒤숭숭했다. 낮에 강진영이 했던 말과 행동들이 떠올랐다. 만약 지금 내가 저 컬러로 다시 염색을 한다면 민견이 자신을 알아볼 수 있을까?

아니, 머리색이 바뀌어도 4년 전의 나비처럼 입고 꾸미지 않으 면 그는 날 알아볼 수 없는 걸까?

골수팬들조차 그녀의 진짜 얼굴을 모를 정도로 소정은 천의 얼굴을 소화했었다. 신곡을 낼 때마다 다른 가수라 생각할 정도로 이미지를 확 바꿔 나왔다. 데뷔 무대부터 그랬다. 16세라 믿기지 않을 정도의 파격적인 퍼포먼스였다. 투톤 퍼플 컬러에 얼굴의 반은 가면으로 가렸고, 그 나머지 얼굴은 진한 스모키 화장을 했었다. 몸에 붙는 롱 드레스는 한쪽은 길게 트임을 내서 춤을 출 때마다 긴 다리가 아찔하게 노출되었다. 지금의 이소정에게서는 상상할 수 없는 모습들.

'참고로 우리 이 비서님 원래 머리 컬러가 자연갈색, 다시 말해 다크브라운이죠. 지금은 한 톤 밝은 초코브라운이지만.'

가수 생활을 하는 동안에는 자주 컬러를 바꿔 자신의 머리색이 무엇인지 모를 정도였다. 나비란 이름을 버리고 이소정으로 살면서 헤어숍을 멀리하고 나서야 자연갈색이라는 것을 알게 되었다.

민견 덕분에 상해용역으로부터 목돈을 받고 오랜만에 헤어숍에 가서 한 톤 밝은 색으로 염색한 것인데 강진영만이 그녀의 머리색이 바뀐 걸 알아보았다. 매일 붙어 있는 민견도 눈치채지 못했는데.

"정말 관심이 없는 걸지도."

여자에 대해 잘 알 것 같은 윤준희에게 넌지시 물어본 적이 있다. 여자의 외모가 바뀌어도 남자들이 못 알아보는 이유가 뭘까? 윤준희는 고민 없이 대답했다.

'관심 없으니까.'

남자란 동물은 단순해서 관심 있는 여자인 경우에나 사소한 변화를 눈치챌 수 있다고 덧붙여 말했다. 그 대답에 자신은 민견에게 아무 존재도 아니구나 싶어 가슴이 아팠다. 일주일 전 그의 빌라에서 있었던 일도 다음 날 이후에는 아무 언급도 하지 않았다. 잊고 싶은 건지, 잊은 건지, 아예 잊힌 건지.

'실장님이 이 비서님께 관심이 없어서 다행이군요.'

강진영도 그렇게 말했었다. 민견에게 자신이 관심 없는 여자라 생각하니 심장이 조이도록 아팠다.

기획실 직원들은 모두 다 퇴근을 한 상태였는지 부분적으로 불이 꺼져 있었다. 그러나 강진영의 책상 컴퓨터는 켜진 채 모니터 화면에 엑셀 파일이 열려 있다. 야근 중인지 책상 위에 서류가 어지럽게 흐트러져 있다. 소정의 시선은 강진영의 책상 위에 가지런히 붙어 있는 포스트잇에 향했다.

진행 중인 일과 해야 할 업무 등이 일목요연하게 정리되어 붙어 있었다.

"꼼꼼한 성격은 그대로네."

소정은 강진영의 책상을 보다가 박규의 집무실로 시선을 돌렸다. 항상 닫혀 있던 집무실의 문이 조금 열려 있는지 불빛이 새어 나왔다. 박규가 있는 걸까? 가슴이 철렁 내려앉았다. 열린 문틈에서 익숙한 목소리가 새어 나왔다.

"사모님, 이곳까지 오시다니요? 여긴 회사입니다. 보는 눈이 많다는 거 모르십니까?"

"내가 못 올 데를 왔니? 네가 이런다고 내 아들을 대신할 수 있다고 생각하면 오산이야. 넌 규의 도구일 뿐이야."

여인의 날카로운 목소리에 박규의 이름이 언급되자 소정은 본능적으로 걸음을 멈췄다. 문틈 사이로 당황한 표정의 강진영과 안

하무인으로 언성을 높이는 중년 여성이 보였다. 민 회장의 현 부인인 유정혜. 그런데 왜 그녀가 강진영과 같이 있는 거지?

"조용하세요."

강진영이 유정혜의 어깨를 잡자 그녀는 힘껏 뿌리쳤다. 그리고 강진영의 뺨을 후려쳤다. 짝 하는 소리와 함께 강진영의 얼굴이 돌아갔다.

"더러운 손을 어디다 대!"

유정혜는 극도로 흥분한 상태였다.

"네 정체가 알려지면 우리 규가 어떻게 되겠어? 넌 우리 규의 그림자일 뿐이잖아. 나타나지 말란 말이야. 내 눈앞에서 꺼지라고! 우리 규를 돌려내!"

"사모님, 조용하시죠. 사모님이 이러시면 박규 팀장이 곤란해지신다는 거 모르십니까?"

흥분한 유정혜와 달리 강진영의 목소리는 소름 끼치도록 차가웠다.

"네가 감히!"

강진영이 유정혜의 귀에 무언가 소곤거렸다. 그러자 유정혜의 낯빛이 창백해졌다. 그는 유정혜의 손목을 잡더니 끌었다.

"놔, 놓으라고. 우리 규를 돌려줘!"

악을 쓰는 유정혜의 목소리가 커지더니 문이 벌컥 열렸다. 소정은 급히 파티션 뒤로 몸을 숨겼다. 강진영은 유정혜를 거의 질질 끌다시피 해서 데리고 나갔다.

"강진영이 박규의 개는 맞았네."

소정은 중얼거리며 그들이 사라지는 걸 보았다. 그녀는 자신도 모르게 열려진 박규의 집무실 안으로 들어갔다. 블라인드가 쳐진 창문, 그리고 책상, 소파, 책장으로 이루어진 여느 집무실과 다름없는 구조였다. 다만 유정혜가 한바탕했는지 바닥엔 화분이 깨져 있고 박규의 명패도 바닥에 나뒹구르고 있었다.

소정이 책상으로 다가갔다. 일을 한 흔적이 없이 깨끗한 책상이었다. 최신형 모니터가 설치된 컴퓨터와 모니터 옆에 놓인 연필꽂이에는 볼펜과 연필, 자, 칼이 단정하게 정리되어 있었다.

"정말 한 번도 출근한 적이 없는 건가?"

소정은 책상을 만져보았다. 먼지 한 톨 없는 걸 보니 청소는 하나 보다.

"박규, 넌 도대체 어디 있는 거니?"

미친 듯이 발광하며 박규를 찾던 유정혜가 떠올랐다. 소정은 박규의 책상 서랍을 열어보았다. 안에는 아무것도 없었다. 구체적으로 뭘 찾고 있는 건 아니었다. 그저 악마가 박규일지도 모른단 생각에 몸이 저절로 움직였을 뿐이다. 의심을 확신으로 바꿔줄 단 하나의 단서가 필요할 뿐이었다.

-ㅎㅎㅎㅎㅎㅎ

갑작스럽게 흘러나오는 악마의 웃음소리에 그녀의 행동이 멈췄다. 이건 뭐지? 이건 뭐야? 소정은 놀란 눈으로 주변을 둘러보았다. 꺼져 있었다고 생각한 모니터 화면이 갑자기 켜졌다. 그녀가 건드리지도 않은 마우스 커서가 이리저리 왔다 갔다 하면서 클릭을 반복한다.

그리고 동영상이 하나 플레이되었다. 모니터 가득 피에로 의상을 입은 솜사탕이 모습을 드러냈다. 솜사탕은 그녀를 향해 끌끌거리며 웃고 있다.

"허, 헉."

소정은 솜사탕의 얼굴을 보자 심장이 멎는 듯했다. 온몸의 털이 곤두서고 소름이 돋았다. 다리는 후들거렸고 숨이 가빠졌다.

"허, 헉, 하악. 하."

소정이 두 귀를 틀어막고 자리에 주저앉았다. 고함을 지르려 했지만 목에서는 쇳소리만 흘러나왔다.

"약혼이라니, 누구 마음대로!"

민견이 흥분할 거라고 예상치 못했는지 김진희는 눈을 동그랗게 떴다.

"민 회장님과 유정혜 여사님께 말씀 못 들으셨어요? 오늘도 여기 유정혜 여사님과 같이 왔는데요."

"뭐라고?"

"오늘 유 여사님과 저희 아버지가 만나 약혼에 대해 전반적인 이야기를 나누셨어요. 당연히 민 실장님과 말씀이 끝난 걸로 알았죠."

맹한 눈을 보니 거짓말 같지는 않다. 아버지가 이렇게 뒤통수를 치다니.

"유정혜와 같이 왔다고?"

"기획실에 볼일이 있다고 가셨……. 실장님, 어디 가세요?"

민견은 분노에 찬 얼굴로 집무실을 나섰다. 아무것도 모르는 김진희와 대화해봤자 소용이 없을 것이다.

"소정아, 정신 차려. 나야. 나라고."

소정은 어깨에 닿는 섬뜩한 손길에 소스라치게 놀랐다. 목구멍까지 막히는 숨을 간신히 짧게 내쉬며 고개를 들었다. 그녀의 눈에 강진영의 모습이 흐릿하게 들어왔다.

"이소정, 여기서 뭐 하고 있는 거야? 여기가 어디인 줄 알고. 너 미쳤어?"

강진영은 박규의 집무실 구석에 웅크린 채 발발 떨고 있는 소정의 어깨를 감쌌다.

"저기, 저기 악마가 있어. 솜사탕이 있다고."

소정은 덜덜 떨리는 손으로 모니터를 가리켰다. 그러나 모니터에는 아무것도 없었다.

"소정아, 정신 차려. 아무것도 없어. 꺼진 컴퓨터 화면에 뭐가 있다는 거야."

"분명 봤어."

소정의 말에 강진영은 그녀를 안았다.

"제발 정신 차려, 소정아. 내가 있잖아. 이제는 아무도 널 건드리지 못할 거야."

온몸에 한기가 도는지 떨림이 멈추지 않는 소정을 강진영이 더꽉 안았다. 이제는 놓지 않겠다는 듯.

"당신도 한패잖아. 날 속인……."

"힘들면 말하지 마. 원망은 나중에 하고."

강진영은 소정을 부축해서 일으켰다. 반항할 힘도 없었다. 온몸에 힘이 빠져 움직일 기운조차 없었으니까. 간신히 집무실을 빠져나온 소정은 기획실 바닥에 주저앉고 말았다.

"박 팀장 집무실엔 왜 들어간 거야?"

소정은 대꾸할 힘도 없었다. 온몸이 바들바들 떨리고 눈은 공허했다. 생각지도 못한 악마의 영상에 뒤통수를 맞은 듯 맥없이 무너졌다.

"소정아, 잠시만 이대로 있자."

"가, 가야 해."

소정은 집무실에서 악마 솜사탕이 튀어나올 것 같아 겁이 났다. 소정이 일어나려 하자 강진영이 말리며 손을 잡았다. 따스한 손이지만 악마와 한패가 된 강진영의 손길 따위는 필요 없다.

"이렇게 가면 어떡해? 오해는 풀어야지."

"오해? 내 눈으로 솜사탕을 봤어."

소정이 떨리는 목소리로 말했다. 자신을 뚫어져라 바라보는 강진영을 소정이 멍하니 쳐다봤다.

"박규가 솜사탕이야?"

소정이 간신히 말을 내뱉자 강진영의 눈빛이 흔들렸다. 어두컴컴한 기획실. 빨리 벗어나고 싶다.

"스토커 솜사탕이 박규였냐고?"

소정이 다시 중얼거렸다. 박규, 솜사탕, 스토커, 모든 게 하나로 연결되었다. 강진영이 머뭇거리자 소정은 악마가 박규라고 확신했다. 비록 입 밖으로 내지 않았지만 그의 눈빛이 박규가 악마라고 시인하고 있었다.

"아, 아니야."

"박규, 그 새끼 지금 어디에 숨어 있어!"

소정은 새된 목소리로 고함을 질렀다. 그 악마 새끼 때문에, 그녀는 아빠도 나비도 다 잃었다. 지금 소정의 머릿속에는 아무런 생각도 들지 않는다. 오직 강진영이 악마가 어디 있는지 알고 있다는 사실밖에는.

"소정아, 진정해. 내가 다 설명할게."

가소로웠다. 세상에서 가장 멋진 남자인 척 연기하더니, 결국 악마에게 영혼을 팔았다.

"내 일을 막아주는 대가로 박규한테 얻은 게 고작 유성 대리야? 다른 사람은 몰라도 오빠는 그러면 안 되는 거잖아."

격분에 가득 찬 목소리가 나올 거라 생각했는데, 의외로 담담한 목소리가 흘러나온다. 흥분하고 화내기에는 그동안의 시간이 녹록하지 않았나 보다. 손끝이 저릿하고 온몸이 바르르 떨린다.

"미안하다, 소정아. 하지만 나에게도 사정이 있었어."

진영은 입을 악물더니, 눈을 질끈 감았다 떴다. 그가 고백하듯 덤덤하게 말을 이었다.

"소정아, 연좌제라고 들어봤니? 그게 과거에만 있는 줄 알았는데 아니더라. 현재에도 존재해."

무슨 헛소리를 하려는 걸까. 소정은 말이 나오지 않아 멀거니 그를 쳐다만 봤다.

"강일쇼핑센터 붕괴사고 들어봤지? 자연재해가 아닌 인재로 일어난 가장 큰 참사. 부실공사가 만들어낸 어처구니없는 사고. 그 사고의 중심에 강일건설의 부패가 있었다고 하지. 그 일로 대한민국 10대 건설사였던 강일건설이 한순간에 무너졌지. 전 국민의 관심 속에 법정은 강일건설에 최고의 형벌을 내릴 수밖에 없었지. 사고 합의금과 배상금으로 회사는 무너졌고, 강한석 대표는 실형을 살게 되었지. 강한석 대표는 모든 걸 혼자 뒤집어쓴 게 억울하다고 호소했지. 부실공사의 원인은 따지지 않은 채 자극적인 사고 현장만 보여주며 모든 비난을 그에게 쏟아부었으니까."

강진영은 평소 성격대로 차근하게 설명했다. 이소정은 그런 그가 좋았다. 친절한 성격과 배려하는 행동이 좋았다. 그런데 지금은 잘 모르겠다. 솜사탕과 상관없는 강일건설의 이야기를 왜 하는 걸까?

"내가 강일건설 강한석 대표의 아들이야."

"뭐?"

소정은 자신도 모르게 숨을 짧게 내쉬었다.

"그 사고로 난 모든 것을 잃었지. 내게 남은 건 강일의 자식이라는 꼬리표뿐. 명문대를 나와도 취직할 기회는 없었어. 그런 내게 박규 팀장이 손을 내밀었지. 잡아서는 안 됐지만 나에겐 부양할 가족이 있었어. 사고 이후 폐인같이 살고 있는 아버지, 병석에 누운 어머니, 세상 물정 모르는 누나들까지. 모두 다 나만 바라보고 있었다고. 네가 얼마나 힘든지 알았지만 너까지 신경 쓸 여유가 없었어."

강진영이 박규의 손을 잡은 이유가 집안을 다시 일으켜야 할 가장이라서? 그게 날 배신한 이유라고? 소정은 할 말이 없었다.

"박규가 여기 있어. 나도 널 금방 알아봤으니 박규도 널 알아볼 거야. 위험해. 도망쳐야 한다고."

놀라야 하는데 놀랍지도 않았다. 박규에게 휘둘리고 유정혜에게 당하면서도 감수하는 이유가 결국은 자신의 출세 때문이었다.

"4년 전에는 힘이 없어 너를 지키지 못했지만, 지금은 달라. 너하나쯤은 책임질 수 있어."

강진영이 소정의 어깨를 잡았다. 절실한 눈빛을 보니 헛웃음만 새어 나왔다. 소정은 그의 손을 강하게 뿌리쳤다.

"이제 상관없잖아."

소정은 악마가 박규란 사실만 머릿속에 맴돌았다.

'도대체 박규의 정체가 뭐죠?'

'미친놈.'

민견의 말이 사실이었다. 박규는 정말 미친놈이었다. 악마의 실체를 알고 나니 오히려 덤덤해졌다. 실체를 모를 때보다 무섭지 않았다. 적어도 어떻게 대처할지 대책은 세울 수 있을 테니까.

"내 변명이 이해되지 않을 거라는 거 알아. 하지만 네가 알아야 할 게 있어. 4년 전 네가 나락으로 떨어진 원인 제공은 박규가 한 게 맞아. 그렇지만 박규가 네 앞길을 막은 건 아니야."

"무슨 말이 하고 싶은데."

"민견은 아닐 거라 생각하는 거야?"

"강진영, 그만해!"

소정은 결국 소리를 질렀다. 어수룩한 자신을 또 속이고 싶은 건지. 박규의 최측근이니 그를 두둔하고 다른 사람에게 비난을 돌려야겠지. 하지만 그러기엔 내가 민 실장을 너무 잘 안다. 그는 4년 전 내 사건에 연루될 수 없었다. 그리고 솜사탕의 체구는 그와 현저히 달랐다.

"소정아, 민견도 천광일도 아무도 믿지 마. 우리는 그들에게 소모품에 불과해. 쓸모없어지면 버려지는 일회용 제품이라고."

"아악! 보기 싫어. 꺼져. 옛날처럼 내 눈앞에서 사라지라고!"

강진영이 박규를 변호하는 이유는 분명하다. 소정의 인생을 망친 솜사탕이라도 자신의 앞길을 열어줄 구세주이니까. 더 이상 말 같지도 않은 변명 따위는 듣고 싶지 않았다. 모두가 자기합리화일 뿐. 그에게 배신당한 사람의 고통은 보이지 않고, 그저 배신할 수밖에 없는 상황만 횡설수설 떠벌리고 있다.

"저리 가. 꺼져. 가라고."

소정은 두 손으로 머리를 감쌌다. 아무것도 듣고 싶지 않아. 너에겐 구세주일지 몰라도 나에겐 악마일 뿐이니까. 그 악마가 가까운 곳에 있었다. 이곳에 악마가 있어. 날 보고 있어. 머릿속이 점점 하얘지고 있다.

"소정아. 제발 진정해."

강진영이 발작하는 소정을 껴안았다.

"당장 떨어져!"

그때 갑자기 들려오는 서늘한 목소리에 강진영이 고개를 들었다. 험악한 표정의 민견이 강진영을 노려보고 있었다. 민견은 보았다. 강진영의 품에서 하얗게 질려 바들바들 떨고 있는 소정을.

"강진영! 무슨 짓을 한 거야!"

민견은 강진영의 멱살을 움켜쥐었다. 우악스러운 손길에 멱살이 잡혀 컥컥거리던 강진영은 민견을 똑바로 쳐다보며 이죽거렸다.

"제 여자에게 신경 끄시죠."

"누가 네 여자야? 미친 새끼."

그때 바닥에 웅크려 바들바들 떨던 소정이 비틀거리며 일어섰다. 위태롭고 불안하더니 결국 휘청거리며 쓰러진다.

"소정아!"

민견은 강진영을 강하게 밀어내고 소정이 바닥에 닿기 전에 붙잡았다. 그의 품에 기절하듯 쓰러진 소정을 민견이 번쩍 안았다. 강진영은 바닥에 쓰러진 채로 민견을 노려보았다.

"강진영. 네가 과거에 소정과 어떤 관계였는지 몰라도, 지금 그녀에게 필요한 사람은 아닌 게 분명해. 앞으로는 내 눈에 띄지 마. 다음번엔 내가 널 참을 수 없을 거 같으니까."

고요한 공간을 가로지르는 나직한 음성이 소름 끼치도록 낮았다. 민견은 소정을 안은 채 기획실을 벗어났다. 그를 뒤쫓아 왔는지 김진희의 모습이 보였다. 그녀는 민견 품에 안겨 있는 소정을 보며 바르르 떨었다.

07. 질투

몸이 무겁다. 가위에 눌렸을 때처럼 몸이 움직여지지 않는다. 무거운 눈꺼풀 사이로 희미한 불빛이 보인다. 소정은 일어나려 했지만 머릿속에 안개가 낀 것처럼 몽롱했다.

"정신 들어?"

언제부터 있었을까? 민견이 침대에 걸터앉아 소정을 바라보고 있었다. 소정은 급하게 몸을 일으키다 두개골이 깨질 듯한 두통에 헉하는 날숨만 길게 내쉬었다.

"실장님이 왜 여기에……."

바싹 마른 목구멍에서 갈라진 음성이 새어 나오자 그녀는 인상을 찡그렸다.

"내 집이니까."

그제야 소정은 자신이 민견의 침대에 누워 있다는 걸 알아차렸다.

"어제 기획실에서 쓰러졌어."

"아⋯⋯."

기획실에서의 일들이 모두 환상인 듯 흐릿한 영상으로 기억된다. 유정혜와 강진영의 다툼. 박규의 집무실 컴퓨터에서 솜사탕을 본 것. 모든 것이 마치 꿈같다. 악마 솜사탕의 정체를 알게 된 게 굉장한 충격이었던 거 같다.

"강진영과 같이 있었던데. 그자가 뭘 했지?"

민견은 그녀가 쓰러진 이유를 물었지만 소정은 대답하기 곤란해 입술을 달싹거리다 말았다. 제 인생을 망친 악마가 박규라는 사실을 어제 알았다. 그래서 충격을 받아 쓰러졌다. 하지만 그 사실을 말할 수는 없었다.

"⋯⋯좀, 어지러워서요."

소정은 자신을 뚫어지게 바라보는 민견의 시선이 부담스러웠다.

"그렇다고 실장님 집으로 데리고 온 건⋯⋯."

소정은 말끝을 흐렸다. 그의 침대에 앉아 있는 상황이 불편했다. 이 침대에서 그와 했던 낯 뜨거운 장면들이 연상되어 얼굴이 화끈 달아올랐다.

"그럼 어디로 가야 했을까?"

"제 집도 있고, 병원도 있고."

"그러기 싫었어."

"왜요."

"걱정됐어. 강진영이 당신을 또 찾아올까 봐. 불쾌하고 신경 쓰여."

민견이 덤덤한 목소리로 덧붙였다. 소정은 이 상황이 혼란스러웠다.

회사까지 어떻게 왔는지 모르겠다. 그가 운전하는 차를 타고 출근하는 어색한 상황에 침묵까지 흐르니, 숨 막힌다는 표현이 딱 맞았다. 소정은 민견이 주차를 하려고 차를 멈춘 사이 얼른 문을 열고 내렸다. 민견과 같이 출근하는 걸 누가 본다면 또 이상한 소문이 날 거다. 엘리베이터 앞에 도착해 상향 버튼을 누르고 나니 긴 한숨이 절로 흘러나왔다. 엘리베이터 금속 문에 비친 자신의 모습이 추레해 보였기 때문이다. 강일추모공원에서 쓰러진 민견을 끌고 그의 집으로 갔던 때가 떠오른다.

"어, 이 비서님 아니십니까?"

소정은 자신을 부르는 소리에 고개를 돌렸다. 기획실 정동우 과장이 큰 걸음으로 다가오고 있었다.

"지금 출근하세요? 근데 오늘 차림이."

어제 옷차림 그대로, 화장기 없는 민낯. 거울을 보지 않아도 자신이 어떤 모습일지 상상이 된다.

"어제 야근해서요."

"아, 어쩐지 피곤해 보였습니다."

그는 엘리베이터 앞에 서더니 내려오는 숫자를 바라보며 말문을 열었다.

"근데 이 비서님. 실장님은 언제쯤 시간이 나실 것 같습니까? 환영식 기다리다 늦어 죽겠습니다."

환영식이라면 기획실 직원들이 전부 모이겠지. 기획실, 박규. 그의 이름이 떠오르자 소정은 입술 끝이 바르르 떨렸다. 박규 집무실에서 본 솜사탕이 생각났다. 어제는 너무 놀라 생각할 여유가 없었는데, 아무도 없었던 집무실 컴퓨터가 왜 켜졌을까? 화면 속에서 마우스 커서가 저 혼자 움직였고 동영상이 재생되었다. 마치 소정이 보라는 듯.

"실장님이 박규 팀장님만 참석하실 수 있으면 언제든지 시간을 잡으라고 하셨어요."

소정은 목소리가 떨리는 걸 최대한 감추려고 애썼다. 지하 층까지 내려오던 숫자가 멈추고 엘리베이터 문이 열렸다. 소정이 엘리베이터 안으로 발걸음을 옮기자 정동우도 따라 들어왔다.

"휴우, 박규 팀장님 참석은, 강 대리와 의논해봐야 할 거 같은데요?"

예상대로 정동우는 난감한 표정을 지었다. 소정은 어떻게 해야 박규가 수면 위로 드러날지 고민하기 시작했다.

"대리가 아는 스케줄을 과장이 모른다? 문제가 있다고 생각하지 않습니까?"

갑자기 들려오는 소리에 정 과장이 고개를 돌렸다. 닫히려는 엘리베이터 문이 다시 열렸다. 열린 문으로 민견이 성큼 걸어 들어왔다. 민견은 소정을 서늘히 노려보았다. 그새를 못 참고 도망갔냐는 시선에 소정은 얼굴이 빨개졌다. 그의 시선이 불편한 건 정동우도 마찬가지였는지 고개를 숙였다.

"죄, 죄송합니다."

로비 층에서 문이 열리자 열 명 남짓한 직원들이 타려다 멈칫했다. 민견을 보며 고개만 숙이고 아무도 타지 않고 문이 닫혔다. 정동우는 울상으로 입을 다물었고 올라가는 동안 지루한 침묵이 이어졌다.

엘리베이터 문이 열리고 민견이 내리자 소정과 정동우가 따라 내렸다. 내리자마자 남자 화장실에서 강진영이 나오는 게 보였다. 화장실에서 세수를 했는지 물기가 얼굴에 그대로 남아 앞머리까지 젖어 있다. 제대로 잠을 자지 못했는지 눈은 충혈되어 있고 몰골도 엉망이다. 넥타이는 와이셔츠 주머니에 대충 집어넣어져 있고 와이셔츠도 여기저기 구김이 보인다.

강진영은 엘리베이터에서 소정과 민견이 같이 내리자 인상을 구겼다. 장동우는 미묘한 시선을 의식한 듯 목청을 높였다.

"지하에서 다 만났지 뭐야. 하하하."

"그러시군요."

강진영의 시선이 소정을 훑고 있다. 장동우는 급하게 소정 앞에 서서 강진영의 시선을 가로막으며 그의 어깨를 두드렸다.

"아이고. 우리 강 대리 야근했나 보네. 우리 기획실 강 대리 없었으면 어쩔 뻔했어?"

민견은 사납게 눈썹을 치켜올리며 강진영을 못마땅하게 쳐다보고 있다. 장동우는 두 사람을 번갈아 쳐다보며 어색한 웃음을 지었다. 강진영이 소정에게 관심 있는 걸 아는 장동우는 민견이 폭발할까 걱정하는 눈치였다.

"이 비서님, 어제 걱정돼서 전화했었습니다."

어젯밤 무슨 일이 있었기에? 정동우는 어제와 옷차림이 같은 두 사람을 호기심 어린 눈으로 쳐다봤다. 하지만 그도 눈치가 있는지 입 밖으로 묻지는 않았다. 민견의 시선이 범상치 않아 오히려

한발 뒤로 빠졌다.

"그랬나요?"

소정은 주머니를 더듬었다. 어제 기획실에서 쓰러진 소정을 민견이 안아 그대로 차에 실어 자신의 집으로 데리고 갔다. 실장실에 있는 그녀의 가방과 코트를 챙길 생각은 못했다. 그나마 휴대폰은 주머니에 넣어두어 다행이었다.

그런데 주머니에 휴대폰이 없다. 분명 아침에 협탁 위에 놓여 있던 휴대폰을 챙겨 왔는데. 어디서 떨어뜨렸지?

"이 비서, 급하게 내리더니 차에 떨어뜨렸더군."

민견이 소정에게 휴대폰을 내밀자 소정은 난감했다. 뒤로 빠져 있던 정동우의 눈이 휘둥그레졌다.

"그리고 정 과장님은 박 팀장 스케줄 파악해서 회식 날짜 잡도록 하세요."

"네, 알겠습니다. 강 대리, 잘 들었지?"

정동우는 그들의 눈치를 보며 조심스럽게 입을 열었다.

"……네, 그러지요. 실장님이 그리 원하신다면."

강진영은 감정 없는 서늘한 음성으로 소정을 쳐다보며 말했다. 네가 원하는 게 이거였어? 그의 눈빛이 소정에게 그리 묻고 있었다.

"강 대리가 잠을 못 자서 그런가. 목소리가 많이 가라앉았네. 아무튼 난 직원들에게 이 기쁜 소식을 알려야겠어."

정동우는 환한 표정을 지으며 기획실로 들어갔다. 강진영은 민견의 손에 들려 있는 소정의 휴대폰을 보며 씁쓸한 표정을 지었다.

"어제 분명 말씀드렸는데요. 제 여자에게 신경 끄라고."

"누가 네 여자지? 여긴 내 여자밖에 없어서."

소정은 불편했다. 결국 추문에 의해 피해보는 건 소정뿐이다. 대리와 실장 사이에 양다리를 걸친 여자로 사내에 소문이 나겠지.

"그만하시죠. 싸우려면 다른 데 가서 하세요."

소정은 민견의 손에 들려 있는 휴대폰을 낚아채고는 몸을 돌려 걸음을 옮겼다. 그녀의 뒤에서 강진영이 중얼거렸다.

"네가 그렇게 원한다면 박규를 네 앞에 데려다주지. 하지만 넌 후회할 거야."

소정이 걸음을 멈춘 채 석상처럼 서 있다. 솜사탕을 만나면 죽이고 싶었다. 아마 민견을 만나기 전이었다면 뒷일 따위는 생각하지 않고 그를 죽이려고 덤볐을 거다. 숨을 깊게 내쉬며 소정은 떨어지지 않는 발걸음을 옮겼다. 발목에 쇳덩어리를 묶어놓은 것처럼 발걸음이 무겁다.

민견은 집무실로 들어오자마자 신경질적으로 자리에 앉았다.

"많이 참은 거지."

유성의 후계자로 나고 자라면서 절제를 배우지 않았다면, 주먹이 먼저 올라갔을 거다. 이소정이 그를 오빠라 부르고, 강진영이 그녀를 자신의 여자라고 말한 순간 몸속에서 뭔가가 치밀어 올랐다.

질투.

이소정의 과거를 아는 강진영을 부러워하는 감정. 내가 함께하지 못한 순간들을 함께했던 자에게 고양된 격렬한 증오와 적의. 한 여자를 사이에 둔 경쟁자라는 건가.

미쳐가는 게 맞다. 말도 안 되는 상황이다.

민견이 휴대폰 액정을 터치하자 부재중 전화가 눈에 띄었다. 윤준희의 부재중 전화가 연달아 찍혀 있자 곧장 통화 버튼을 눌렀다. 통화음이 울리기가 무섭게 윤준희의 이죽거리는 음성이 흘러나왔다.

-어제, 소정 누님과 계시느라 제 전화를 씹어드셨더군요.

"누가 그래."

민견은 불편한 심기를 드러냈다.

-그룹 내에 소문이 쫙 났습니다. 게시판에 글이 올라오고 난리도 아닌데. 기획실 강진영 대리에게서 소정 누님을 빼앗아간 민견 실장. 그리고 민 실장으로 갈아탄 소정 누님을 비난하는 글들이 쇄도하고 있어요.

"그것 때문에 연락한 건 아닐 테고. 무슨 일이야?"

윤준희는 한숨을 쉬며 말을 이었다. 그의 보고에 민견은 심각해졌다.

-짜증 나게 자꾸 내 컴퓨터에 침입 시도를 하잖아요. 직원들의 메신저 대화라든가, 메일까지 다 감시하는 것 같아요. 아마도 유성에서 해킹 안 당한 사람은 형님뿐일걸요? 컴퓨터를 부팅하지 않으니 할 수 없었겠지만.

웬만한 일이 아니고는 장난기를 거두지 않는 준희였다. 그런 준희가 진지하게 말할 정도다. 민견은 책상에 놓여 있는 최신형 컴퓨터를 보았다. 천광 사무실에 있던 고물과 천지 차이인 최신형이지만 민견은 전원을 한 번도 켜지 않았다. 그 덕분에 전자 결재 시스템이 잘 되어 있는 유성그룹에서 종이서류가 쌓이는 유일한 부서였다.

"아무리 봐도 찜찜했어."

원격조정까지 시도하는 것 같다는 말에, 어둠 속에서 희번쩍거리는 미친놈의 눈매가 떠올랐다. 박규. 히키코모리. 어두운 방구석에서 컴퓨터만 껴안고 사는 놈.

"잘 주시하도록 해."

전화를 끊고 나니 윤준희의 말 중 소정에 관한 부분이 자꾸 마음에 걸렸다. 태블릿을 클릭해 사내 게시판에 들어갔다. 이소정 덕분에 관심도 없던 사내 게시판을 연달아 들어가게 된다. 준희의 말대로 게시판은 뜨거웠고 그 중심에는 이소정과 민견이 있었다. 강진영은 여자친구를 재벌3세에게 빼앗긴 비련의 주인공이 되어 있었다. 무엇보다 이소정의 정체에 관한 글이 가장 관심을 많이 받고 있었다. 여자에 관심 없던 민견이 처음으로 호감을 보인 여성에 대한 호기심. 이 비서는 민 실장이 유성에 복귀하면서 데리고 온 직원이라 처음부터 애인이었을지 모른다는 글도 있었다. 민견의 차에서 내리는 소정의 사진, 엘리베이터를 같이 타고 있는 사진, 그리고 기획실 앞에서 강진영과 대립하는 사진까지. 언제들 다 찍었는지.

"할 일 없는 인간들."

민견은 불편한 표정을 지었다. 오늘은 유성에 있을 기분이 아니다. 하루 종일 추문에 시달리며 동물원의 희귀동물 취급을 받을 생각을 하니 짜증이 치밀어 올랐다. 민성규의 귀에 들어가는 것도 시간문제. 분명 불편한 심기를 드러내겠지.

그는 의자를 박차고 일어나 옷걸이에 걸려 있는 코트를 걸쳤다.

"이 비서, 나가지."

민견은 집무실의 문을 활짝 열었다. 그러나 비서실 자리는 비어 있었다.

소정은 아침부터 그가 보여준 행동들이 혼란스러웠다. 손안에서 울리고 있는 휴대폰도 그녀를 답답하게 만들고 있다.

[나와. 얘기 좀 해.]

고해성사하듯 털어놓은 그의 과거, 그녀를 바라보던 눈빛. 한번은 진지하게 얘기할 필요가 있었다. 그의 감정에 대해서도 확실하게 선을 그어야 했다.

[옥상에서 봐.]

소정은 문자를 전송하고 자리에서 일어났다. 유성그룹 옥상은 직원들의 편의를 위해 쉼터로 만들어져 긴 벤치들이 설치되어 있었다. 소정은 자리에 앉아 들숨과 날숨을 번갈아 쉬었다. 아침 햇살이 제법 따스했다. 긴 겨울이 지나간 완연한 봄 날씨다.

"날씨 좋지? 우리 기분과 다르게."

강진영은 커피가 담긴 종이컵을 소정에게 내밀었다. 소정은 커피를 받았다. 손가락을 타고 따스함이 전해졌다.

강진영은 그녀 옆에 앉으며 커피를 입으로 가지고 갔다. 둘은 한동안 말없이 커피를 마셨다.

"우리 한때는 좋았는데. 그 관계, 내가 망친 거 알아. 그래서 더 미안했고."

강진영은 다 마신 종이컵을 구기며 이를 악물었다.

"그 말 하자고 부른 건 아닐 테고, 본론을 말해."

"소정아, 이번 금요일에 부서 회식이 있을 거야. 제발 부탁인데 도망가. 후회하지 말고."

드디어……. 소정은 이상하게 마음이 덤덤해졌다. 악마가 누구인지 모를 땐 두려움에 떨었었다. 하지만 솜사탕의 정체를 알게 된 이상, 그저 두렵지만은 않다. 그는 잃을 게 많은 금수저, 나는 바닥까지 추락한 여자. 두꺼운 화장과 피에로 복장 안에 숨어야 하는 건 내가 아니라 그다.

"이제 도망 안 가."

"소정아."

"죽기밖에 더하겠어? 하지만 이번에는 나 혼자 죽지 않아."

소정은 자리에서 일어났다. 더 이상 강진영과 말을 나누고 싶지 않았다. 그가 박규 옆에서 떠날 생각이 없는데 무슨 말을 더 하겠는가.

"난 항상 네 편이야. 고작 4년이 지났을 뿐인데도 나비가 아닌 척했을 때 장단에 맞춰줬어. 그러는 네가 이해됐으니까. 하지만 지금 넌, 죽을 줄 알면서도 불길에 뛰어드는 나방 같아."

강진영은 소정을 바라보며 계속 말을 이었다.

"민견 옆에 붙어 있는 이유가 뭐야. 왜? 그가 유성의 후계자라서? 민견이라면 네 과거의 명성을 찾아줄 거라 생각해?"

나는 아무것도 바라는 게 없다.

"사람들이 다 자기 같다고 생각하지 마. 오빠는 자신의 성공과 야망을 위해 박규에게 붙었지만 난 아니니까. 할 말 없으면 이만 갈게. 자릴 오래 비워둘 수 없어."

소정은 자리에서 일어나 서둘러 걸음을 옮겼다. 이제부터 나는 강진영을 어떻게 봐야 하나? 박규를 만나면 어떻게 해야 하지? 머릿속이 복잡해진다.

"민견에게 약혼녀가 있다는 거 알고는 있니?"

갑작스런 그의 말에 소정이 그 자리에 얼어붙었다.

비서실로 돌아온 소정은 자신의 자리에 험악하게 앉아 있는 민견을 보며 씁쓸한 미소를 지었다.

'……여긴 내 여자밖에 없어.'

강진영을 도발하기 위해 한 말이겠지만, 민견의 의중을 모르겠다. 약혼녀까지 있으면서 어떻게 그런 말을 쉽게 할 수 있을까? 그를 이해할 수 없다.

"이 비서, 어디 다녀온 거야?"

"화장실이요. 설마 화장실 가는 것도 허락받아야 하나요?"

소정은 울컥했다. 그에게 약혼녀가 있다는 사실을 알게 된 이상 그와의 관계도 시한부다.

"나가자."

"보시다시피 전 어제 실장님이 지시하신 업무를 계속해야 해서요."

소정은 책상 위에 펼쳐진 보고서를 손으로 가리켰다. 자신의 자리에서 비켜달라는 의미였지만, 그는 펼쳐진 보고서를 한두 장 넘기더니 인상을 찡그렸다.

"이건 폐기되었어야 할 기획서야. 이런 쓰레기들은 알아서 폐기해. 이것도, 이것도 쓸모없어."

그는 인정사정없이 종이 뭉치들을 집어 휴지통에 버렸다. 그가 서류들을 버릴 때마다 휴지통은 탕탕 소리를 내며 흔들거렸고 소정은 자신도 모르게 두 주먹을 꽉 쥐었다. 그에게서 폐기물 취급을 받은 기획서 중 하나는 NB엔터테인먼트 투자기획안이었다. 그에겐 쓸모없는 쓰레기겠지만 소정에겐 아픈 과거다. 한순간의 실수로 모든 걸 물거품으로 만든 일들.

"쓸모없는 보고서로 절 시험하신 거군요. 제가 일할 능력이 있는지 알고 싶으셨나요?"

소정의 낮고 가라앉은 목소리에 민견이 고개를 들어 그녀를 바라봤다. 소정은 그의 손에 들려 있는 종이뭉치들에서 시선을 떼지 않았다.

"그런데 전 아시다시피 중요 서류를 구분할 능력이 없거든요."

"마음에 안 드는 일이라도 있나?"

"사실을 말할 뿐이에요. 제 주제에 비서는 무슨. 전문가 찾아서 그 자리에 앉히세요. 굳이 지시 내리지 않아도 알아서 일 잘하는 직원이요."

소정이 그동안 간과했던 사실이 있었다. 자리에 앉아 전화만 받으면 되는 줄 알았지만, 사실 그녀는 비서로서의 능력이 턱없이 부족했다. 간단한 보고서를 볼 능력도 없는 그녀가 대기업 비서실을 차지하고 있는 자체가 말이 되지 않는다.

"신세 한탄할 거라면 나가지. 얼마든지 들어줄 테니."

"싫다니까요. 실장님 혼자 나가세요."

억눌렀던 답답함이 목 밖으로 튀어나와 쏘아붙이고 말았다.

'약혼녀가 있다면서 저한테 왜 그러시는 거죠?' 대놓고 따지지도 못할 거면서. 연인 관계도 아니면서 배신당한 애인처럼 화를 내고 있다.

"나보고 어쩌라는 거지? 이소정, 날 화나게 하지 마. 그놈 때문에 이러는 거라면 더욱더. 내 인내심에도 한계가 있으니까."

"실장님이 무슨 상관이세요? 실장님에게는……."

하고 싶은 말은 많은데 입이 떨어지지 않는다. 그저 혼란스러운 표정이 얼굴 가득 묻어났다.

"하고 싶은 말이 뭐야?"

민견이 들고 있던 종이뭉치들을 책상에 던지면서 자리에서 일어났다. 의자는 민견의 힘에 밀려 우당탕 소리를 내며 벽에 부딪쳤다. 민견은 그마저 못마땅한지 한쪽 눈을 가느다랗게 뜨며 미간을 좁혔다. 그는 소정 앞으로 오더니 책상에 엉덩이를 걸쳤다. 소정은 그가 눈을 맞춰오자 길게 뻗은 그의 두 다리로 시선을 돌렸다.

"사람이 말하는데 시선을 피하면 안 되지."

민견은 소정의 턱을 치켜들어 자신과 눈을 맞췄다.

"걱정이 돼서 직접 만나봐야 할 만큼 강 대리가 그렇게 중요한 존재인가?"

민견의 짜증 섞인 말투에 소정은 대꾸 없이 쳐다보기만 했다. 대답이 없자 민견은 결국 폭발했다.

"나와 이렇게 같이 있는 것도 불편하겠네?"

"저야말로 실장님에게 묻고 싶어요. 왜 이러시는 거죠?"

그들을 둘러싼 공기가 무겁게 가라앉는다.

"몰라서 묻는 거야? 아니면 모른 척하는 거야? 우리가 아무 사이도 아닌 건 아니잖아, 소정아."

그가 갑작스럽게 이름을 부르자 소정은 당황했다.

"그, 그럼 우리가 어떤 사이죠?"

그의 마음을 알고 싶은 건 그녀였다. 그의 기억 속에 소정과 보낸 밤들이 존재하고 있을까? 난 그 기억만으로 가슴이 아프고 심장이 터질 듯 뛰는데.

"실장님이 생각하는 우린, 뭐죠?"

새빨개진 얼굴로 따지듯 묻는 소정을 보며 민견은 잠시 할 말을 잊었다.

"아침에 휴대폰도 제 생각은 하지도 않고 사람 많은 데서 주고, 어제 제가 쓰러졌을 때 실장님 댁으로 데리고 간 것도 그렇고. 그러니까 제가 착각하잖아요."

"무슨 착각."

소정이 소매를 들더니 눈에 맺힌 눈물을 훔쳤다. 어제 일이라면 쓰러진 소정을 안고 집에 데리고 가서 밤새 간호를 했다. 침대도 소정에게 넘기고 자신은 소파에서 쪽잠을 잤다. 그녀가 무안할까 봐 아무 말 없이 손수 운전을 해서 회사까지 데려다주었다. 그랬는데 강진영은 걱정되어 쪼르르 쫓아가 만났으면서, 자신은 고맙다는 인사는커녕 원망만 듣고 있다.

"뭐가 문제인데?"

"몰라서 물어요?"

소정은 죄 없는 입술만 잘근잘근 씹고 있었다. 그 모습에 민견은 속이 터져 퉁명스럽게 대답했다.

"두루뭉술하게 말하는데 어떻게 알아?"

"실장님, 빨강머리 좋아해요?"

갑작스런 질문에 민견은 당황했다. 여기서 갑자기 웬 머리 타령? 민견은 두 사람, 나비와 김진희를 떠올렸다. 같은 컬러지만 다른 느낌이었다. 김진희의 모습은 역겨울 뿐이었다.

"어제 복도에서 빨강머리 여자를 봤거든요. 온몸에 나비로 장식한 여자요. 실장님 아는 여자인가 해서요."

"나와 상관없는 여자야."

어제 김진희를 봤나? 그녀의 헛소리는 들은 건 아니겠지? 나도 어제 처음 들은 얘기인데, 집안사람이 아니면 알 수 없는 사실이다.

"내가 다른 여자 만났다고 화가 난 건가?"

"제가 왜요?"

어제 김진희가 온 게 신경 쓰였던 거군. 그럼 강진영 때문이 아니라 나 때문에 심기가 불편한 거였어? 민견은 출근 후 내내 짜증 나고 더러웠던 기분들이 눈 녹듯 풀어졌다.

"이소정 바보네. 어제 내 집, 내 방, 내 침대를 차지한 여자가 누구였는지 벌써 잊었어?"

그가 몸을 앞으로 약간 숙이자 책상에서 끼익 하는 소리가 났다. 그의 얼굴이 소정의 바로 앞까지 다가왔다. 소정의 목울대로 침이 꼴깍 넘어가는 소리가 들렸다.

"그, 그건."

"당신이잖아."

그가 팔을 뻗어 소정의 허리를 감아 잡아당겼다. 그의 두 다리 사이로 몸이 딸려 들어갔다. 익숙한 체향과 온기가 느껴진다.

"지금도 우리가 어떤 사이인지 궁금해?"

"네? 네."

당황한 그녀가 몸을 틀어 나가려 하자 그는 다리에 힘을 주어 그녀를 옭아맸다. 단단한 허벅지 근육 속에 그녀를 가두자 그의 남성이 꿈틀거리며 단단해졌다. 그의 남성이 그녀 안에 들어가고 싶다고 시위하기 시작했다.

"당신은 처음부터 신경 쓰이는 여자였어."

스위트룸에서도 우리 집에서도 천광에서도 유성에서마저도, 언제나 너에게 신경이 쓰였다. 다른 남자가 너와 터치하는 것도 싫고, 쳐다보는 것조차 싫다. 오지랖 넓게 상해용역을 박살 내게 만든 네가, 내 집무실에서 아슬아슬한 줄타기를 하는 네가, 아무 사이가 아닐 리가 없다. 그의 입술이 소정에게 다가왔다.

"여긴 실장실이에요. 누가 들어오면……."

"상관없어, 이젠."

"상관없나요, 정말?"

"어제부터 하고 싶은 걸 참았어."

그는 부드러운 입맞춤으로 대답을 대신했다. 그녀가 스르르 눈을 감았다. 자연스럽게 벌어진 입술 사이로 민견이 들어왔다. 그들의 혀가 얽히고 엉켰다. 입안 구석을 헤집고 잡아당겼다. 그녀의 몸이 그의 남성에 강하게 닿자 발끝까지 느껴지는 저릿함에 더 이상 자제할 수가 없었다.

전 직원이 두 사람의 열애 소식에 또 한 번 뜨거워지겠지만, 민견은 상관없었다. 민견은 이미 윤준희에게 지시를 내려놓았다. 그동안 게시된 모든 글들을 볼 수 없게 사내 게시판을 폭파시키라고. 최신 백신을 투입시켜도 복구할 수 없는 강력한 바이러스를 이용해서라도. 사내 전산망이 스톱되어도 상관없다. 모든 책임은 자신이 질 것이다.

08. 나비를 새기다

벌써 몇 번째인지 모른다. '이 페이지에 연결할 수 없음'이라는 큰지막한 글자를 보며 희열을 느끼고 있는 것이. 이소정에 대한 욕설과 안 좋은 말로 가득했던 글들이 영원히 삭제되었다. 그 바람에 시간이 지나는 줄도 몰랐다.

깨똑, 깨똑. 방정맞은 알림음이 휴대폰에서 울리자 민견은 인상을 쓰며 쳐다봤다.

[형님, 출발하셨어요? 여기 스테이지에서 다들 춤추고 난리도 아니에요.]

[이미현 주임 이상해요 제 옆에 딱 붙어서 떨어지지 않아.]

"윤준희."

시도 때도 없는 알림에 방해받기 싫어 깔지 않았던 어플인데, 윤준희가 점심시간에 확인할 게 있다며 휴대폰을 가지고 가더니 결국 그 요상한 걸 깔아 놓았다.

[확인했으면 답 줘요. 답!!!!!! 답!!!!!!!!!!!!!!!!]

그러고 보니 금요일 저녁에 회식이 잡혔었지. 퇴근 후 모인다고 했던가. 시계를 보니 8시를 가리키고 있다. 민견은 슈트 상의를 들고 집무실 문을 열었다. 이소정이 책상에 엎드려 자고 있었다.

"미련하게 아직까지 있었어."

자신이 퇴근할 때까지 자리를 지키고 있는 소정을 보니 기분이 이상했다. 달칵, 문이 닫히는 소리에 소정이 눈을 떴다. 막 잠에서 깬 소정의 가느다랗고 멍한 눈. 민견을 바라보는 눈빛이 묘하게 슬퍼 보였다.

"……."

지금까지 본 적 없는 눈길. 귀신에 홀린 듯 그녀를 계속 바라봤다.

"……헌 ……터."

잠꼬대 같은 소정의 말에 민견은 깜짝 놀랐다.

"이 비서, 지금 뭐라고 했지?"

"자, 잠깐 화장실 좀 다녀올게요."

소정이 갑자기 벌떡 일어나더니 밖으로 나갔다. 그녀가 분명 헌터라 말한 것 같은데 잘못 들은 거겠지. 자신을 헌터라 부를 여자는 4년 전 사라진 '나비'뿐이다. 민견은 그녀를 쫓아가 따지고 싶었지만 다리에 힘이 풀려 소파에 주저앉고 말았다. 저를 보던 그녀의 눈빛. 말도 안 되지만 나비의 눈빛과 비슷하다는 생각이 들었다.

"나비의 눈빛."

민견은 관자놀이를 누르며 눈을 감았다. 처음 이소정을 봤을 때 그 눈빛이 익숙하다 했더니 나비와 비슷하다.

234

"민견, 곱게 미쳐."

얼굴에 팔을 대고 혼잣말로 중얼거렸다.

"미쳤어. 실장님을 헌터라고 부르다니."

소정은 고개를 떨어뜨린 채 복도를 도망치듯 걸었다. 그가 퇴근할 때를 기다리다 잠이 들었나 보다. 꿈속에서 헌터를 만났고 잠이 덜 깬 상태에서 착각했다.

"미쳤어. 미쳤다고. 이젠 꿈과 현실도 구분 못하니. 그는 헌터가 아니라, 상사라고."

키스 한번 했다고 그가 내 남자라고 착각해서는 안 된다. 게다가 그는 아직 내가 나비였던 것도 모른다.

"미치지 않고서야."

미치도록 창피했다. 소정은 주먹을 쥐어 자신의 머리를 콩콩 박았다. 소정은 화장실로 들어가 세면대 물을 틀었다. 찬물에 정신이 나도록 세수를 하고 싶었지만 화장이 지워질까 손만 씻고 말았다.

소정은 오늘만큼은 민견에게 아름답게 보이고 싶었다. 회식 자리에 박규가 나온다면 어쩌면 오늘이 마지막이 될 수도 있다. 박규에게 복수를 하고 나면 두 사람의 관계가 지속되긴 힘들 것이다.

"무리겠지? 어떻게 됐든 나의 과거가 드러날 테니. 예전과 같을 순 없을 거야."

솔직히 박규를 만나면 어떻게 할지 결정하지 못했다. 스위트룸에서처럼 잭나이프를 가지고 설치는 일은 할 수 없다. 민견에게 마지막 모습을 그렇게 남기기는 싫다.

울지 않으려 했는데 자꾸 눈물이 고인다.

"어떻게 하고 싶은 거니? 소정아, 아니 나비야."

스캔들이 터진 이후, 나비의 삶을 버리니 그녀에겐 아무것도 남은 게 없었다. 그녀가 할 수 있는 건 복수의 칼을 갈면서 버티는 것뿐이었다. 하지만 민견에 대한 마음이 커진 지금, 어떤 게 옳은지 잘 모르겠다.

그렇게 복수를 하고 싶을 때는 나타나지 않았던 솜사탕이 새로운 사랑이 시작된 지금 정체를 드러내려고 한다. 사랑은 사치란 경고인 걸까? NB엔터테인먼트를 망하게 하고 아버지를 죽음에 이르게 한 주제에 나 혼자 잘 살겠다고 복수를 포기할 수는 없다.

"아빠, 어쩌면 좋아."

아빠라면 그녀의 행복을 빌어주겠지만, 솜사탕은 그러지 않을 것이다. 그녀가 나비란 사실을 알면 과거처럼 집요하게 괴롭히겠지. 결국 솜사탕과 나, 둘 중에 하나가 없어져야 끝나는 싸움이다.

펑펑, 밤하늘에 폭죽이 터지고 있다. 소정은 엘리베이터를 타려다 멈칫하고 창밖으로 고개를 돌렸다. 4년 전 크루즈에서도 불꽃놀이가 있었지. 소정은 아련한 추억에 잠겼다.

"예쁘다."

오랜만에 보는 불꽃의 향연은 아름다웠다. 소정은 창문에 붙어 멍하니 하늘을 쳐다보았다. 그날 불꽃놀이만 없었다면 예약된 객실에서 그냥 잠만 잤겠지? 그랬다면 솜사탕의 분노로 나비가 망가지는 일도 없었을 테고. 아니, 불꽃보다 피에로가 나눠주는 와인을 넙죽 마신 게 더 문제였을까? 피로에 지쳐 술에 취해 처음 본 민견을 뿌리치지 못했으니까.

결국 모든 비극의 원인은 팬미팅을 뒤로하고 일탈을 한 나에게 있다. 나를 보러 와준 팬들과 시간을 보냈다면 나비는 아직도 존재하고 있을 테니까.

"하늘에서 돈을 태우고 있군."

소정의 멍한 표정을 보며 민견은 못마땅한지 중얼거렸다. 닫히는 엘리베이터의 문 앞에서 민견도 창밖을 쳐다봤다. 불꽃이 터지는 방향을 보니 강일추모공원이다. 민견은 미간을 찌푸렸다.

"추모공원에 축제가 있나 봐요?"

"영감이 바라던 바니까. 365일 축제의 장을 열어 억울하게 간 사람들을 위로한다나."

"실장님은 별로신가 봐요?"

소정은 민견의 표정에 그늘이 드리워지자 조심스럽게 물었다.

"조용히 쉬고 싶어 할지도 모르는데 부산 떠는 거 같아."

"매일 저런다면 싫어할 수도 있겠지만 가끔이라면 좋아하지 않을까요?"

소정은 불꽃에서 시선을 떼지 못하며 엘리베이터 버튼을 눌렀다. 저녁 시간이라 이용하는 직원이 없었는지 바로 문이 열렸다.

"실장님 먼저 가세요. 저는 걸어서 갈게요."

"누구 때문에 그곳에 가는 건데, 쏙 빠지겠다고?"

박규가 참석하면 참여하겠다는 소정의 말에 급하게 잡힌 회식이다. 소정도 이리 빨리 잡힐지 몰랐다.

"네가 안 가면 나도 안 가."

"실장님 때문에 잡힌 회식이거든요."

"내가 원한 적 없어."

퉁명스럽게 딱 잘라 말하는 그를 보니 얄밉기까지 했다.

"빠지겠다는 게 아니라 걸어갈 거라고요. 유성에서 20분도 안 걸려요. 어쩌면 실장님과 거의 엇비슷하게 도착할지도 몰라요."

"그러니까 같은 곳에 가는데 왜 번거롭게 따로 가냐고."

민견은 마음에 들지 않는 표정이다. 하지만 소정은 걸으면서 생각을 정리하고 싶었다. 박규를 만나면 어떻게 해야 할까. 과연 자신이 박규를 보고 침착하게 행동할 수 있을지 의문이다. 생각만으로도 손에 식은땀이 맺히는데 이렇게 계획 없이 만나는 게 옳은 건지 모르겠다.

"술자리 일찍 가봤자 취하기만 하죠."

소정은 한숨을 내쉬며 엘리베이터를 탔다. 일층을 눌렀다.

"실장님 차는 지하 몇 층에 주차되어 있어요?"

소정은 지하 층에 손을 대며 물었지만 돌아오는 대답은 없었다. 소정이 고개를 돌리자 민견은 마음에 안 드는 표정으로 휴대폰만 쳐다보고 있다.

"추모공원에서 페스티벌 중이라 8시부터 10시까지 차량 통제를 한다는군. 돌아가는 길도 차가 멈춰 있고. 한 시간 소요 예상이라니 미친 거지."

"실장님도 걸어가시게요?"

"다른 방법 있어?"

그는 휴대폰을 주머니에게 넣으며 못마땅한 표정을 지었다. 민견은 이번 회식 자리가 내키지 않아 보였다.

365일 축제의 장을 만든다며 여름에는 음악분수, 겨울에는 레이저쇼를 기획한 천광일의 의도는 맞아떨어졌다. 귀신이 출몰한다고 소문났던 공간을 음악과 화려한 볼거리로 채워버리자 흉흉했던 소문들은 씻은 듯 사라졌다. 대신 교통체증이 생겼다.

쿵작쿵작, 추모공원이 가까워지자 음악소리가 더 커졌다.

"여기밖에 길이 없는 건가?"

"추모공원을 가로질러 가지 않으면 한참을 돌아가야 하는데요?"

소정의 말에 민견은 같이 걸어가자고 한 걸 후회했다. 추모공원으로 들어서자 입구부터 푸드트럭이 줄지어 서 있다. 스테이크, 꼬치, 닭갈비 굽는 냄새가 침샘을 자극했다. 퇴근 후 데이트 코스로 찾아왔는지 정장을 입은 남녀들도 꽤 보였다. 그들의 손에는 푸드트럭에서 구입한 음식들이 일회용 용기에 담겨져 있다. 회식자리에 가는 게 아니라면 사 먹고 싶을 정도다. 정장을 입은 건 소정과 민견도 마찬가지였다. 다른 사람들 눈에도 데이트를 하고 있는 연인처럼 보일까 소정은 궁금해졌다.

"볼 만한데요?"

소정은 주변을 두리번거렸다. 유명 만화 캐릭터 탈을 쓴 사람들이 풍선을 나눠주고 있었는데, 어린 아이들에게 인기였다.

"별것도 아닌 거로 교통통제라니."

민견은 걸어가야만 하는 상황이 불만이었다. 하지만 소정은 하늘에 드리워진 만국기와 아이들의 손마다 들린 풍선들을 보며 마지막 축제 같다는 생각을 했다.

마지막 축제. 서글펐지만 악마를 만나면 이성을 잃고 행동할 거란 건 추호의 의심도 없었다.

"으악, 내 풍선!"

한 아이가 풍선을 놓쳤다. 아이가 까치발을 하며 폴짝거렸지만 무심한 풍선은 하늘로 날아갔다. 소정은 그 아이가 자신 같다는 생각을 했다. 과거의 소정은 꿈을 좇았다. 예쁜 풍선 같은 기회를 얻었지만, 실상은 언제 터질지 모르는 폭탄이었다. 그마저도 소정을 버리고 멀리 날아가버렸지만.

결국 울음을 터트린 아이를 엄마가 달랬다. 아이에게 뭐라고 했는지 아이의 표정은 금세 환해졌다. 소정은 엄마의 손을 잡고 가는 아이에게 시선을 떼지 못했다.

"시끄럽고 부산스럽고 천박해."

쿵작거리는 음악들, 손에 음식을 든 채 걸어 다니며 먹는 사람들, 여기저기 벌어지는 재미난 쇼에 신이 난 아이들까지. 북적거리는 인파를 통과하는 게 민견에게는 쉽지 않아 보였다.

"뭐 해? 안 가?"

멍하게 구경하는 소정 때문에 걸음은 더욱 더뎠다. 이런 속도라면 한 시간이 소요된다고 해도 차를 끌고 나오는 게 나았을지도 모른다.

"이소정!"

대꾸가 없는 소정을 보며 민견은 목소리를 높였다. 이상했다. 소정의 얼굴이 사색이 되어 있다. 민견은 소정의 시선을 좇았다. 아이들이 몰려 있는 곳이다. 손에는 구름같이 풍성한 솜사탕이 하나씩 들려 있다. 조그마한 부스에서 중년의 남자가 아이들이 좋아할 만한 캐릭터 손잡이에 색색의 솜사탕을 입혀 나눠주고 있었다.

"소정아, 정신 차려."

민견은 소정이 뭐에 놀랐는지 알 수 없었다. 설마 솜사탕은 아니겠지? 민견이 소정을 툭 치자 소정이 깜짝 놀라며 몸을 떨었다.

"시, 실장님."

"괴물이라도 본 얼굴인데, 왜 그러는 거야?"

소정은 사색이 되어 길게 숨을 들이쉬었다. 다리가 풀렸는지 넘어지지 않으려 안간힘을 쓰고 있었다.

"죄송해요. 갑자기 어지러워서. 잠깐만 쉬었다 갈 테니, 실장님 먼저 가세요."

소정이 근처에 있는 벤치로 향하자 민견도 어쩔 수 없이 그녀를 따라갔다. 소정은 의자에 앉자마자 두 주먹을 꽉 쥐고 심호흡을 했다. 민견은 계속 울리는 휴대폰을 보며 나직이 한숨을 쉬었다.

"실장님 먼저 가시라니까요."

"상관없어. 아직 강진영과 박규가 도착 전이라니까."

박규의 이름이 나오자 그녀의 얼굴이 미묘하게 경직된다. 야광 머리띠를 머리에 꽂은 꼬마아이가 솜사탕을 들고 뜯어먹는 게 보였다. 두 손이 끈적이는 설탕범벅이 되자 아이의 엄마가 인상을 찡그렸다. 아이 엄마는 물티슈를 꺼내 아이의 입과 손을 닦으며 잔소리를 했다. 아이는 그러든 말든 상관없이 계속해서 손가락으로 솜사탕을 뜯어먹고 있다.

"당신의 트라우마는 솜사탕인가?"

헉, 하는 숨소리를 들으니 짐작이 맞는 듯했다. 솜사탕을 싫어하는 여자라니. 한편으로는 신기했지만, 자신도 나비를 극도로 싫어하니 그녀를 이해할 수 없는 건 아니었다. 그 말이 끝나기가 무섭게 커다란 나비 모양의 은박 풍선을 든 아이가 지나간다. 너풀거리는 나비를 보니 속이 울렁거렸다.

"일어나지. 여기 있으면 더 안 좋아질 거 같으니까."

계속해서 솜사탕을 만들어대고 커다란 은박 나비가 떠다니는 이런 곳은 1분이라도 빨리 벗어나는 게 상책이다. 소정도 수긍했는지 자리에서 일어섰다. 하지만 소정은 다리에 힘이 없어 휘청거렸다. 민견은 은박 나비가 자신에게 다가오자 헉하는 소리와 함께 소정의 손을 꽉 붙잡았다. 소정의 손은 차가웠다.

"실장님."

소정은 따스한 손길이 느껴지자 멍하게 잡은 손을 바라보았다.

"기분 나쁜 곳이야. 빨리 벗어나자고."

덤덤하게 말을 이은 민견이 성큼 발걸음을 뗐다. 소정은 따스한 손길 덕분인지 바로 앞으로 솜사탕 무리가 지나가도 버틸 수 있었다. 오히려 온몸이 화끈 달아오르고 머릿속이 하얘져 아무것도 느낄 수 없었다.

"겉모습이 아름답다고 내면까지 아름다운 건 아니지. 자신이 좋아한다고 남도 다 좋아하는 것도 아니고. 다수가 괜찮다고 소수가 가진 트라우마를 우습게 생각하면 절대 안 되지."

이런 거지 같은 페스티벌. 민견이 나지막하게 욕설을 내뱉었다.

"지뢰밭이네."

나비 풍선과 솜사탕이 판치는 곳. 그들은 걸음을 제대로 걸을 수가 없었다. 다른 이들에게는 아름다울지 모르지만 그들에게는 더없이 끔찍한 존재들. 사람들을 피하다 보니 행사용 가판이 있는 천막 뒤쪽까지 밀려갔다.

"조심해."

민견은 소정이 휘청대자 그녀의 허리에 팔을 두르고 잡아당겼다. 자신의 품에 폭 안긴 소정을 내려다보았다. 미동이 없는 그녀를 보니 감정들이 혼란스럽게 뒤엉켰다.

　　쿵쿵쿵, 빠아- 요란한 음악소리가 들린다. 광장 끝에 무대에서 공연이 한창이다. 화려한 무대의상을 입고 춤을 추고 그에 맞춰 현란한 조명이 관객과 무대에 번쩍거린다. 노랗게, 파랗게, 그리고 붉게. 소정의 머리가 붉은 빛으로 물들자 민견은 꽉 잠긴 목소리로 중얼거렸다.

　　"나비."

　　"헌, 터."

　　소정은 아련함과 그리움이 가득한 눈빛으로 민견을 쳐다보았다.

　　"나비?"

　　그녀만 보이고 그녀의 숨소리만 들린다. 빠바밤, 쿵쿵쿵- 시끄러운 음악소리. 하하하, 깔깔깔, 사람들의 웃음소리는 그의 귀에 들어오지 않는다. 그녀가 까치발을 하고 그의 목에 팔을 둘렀다. 그는 고개를 숙여 그녀의 입술 위에 그의 입술을 포갰다. 그녀의 허리를 붙잡은 팔에 자신도 모르게 힘이 들어갔다. 하아- 그녀의 나지막한 신음소리를 들으며 입술을 힘껏 빨아 당겼다.

　　띠이이- 띵, 휘이이잉. 쇼를 진행하는 사람들의 손에 들려진 폭죽이 하늘을 향해 쏘아지고, 모든 이들의 시선이 하늘로 향했다. 천막 뒤에 있는 그들은 그 누구의 방해도 받지 않았다. 주위의 배경은 희미해지고 일그러졌다. 이 공간에 자신들만 있는 것처럼 아무것도 보이지 않고 들리지 않았다.

그녀는 눈을 감았고 입술 사이를 가르고 그의 혀가 거칠게 파고들었다. 자연스럽고 익숙하게 치열을 쓸고 입천장을 건드리고 입 안 구석구석을 헤집고 있다. 굶주린 야수처럼 그의 혀는 그녀의 혀를 뽑아낼 듯 옭아매어 당긴다. 조금의 틈도 없이 맞닿은 입술에서는 뜨거운 열기가 토해지고 있다. 타액에 의해 번질거리며 도톰하게 부어오르는 그녀의 입술이 더 색정적으로 보였다.

"아아, 하아."

그녀의 입에서 흐느끼는 신음이 터져 나왔다. 탐욕스럽게 입술을 탐하는 민견은 정신없이 그녀의 타액을 삼키며 더 깊이 더 세게 빨아 당겼다. 소정이 그 힘을 이기지 못하고 허리가 활처럼 휘자 그는 그녀의 뒷머리를 잡으며 옴짝달싹 못하게 자신의 품에 가둬버렸다.

"하아."

그녀가 참고 참았던 숨을 토해낸다. 가쁜 숨결이 그의 피부를 간질이자 뜨거운 열기가 혈관을 타고 역류한다.

"헌터."

그에게 매달려 있는 그녀는 몸이 늘어지고 다리는 맥없이 풀려 휘청거리고 있다.

그들이 정신을 차린 건 한참 후였다. 민견의 심정은 복잡했다. 희미했지만 분명 헌터라고 불렀다. 축제 분위기에 취해 내뱉은 아무 의미 없는 단어였을까? 아니면 그녀가 나비인 걸까. 민견은 소정이 자신을 헌터라 부른 이유를 확실하게 듣고 싶었다. 그녀가 만약 4년 전 그의 객실로 뛰어든 나비가 맞다면, 물어보고 싶은 게 있었다.

첫 번째. 그날, 내 침실에서 잠든 것을 보고 나왔다. 그는 차가운 새벽바람을 맞으며 어지러웠던 마음을 정리했다. 갑판에서 서성거리던 시간은 대략 30분쯤이었다. 객실에 돌아갔을 때 그녀는 감쪽같이 사라지고 없었다. 바다 위를 항해 중인 배 안에서 어딜 가겠는가. 숨어봐야 배 안이겠지. 그녀의 객실 호수를 알아내려고 승선자 명단을 확인했다. 나비란 이름이 가명일 수도 있어서 20대 초반의 여성 탑승자를 전부 확인했다. 대략 열 명 정도 되었고 일일이 확인했지만 그녀는 없었다.

"항해 중인 배가 있어. 어떤 방법을 쓰면 완벽하게 자취를 감출 수 있을까?"

민견은 소정을 흘끔 쳐다보며 조심스럽게 물었다. 소정은 표정이 딱딱하게 굳었다. 잠시 후 가라앉은 목소리로 대답했다.

"여자도 모른다면요? 자신도 그 배에서 어떻게 나왔는지 모를 수 있죠."

"여자라고 안 했는데."

"……"

그녀는 더 이상 대답하고 싶은 않은 듯 입을 다물고 발걸음을 옮겼다. 민견은 가만히 그녀를 쫓아갔다. 곁눈질 없이 앞만 바라보며 걷는 모습이 고집스러웠다. 그녀의 반응을 보니 그녀가 나비란 생각에 확신이 들었다. 그렇다면 자신의 집에서 이소정을 나비로 착각한 것도 설명이 된다. 민견은 4년 전 놓친 나비를 떠올리며, 그녀의 손을 붙잡아 손가락 깍지를 끼었다. 이번에는 도망가지 못하도록.

"실장님, 붉은색에 페티시가 있는 건 아니죠?"

말도 안 되는 질문에 민견은 낭패 어린 표정을 지었다.

"그걸 왜 묻지?"

"붉은색을 보면 짐승으로 돌변하나 싶어서요."

그녀는 자신의 아랫입술을 빨아들이며 중얼거렸다. 민견은 코웃음이 나왔다. 붉은색 페티시라니. 하다하다 이제 나를 성도착증 환자로 만들다니.

"누군가를 잡아먹고 싶다는 생각은 했었지."

"누구를요?"

민견은 대답 대신 손에 힘을 주어 그녀의 손을 바싹 움켜쥐었다. 그러면서 나직하게 속삭였다.

"나비."

그 대답에 소정은 끙, 소리를 내더니 짧은 한숨을 내쉬었다. 민견은 이소정이 자신의 나비란 걸 확인하고 싶다. 가슴에 새겨진 나비 문신이 그 증거일 것이다. 당장 확인하고 싶다.

"그렇게 입술을 오물거리지 마. 키스해달라고 보채는 거 같으니까."

출발하기 전부터 회식 장소가 아니라 자신의 집으로 데리고 가고 싶은 걸 참고 있었다. 그런데 그녀가 나비라고 생각하니 더 이상 참을 수가 없다. 침대에 눕혀 입술을 마음껏 유린하고 싶다. 가슴의 나비를 확인하고 한 손에 구겨 넣고 싶다. 그녀 안에 들어가고 싶다고 그의 남성이 아우성치고 있었다.

'내가 나비란 걸 이제 눈치챈 걸까?'

그녀가 그를 헌터라 부른 것처럼, 그도 그녀를 나비라 불렀다.

자신의 손에 깍지를 껴올 때, 어느 정도 예상했지만 그의 끈적끈적한 시선을 보니 확실하게 느껴졌다. 그도 이제 알게 되었다. 마지막일 수도 있는 오늘.

회식 자리라고 통보한 클럽이 보이기 시작하자 소정은 그제야 숨이 쉬어졌다. 강일추모공원에서의 키스 후 민견의 잡아먹을 것 같은 시선에 온몸이 타들어가는 줄 알았다. 나비란 것을 눈치챘는지 툭툭 던지는 질문에 등 뒤로 식은땀이 흘렀다. 하지만 제대로 대답해주고 싶어도 그럴 수 없었다. 4년 전 항해 중이던 크루즈에서 어떻게 나왔는지는 자신도 모른다. 정신을 차렸을 땐 솜사탕에게 납치되어 있었으니까.

그러고 보니 한 번도 생각해본 적이 없었다. 1박 2일로 항해 중이던 배 안, 민견의 객실에서 자고 있던 나를 어떤 방법으로 납치했을까? 솜사탕이 미리 타고 있었던가? 피에로 복장의 직원들 틈에 숨어서?

'내가 그 배를 탈 줄 어떻게 알고. 스케줄대로라면 난 팬미팅을 하고 있어야 했어. 그 배를 타는 건 예정에 없었다고.'

앞뒤가 맞지 않았다. 설마 내 뒤를 밟은 건가? 아니면 나도 모르는 유성그룹의 미팅을 미리 알고 있었던 걸까? 머릿속이 혼란스럽고 어지러웠다.

"어디쯤 오셨습니까?"

익숙한 목소리가 들려온다. 소정의 눈에 통화를 하고 서 있는 강진영이 보였다. 강진영은 초초한 표정이었고, 손에는 담배가 쥐어져 있었다. 강진영이 담배를 피웠던가? 소정은 기억을 더듬었지만 매니저를 했던 2년 동안 한 번도 그가 담배를 피우는 걸 본 적이 없었다.

"기획실 직원들은 거의 다 도착했고, 민 실장님도 오시는 중입니다."

박규와 통화를 하며 그는 담배 연기를 길게 내뿜었다. 몇 번을 더 빨더니 쓰레기통에 담배를 비벼 껐다.

"네, 그렇게 전하겠습니다. 조심히 오십시오."

통화를 마치고 돌아서는 강진영은 그들을 보자 표정이 경직되었다.

"오셨습니까. 실장님."

"박 팀장인가?"

민견의 물음에 강진영이 끄덕였다.

"오는 중이긴 한데 축제 때문에 차가 많이 막힌다고 합니다."

가는 날이 장날이라 했던가. 어쩔 수 없는 상황이었다.

강진영의 시선이 소정의 손으로 향했다. 소정이 손을 빼내려 했지만 민견은 깍지를 풀지 않았다. 그 모습에 강진영의 미간에 주름이 잡혔다. 강진영은 속주머니에서 담뱃갑을 꺼내 담배를 꺼내 물었다.

"다들 기다리고 있으니 먼저 들어가십시오."

몸을 돌려 불을 붙이고는 길게 빨아 마신다. 뿌연 연기를 길게 내뿜으며 그는 꽉 막혀 있는 도로로 시선을 돌렸다. 깨톡, 깨톡. 민견과 어울리지 않는 경박한 알림음이 그의 휴대폰에서 연속해서 울렸다. 민견은 순간 당황했는지 나직이 욕설을 내뱉었다. 그러고는 바로 전화를 걸어 으르렁거렸다.

"윤준희, 명대로 살고 싶으면 내 휴대폰 가지고 장난치지 마라."

민견은 소정과의 손깍지를 풀고 통화를 하며 클럽 입구 쪽으로 발걸음을 옮겼다.

"네가 원했던 게 이런 거야? 지금도 늦지 않았으니 숨어."

그가 잠시 자리를 비운 틈을 타 강진영이 소정에게 다가오며 말했다. 그 음성이 너무도 차가워 소정은 고개를 돌렸다. 민견과 손을 잡고 온 게 마음에 들지 않았던 걸까. 아니면 박규가 참석하는 회식 자리에 나타나서 그런 걸까? 아니면 두 가지가 다 마음에 들지 않는 건가?

"차가 막혀 시간을 벌었을 뿐이야. 팀장님은 아직 네가 여기 온다는 걸 몰라. 하지만 네가 계속 고집을 부리면 널 더 이상 숨겨줄 수 없어. 민견이 널 보호해줄 거라 생각했다면 꿈 깨. 정신 차리라고."

강진영은 쓸쓸한 표정으로 거칠게 담배 연기를 뿜어냈다.

"이제 상관 마. 내 일은 내가 알아서 해."

소정은 목소리에 힘을 주어 강진영에게 쏘아붙였다. 막연한 상상 속에서 두려움에 떠는 건 4년 동안 충분히 했다. 이제는 부딪칠 때다. 깨지는 한이 있더라도.

소정은 강진영을 뒤로하고 클럽 안으로 들어갔다. 입구에 들어서자 크게 울려대는 음악소리에 소정은 가슴이 뛰었다. 귀가 멍해지도록 따갑게 울리는 음악 속에 자신의 목소리가 들렸다. '나비'의 노래. 형형색색의 요란한 색을 뿜어내는 사이키 조명 속에서 수많은 젊은 남녀들이 환호하며 춤을 추는 모습을 보니 옛날 생각이 났다. 나비가 움직이면 같이 따라 움직이던 대중. 소정은 코끝이 찡하면서 심장은 두근두근 터질 듯 뛰었다.

"저 사람들은 나비의 노래가 좋은 걸까? 아니면 흥겨운 음악이라면 누구 노래든 상관없는 걸까?"

언제 따라왔는지 강진영이 그녀 옆에 서있었다. 강진영은 스테이지에서 흥겨워 몸을 흔드는 사람들을 쳐다보며 삐딱하게 입술을 치켜 올렸다.

"저 음악의 가수가 여기 있는데도 아무도 널 몰라. 가면을 벗고 있다지만 너무하단 생각 안 들어? 이렇게 많은 사람들이 있는데 한 명쯤은 알아봐야 하잖아."

"그래서?"

강진영의 비웃음에 심장이 콕콕 쑤셨다. 그녀의 과거를 잘 아는 강진영답게 간신히 아문 상처를 들춰 잘도 헤집는다.

"지금 가장 핫한 가수가 누군지는 알지? 그녀가 여기 나타나면 과연 못 알아볼까? 아무리 꽁꽁 숨겨도 귀신같이 알아내겠지. 이 세계가 그래. 환호하는 대중들을 보면서 가수들은 착각해. 자신의 인기가 영원할 거라고. 너 또한 그랬지만 고작 4년 만에 잊혔어."

잊혔다는 말이 가슴을 할퀴고 들어왔다. 그녀도 알고 있기에 부정할 수 없었다.

"회식은 어느 룸에서 하지?"

그녀의 말을 무시한 채 강진영은 자신의 말만 내뱉었다.

"민견이 과거의 네 사건을 안다면 이해해줄까? 너만 상처받을 거야. 그러니 제발 소정아, 내 말 들어."

글쎄. 그럴지도 모르지. 하지만 언제까지 숨어 살까. 박규가 존재하는 한 스토커 솜사탕의 두려움에서 벗어날 수 없다. 소정은 고개를 저었다.

"한눈팔면 바로 날파리가 꼬인다니까."

서늘한 음성이 날아왔다. 하지만 차가운 목소리와 달리 따스한 온기가 그녀의 등 뒤로 느껴졌다.

"정 쫓아다니는 게 힘들면 손 잘 잡고 따라다녀. 길 잃어버리고 이상한 데서 놀지 말고."

민견은 소정의 손을 잡았다. 강진영의 존재 따위는 무시한 채 그녀의 손을 꽉 잡고 2층 계단을 올랐다.

"저, 여기선 손을 놓는 게……."

"상관없다고 하지 않았나?"

하지만 2층에 위치한 룸이 보이자 소정은 급하게 손을 잡아 뗐다. 민견은 인상을 구겼지만 그녀는 개의치 않고 문을 열고 들어갔다. 커다란 테이블에 둘러 앉아 있는 기획실 직원들이 보인다.

"누님, 여기요."

이미현이 먹으라고 내미는 안주를 보며 울상을 짓고 있던 윤준희는 소정을 보자 반가워했다. 그리고 바로 뒤따라 들어오는 민견의 모습을 보자 얼굴에 미소가 돌았다.

"형님!"

윤준희가 팔까지 흔들며 반가워했지만, 그의 목소리는 다른 직원들의 호들갑스런 환영 인사에 완전히 묻혔다.

"실장님, 얼마나 기다렸는지 압니까?"

"오늘도 역시 멋져요. 들어오시는데 와, 뒤에서 아우라가 펼쳐지는 줄 알았어요."

정동우와 이미현이 벌떡 일어나 민견을 반겼다. 민견이 상석에 자리 잡고 앉자 서로들 민견 옆에 앉으려 눈치 싸움을 했다. 그러나 못마땅한 기색이 역력한 민견을 보며 그들은 슬그머니 자기 자리에 도로 앉았다. 소정은 비어 있는 자리가 민견의 옆자리뿐이라 할 수 없이 그의 옆에 앉게 되었다.

"강 대리, 박 팀장님은 어디까지 오셨어?"

강진영이 문을 열고 들어오자 장동우가 민견의 눈치를 보며 물었다. 박규가 참석하는 조건으로 민견이 승낙한 걸 알기에 초초한 얼굴이었다.

"강일공원 페스티벌로 차량 통제를 하고 있답니다. 많은 차량들이 한꺼번에 우회하다 보니 엉켜서 움직이지 않고 있다고 하네요."

"도착은 할 수 있을까?"

"네. 시간은 좀 걸릴 것 같다고 합니다만."

하필이면 오늘 페스티벌이 열릴 게 뭐야. 장동우가 작게 구시렁댔다.

"하지만 늦더라도 오신다고 하셨습니다."

강진영은 소정을 보며 또박또박 말했다. 지금이라도 늦지 않았으니 도망가라는 경고였다. 소정은 씁쓸한 표정을 지었다.

"그 얼굴 더럽게 보기 힘드네."

민견은 술잔을 들며 중얼거렸다. 정동우는 강진영의 옆구리를 꾹 지르며 민견의 술잔을 채우라고 눈을 찡끔했다. 정동우의 눈짓에 강진영은 인상을 쓰며 양주 병을 들었지만, 옆에 앉은 윤준희가 더 빨랐다. 윤준희는 민견의 잔을 채우면서 씽긋 웃었다.

"올 사람은 알아서 올 테니. 여기 있는 우리는 재미나게 놀아봅시다."

준희는 노래방 기계로 향하며 몸을 흔들거렸다. 그러곤 자신의 트레이드마크인 보조개가 옴폭 들어간 환한 미소를 지어 보였다. 꽃미남의 미소는 분위기 띄우는 데 효과 최고였다. 그런 준희의 모습에 민견이 피식 웃으며 술잔을 입에 가지고 갔다. 민견의 미소에 분위기가 다시 밝아지자 직원들은 다시 회식을 즐기기 시작했다. 그 와중에 소정은 시계만 흘끔거렸다. 그들이 도착한 지 30분이 지났지만 박규는 아직 도착 전이다. 술잔에 채워진 술을 30분째 홀짝거리고 있던 소정은 속이 탔다. 그녀의 그런 모습이 내숭으로 보였던지 이미현이 소정에게 술기운에 도는 목소리로 한마디 했다.

"소정 씨는 술을 못하나 봐? 술 한 잔으로 고사를 지내시네."

시끌벅적하던 분위기가 물을 끼얹은 듯 조용해졌다. 소정은 분위기를 깨고 싶지 않았다.

"비서는 취하면 안 되니까요."

그녀가 할 수 있는 최대한의 변명이었다.

"맞지. 실장님을 댁까지 모셔다드리려면 비서가 취하면 안 되지. 우리 비서님 무안하게 이 주임은 왜 그런 걸 물어보나? 마시던 술이나 계속 마셔."

정동우가 이미현에게 눈치를 줬지만 그녀는 술에 취해서인 듯 그만둘 생각이 없어 보였다. 분위기를 바꾸려 정동우가 잔을 들고 크게 원샷을 외쳤다. 소정이 술잔을 들고 안절부절못하자 강진영이 그녀의 손에서 잔을 빼앗았다.

"술 대신 노래 한 곡 부르시죠."

소정은 강진영을 노려보았다. 그의 의도가 다분히 보였기 때문이다. 소정이 노래를 할 수 없을 거라 예상했겠지.

"이 비서님, 노래 한 곡 들어봅시다."

정동우가 탬버린을 들고 설쳤다. 소정은 한숨을 쉬며 노래 목록이 적혀 있는 책자만 만지작거렸다. 노래는 부산 콘서트를 마지막으로 불러본 적이 없다. 목소리가 나오긴 할까.

"술도 못 마셔, 노래도 못 해. 여긴 왜 온 거야?"

이미현이 비아냥거리자 소정은 오기가 났다. 그녀가 다른 건 몰라도 노래와 춤만큼은 대한민국 최고였다. 어차피 강진영은 알고 있고, 다른 사람들도 박규가 오면 다 알게 될 소정의 정체다. 소정은 리모컨으로 번호를 누르고 자리에서 일어났다.

노래 제목이 화면에 나오자 다들 환호했다.

"와, 이거 나비사냥이다. 여자들이 술 취하면 한 번씩 도전했다가 결국 다들 고음 파트에서 목청 터져 쓰러진다는 전설의 노래. 이걸 이 비서님이 부른다고? 오우!"

"춤도 춰야 해요."

정동우와 김선우는 환호하며 탬버린을 돈에 들고 벌떡 일어났다. 그들은 반주가 시작되자 벌써부터 엉덩이로 탬버린을 튕기며 춤을 추고 있다. 이미현은 설마 하는 표정으로 소정을 쳐다보았다.

소정은 강진영을 쳐다보았다. 강진영은 굳은 얼굴로 이를 악물며 주먹을 부르르 쥐고 있었다. 나비사냥. 그녀의 데뷔곡이자 나비를 스타 반열에 올려준 노래다. 고음이 올라갈지 모르겠지만 마지막으로 노래를 부른다면 이 노래를 부르고 싶었다. 민견에게도 최고의 모습으로 기억되는 선물을 하고 싶다. 그의 앞에서 노래를 부르는 게 처음이자 마지막이 될 수도 있으니. 이런 소정의 의도를 읽었는지 강진영의 표정은 어두워졌다. 소정은 며칠 전 옥상에서 강진영이 했던 말을 떠올렸다.

'머니캐시 김종수 대표의 딸이 민견의 약혼녀야. 대한민국 최고의 사금융 머니캐시 너도 알지? 유성그룹은 머니캐시와 손을 잡고 금융 쪽으로도 사업을 확장할 거야.'

'오빠가 어떻게 알아!'

'이번에 내가 기획하는 일이야. 유성캐피탈 론칭. 민견의 결혼은 기정사실이라고.'

머니캐시 김종수 대표는 이번 결혼을 통해 사채업자, 고리대금 업자의 딱지를 떼고 제2금융권으로 도약할 계획을 가지고 있다 한다. 유성캐피탈을 기반으로 보험사까지 시작할 계획이라 민견 마음대로 결혼을 엎을 수는 없을 거라고 친절하게 덧붙였다.

'재벌 자제들의 결혼은 기업의 이익을 위한 수단이야. 혹시 모르지. 네가 NB엔터테인먼트 이성일 대표의 딸로 지금까지 있었다면 가능할지. 너도 봤을 거야. 4년 전 기획서. 유성그룹은 한류 시장을 염두에 두고 엔터테인먼트 사업에 손을 뻗칠 계획이었어. 그 시작 단계로 NB엔터테인먼트에 대대적으로 투자하기로 결정했고. 물론 너의 스캔들 때문에 무산되었지만. 그 사건 없이 NB엔터테인먼트가 성공가도를 달렸다면 네가 민견의 짝이 될 수 있었을까?'

그 기획서는 소정이 볼 수 있도록 강진영이 의도적으로 실장실로 보낸 거였다. 그녀의 일탈이 어떤 결과를 가져왔는지 보여주며 그 비극의 원인이 바로 너라고 말하는 강진영이었다. 소정은 마음이 찢어질 듯 아팠다. 곪아가는 상처를 다시 헤집는 강진영이 미웠다. 민견이 결혼을 한다는 사실보다, 자신의 실수로 인해 아버지가 평생을 일군 NB엔터테인먼트가 파산했다는 사실이 견디기 힘들었었다.

소정은 알 수 없는 표정으로 앉아 있는 민견을 바라보았다.

'이건 당신을 위해 부르는 내 마지막 선물이에요.'

민견을 보니 다시 가슴이 아파왔다. 꽉 다문 그의 입술을 보니 조금 전의 뜨거운 순간들이 떠올랐다.

"……당신이 절 알아볼 줄 알았어요."

소정과 민견의 시선이 마주쳤다. 그의 강렬한 시선에 소정은 몸도 생각도 마비될 것 같았다. 마치 그와 단둘만 존재하는 듯한 착각마저 들었다.

"……이젠 잊지 말아요, 절대."

가사에 없는 소정의 내레이션에 다들 소정을 바라보았다. 짧은 전주가 끝나고 소정의 음성이 흘러나왔다. 춤 출 준비를 하던 정동우와 김선우가 동시에 멈췄다.

"어? ……나비?"

너무 놀랐는지 엉거주춤한 모습으로 멈춰 서서 멍하니 소정을 쳐다봤다. 소정이 씩 웃자 그들은 아예 입까지 벌리고 소정의 노래를 들었다. 클라이맥스로 향하자 고음부가 이어졌다. 소정은 마이크를 두 손으로 잡고 턱을 살짝 치켜들면서 몸을 비틀었다. 오랜만이지만 그녀의 몸은 모든 걸 기억하고 있었다. 그녀의 몸짓에 정동우와 김선우는 미친 듯이 환호를 하기 시작했다. 준희마저도 두 손을 흔들며 연신 이소정을 외쳤다. 그러나 그녀의 시선에는 오직 민견뿐이다. 그녀의 심장이 제멋대로 요동치고 있다.

소정의 노래가 끝나자 모두가 앙코르를 계속 요청했다. 이미현이 새침한 얼굴로 마이크를 빼앗아 노래를 불렀지만 사람들의 관심은 소정에게만 쏠렸다.

"이 비서님, 가수 하셔도 되겠는데요?"

정동우는 소정의 비우다 만 잔을 가득 채우며 감탄을 터뜨렸다. 박규가 오기 전에 취할 순 없다. 술잔을 들고 난감한 표정을 짓자, 이미현이 눈을 삐딱하게 뜨고 말했다.

"소정 씨, 과장님이 따라주신 술인데 거절하면 안 되죠."

"마셔라, 마셔라."

정동우는 젓가락으로 테이블까지 치면서 소정에게 술을 권했다. 소정은 술잔을 보며 인상을 찡그렸다.

"제가 이 비서님 흑기사 하죠. 그 잔 저 주세요."

강진영이 소정의 흑기사를 자처하자 다들 나직막한 환호성을 냈다. 그러나 강진영이 술잔을 잡기도 전에 민견이 소정의 잔을 빼앗아 한번에 쭉 마셨다. 순간 찬물을 끼얹은 듯 정적이 흘렀다.

"비서가 취하면 날 책임질 수 없으니까."

민견은 소정에게 술을 권했던 정동우를 서늘하게 노려보았다. 정동우는 슬그머니 젓가락을 테이블 위에 올려놓고 고개를 돌렸다.

"저 진짜 궁금해서 물어보는 건데, 소정 씨는 어떻게 실장님의 비서가 된 거죠?"

기획실 이미현의 술버릇은 시비를 거는 것인가 보다. 꽤 취기가 오른 이미현은 소정에게 노골적으로 물었다. 다른 사람들은 소정을 이 비서님이라 호칭하는데, 그녀는 굳이 계속 소정 씨라고 불렀다. 민견의 비서로 인정 못하겠다는 나름의 시위였다.

정동우가 소정에게 억지로 노래를 시킬 때만 해도 미소를 짓고 있던 그녀였다. 소정의 노래를 듣고 심기가 불편해졌는데, 민견이 갑자기 흑기사를 자처하고 소정의 술까지 대신 마시자 결국 터져 버렸다. 평소 다른 남자 직원들이 침을 튀기며 소정의 미모를 치켜 세우는 자체부터 맘에 들지 않았었다.

소정은 미현의 의도를 알기에 대답할 필요성을 못 느꼈다.

"어머, 내가 곤란한 질문을 한 건가? 혹시 뒤로 나도는 소문처럼……."

몸 로비한 거 아냐? 대놓고 물어보진 않았지만 소정을 비하하는 발언이었다.

"그런 이 주임은 어떤 루트로 취직을 했기에 내 비서에게 무례한 질문을 하지? 정 과장님, 제가 없는 사이에 더러운 뒷거래로도 유성에 취직이 가능해졌습니까?"

"실장님, 이 주임이 취해서 그럽니다. 고정하세요. 이 주임, 취했으면 곱게 취해. 이게 무슨 추태야."

정동우는 이미현에게 그만하라고 채근하며 동시에 강진영에게 눈치를 줬다. 강진영은 이미현을 끌어내려고 했지만 그녀는 호락호락 끌려가지 않았다.

"나 안 취했어. 왜 그래. 다들 궁금했던 거 아니야? 강 대리, 이소정과 사귀는 사이 아니었어? 이소정이 돈 많은 남자로 갈아탄 거잖아."

이미현이 고래고래 고함을 지르자 정동우는 민견에게 손을 비비며 어쩔 줄 몰라 했다.

"이 주임이 주사가 아주 심하네요. 귀담아듣지 마십시오. 월요

일에 출근하면 제가 아주 혼을 내겠습니다."

"우리 회사 홈페이지가 폭파된 것도 다 이소정 때문 아니야? 멀쩡한 홈피가 갑자기 왜 안 되냐고. 윗선에서 입김이 들어간 거 아니냐며 다들 궁금해했잖아? 왜 다들 아닌 척하는 거야!"

그녀는 밖으로 끌려 나가면서도 계속 소리를 질러댔다. 이미현이 끌려 나가자 소정은 자리에 앉아 있기가 민망하고 불편했다. 잠시 후 소정은 화장을 고치고 오겠다는 핑계를 대고 바람을 쐬러 밖으로 나갔다. 시끄럽게 흘러나오는 음악도 몸을 흔들어대는 사람들을 쳐다보는 것도 머리가 아파왔다. 시원한 공기가 간절했다. 클럽 밖으로 나오니 한쪽에 흡연자를 위한 공간이 있었다. 남자들 서넛이 모여 흰 연기를 뿜어내고 있다. 흰 연기를 보니 악마가 자신에게 뿜어내던 끔찍한 냄새가 떠올랐다. 자신도 모르게 뒷걸음질을 치다 누군가와 부딪혔다.

"이미현 주임은 택시 태워서 보냈어."

강진영이었다.

"소정아, 이제 조금 있으면 박규가 도착할 거야."

"그래서?"

"소정아, 너 괜찮지 않잖아. 지금이라도 늦지 않았으니 나와 같이 가자."

진영의 팔이 소정의 어깨를 둘렀다.

"이러는 거 성추행에 해당되는 거 몰라?"

소정은 몸을 돌려 강진영을 밀어냈다.

"민견은 되고 나는 왜 안 되는 건데? 이 주임 말대로 민견과 갈 데까지 간 거야? 유성 후계자가 좋긴 하네."

강진영의 표정이 일그러졌다.

"헛소리할 거면 그만둬! 난 이제, 너랑 할 말 없어."

"이제 오빠라고도 안 하네?"

자신에 대한 소정의 태도가 차갑게 변하자 강진영은 비릿하게 입술을 비틀었다.

"소정아, 이러지 마. 예전에 우리 좋았잖아? 우리한테는 나비란 공통점이 있잖아. 넌 네 몸에 새겨진 나비를 보면서 내 생각 한 적 없어?"

"지울 수 없는 낙인이 뭐가 좋다고!"

강진영이 나비 문신에 대해 말하자 소정은 자신도 모르게 목소리가 커졌다. 강진영이 움찔했다. 소정이 이를 악물고 매서운 눈으로 진영을 노려보았다. 감히 어디서 나비를 언급해.

"네가 원했던 거 아냐? 모든 걸 내 탓으로 돌리는 거 아니지?"

"경고하는데, 다시는 나비를 거론하지 마."

너는 나비에 대해 말할 자격이 없다. 이 주홍글씨가 누구 때문에 새겨졌는데.

"알았으니 화 좀 그만 내. 앞으로는 네가 싫다고 하면 연락도 안 하고, 나비 얘기도 안 할게. 그러니 목소리 좀 낮춰. 누가 알아보면 어쩌려고."

담배를 피던 남자들이 무슨 일인가 싶어 그들을 쳐다보고 있었다. 지나가던 사람들도 그들을 흘끔거렸다.

"무조건 내가 다 잘못했어."

"손 치워. 내 몸에 손대지 말라고 했잖아."

강진영이 양손으로 소정의 어깨를 잡자 그녀는 그의 가슴을 힘껏 밀쳤다. 실랑이를 하다 강진영의 소매 커프스가 소정의 블라우스 단추에 걸려 잡아당겨졌다. 두둑, 블라우스 단추가 떨어지면서 앞섶이 벌어졌다. 소정은 두 손으로 급하게 가리며 강진영을 노려보았다.

"박규한테 이런 것만 배웠니?"

"이, 이건 실수야."

강진영이 당황하며 그녀의 손을 잡으려고 했다. 순간 그녀는 손을 들어 강진영의 뺨을 힘껏 후려쳤다. 짝, 커다란 소리와 함께 강진영의 고개가 돌아갔다. 그의 얼굴에 벌건 손자국이 났다.

"사람을 죽여도 실수라고 변명할래?"

실수라고 변명하는 것도 위선처럼 보였다. 두 눈이 심하게 흔들리던 강진영은 갑자기 소정의 손을 잡더니 힘껏 자신의 뺨을 내려쳤다. 소정이 이를 악물자, 그는 두 번 세 번 그녀의 손을 들어 자신의 뺨을 쳤다.

"이래서 마음이 풀린다면, 열 대, 백 대라도 좋아. 마음의 응어리가 풀릴 때까지 때려."

소정의 눈에 눈물이 고였다.

"날 좀 가만 두라고. 안 그래도 힘들어."

소정이 바닥에 주저앉았다. 그저 죽을힘을 다해 버티고 있을 뿐이다. 아직도 솜사탕이 무섭고 온몸이 떨리도록 두렵지만, 참고 있을 뿐이다.

"강 대리, 지금 무슨 추태인 거지?"

소정을 찾으러 나온 민견의 눈에 바닥에 앉아 있는 소정의 괴로워하는 모습이 보였다.

"실장님이 참견할 일이 아닙니다."

소정은 민견을 보자 얼른 앞섶을 가렸다. 하지만 민견의 눈초리는 사납게 변한 뒤였다. 민견은 그녀를 부축해 일으켜 세웠다. 살짝 드러난 소정의 가슴골에는 화려한 나비 한 마리가 날갯짓을 하고 있었다.

"나비를 아무 곳에서나 보이면 안 되지."

민견의 눈이 소정의 나비에 고정되었다. 그의 눈초리가 꿈틀거렸다. 그녀의 가슴에 새겨진 나비는 기억 속 모습 그대로였다. 민견은 자신의 재킷을 벗어 그녀에게 걸쳐 주었다. 그리고 서늘히 몸을 돌려 강진영을 바라보았다.

"강 대리, 눈에 거슬려."

감히 나의 나비를 건드려? 온몸에 분노가 휩싸였다. 강진영이 자신에게 비굴하게 굴거나 머리를 조아려 사과했다면 기분이 좀 나았을까? 그런데 그의 당당한 모습에 기분이, 더럽다.

"넌 내 여자였어. 내가 지켜줄게."

말투도, 행동도, 모두 다 거슬렸다.

"착각하지 마. 난 누구의 여자였던 적이 없어."

숨이 목까지 찼는지 소정의 목소리에 쉿소리가 섞여 나왔다.

"내가 힘들 때 도망친 겁쟁이 주제에. 지금도 바들바들 떨면서, 날 어떻게 지켜줄 건데?"

"난, 겁쟁이가 아니야."

"지금까지 내 몸은 내가 지켰어. 아무도 날 보호해주지 않았으니까."

그녀의 말투가 변했다. 4년 전 크루즈에서 보여주었던 나비의 당당한 말투.

"소정아, 네가 나한테 이러면 안 되지."

"4년 전, 날 버려두고 도망쳤을 때 각오했어야지. 나도 그때 당신을 버렸어."

소정에게 매달리는 강진영이 이해되지 않았다. 이용가치가 떨어진 소정을 버리고 떠난 건 강진영이다. 소정은 민견의 재킷을 여미며 도로로 걸어갔다. 민견은 강진영을 서늘히 노려보았다.

"강진영, 마지막 경고야. 내 여자에게 접근하지도 말고, 쳐다보지도 마. 내 경고를 무시할 경우 내가 어떻게 할지 기대하는 게 좋을 거야."

날카로운 눈매, 상대방을 위축시키는 저음의 목소리가 위협적이었다.

"앞으로 회사에선 쥐 죽은 듯이 있어. 숨도 크게 쉬지 말고 없는 사람처럼 지내라고. 아, 한 가지 더. 박규가 강 대리를 얼마나 보호해줄지 그 또한 기대하지."

버러지 보듯 강진영을 바라보던 민견은 몸을 돌려 소정에게 향했다. 휘청거리며 서 있는 소정을 부축하고 택시들이 줄지어 서 있는 택시 승강장으로 걸음을 옮겼다.

"박규 팀장님이 곧 도착한다고! 소정아, 어디 가!"

그들이 올라탄 택시가 시야에서 멀어지자, 강진영은 무너져 내리듯 땅에 무릎을 대며 주저앉았다. 그러고는 주먹을 쥐어 바닥을 연거푸 내려쳤다.

"쉣, 쉣. 이소정 너도 결국은 민견을 선택한 거야. 결국 너도 돈을 좇아 간 거라고."

강진영이 고함을 지르자 지나가던 사람들이 흘끔거리며 피했다. 그때 고급세단이 그의 옆에 섰다. 차 문이 열리자 검은 그림자가 진영의 머리 위로 드리워졌다.

　"청담 D빌라로 갑시다."
　간신히 정신을 차린 소정은 앞섶을 여미며 말을 이었다.
　"집으로 갈래요. 옷 때문에……."
　"나비……. 당신은 처음부터 알고 있었지? 내가 누군지."
　서운함이 가득한 목소리에 소정은 괜스레 죄인이 된 것 같았다. 일부러 숨긴 건 아니었다. 밝힐 이유가 없었을 뿐. 민견이 소정의 처진 어깨를 세워 눈을 맞추고 다시 물었다.
　"스위트룸에서부터 눈치챈 건가?"
　소정은 그저 고개만 끄덕였다.
　"근데 왜 모른 척했지?"
　그녀는 처음부터 자신을 알고 있었다. 그녀의 어깨를 잡은 민견의 손에 힘이 들어갔다. 소정은 인상을 찡그렸다.
　"말하지 그랬어. 왜 나를 몰라보냐고. 그동안 기회가 많았잖아. 당신 바보야? 매일 얼굴을 보며……!"
　민견의 눈초리가 강하게 꿈틀거렸다.
　"바보는 나였군."
　바보는 그녀가 아니라 자신이었다. 외모가 조금 달라졌다고 그녀를 몰라봤다는 게 말이 안 된다. 그녀의 콧노래가 잊히지 않아 알람으로 설정하고 매일 아침 들었으면서.
　소정의 흔들리는 눈동자를 바라보며 민견은 고개를 숙여 그녀에게 입을 맞췄다. 내 미안한 마음이 그녀에게 전달되기를. 그녀에게 전달된 나의 진심이 그녀의 아픔을 조금이라도 어루만져주기를.

"실장님."

소정이 슬쩍 입을 떼며 앞을 가리켰다. 택시기사가 앞에서 핸들을 잡고 있다. 그들의 야릇한 행동을 모르지 않을 터. 대화의 내용마저 고스란히 듣는다 생각하니 순간 민망해졌다. 당황한 민견의 표정에 소정이 피식 웃었다. 내 마음이 전해진 건가?

"여기선 아무 짓도 안 할게. 걱정 마."

민견은 이제 멈출 생각이 없었다. 소정도 더 이상 숨거나 도망치지 않을 것이다. 그의 집까지 가는 길이 멀게만 느껴졌다.

09. 자각(自覺)

그의 공간에 들어오게 되니 꿈이 아니라 현실이라는 걸 몸소 느끼게 되었다.

"미친놈같이 보일 수 있겠지만 이렇게 만든 건 나비 너야. 너 때문에 미친놈이 된 것 같다고."

민견은 유성의 민 실장이 아니라 헌터의 심정으로 이소정을 바라보고 있다. 불필요한 과정은 생략하고 나비와 헌터의 관계로 돌입하겠다는 무언의 압력이다. 그러나 기분이 나쁘다거나 거부하고 싶은 마음이 들지 않았다.

당신을 처음 봤을 때부터 그러고 싶었으니까.

"이제는 멈출 수 없으니 각오해."

"언제부터 허락을 받았다고?"

부끄러움과 함께 두려움까지 몰려와 귓불까지 붉게 물들었다.

"내가 잠시 잊었어. 우리 나비는 덮치는 걸 좋아한다는 거."

그의 뜨거운 체온이 느껴지며 귓속으로 간지러운 바람이 불었다.

"내가 언제……."

아니라고 부정하려고 보니 그간 소정이 했던 일이 떠올랐다. 크루즈 선실에서도, 스위트룸에서도, 얼마 전 이 빌라에서도. 먼저 행동한 건 항상 소정이었다. 소정은 소심해졌다. 나만 혼자 좋아하는 게 아닌지 해서.

"나비가 품으로 날아왔는데 알아보질 못하다니. 바보 사냥꾼. 이젠 안 놓칠 거야, 절대!"

농담이 섞인 말이었지만 소정에 대한 민견의 감정이 느껴졌다. 서로에 대한 같은 감정. 그동안 소정이 간절히 찾아왔던 게 이거였을까? 혼자만의 감정이 아니란 사실에 심장이 밖으로 튀어나올 만큼 쿵쿵거린다.

"헌터."

"나비, 미안해."

민견이 그녀의 입술을 눌렀다. 따스했다. 꿈인지 현실인지 모르겠다. 가슴은 왜 이렇게 뛰는 건지. 키스는 익숙해질 때도 되었는데 처음처럼 긴장된다. 눌린 코 때문에 숨을 쉴 수가 없다. 훅 하고 숨을 쉬기 위해 입을 벌리자 그의 혀가 침투했다. 굶주린 것처럼 거칠게 혀를 밀고 들어와 소정의 혀를 감싸고 빨아들였다. 그는 한 손으로는 소정의 뒤통수를 잡고, 다른 팔은 허리를 휘감아 잡아당겼다.

"으응."

소정의 입에서 야릇한 소리가 새어 나온다. 그녀의 신음에 민견의 손가락에 힘이 들어간다. 그녀의 머리카락 속에 박혀 있는 손가락의 마디마디가 떨려온다. 그의 혀는 깊숙이 파고 들어가 그녀의 입천장을 잇몸을 훑고 혀를 빨아 당겼다. 이가 부딪히는 소리, 서로의 혀를 빨아 당기는 소리가 야릇하게 들려온다.

"아, 응……."

소정의 입에서 가냘픈 신음이 흘러나온다. 그녀가 그의 목을 감싸자 그들의 몸은 완전히 밀착되었다. 이제 이곳이 어디인지는 상관없다. 처음부터 둘만 있었던 것처럼 그들은 서로의 입술을 탐했다. 그가 이끄는 대로 움직이다 보니 어느새 침대 위였다. 이대로 멈추지 않는다면 어떤 행위로 이어질지 알고 있다. 하지만 멈추고 싶지 않았다. 지금 이 순간만큼은 그와 하나가 되고 싶었다. 행복해질 거다. 잠깐이라도. 악마에 대한 두려움도 복수에 대한 초조함도 잊어버린 채.

"헌터."

어차피 꿈도 현실도, 죽음도 삶도 구별이 없다고 하지 않던가. 겉모습이 어떤 형상이었든, 난 나비였고 그는 헌터였다는 사실은 변함이 없다. 그의 중얼거림이 들려왔다.

"나를 얽매고 옥죈 나비를 드디어 다시 만났어."

그는 거칠게 그녀의 블라우스의 단추를 뜯어냈다. 찢을 듯이 블라우스를 벗겨 바닥에 내버리고 브래지어를 올렸다. 민견은 온전히 드러난 소정의 가슴을 보자 길게 숨을 내쉬었다. 심장 가까운 곳에 새겨진 나비의 날갯짓을 다시 마주 보게 되었다. 동시에 그는 온몸을 마비시킬 듯한 긴장감과 함께 온몸의 피가 사정없이 거꾸로 치솟았다. 그는 숨을 깊게 들이쉬며 두 주먹을 움켜쥐었다. 입 안이 바싹 마르고 온몸에 소름이 오소소 곤두섰다.

"힘들면 눈을 감아요. 보이지 않으면 두렵지 않을 테니."

그녀가 손을 뻗어 그의 얼굴을 어루만진다. 유난히 차가운 손가락이 뺨을 거쳐 목덜미, 가슴까지 내려온다. 차가운 손길에 그의 온몸은 더 뜨겁게 끓어올랐다.

눈을 감고 심호흡을 했다.

"우리 헌터, 말도 잘 듣고 착하네."

소정은 그의 손을 끌어 자신의 가슴에 가지고 갔다. 그녀의 손 길을 느끼며 한 손으로 가슴을 감싸 쥐었다. 그녀의 말대로 눈을 감으니 두려움이 서서히 줄었다.

"나비를 잡았는데 떨지도 않네. 아주 착한 학생이네."

소정은 민견의 머리를 쓰다듬었다.

"이제 막가자는 건가?"

"설마, 요."

소정의 시큰둥한 목소리를 들으며 민견이 천천히 눈을 떴다. 소정의 말대로 나비를 잡고 있는데도 떨지 않고 있다.

"나비가 내 나비공포증을 없애줄 수 있을까?"

그는 천천히 손가락을 폈다. 손가락 사이로 나비의 모양이 보이자 파동이 인다. 심장이 터질 듯 뛰고 숨이 가빠진다. 손가락을 까딱 움직여 보았다. 나비를 살살 건드리고 이리저리 흔들었다. 나비가 그 진동에 맞춰 춤을 춘다. 커다란 손을 움켜쥐었다 폈다. 나비가 작아졌다 커졌다. 그 모습이 두렵지만은 않았다. 어느새 그녀의 가슴이 볼록 솟아올랐고 자그마한 솜털이 가지런히 일어서 있었다.

"날 가두고 있는 이 어둠에서 해방될 수 있을까?"

그는 비장한 표정을 지으며 봉긋한 가슴에 새겨진 나비에 얼굴을 묻었다. 그의 혀가 날개를 핥아 맛보며 희롱하더니 그녀의 유두를 덥석 물었다.

"나비의 맛."

그의 입안으로 한가득 나비가 먹혔다. 그는 이로 나비를 긁고 잘근거리며 희롱한다. 긴장해서 뻣뻣해진 그녀의 유두를 핥으며 조심스럽게 빨아 당겼다.

"아~"

소정의 몸이 저절로 뒤틀렸다. 그는 소정이 움직이지 못하게 허리를 움켜쥐었다. 생각만 해도 끔찍했던 행위들이 황홀하게 다가온다.

"이제, 나비 안 무서워요?"

"모르겠다. 너의 나비만 무섭지 않은 건지. 다른 나비도 그런 건지."

민견은 순순히 대답을 했다.

"처음부터 괜찮았던 것 같아, 네 나비는."

"저, 거긴, 안……."

그녀는 자신도 모르게 신음을 토해냈다. 그의 손이 그녀의 팬티 속으로 들어와 은밀한 곳의 입구를 어루만지고 있었다. 그녀는 다리를 꼬았지만 그의 힘에 의해 벌려졌다. 민견은 그녀의 은밀한 곳을 손가락 끝으로 건드리고 문질렀다. 그의 손가락은 느릿하게 여성 주위를 자극했다. 여성 입구에서는 손톱으로 원을 그리며 간질이며 약을 올렸다. 그의 손가락이 촉촉하게 젖은 여성 안으로 파고 들었다. 그리고 그녀의 주름진 내벽을 간질였다. 그의 갑작스런 침투에 소정이 다리를 오므리며 몸을 틀었지만 그는 멈추지 않았다. 더 깊숙이, 더 깊이 들어와 여성의 깊은 곳까지 자극했다.

"나비가 날갯짓을 할 때마다 최음제 가루를 날리나 봐. 한번 팔랑일 때마다 내 남성이 터질 것 같아. 봐, 지금도 당신 안에 넣으라고 난리잖아."

가슴은 먹히고 은밀한 곳은 휘저어지고, 온몸이 붕 뜨고 짜릿한 감정을 느꼈다.

"제발."

"제발, 뭐 해달라고. 넣어달라고? 휘저어달라고?"

그녀의 얼굴은 홍시보다 더 빨갛게 달아올랐다. 여성 속을 헤집던 손가락이 그녀의 마지막 천 조각을 벗기고 있었다.

"헌터, 잠깐만."

"처음도 아닌데 왜 그러지, 나비?"

그가 셔츠를 벗고 바지 버클을 내리고 벗었다. 소정은 그의 알몸을 보게 되자 시선을 뗄 수 없었다. 자잘한 근육들을 하나씩 만져보며 느끼고 있다. 꿈이 아니다. 차가운 시트의 감촉이 느껴진다. 그가 그녀의 귀에 속삭였다.

"그 시선은 뭐지? 열흘 전에도 날 덮쳤으면서."

"그, 그건."

부끄러워서 차마 고개를 들지 못하겠다. 그가 그녀의 다리를 들어 허리에 감고 자신의 남성을 거머쥐었다. 발기된 남성의 귀두를 질 입구에 대고 간질이며 살살 넣었다 뺐다를 반복했다. 아래쪽에서 부드러운 감촉이 느껴지자 소정은 참을 수 없어 시트를 꽉 쥐었다.

"지금. 당신 안으로 들어갈 거야."

그는 그녀의 엉덩이를 꽉 움켜잡고 반쯤 들어간 남성을 끝까지 밀어 넣었다. 한 번에 내벽을 긁으며 뿌리 끝까지 들어갔다. 딱딱하고 커다란 물건이 거칠게 들어오자, 소정의 입에서 신음이 흘러나왔다.

"아웃!"

소정은 참을 수 없는 짜릿함에 그의 어깨를 꽉 움켜쥐었다.

"힘 좀 빼봐."

좁은 여성이 페니스를 사정없이 조여댄다. 그녀의 여성이 그를 물고 놓아주지 않았다. 참고 있으려니 끊어질 것 같다. 조여지는 쾌감과 질퍽거리는 야릇함. 미칠 것 같다.

"아, 아아."

자신의 몸 안에 가득한 남성이 움직일 때마다 비명이 절로 새어나왔다. 민견의 목을 감싼 소정의 팔에 힘이 들어갔다. 그가 자제심을 발휘해 조심스럽게 움직였다. 좁은 여성은 커다란 남성을 받아들이기에 버거울 정도로 조여 왔다. 묵직하면서 뜨거운 기둥이 빠져나왔다 들어갔다를 반복했다. 짜릿함이 지독한 쾌감으로 바뀌고 있다. 좁고 뜨거운 그녀의 여체는 성난 남성을 사정없이 조이고, 그는 낮은 신음을 내뱉으며 다시 빠져나간다. 뜨겁고 단단한 그가 쿵쿵 파고든다. 천천히, 혹은 강하게. 살과 살의 찰싹거리는 마찰음이 계속해서 울려 퍼진다.

"아……."

소정의 입에서 나직한 신음소리가 나자 그의 움직임은 더 격렬해졌다. 거칠고 강한 남성이 여린 여성을 탐욕스럽게 집어삼킨다. 머릿속이 하얗게 비워진다. 소정의 허리가 튕겨지듯 휘어진다. 파고드는 남성이 빠져나갔다 쿵 하고 끝까지 밀어 넣을 때마다 몸 안이 옥죄고 찌르르 전기가 흐른다. 그녀의 색정적인 신음소리에 그의 피스톤질이 더 격렬해지고 있다. 탁, 탁탁, 원초적인 소리와 함께 그의 허리를 세차게 움직였다.

"나비, 내가 누구지?"

"실장님."

마음에 들지 않는지 그의 몸짓이 거칠어진다. 하지만 가슴은 물려 아프고, 아래는 커다란 이물질이 침입을 해 뜨거운 지금, 소정은 머리가 백지상태다.

"내가 누구냐고."

"허, 헌터."

"난 헌터야. 잘 봐."

소정의 눈에 민견이 보인다. 정신을 차리지 못할 정도로 밀어붙이고 있다. 음모에 쓸리고 애액에 범벅이 되어 질척거리는 소리가 야릇하다. 그녀가 다른 생각을 할 수 없을 정도로 몰아붙인다.

"아웃, 훗."

이건 꿈일까 현실일까? 내가 나비인 걸까? 나비가 나인 걸까? 몽롱하고 기분이 붕 떠 있다. 꿈인지 현실인지 구분이 되지 않는다. 야하고 거칠지만 미칠 것 같다. 미치게 좋았다. 정신을 못 차릴 정도로 탐하고 또 탐했다.

"아름다워. 내 움직임에 따라 날갯짓을 하는 모습이 황홀해."

그는 소정의 가슴을 움켜쥐허리를 거칠게 움직였다. 퍽퍽, 살들의 마찰음과 함께 소정의 나비는 힘차게 날갯짓을 한다.

"하아."

귓가로 그의 가쁜 숨소리가 들린다. 소정은 그의 무게를 온몸으로 느끼며 땀에 흠뻑 젖은 그의 등과 척추 뼈를 지나 엉덩이를 만졌다.

한바탕 폭풍이 지나간 후, 그들은 여전히 알몸인 채로 침대에 누워 있다. 소정은 자신을 품에 안고 있는 민견을 살포시 밀면서 투정을 부렸다.

"소문이 이상하게 나진 않겠죠?"

소정은 회식 자리에서 그와 갑자기 사라진 일이 슬슬 걱정되기 시작했다. 그나마 다행인 건 내일은 주말이라는 거. 월요일부터가 문제다. 다시는 유성그룹으로 출근을 못 할 거 같다. 소정의 생각을 읽었는지 민견은 장난스런 표정을 지었다.

"나도 강진영이 있는 유성에 널 출근시키고 싶지 않다."

"그리고 보니 이미현 주임이 한 말이 자꾸 맘에 걸리는데, 사내 게시판 당신이 폭파시킨 거예요?"

"당연하지."

너무도 당당하게 대답하자 소정은 기가 막혔다.

"그거 범죄잖아요."

"뒤에서 남의 말 하는 게 더 나쁜 거야. 유언비어를 퍼트린 것도 모자라 관음증 환자처럼 몰래 사진을 찍어 공유하잖아."

그의 말을 들으며 소정은 과거를 생각했다. 그때도 주변에 민견이 있었다면 악플을 다는 이들도 그 동영상도 다 해결해주었을까?

"썩은 부위는 커지지 전에 도려내야 해. 소문도 마찬가지지. 시작되었을 때 그 싹을 도려내지 않으면 일파만파로 퍼져 수습하기 힘들어지지."

공인이라서 참는 게 아니라 나서서 해결하고 싸웠어야 했다.

"걱정 마. 유성에서 우릴 찾는 사람은 없을 테니까."

"천광은요."

"우리가 이러고 있는지 모르니 상관없어. 설사 안다고 해도 영감은 좋아할 거야."

민견은 소정의 가슴을 지분거리며 중얼거렸다.

"네 안에 내 씨가 자랄 때까지 나오지 말라고 고사를 지낼 수도 있지."

"실장님!"

"영감은 증손만 볼 수 있다면 상관없다고 할걸. 뭐, 해고시키면 내가 책임지지."

이소정은 강진영이 걱정되었다. 그가 과거를 끄집어내 다시 시끄럽게 할 수도 있다.

"아니 어쩌면 이미 생겼을 수도 있겠다. 지난번 갑작스레 당해 피임을 하지 못했거든."

그날을 생각하니 얼굴이 화끈거렸다. 그러고 보니 피임은 생각도 못했었다. 무슨 배짱으로 사고를 친 건지.

"그 다음 날, 내가 얼마나 황당했는지 알아? 알몸 상태에 시트는 내려와 있지 긴 머리카락은 여기저기 떨어져 있지. 방바닥에는 휴지가 버려져 있지."

"아. 그래서 버스정류장에서."

소정은 민견이 자신에게 뒤처리를 하지 않고 도망쳤다고 비난했던 말이 떠올랐다. 연애 경험이라도 있었다면 능숙하게 처리했을 텐데 미처 생각도 못했다.

"걱정 마. 아이가 생기면 내가 책임질 테니까."

"그게 아니라, 사실……."

소정은 입술을 잘근잘근 씹었다. 입안에서 비릿한 피 맛이 느껴진다. 그의 커다란 손안에 들어가 있는 나비는 그녀의 주홍글씨다. 소정은 그를 만나기 전까지 가슴에 새겨진 나비를 볼 때마다 괴롭고 소름 돋도록 싫었다. 화려함은 추함을 감추기 위한 위장술일 뿐. 솜사탕에게 복수를 해야 모든 게 끝난다고 차마 말할 수 없었다.

'내 일로 인해 당신이 피해 보는 일은 없을 거예요.'

솜사탕이 박규란 사실을 알면 그가 어떻게 나올까? 안 그래도 아버지와 사이가 좋지 않은데 그녀가 그 사이에 기름을 부을 순 없다.

"말하고 싶은 게 있나?"

"아니요."

갑자기 변한 소정의 표정을 보며 민견은 눈을 가늘게 떴다.

그녀가 저런 표정을 지을 때는 직접 말할 생각이 없다는 거다. 그렇다면 내가 직접 알아내야지. 이번에는 철저하게 조사할 것이다. 이소정과 박규, 강진영과의 악연이 무엇인지. 이소정이 처음 그의 스위트룸에서 했던 행동. 유성의 꼭대기, 유성과 관련된 사람이 그녀의 인생을 망쳤다고 했다.

그 모든 게 한 곳을 향하고 있다.

'박규.'

사실 짚히는 건 있었다. 4년 전 그를 협박했던 메일. 그녀가 그 일에 연관되어 있었다면, 갑자기 등골이 서늘해졌다. 그녀의 불안한 표정에 그는 조급해졌다. 그녀가 사라질까 봐. 또 숨을까 봐. 내 거란 증거를 남기고 싶었다. 도망가지 못하게 족쇄를 채우고 싶었다. 그는 밤새 몸을 섞은 것도 모자라, 아침에 샤워실에서 샤워기의 물을 맞으며 또 섹스를 했다. 밤새 괴롭히고도 성에 차지 않는지 그녀의 몸을 탐하고 또 탐했다.

"배 안 고파요?"

지치지 않는 민견을 보며 소정은 항복 선언을 했다. 예전 두 번의 관계에서 짐작은 했지만 역시나 민견의 체력은 괴력 그 자체였다.

"밥은 먹으면서 해요. 제발."

점심시간이 한참 지나 소정은 결국 화를 냈다. 핼쑥해진 소정을 보며 민견은 아쉬운 표정을 지었다.

"뭐 먹을래? 한식, 중식, 양식, 일식. 골라."

그리고 그는 휴대폰의 어플을 켰다. '짱빠른배달'. 소정은 기가 막혔다.

"실장님도 배달 음식 시켜드세요?"

"난 사람 아니야? 밖에 나가서 혼자 먹는 것보다 나아."

시큰둥하게 반응하는 민견을 보며 소정은 중얼거렸다.

"도우미 아주머니가 해주시는 줄 알았어요."

"집에서 잘 먹지 않아서. 나중에 상한 음식 버리는 게 더 귀찮아."

"그래도 배달음식은 한두 번이지, 집밥보다 못하다고요."

"계속 잔소리하는 거 보니 아직 힘이 남았나 보네?"

민견이 씩 웃자 소정의 간담이 서늘해졌다.

"갑자기 아주 매운 음식이 당기네요."

"그래?"

민견은 금새 휴대폰 화면 속으로 빠져들었다.

배달되어 온 음식들을 보고 소정은 입이 벌어졌다. 그저 매운 게 당긴다 했을 뿐인데, 불닭에 불낚지, 매운 닭발, 비빔냉면. 온통 붉은색 투성이다.

"빈속에 매운 것만 잔뜩이라니. 속 버리기 딱 좋겠네요. 김밥, 순대 같은 것도 시키지."

"그래?"

하지만 그 말도 실수였다. 곧이어 참치김밥, 치즈김밥, 고추김밥, 불고기김밥, 순대, 튀김도 부족해서 피자에 치킨까지. 이 남자는 중간이 없는 건가? 돈이 썩어나갈 정도로 많아서 생긴 부작용일지도 모른다.

"그냥 유성호텔 가서 먹을 걸 그랬나? 그쪽 음식도 괜찮지."

"아뇨. 거긴 안 가요."

그 난리를 피우고 온 유성호텔에 가자고? 차라리 굶고 말지. 그리고 지금 맛이 없어서 안 먹는 게 아니라 너무 많아서 손을 못 대고 있는 거라고요. 먹방 찍는 것도 아니고, 무슨 푸드파이터도 아니고.

"오늘은 배달 음식으로 끝내고 내일은 좋은 곳에 가서 먹자."

"자고 가라고요?"

"당연한 거 아냐? 어디를 가? 앞으로 쭉 나와 여기서 살아."

갑자기 술이 당긴다. 하지만 그 말을 입 밖에 냈다가는 주류회사를 털어올지 몰라 입을 다물었다. 결국 그 많은 음식들은 하루 종일 그들의 식량이 되었다. 섹스하고 김밥 먹고, 섹스하고 치킨 먹고, 섹스하면서 피자 먹고. 섹스란 게 엄청난 체력을 동반하는 운동인지 금방 허기졌다. 식은 치킨, 피자도 맛있고 종류별로 먹는 김밥도 나름 별미였다.

"봐. 잘 시켰지?"

자랑스럽게 얘기하는 민견을 보니 꼬리만 흔들면 딱 애완견 같다고 생각했다. 하지만 절대 말하진 않을 거다. 애완견이란 단어가 나오자마자 민견은 투견이 되어 소정을 물지도 모른다. 지금도 힘든데 미쳐 날뛰면 복상사로 죽을 수도 있다.

"여긴 커피 없어요?"

하루 종일 느끼한 걸 먹었더니 소정은 믹스커피 생각이 간절했다. 주방을 아무리 뒤져도 커피는커녕 그 흔한 녹차도 없었다. 민견은 그런 소정을 보며 나직이 한숨을 쉬며 고백했다.

"나, 사실 믹스커피 안 좋아해. 단 건 영감이 좋아하지, 난 별로."

"그럼? 왜 그동안 싫다고 안 했어요?"

"네가 타주니까."

소정은 눈이 동그래졌다. 그동안 내가 타다 바친 커피가 몇 잔인데…… 집안에 커피 믹스가 하나도 없는 걸 보지 않았다면 믿지 못했을 거다.

"뭘 좋아해요?"

그에 대해 아는 게 별로 없다. 취미가 뭔지도 모른다. 다른 연인들하고는 많이 다른 관계이긴 하지만 그래도 그가 좋아하는 것조차 모른다는 건 심각한 일이다.

"커피는 안 좋아해. 알다시피 불면증 때문에 카페인은 별로더라고."

민견에게 불면증이 있었다는 건 알았다. 하지만 커피 열 잔을 마셔도 잠이 잘 오는 소정에게는 카페인 때문에 잠을 못 잔다는 게 이해되지 않았다. 그리고 보니 지금껏 그가 먼저 커피를 타달라고 한 적이 없었다. 천회장이 타달라고 하면 소정이 제멋대로 민견까지 타주었다.

"음, 당신이 커피를 마시는 걸 본 적이 없는 거 같아요."

타서 그의 자리에 두었지만 그 잔이 비어 있는 걸 본 적이 없다.

"나한테 관심이 없었던 거지."

괜히 미안해졌다. 구체적으로 뭘 좋아하는지 말해주면 수월할 텐데.

"앞으론 커피 대신 건강차나 건강 주스로 할게요."

앞으로는 기회가 없을지도 모른다. 소정은 코끝이 찡해졌지만 부러 쾌활한 목소리를 냈다. 그러고는 없을지도 모르는 미래를 고민했다. 칡은 안 좋아할까? 마를 갈아줘야 하나? 아니면…….

"미리 말해두는데, 칡, 케일, 어성초 같은 요상한 거 먹일 생각 마. 그런 건 영감이 질리도록 공수해서 먹였으니까."

소정은 무안해졌다. 그러면 제대로 말려서 내린 녹차나 꽃차라도.

"믹스커피보다 더 안 좋아하는 게 꽃차야. 화장품을 들이마시는 거 같거든."

자꾸 머릿속 생각을 들키는 게, 이 남자가 내 생각을 읽는 게 아닐까 의심까지 들었다. 행복하다는 게 이런 느낌일까. 내 남자에게 무엇을 해줄까 고민하며 같이 있는 지금 이 시간이 꿈같아 믿기지 않는다.

"지금 내가 가장 먹고 싶고 마시고 싶은 건 나비 당신이야."

그가 뒤에서 소정을 끌어안았다.

"당신 지금까지 몇 번이나 했는지 알아요? 밥 먹는데 식탁에 엎어놓고 덮치고, 샤워하는 도중에 들어와서 덮치고. 그것도 모자라…….. 휴우, 차라리 말을 말아야지."

"이제부터 시작인데 벌써부터 지치면 곤란하지."

역시 그가 죽이고 싶은 사람은 나였던 거야. 잠이나 잘 수 있을까? 소정은 자신을 보며 씩 웃는 민견을 보며 한숨을 내쉬었다.

커다란 욕실 거울에 비친 나비는 화려했다. 소정은 거울 속에 비친 나비를 보며 이를 악물었다.

'뭐야. 오빠가 내 광팬이었던 거야?'

소정은 깔깔거리며 진영의 팔에 새겨진 나비를 만져보았다. 화려한 색상의 날개가 아름다웠다.

'나비는 새로운 삶과 변신의 상징이야. 나비를 품게 되면 기쁨과 행복을 얻을 수 있다고 해.'

'그래서 나비를 잔뜩 새겼어? 치, 차라리 내가 좋아서 새겼다고 인정해. 내 말이 맞지?'

강진영이 한여름에도 긴팔을 고집한 이유가 여기저기 새겨놓은 나비 때문이란 걸 알고 놀랐지만, 자세히 보니 하나하나 정교하고 아름다웠다. 한 마리 정도 새겨보고 싶다 생각이 들 정도로 예술성이 있었다. 그에게 어디서 새겼냐고 물었을 때, 놀라운 대답이 나왔다.

'내가 새겼어.'

'정말? 오빠가 그런 재주도 있었어?'

소정이 놀라자 진영은 무덤덤하게 대답했다.

'새로운 아이를 새겨 넣을 때마다 신이 우리를 빚어낸 순간이 느껴져 심장이 고동쳐. 내가 내 몸의 조물주가 되어 새롭게 나를 창조하는 거 같아.'

'그러니까 나도 한 마리 새겨 넣고 싶어지네.'

소정은 나비를 품고 있으면 언제나 화려하게 살 수 있을 거란 생각마저 들었다.

'쉽게 생각하지 마. 한번 새기면 지울 수 없는 낙인이 될 수도 있으니까.'

그때는 그 말이 무슨 뜻인지 몰랐다. 몸 안에 지울 수 없는 표식을 남기는 일을 너무 쉽게 생각했다.

'나비가 나비를 새기는데 누가 뭐라겠어.'

아름답게 날갯짓하는 나비의 모습에 마음을 뺏긴 소정은 자신에게도 새겨달라고 진영에게 졸랐다. 진영은 난감해했지만 소정의 고집을 꺾을 수 없었다. 소정은 자신의 심장과 가장 가까운 곳에 나비를 지니고 싶어 했다. 블라우스의 단추를 하나씩 끄르자 하얗고 말간 가슴이 드러났다. 그의 손길이 지날 때마다 핏방울이 맺혀간다. 아름다운 결과물만 생각했었지 아픔의 과정은 생각하지 않았다. 하지만 중간에 그만둘 수는 없었다.

'예술에는 고통이 따르지. 감추고 싶은 상처도 예술로 승화시킬 수 있으니.'

'난 감추고 싶은 상처 없는데?'

'단정하진 마. 사람 앞일은 모르는 법이니까.'

소정은 단순히 예쁘다는 이유로 나비를 새겼지만, 진영은 그렇지 않아 보였다. 단순히 예뻐서라고 말하기엔 그의 온몸은 나비로 가득 차 있었다.

고통이 있었지만 결국 왼쪽 가슴에 훨훨 나는 나비를 새겨 넣었다. 심장 가까운 곳에 새겨놓은 나비 문신. 그녀가 움직일 때마다 나비는 날갯짓을 했다. 예뻤다. 처음에는……. 하지만 그 일이 터지고 나비는 주홍 글씨의 낙인이 되었다.

나비를 볼 때마다 그녀는 과거라는 족쇄에 묶여 고통스러워했다. 아름답지만 바스러뜨리고 싶었다. 하지만 지울 수는 없었다. 문신을 지우러 갔을 때조차 자신을 알아보는 사람들이 있을까 두려웠다. 나비에 대한 그들의 오해와 뒷말이 무서웠다.

"난 잘못 없어."

소정의 눈에 눈물이 흘러내린다. 어떻게든 살아남으려 애쓴 죄밖에 없다. 사실 두렵다. 그녀의 진실을 알게 되면 민견이 어떻게 반응할지. 각오는 하고 있다. 미리 실토하는 것이 가장 좋은 방법이겠지만, 그 결과를 알기에 최대한 뒤로 미루고 싶다.

소정은 금요일 저녁부터 민견과 같이 있었다. 언제 깰지 모르는 이 꿈을 최대한 즐기고 싶다. 내일, 그녀에게 또 어떤 일들이 벌어질지 모른다. 강진영은 소정을 쉽게 포기하지 않을 거다. 박규를 향한 복수는 아직 시작도 되지 않았다.

"무슨 일 있어?"

민견이 소정의 뒤에서 안았다. 커다란 두 팔이 그녀의 몸을 감싸 안자 포근함이 느껴졌다.

자욱한 담배 연기 속에 강진영이 죄인처럼 서 있다. 짝! 강진영의 고개가 젖혀지면서 몸이 휘청거린다. 피 냄새가 퍼진다. 어둠 속 악마는 벌게진 눈으로 날뛰고 있다.

"아악! 나, 나비는 내, 내 꺼라 말했지. 민견에게서 떠, 떨어뜨리라고."

어둠 속에서 고함소리가 들린다.

"이소정을 내, 내게 가지고 와. 내, 내 꺼라고."

어둠 속에 사는 남자. 혼자 힘으로 아무것도 못하면서도 유성의 팀장이다. 금수저가 이런 건가? 악마에게 멱살을 잡힌 채로 강진영은 이를 악물었다.

"네, 네 눈빛, 마음에 들지 않아. 너, 널 구제해주면 내 개가 되겠다고 한 약속 벌써 이, 잊었어? 우리 민 회장이 가, 강일이란 말만 나오면 치를 떠는 거 아, 알지? 네가 가, 강일의 아들이라고 마, 말해줄까? 아니면 미, 민견에게 네가 한 짓을 아, 알려줄까? 당장 이소정 데, 데리고 와! 유성에서 조용히 이, 일하고 싶으면 내, 내 말대로 해."

담배에 불을 붙인 박규는 거칠게 빨아 마신 담배 연기를 내뱉었다. 담배 연기가 얼굴에 쏟아지자 기침이 새어 나왔다.

"쿨럭, 쿨럭."

강진영은 두 주먹을 쥐고 어두운 방에서 나왔다.

"변태 새끼."

손톱이 손바닥에 박힐 정도로 부들거린다. 박규. 너 또한 강일쇼핑센터의 피해자라고 하지만, 넌 다른 이들과는 다르다. 널 학대하던 친부가 그 사고로 죽었으니 나에게 감사해야 하는 거 아니야? 너에겐 오히려 기회가 되었으니까.

"이소정. 민견에게 4년 전 사건을 말해주겠어. 그 사실을 알고서도 민견이 널 똑같이 대할까? 박규에게 놀아난 널, 박규를 끔찍이도 싫어하는 민견이 과연 받아줄까?"

민견의 슈트 상의를 걸친 채로 민견의 품에 안겨 있는 소정을 보았을 때, 진영은 온몸에 분노가 치밀었다. 하지만 민견에게서 소정을 뺏어오지 못한 자신에게 더 화가 났다.

"널 찾아올 거야. 이소정. 너를 이해할 수 있는 건 나뿐이니."

퉤, 바닥에 침을 뱉었다. 바닥에 떨어지는 핏물을 보며 소매로 입을 쓰윽 닦았다. 흰 셔츠에 핏물이 스며들었다. 강진영은 단추를 풀고 소매를 걷었다. 그의 팔에는 소정의 가슴에도 새겨져 있는 나비들이 날아다니고 있다.

"이소정. 네 몸에 새겨진 나비는 원래 내 거였다고. 이미 너와 나는 한 몸이야. 나비가 엮어준 인연이라고. 너의 왕자는 민견이 아닌 나 강진영이야."

왜 하필 민견인 거야. 이제는 널 놓아줄 수 없잖아. 내 나비, 내 사랑. 내가 널 지켜줄게.

소정아, 사랑해.

1o. 나비 덫

침대에 누워 잠을 자고 있는 소정을 보니 기분이 심란했다. 4년 전 자신의 침대에 누워 있던 나비와 많이 변한 모습이다. 4년 동안 그녀에게 무슨 일이 벌어졌던 걸까?

"내 무지함이 널 망쳤어."

나비는 그저 예명인 줄 알았다. NB엔터테인먼트의 가수인 나비 와 동일인이라고는 생각도 못 했다.

'한 달 내내 전국을 돌아다니느라 하루 세 시간 이상 자본 적이 없어. 자 고 싶어.'

객실 안에서 내뱉었던 그녀의 말에 더 주의했어야 했다. 조금만 깊이 생각했더라면 금방 알아챌 수도 있었던 것을. 그 사건이 터지 고 바로 미국 지사로 옮겨간 뒤 일에 치여 지내느라 대한민국에 신경 쓸 여유가 없었다. 하긴 한국에 있었더라도 연예계 쪽은 별로 관심이 없었지만.

　지잉, 전화가 울리자 민견은 소정이 깰까 싶어 테라스로 옮겼다. 이제는 제법 봄바람이 솔솔 분다.

　"그래 준희야. 알아보라는 건?"

　-형님이 생각하셨던 대로예요. 뻔하죠.

　"역시 박규였군."

　유성그룹을 해킹하는 위치가 다름 아닌 민성규의 자택으로 조사되었다.

　-어떻게 하실 생각이세요.

　"박규를 잡으려면 본거지로 쳐들어갈 수밖에. 그동안 너는 NB엔터테인먼트에 대해 자세히 조사해봐. 가수 나비의 주변 인물들을 좀 파봐."

　박규가 너에게 무슨 짓을 한 거지? 강진영은 너와 어떤 관계였던 거고. 대한민국 최고의 가수였던 네가 지금 이렇게 두려움에 떨며 움츠려 살아가는 이유를 알아내야겠다.

　-소정 누님이 정말 가수 나비였던 거예요? 휴우. 미치겠다.

　나비가 어떻게 대한민국 연예계에서 사장되었는지 준희도 잘 알기에 한숨부터 나왔다.

　"인터넷 검색은 한계가 있어. 정황상의 추측만 나열되어 있어서 별 도움이 안 돼. 정확한 팩트가 필요해."

　-숨겨진 진실은 추악할 때가 많죠.

　NB의 간판스타였던 나비의 스캔들로 NB엔터테인먼트가 큰 타격을 입었다. 그녀의 아버지이자 NB엔터테인먼트 대표였던 이성일은 사건의 진실을 밝히고자 노력했지만 불의의 사고로 사망했다. 나비의 유일한 방패막이였던 이성일 대표가 사망하자 그녀의 스캔들은 대책 없이 커졌고 결국 수습할 수 없는 단계가 되었다. 소문은 진실로 받아들여졌고 그녀의 이미지는 바닥까지 추락했다. 이소정은 광고주로부터 엄청난 위약금 소송에 휩싸였고 결국 NB엔터테인먼트와 함께 파산했다.

"나 때문에 시작된 일이 아닐까?"

그날 민견이 크루즈에 간 건 민성규의 호출 때문이었다. 오지 않으면 부자의 연을 끊겠다는 말에 내키지 않는 발걸음이었다. 급하게 잡힌 미팅으로 내려오는 차 안에서 기획서를 보게 되었고 그게 전부였다. 급하게 잡힌 일정만큼 취소도 갑작스레 되었으니 황당한 사건이었다. 민성규의 말은 더 황당했다. 항해 중인 배를 돌릴 수 없으니 쉬다 오라는 말도 안 되는 연락에 화가 난 상태였다. 그 열을 식히려 샤워를 했고 옷을 갈아입고 있는 찰나 나비가 들어와 예기치 않게 원나잇을 하게 되었다. 그 뒤 나비는 사라졌고 민견은 서울로 올라왔다. 그리고 며칠 후 한통의 메일을 받았다.

[민견, 너의 섹스 동영상이 있다.]

민견은 분노가 일었지만 이성을 잃지 않으려 애썼다. 이런 협박성 메일을 한두 번 받아본 게 아니다. 유성의 후계자이며 천광일의 유일한 상속자였기 때문에 어렸을 적부터 납치, 협박에 익숙했다. 동영상을 플레이 해보니 헛웃음만 나왔다. 동영상의 배경이 크루즈 객실이라는 것만 같을 뿐 성행위를 하는 이는 민견도 나비도 아니었다. 상대 여성이 머리를 붉게 염색해서 나비와 비슷한 분위기가 났지만 결코 민견이 알던 나비는 아니었다.

'네가 정신이 있는 게냐!'

짝, 고개가 돌아갔다. 화가 머리끝까지 난 민성규는 진위 여부를 묻지도 않고 다짜고짜 민견의 뺨을 후려쳤다. 협박성 메일은 민견뿐 아니라 민성규에게도 보내졌었다.

'제가 아니란 건 아버지도 아실 텐데요. 체격부터가 다르잖습니까?'

'누가 믿겠느냐. 네가 그날 이 크루즈에 있었다는 것을 아는 사람이 몇인 줄 아느냐? 네 객실에 빨강머리 여자가 들어갔다고 증언한 이도 한둘이 아니었어. 네가 그 여자를 찾아다녔다고 말한 직원들도 있다. 이 상황에 네가 아무리 아니라고 우긴들 누가 믿어주겠느냐.'

함정에 빠지고 말았다. 진실이 아니지만 진실이 돼버리고 말았다. 이 동영상은 단순히 섹스를 하고 끝난 게 아니었다. 뒤가 문제였다.

'그래서, 네가 때렸냐?'

'무슨 소리를……'

민성규는 민견에게 사진 한 장을 내밀었다.

'얼굴이 왜 이렇게……'

얼마나 맞았는지 원래 얼굴의 형태를 알아볼 수 없었다. 심지어 그녀의 눈은 흐리멍덩했다.

'상대방 여성이 돈을 요구해왔다. 어찌하겠냐. 돈이라도 주고 무마해야지.'

와인 컬러의 머리색만 가지고 그녀가 나비라고 단정 지을 순 없었다. 폭행을 당했다고 주장한 여자를 만나보면 알 일이었다. 하지만 박규를 만나자 그럴 필요가 없어졌다. 그가 교묘하게 파놓은 함정인 걸 알게 되자 민견은 모든 걸 뒤로하고 미국 지사로 떠나고 말았다.

"머저리 같은 놈."

이소정을 처음 유성 스위트룸에서 봤을 때, 어딘가 익숙했었다. 정신이 나가 파르르 떠는 그녀를 바로 알아보지 못한 자신이 한심했다. 가수 나비, 크루즈에서의 나비, 폭행당한 사진 속 여자. 모두 다 다른 여자라고 생각하게끔 박규는 교묘하게 함정을 파놓았다. 그 진창에 빠져 허우적거리느라 정작 또 다른 피해자인 나비에 대해서는 신경을 쓰지 못했다.

-본가에 가시려면 오늘이 좋겠네요. 마침 오늘 본가에서 형님의 야…….

"뭐라고? 준희야, 다시 얘기해봐."

-형님 모르셨던 거예요? 어쩐지 어제 아버지에게 그 얘기를 듣고 말이 안 된다 생각은 했어요. 주인공인 형님이 아직까지 모른다는 건 아예 소식을 전하지 않으려 했던 걸까요?

"그럴지도."

민견은 심기가 마땅치 않은지 평소 목소리보다 낮은 톤이 흘러나왔다. 도대체 무슨 꿍꿍이일까.

-아니면 몇 시간 전에 통보하려던 거 아닐까요? 미리 알리면 깽판을 칠 수도 있으니 저녁 식사인 것처럼 불러서 후다닥 끝내려고 말이죠.

"소통 부재도 모자라 일제 일방적으로 나가시겠다? 충분히 그럴 수 있는 양반이지."

-가시려는 건 아니겠죠?

걱정스런 준희의 목소리에 민견은 생각에 잠겼다.

"네 말대로 본가에 쳐들어가려면 오늘이 좋을 수도 있겠다."

-형님, 아무리 화나도 뒤집어엎지는 마세요. 또 어떤 함정이 숨어 있는지 모르잖아요. 아직 확실하지 않으니 제가 좀 더 알아보고 전화할게요.

"그래."

민견은 준희가 뭘 걱정하는지 안다. 하지만 이번에는 물러설 수도, 질 수도 없다. 지켜야 할 사람이 생겼으니까. 강해지지 않으면 그녀를 또 잃어버릴 수 있으니까. 이번만큼은 절대 실수하지 않을 것이다.

"여기서 뭐 해요?"

시트로 몸을 돌돌 감은 소정이 테라스 앞에 서 있다. 민견은 그녀를 보니 마음이 복잡해졌다. 그가 알고 있었던 게 전부가 아니란 생각에 심란했다.

"곤히 자길래 깰까 봐."

민견은 소정에게 다가가 그녀를 꽉 안았다. 다시는 놓치지 않으리라 다짐하면서.

"까칠해요."

밤새 자란 수염이 그녀의 여린 살갗을 스치자 벌건 생채기가 났다.

"미안, 이틀을 안 깎았더니."

그가 수염을 쓸면서 씩 웃었다.

"제가 깎아줄까요?"

"나야 좋지. 하지만 밤새 괴롭힌 거, 이걸로 복수하면 안 돼."

소정이 민견을 욕실 안으로 끌고 갔다. 그는 면도칼을 소정에게 건네며 미간을 좁히며 무서워하는 표정을 지었다. 소정은 씩 웃으며 그의 턱에 쉐이빙폼을 고루 발랐다. 면도칼로 민견의 수염을 깎으며 소정은 실수라도 할까 봐 숨까지 참았다.

"실감이 나지 않아요."

"나도 아직 얼떨떨해. 아직도 꿈인 거 같기도 하고. 하지만 이 촉감은 실제야."

민견은 소정의 가슴을 살짝 움켜쥐었다. 나비가 그의 손에 의해 구겨졌다.

"저 칼 쥐고 있거든요? 참으세요. 민견 실장님."

소정은 장난스런 표정을 지으며 씩 웃었다. 시한부 행복이지만 소정은 이 순간을 즐기기로 했다. 오랜 시간 고통받은 보상이라 여기고 잠시 행복해지기로. 이 시간은 신이 그녀에게 베푼 마지막 아량이려니. 악마를 만나면 바스러질 모래성이지만, 지금은 그 성의 주인이 되고 싶다.

'나도 모르게 당신을 마음에 품고 있었나 봐요. 이 감정, 생소하지만 사랑인 거 같아요.'

소정은 내뱉을 수 없는 고백을 가슴에 묻었다. 고백을 하는 순간 꿈이 깰 거 같아서 두려웠다.

"이소정. 그런 표정 지으면 겁난다. 예전 나비는 그리 당당하더니 왜 이래."

"난 이제 이소정이니까. 같을 수 없는 게 당연하잖아요."

"나비든 이소정이든, 다 너잖아."

"실장님."

"헌터라 불러. 그게 더 나비다우니까."

소정의 얼굴이 빨개졌다.

"다 됐어요. 그런데 실장님은 나비가 언제부터 트라우마였어요?"

분위기를 바꾸려 소정은 수건으로 물기를 닦는 그에게 물어보았다.

대답을 하기 싫은 건지, 그가 소정을 번쩍 안더니 욕실을 빠져나왔다.

"대답 안 해줄 거예요? 제가 알면 안 되는 비밀인가요?"

"거창하게 비밀까지야. 커다란 사내놈이 나비를 무서워하는 게 쪽팔려서 그렇지."

민견은 미간을 찌푸리며 구시렁거렸다. 민견은 소정을 소파에 내려놓더니 자신도 옆에 앉았다.

"알고 싶어?"

소정이 고개를 끄덕이자 그는 길게 숨을 내쉬었다.

"너도 알지? 강일쇼핑센터 붕괴사고."

"그럼요."

"그날 엄마와 내가 그곳에 있었어."

대략 짐작은 하고 있었지만 직접 들으니 마음이 아파왔다. 그 이야기의 결말이 어떨지 예상되어 더욱 그랬다. 민견은 소파에 등을 깊게 묻더니 느릿하게 말을 이었다.

"TV를 보는데 강일쇼핑센터에 나비관이 생겼다는 거야. 한겨울에 나비를 볼 수 있다니 신기했지. 광고 영상 속에는 넓은 공간에 이국적인 모양의 나무들이 심어져 있었고, 여기저기에 화려한 꽃들이 피어 있었어. 그 사이를 오색찬란한 나비들이 날아다니고 있는 거야. 그래서 엄마에게 가자고 졸랐지."

"그랬군요."

"처음에 엄마는 약속이 있어 안 된다고 했는데 내가 계속 고집을 부리자 결국 항복을 하셨어. 엄마 손을 잡고 강일쇼핑센터에 갔지. 나비관이 있는 곳은 강일쇼핑센터 최상층이었어. 밖은 겨울인데 그 안은 초여름이었어. 커다란 정원을 몽땅 옮겨놓은 듯 이름 모를 나무들과 꽃들, 나비들이 훨훨 날아다녔지. 딴 나라에 온 거 같았어. 물론 그곳엔 나 같은 어린애들과 그 아이들을 데리고 온 어른들도 많았지."

그의 말의 뒷부분은 듣기가 무서워졌다. 공포영화의 오프닝 씬에서 보여주는 고요함과 평화로움인 것 같아 온몸에 소름이 돋았다.

"천장에서 가루가 떨어졌어. 처음에는 나비가 날아다니면서 떨어뜨리는 가루인 줄 알았지. 곧 삐걱거리고 금가는 소리가 들려왔지만 그런 거 따위 신기한 볼거리 앞에서는 별 문제가 되지 않았지. 그런데 나비들이 갑자기 떼를 지어 천장으로 날아오르기 시작한 거야. 그 순간 건물이 기우뚱하는 거 같더니 한순간에 우르르 무너졌지."

"어떻게……."

소정은 두 손으로 입을 막았다. 민견은 말하기 힘든지 팔을 들어 눈을 가렸다.

"힘들면 말하지 않아도 돼요."

"채 꺼지지 않은 비상등 사이로 보였어. 건물더미에 깔려 피를 흘리고 신음하는 사람들. 뾰족한 철근에 찔려 비명조차 내지르지 못하고 가쁜 숨을 쉬는 사람. 그리고 피 웅덩이 속에서 파닥거리고 있는 나비. 피 칠을 하고서 날개를 퍼덕거리며 나에게 기어오기 시작하는 거야. 끔찍해서 소리를 지르려 했는데 엄마가 괜찮다고 말해주는 거야. 난 엄마의 품에 안겨 있었어. 그리고 알았지. 그 피 웅덩이가 엄마의 피로 만들어졌다는 걸. 엄마는 필사적으로 날 안고 있었어. 철근 더미를 온몸으로 막고."

그에게 들은 말은 충격이었다. 유성의 사모님과 어린 아들이 무너진 건물에 있다는 소식에 유성의 모든 중장비들이 구조에 동원되었었다. 그렇게 민견은 사흘 만에 극적으로 구조되었다. 탈진 상태였지만 민견은 별다른 이상은 없었다. 다만 민견을 안고 있던 그의 모친은 과다 출혈로 사망한 상태였다.

강일쇼핑센터의 붕괴는 부실공사와 함께 무리한 증축 공사가 원인이었다. 다만 그중에서도 붕괴를 앞당긴 건 무리하게 추진한 나비관 때문이었다. 수십 톤의 무게가 나가는 흙과 나무를 최상위 층에 옮겨놓았으니 그 무게를 견디지 못하고 건물에 균열이 생긴 것이다.

"당신 괜찮아요?"

"괜찮지 않아. 괜찮은 척하는 것뿐이지."

덤덤하게 과거의 일을 말하고 있지만 자신으로 인해 어머니가 돌아가셨다는 죄책감이 가득 묻어나 있다. 그 감정이 무엇인지 알기에 소정은 마음이 찢어졌다. 소정의 아버지도 결과적으론 그녀로 인해 돌아가신 거니까.

"나에 대해 궁금한 게 많겠지만 오늘은 여기까지. 천천히 알아가는 것도 나쁘지 않으니까."

그가 그렇게 말하지 않았어도 더 물을 생각은 없었다. 과거의 상처를 헤집는 것이 아픈 일이라는 것을 아니까. 하지만 한 가지는 궁금했다. 박규의 최측근인 강진영이 강일의 아들이라는 것을 그는 알고 있을까? 다른 것보다 민성규 회장은 강진영의 존재를 알고 있을까? 박규는 또 왜 강진영을 곁에 두고 있는 걸까?

"이소정, 무슨 생각을 그렇게 해?"

"별거 아니에요."

"난 고해성사하듯 다 말해줬는데? 서운해지려 하네."

"나중에 다 말해줄게요."

차라리 당신 같은 비밀이었으면 좋았을 텐데. 예기치 못한 사고였을 뿐이니까. 내 이야기는 절대 열지 말아야 할 판도라 상자와도 같다. 열리는 순간 맞이하게 될 추악한 진실은 너무 힘들 테니.

소정의 표정이 심각해지자 민견은 그녀를 빤히 바라보았다. 더 이상 묻지 않았지만 그의 눈빛은 소정의 머릿속까지 꿰뚫을 것처럼 날카로웠다.

아무래도 직접 확인해봐야겠다. 박규, 기다려. 민성규가 멋대로 벌인 일이 오히려 고맙군. 핑계김에 쳐들어가서 한꺼번에 처리하면 될 테니. 민견은 씁쓸한 표정으로 일어섰다.

"소정아, 우리 나가자."

"어디를요?"

갑작스런 민견의 통보에 소정은 고개를 갸웃했다. 방금까지 강일쇼핑센터에 대한 이야기를 하다가 침울해진 민견이었다. 그러더니 심각한 표정으로 나가자고 한다.

"본가에 가봐야 할 거 같다."

가슴이 철렁했다. 그의 비서로 계속 옆에 붙어 있다 보니 목소리 변화만으로도 그의 심기를 알 수 있게 되었다. 화가 나면 낮아지는 목소리와 매서워지는 눈빛을.

"무슨 일이 생긴 거예요?"

"갑자기 정리할 게 있어서."

덤덤한 그의 말이 슬프게 들렸다.

"무슨 일이요? 이해가 되게 제대로 말 좀 해봐요."

"……선 자리를 펑크낸 거 때문에 영감도 삐친 상태인데, 아버지가 제대로 기회를 노리셨어."

잠시 뭐라고 말을 꺼낼지 고민하던 그는 소정을 바라보며 덤덤히 말을 이었다. 소정이 알아듣지 못하자 민견은 친절하게 부연설명을 했다.

"저녁에 약혼식이 본가에서 있대."

"네? 누구 약혼식이요?"

"내 약혼식."

소정의 어두워진 표정에 민견은 짜증이 치밀었다. 얼마 전 김진희를 만났을 때 부정의 의사를 밝혔다고 생각했는데, 이렇게 약혼식을 추진할 정도로 무모할 줄 몰랐다.

"제대로 한 방 맞았다. 안 가도 그만이긴 하지만 이번 기회에 확실하게 못을 박아야겠어. 안 그래도 본가에 가서 확인할 것도 있었는데 잘됐어."

강진영의 말이 떠올랐다. 유성을 위해 민견의 정략결혼은 어쩔 수 없는 일이라는 말. 이렇게 막상 닥치니 충격이 더 컸다. 그가 만약 약혼식에 가지 않으면 어떻게 될까? 그는 결국 어쩔 수 없이 약혼을 하게 될까? 소정의 꿈은 너무도 쉬이 한순간에 깨지고 말았다. 한여름 밤의 꿈처럼. 소정은 가슴이 아팠다. 그가 약혼을 한다는 말에 심장이 조여왔다.

"거길 제가 왜 가요?"

"나에게 여잔 너뿐이야."

민견은 짜증이 나는지 목소리가 가라앉았다.

"아버지에게 내 여자를 제대로 보여주게."

"하지만."

"박규 보러 가자. 본가가 박규 본거지거든."

박규를 볼 수 있다는 말에 소정은 심장이 쿵 하고 떨어졌다. 악마의 실체를 드디어 마주하는 건가. 그녀의 표정을 유심히 보던 민견이 입을 열었다.

"한 가지만 약속해. 박규든 강진영이든 너 혼자서는 만나지 마."

"박규는 어떤 사람이죠?"

소정은 악마를 만나기 전에 그에 대해 알고 싶었다. 어떤 놈이기에 악마로 변했을까? 민견은 박규를 떠올렸는지 인상을 찌푸리며 소정을 쳐다보았다.

"그냥 기분 나쁜 놈이야."

"당신도 박규를 잘 모르나요?"

소정은 놀랍다는 듯 민견을 바라보았다.

"히키코모리라서 어두운 방에서 나오질 않아. 물론 볼 기회야 여러 번 있었지만, 유정혜가 나와 박규의 만남을 극도로 피했어. 마치 내가 자신의 자식에게 해를 입힐 것처럼 말이야. 하지만 유정혜가 아니더라도 보고 싶은 놈은 아니었어. 그놈 방 안 가득……."

민견은 생각할수록 기분이 나쁜지 인상을 펴지 못했다. 결국 그는 끝말을 제대로 맺지 않고 드레스룸의 문을 열고 들어갔다. 소정이 따라 들어가보니 행거에 걸려 있는 셔츠를 꺼내 걸치고 있었다. 셔츠에 맞춰 넥타이를 매고 액세서리 서랍을 열어 커프스를 달고 시계를 차며 입을 열었다.

"아무튼 내 옆에 꼼짝 말고 있어. 기분 나쁜 놈이거든. 난 나비는 아무래도 이소정 네 거에만 면역력이 있나 보다."

"네?"

소정은 궁금했다. 어떤 사람이기에 민견의 반응마저 저러는지. 숨기고 싶은 비밀이 얼마나 많기에 꽁꽁 숨어 있었는지. 한 가지는 확실해졌다. 그녀가 아는 악마처럼 박규는 어둠 속에 살고 있었다. 어둠이 아니라 밝은 빛이 있는 곳에서도 당당할 수 있을지. 확인해 보고 싶었다.

"내가 네 고민을 해결해줄게. 그렇게 하게 해줘. 혼자 끙끙 앓지 말고."

"걱정해줘서 고마워요."

뭔가 머뭇거리는 소정을 보며 민견의 표정은 어두워졌다.

민견의 본가로 바로 갈 줄 알았는데, 소정이 도착한 곳은 청담의 한 숍이었다. 이   은 유명 배우들과 상류층들이 주로 이용하는 고급 숍이다. 머리부터 발끝까지 스타일을 확 바꿔주는 마법과도 같은 곳으로 유명하다.

"못 하겠어요. 아니 못 입겠어요."

소정은 바닥에 주저앉고 말았다. 아직 자신을 드러낼 자신이 없었다. 두려웠다.

"이소정, 다른 날도 아니고……. 제대로 차려입어야 하지 않아? 지금 모습으로 가봤자 넌 내 비서로도 안 봐."

민견은 예전 선 자리에서 소정이 상대방 여자에게 모욕당했던 일이 떠올랐다. 병원장 딸이라고 했던가? 자기가 의사도 아니고 아버지가 의사인 게 무슨 큰 자랑이라고. 민견은 그날 일을 떠올리자 열이 훅 올랐다. 다시는 이소정이 그런 것들에게 무시를 당하지 않도록 오늘만큼은 제대로 꾸며주겠다. 머리부터 발끝까지 빈틈없이 완벽하게.

"내 여자가 무시당하는 거 싫어."

단호한 민견의 목소리에 소정은 한숨을 쉬었다.

민견의 말이 이해는 간다. 소정도 그에게 예쁘게 보이고 싶다. 다만 아직 제 모습을 여러 사람들에게 드러내는 게 익숙하지 않을 뿐이다.

"저도 당신에게 잘 보이고 싶어요. 간절히요."

그때 미리 예약이 되어 있었는지 스타일리스트들이 이동식 행거를 끌고 나타났다. 행거에는 화려한 드레스들이 걸려 있었다. 옷이 보이자 어느새 그녀의 손길이 옷들을 부드럽게 어루만지고 있었다. 새삼 옛날 생각이 났다.

민견은 소정의 반응이 마음에 들었는지 씩 웃으며 소파에 앉았다.

"그냥 가면 네가 후회할지도 몰라."

안다. 얼마 전 민견의 선 자리에서 느꼈던 처참하고 비참했던 기분보다 더하겠지. 민성규의 파티에는 더 많은 상류층 사람들이 모일 테니. 하지만 드레스에 풀 메이크업까지 하면 그녀가 그토록 숨기고픈 과거의 나비가 드러나 민견의 발목을 잡을지도 모른다.

"실장님, 저는……."

소정은 갈등했다. 하지만 지금 그녀는 대중들에게 잊힌 한때의 연예인일 뿐. 스캔들 이후, 어느 매체에서도 그녀의 근황을 궁금해 하지 않았다.

"……좋아요."

아니, 누가 알아보면 아니라고 우기면 되지.

그녀의 동의가 떨어지자 스타일리스트의 손길이 바빠졌다. 머리와 얼굴에 마법의 손길이 지나쳤고, 신데렐라의 마법처럼 그녀가 변해갔다. 12시가 되자마자 사라질 마법은 아니지만 언젠가는 원래대로 되돌아와야 할 시한부 마법.

'마지막일지도 모르는데 초라하게 끝낼 수는 없지. 어차피 비극이라면 화려하게 끝내자.'

소정은 커다란 거울을 쳐다보았다. 거울에는 소파에 앉아 있는 민견의 모습이 비쳤다. 휴대폰 메시지를 확인하는 그의 표정이 심각했다.

[7시까지 집으로 오너라. 오랜만에 저녁이나 먹자꾸나.]

눈에 보이는 빤한 수법. 민성규가 저녁식사에 초대했다. 민견은 손목에 찬 시계의 시각을 확인했다. 5시 정각. 약혼식 두 시간을 앞두고 일방적인 식사 통보라. 준희에게 미리 언질을 받지 않았다면 불시에 뒤통수를 맞았을 수도 있다. 정신이 퍼뜩 든다. 식사 참석을 위해 본가에 갔다면 갑작스런 약혼식 장면에 물불을 가리지 않고 뒤엎었겠지. 반면 초대를 무시하고 참석을 하지 않는다면 손님을 초대해놓고 약혼식을 일방적으로 파기한 몰상식한 인간이 되겠지. 둘 다 그에게는 좋지 않은 스캔들이 될 거다.

민견은 자신을 쳐다보는 소정의 눈길을 애써 피하고 있었다. 머리카락에 무슨 마법을 걸었는지 윤기가 자르르 흐른다. 안경만 벗어도 꽤 예뻤던 두 눈은 아예 쳐다볼 수 없을 정도로 신비하게 반짝거렸다. 민견은 자신의 눈을 의심했다.

"어색하지 않아요?"

소정이 자신 없는 목소리로 물었다. 민견은 그녀를 쳐다보느라 잠시 말문을 잊고 있었다.

"실장님."

"어, 봐줄 만해."

그제야 정신이 든 민견은 평소보다 몇 배로 크게 요동치는 심장을 다독이며 일부러 퉁명스럽게 말했다. 꾸미면 어느 정도 예뻐질 거라 예상은 했었다. 4년 전 나비가 그랬으니까. 하지만 무대 화장과는 또 다른 전문 메이크업은 그녀를 180도 다른 사람으로 만들었다. 자신이 알던 이소정이 이렇게 미인이었나? 눈을 비비며 확인해 보았지만 믿을 수가 없다. 4년 전 나비가 불의 여신 같은 강렬함이 있었다면, 지금 이소정은 미의 여신 아프로디테랄까. 이소정의 외모 찬양이 사내 게시판의 가장 큰 이슈라는 윤준희의 말이 이제야 이해될 것 같았다. 꾸미지 않아도 그 야단들이었는데 지금의 소정을 본다면 사내 게시판은 자신이 지시할 것도 없이 접속 폭주로 저절로 마비될 것이다.

"일단 식사부터 하자. 본가에 가서는 먹을 수 없을 테니."

민견은 짐짓 헛기침을 하며 시선을 돌렸다. 그동안 저 미모를 숨길 수 있었다는 것이 희한할 정도로 그녀는 아름다웠다.

초저녁이 되어서야 그들은 민성규의 자택 앞에 도착했다. 대문을 지나 안으로 들어가자 커다란 플래카드가 펄럭이고 있었다. 민견은 봄바람에 펄럭이고 있는 플래카드와 오색찬란한 풍선들을 보니 저절로 인상이 찡그려졌다.

<민견, 김진희 약혼>

그 플래카드에 소정의 걸음이 멈췄다. 긴장을 하면 차가워지는 소정의 손끝에서 냉랭함이 느껴졌다.

"긴장하지 마."

"하지만……."

소정이 손을 빼려 하자 민견은 그녀를 마주 보고 두 손을 슈트 안쪽 허리 쪽으로 끌어당겼다. 민견의 갑작스런 행동에 소정은 주변을 둘러보았다.

"누가 보면 어쩌려고요. 전 원래 추위를 잘 타서 그런 거니 걱정 마요."

"눈치 보지 마."

말은 그렇게 하지만 소정의 입장에선 불편한 자리란 걸 안다. 허리춤에 얹어진 소정의 두 손에서 전해지는 차가움과 떨림으로 그녀가 얼마나 긴장하고 있는지 알 수 있었다.

"이제야 간신히 널 만났는데 놓치고 싶지 않다."

민견은 소정에게 시선을 떼고는 바람에 펄럭이다 줄이 꼬인 플래카드를 쳐다보았다. 두 번 세 번 꼬이고 꼬여 우스꽝스런 모습으로 팔락이고 있다. 고백하는 타이밍이 적절하진 않지만 잘못하면 그녀를 놓칠 수 있다는 불안감이 엄습해왔다.

"소정아, 나만 믿어."

그녀의 눈길에서도 불안함이 보인다. 그 불안함을 없애기 위해 여기 온 거니까. 이렇게 말도 안 되는 약혼식을 진짜로 진행할 줄이야. 돌계단을 오르면서도 찌푸려진 미간은 돌아올 기미가 보이지 않았다. 정원의 모습이 한눈에 들어오자 헛웃음이 터져 나왔다. 오케스트라 단원들을 불러왔는지 검은 연미복을 입은 남성들이 악기를 켜고 있었다. 은은하게 들려오는 클래식 음악 사이로 기다란 뷔페 테이블이 보였다.

민견과 소정이 모습을 드러내자 모두의 시선이 그들에게 몰렸다. 한껏 멋을 부려 아름답게 차려입은 이소정을 모든 남성들이 흘끔거리며 쳐다봤다.

'나비가 그냥 가자고 할 때 그러자고 할 걸 그랬나?'

남자들이 멍해져서 소정을 쳐다보자 민견의 심기가 불편해졌다. 자신의 여자가 아름다운 건 좋은데 주목을 받으니 또 불편했다. 민견은 소정의 어깨에 팔을 둘렀다. 자기 꺼니 꿈도 꾸지 말라는 유치한 선전포고였다.

"어머, 민견 실장님이 오셨네. 역시 멋있어. 주인공이라 더 빛나는……. 어?"

형식적인 인사를 건네던 여자는 민견의 곁에 있는 소정을 보고는 놀라 말끝을 얼버무렸다.

"옆에 계신 분은 누구시죠? 민 실장님 약혼녀는 벌써 와 계신 거 아니었나요?"

여자는 단상 위를 힐끔 쳐다봤다. 단상 위에는 자신의 이익을 위해 정략적인 관계를 맺으려는 사람들이 각자의 탐욕을 미소로 가리고 있었다. 그 가운데 한복을 곱게 차려입은 유정혜와 정장 차림의 민성규가 보였다. 민견은 소정에게 잠깐 기다리라고 속삭인 뒤 민성규를 향해 성큼성큼 걸어갔다. 민견을 본 민성규는 다정한 아버지처럼 굴기 시작했다.

"왔구나."

"저녁 식사 자리라고 하지 않으셨습니까? 뭐, 이런 상황을 예상하지 못했던 건 아니지만. 근데 예상보다 너무 시시하고 유치해서 그 장단에 맞추기가 쉽지 않습니다."

"손님들이 많다. 말조심해라. 왔으면 얌전하게 있다가 가거라."

민성규는 민견을 보며 나직하게 속삭였다. 그러면서도 주변 사람들을 의식하는지 얼굴에 다정해 보이는 미소를 지우지 않았다. 민견의 입꼬리가 말려 올라갔다.

"결국 약혼식을 밀어붙이실 겁니까?"

"그러기 위해 부른 거 아니더냐."

"아버지로 명령하신 거라면 불복합니다. 직장 상사로 지시한 거라면 그 역시 거절합니다. 아버지든 회장님이든 제 의견을 물으셨어야죠. 이 약혼식에 대해 지금이라도 할 말 없으신가요?"

민성규의 대답이 나오기도 전에, 그들 사이로 중년 남자의 목소리가 비집고 들어왔다.

"내 예비사위 얼굴을 약혼식장에서 처음 볼 줄이야. 너무한 게 아닌가."

분위기 파악을 못하는 건지, 술을 한잔하신 건지 김종수는 마냥 기분이 좋아 보였다. 반면 김종수 옆에 서 있는 김진희는 종이인형처럼 창백해 보였다.

"머니캐시 김종수 대표님이시군요."

민견이 아는 체를 하자 김종수가 환하게 웃으며 그를 반겼다.

"이제 아버님이라 불러야지. 대표님이 뭔가? 하하."

"제 약혼식이 있다는 걸 지금 알아서 그렇습니다. 김종수 대표님."

"우리 사위, 농담도."

김종수는 허허거리며 입술을 실룩거렸다.

"농담처럼 들리십니까? 분명 지난번에 김진희 양에게 거부 의사를 밝혔는데. 이렇게 약혼식이 진행되는 걸 보니 제 소통방식에 문제가 있었나 봅니다."

분위기가 썰렁해져갔다. 민견의 행동에 초대받은 손님들이 힐끔거리며 쳐다보기 시작했다. 이런 상황이 되길 내심 바랐던 유정혜는 터져 나오는 웃음을 억지로 참고 있다.

"우리 견이가 왜 그럴까? 이 좋은 날. 예비 장인어른에게 그러면 안 되지."

주제넘게 유정혜는 싸움을 부추기고 있다. 날뛰어라. 미쳐라. 대한민국에 난다 긴다 하는 손님들을 다 모시고 왔는데 네가 얼마나 거지같은 자식인지 만천하에 공개해, 부모에 대한 예의도 없고 예비 신부에게 막 대하는 모습이 인터넷에 퍼져 너의 자질을 논하게 될 거야.

"그렇게 기쁘십니까? 그 웃음 거두시죠. 역겨우니."

민견의 서늘한 음성에 유정혜는 이를 악물었다. 그러더니 눈물을 훔치며 연기를 하기 시작했다.

"아무리 마음에 들지 않는 새엄마라도 그렇지. 대접을 바라는 건 아니지만 손님들 앞에서 너무하는 거 아니니?"

딴에 배우였다는 건가. 더 이상 말을 섞을 이유 따윈 없었다. 민견은 그녀를 무시하고 뒤에 서 있던 소정에게 다가갔다.

"소정 씨, 이리 와봐요."

얼떨떨하게 서 있는 소정의 어깨에 팔을 두르며 자신에게 끌어당겼다.

"정식으로 소개시켜드리죠. 제 약혼녀 이소정입니다."

"......!"

정원에 흐르던 음악은 어느새 멈춰 있었다. 민견의 충격적인 발표는 모든 손님들을 충격에 빠뜨렸다. 공식적인 자리에서 이런 말을 들을 거라고는 상상도 못한 머니캐시 김종수는 얼굴은 붉으락푸르락했다.

"민 실장, 지금 뭐 하는 건가?"

"몇 번이나 전한 제 거부 의사를 제대로 이해하지 못한 거 같아서 말이죠. 이렇게 모두에게 직접 보여드릴 수밖에요."

상식적이지 않은 사람들에게 상식으로 맞서려 해봐야 자신만 피곤하다. 눈에는 눈, 이에는 이. 약혼녀에는 약혼녀.

"민견, 천 회장님을 믿고 그리 방자하나. 나에게 이러면 후회할걸세. 오늘 이 일, 절대 묵과하지 않을 거야. 민 회장도 이러면 안 되는 겁니다. 진희가 민 실장에게 모욕을 당했다고 했을 때 진희를 설득한 게 후회됩니다. 오늘 보니 진희에게 어떻게 했을지 눈에 선합니다. 이 혼담, 민 실장이 원하는 대로 없었던 걸로 합시다."

"김 대표, 이러시면 어떡합니까? 오해는 푸셔야죠."

"민 회장, 이 상황에서 오해라는 말이 나옵니까?"

주변이 크게 웅성거리고, 여기저기서 숙덕거리기 시작했다. 유정혜는 연기에 들어갔는지 의자에 앉아 두통을 호소하고 있다. 민견의 의사와 상관없이 벌인 사기 약혼이면서도, 민견을 파렴치한 인간으로 몰고 가려고 수작이다. 다른 집안에서는 자식이 흠이 있으면 언론을 통제하면서까지 덮으려 한다. 근데 이 집안은 없는 흠 집이라도 만들어내려고 억지를 쓰고 있다. 민견은 씁쓸했다.

그렇게까지 해서 박규를 유성의 꼭대기 자리에 올리고 싶은 걸까? 그가 대표가 되면 제대로 업무를 수행할 수 있다고 생각하는 걸까? 도대체 무슨 생각들을 하는 건지 그 뇌 속이 궁금하다.

"김종수 대표님, 민 회장님의 제안이 뭘 의미하는지 정말 모르셨습니까? 약혼식 전에 절 한 번도 못 보셨다고 하셨죠? 게다가 김진희 양과 데이트 한 번 없었습니다. 그런데도 뭔가 이상하다고 생각 안 하셨습니까? 전 김 대표님도 알면서도 모른 척하신 거라 생각됩니다만."

"지금 그걸 변명이라고 하는 건가? 나에게 죄송하다고 사죄를 해도 모자를 판에 뭐 하자는 건가!"

김 대표가 삿대질을 하며 부르르 떨었다.

"앞서 말했다시피 제 의사와 무관하게 진행된 일입니다."

김종수의 사나운 고성을 온몸으로 듣고 있는 소정은 좌불안석이었다. 팔이라도 풀어주면 괜찮으련만 민견은 보란 듯이 소정을 품에서 놓지 않고 있다.

"정 억울하시다면 민 회장님에게 해결해달라고 하십시오. 당신을 불구덩이에 끌어들이신 분도 저분이시니, 뒷일도 책임지실 테지요."

민견이 사늘한 미소를 짓는다. 악마의 미소가 이런 걸까? 소정은 소름이 돋았다. 민견은 이런 상황을 예측하고 본가에 온 것이다.

"천광일의 손자라 보이는 게 없나? 넌 위아래도 없어?"

분에 이기지 못한 김종수가 민견의 멱살을 잡았다. 소정은 민견의 품에서 벗어나게 되었지만 난감하기는 마찬가지였다. 어정쩡하게 서 있기가 뭐해서 뒤로 물러났지만 그들의 신경전은 끝날 기세가 보이지 않았다. 소정을 보며 수군거리는 시선들도 견디기 힘들었다.

"유성이 욕심 나신 거 아니었습니까? 그 욕심이 화를 부른 겁니다."

"민견!"

퍽, 김종수가 민견의 멱살을 잡고 주먹을 날렸다. 민견의 고개가 뒤로 젖혀졌다.

"젠장."

제대로 맞았는지 입술이 터졌다. 비릿한 피 맛이 입안에 가득하자 민견은 바닥에 침을 뱉었다. 핏물이 배어 나왔다.

"실장님!"

깜짝 놀란 소정은 민견의 멱살을 쥐고 있는 김종수의 팔에 매달렸다.

"넌 뭐 하는 계집이야?"

김종수가 소정을 뿌리치며 팔을 휘저었다. 그 바람에 소정이 휘청거리자 민견은 급히 소정을 감싸 안았다.

그때 본가의 대문이 철컹 열리고 닫히는 소리가 났다. 돌계단을 오르는 구둣발 소리가 들려온다. 그러더니 한 무리의 사람들이 정원으로 몰려 들어왔다.

민성규의 표정이 일그러졌다. 천광일의 모습이 보였기 때문이다.

"천 회장님이 여긴 어쩐 일로……."

초대받았던 손님들은 하나같이 표정관리가 안 되고 있었다. 천광일은 무표정한 얼굴로 민견과 김종수에게 걸어오고 있었다. 김종수는 갑작스레 등장한 천광일을 보고 사색이 되었다. 천광일은 민견의 터진 입술을 보자 못마땅한 표정을 지었다.

"천 회장님."

김종수는 놀라서 입을 다물지 못했다.

"초대받지 않은 불청객이지만, 하나뿐인 손자의 약혼식이라는데 안 올 수가 없었지요."

천광일은 너풀거리는 플래카드를 지그시 바라보았다.

"오늘 손자의 약혼식이 있다는 소식을 한 다리 건너 듣고 설마 했습니다."

그는 많이 불쾌했는지 불편한 심기를 그대로 내비치며 넓은 정원을 가득히 메운 손님들 한 명 한 명을 바라보았다. 모두들 천광일의 시선이 닿자 당황하는 눈치였다. 모두들 민성규가 초대해서 온 자리였다. 천광일의 심기를 거스를 마음은 없었다.

"오보라고 생각했던 머니캐시와의 약혼이 사실인가 본데, 저에게는 아무런 언질을 주지 않으셨더군요."

"전, 당연히 천 회장님이 아실 줄 알았습니다."

김종수는 언제 그랬냐는 듯 민견에게서 떨어졌다. 두 손을 쥐락펴락하며 긴장한 모습이 역력했다.

"실장님, 괜찮으세요?"

소정은 민견의 터진 입술을 만지며 안쓰러워했다. 민견이 씩 웃자 소정은 한숨을 쉬었다. 좋게 말하지 왜 자극을 했냐며 민견에게만 들리는 작은 소리로 잔소리를 했다. 민견은 아무 소리 없이 소정을 바라보며 미소 지었다. 천광일은 평소답지 않은 손자의 모습과 그런 손자의 몸을 이리저리 만지는 소정을 뚫어지게 바라보았다.

반면 김종수는 얼굴이 사색이 되어 변명하기 바빴다.

"이 혼담도 민 회장이 먼저 제안한 거고, 제가 천 회장님의 손자님을 마다할 이유가 없지 않습니까."

김종수는 자신은 잘못이 없다고 말하고 싶었다.

"민 회장이 단독으로 저지른 일이라?"

아련한 눈빛으로 손자를 바라보던 천광일은, 그 시선이 유정혜와 민성규를 향하자 갑자기 날카로워졌다. 못마땅한 표정으로 서늘히 쳐다보았다. 불혹도 되지 않아 사별한 사위가 새 가정을 꾸리는 것 따위는 상관하지 않았다. 다만 새로 들어온 여자가 주제도 모르고 금지옥엽 같은 내 새끼를 홀대하면 그건 묵과할 수 없다.

"평지풍파 일으키지 말고 조용히 살라 경고했거늘."

민성규와 살게만 해준다면 평생 어둠 속에서 살고 밖으로 나오지 않겠다는 유정혜의 말을 믿은 건 아니었다. 아무것도 모른다는 순진한 표정을 짓고 있었지만 천광일은 그런 연기에 속을 사람이 아니었다. 반평생 사채업을 하면서 별의별 사람들을 다 겪어보았다. 눈빛 하나, 사소한 몸짓 하나로도 사람의 속마음까지 간파할 수 있는 능력이 있었기에 약육강식이 판치는 그 험한 세상에서 살아남았다.

"무뢰배같이 무위의 일락만을 좇는 모양새구료. 금수도 자기 자식은 귀히 여긴다 하지. 하물며 인간이 돼서 지 피붙이를 배척하나."

그 이유를 모르는 바는 아니다. 유정혜는 민성규와 결혼만 하면 모든 걸 가질 수 있다고 계산했겠지만, 천광일은 호락호락한 사람이 아니다. 그녀가 민성규를 구워삶아 모든 권한을 박규가 위임받는다 한들, 껍데기뿐인 회장직밖에 얻을 건 없다. 유성은 민성규의 조부가 초석을 닦고 세운 기업이긴 하나, 이 정도까지 성장시킨 건 천광일이었다.

민성규의 아비 민영환은 다 쓰러져가는 유성건설을 물려받고 일으켜 세우려 노력을 했다. 그는 천광일과 단독 면담을 요청해서는 앞으로 건설업이 이 나라를 굳건히 만드는 기반이 될 거라고 호언장담했다. 천광일은 그의 패기가 마음에 들어 투자를 했다. 태생적으로 영리하고 부지런한 민영환은 천광일의 자금을 가지고 유성그룹의 발판을 만들었다. 물론 그렇게 되기까지 천광일의 자금이 큰 힘이 되었다.

그 무렵 천광일은 사채업자 딸이란 꼬리표를 하나뿐인 외동딸에게 물려주기 싫어서 민영환에게 거부하기 힘든 제안을 했다. 투자한 자금을 주식으로 전환해 내 딸에게 줄 것이니, 당신은 아들을 내 딸과 혼인시켜 유성을 더욱 굳건히 만들라. 민영환의 아들이라면 괜찮겠다 싶어 외동딸과 이어주었다. 그러나 후에 천광일은 민성규에게 따로 여자가 있다는 걸 알게 되었다. 유성을 위해서 어쩔 수 없이 정략결혼을 한 거였다. 그녀의 딸이 남편에게 사랑 한번 받아보지 못하고 사고로 비명횡사를 하자 천광일은 자신의 결정을 후회하며 오열을 했었다.

분노와 괘씸한 마음에 천광일은 손자인 민견을 유성의 최고 주주로 만들어 아비의 머리 위에 앉혔다. 그것도 부족해 유성호텔, 유성백화점, 유성전자, 유성건설 등 소위 유성의 알짜배기 계열사들을 일찌감치 민견의 소유로 만들었다. 민성규는 허울 좋은 본사 회장일 뿐 실질적인 오너는 천광일의 핏줄, 민견이라고 세상 사람들에게 공표한 것이었다.

"몰랐다고 하기엔, 종수 자네, 유성의 주식을 대량 매입했더군."

"천 회장님, 오해하시면 억울합니다. 저는 미래 사위가 될 민 실장에게 힘을 보태고 싶었을 뿐입니다."

태생적으로 돈 냄새를 잘 맡는 머니캐시의 김종수가 민견의 가치를 모르진 않을 것이다. 그러기에 민견을 자신의 사위로 만들려 덤빈 게 아닌가. 딸을 도구 삼아 유성을 소유하려는 속내였던 것이다. 민성규는 김종수의 속내도 모르고 천광의 방패로 머니캐시를 이용하려 했겠지만, 김종수 같은 여우를 가지고 놀 깜냥이 되지 않는다. 이번 기회에 머니캐시 김종수에게도 본때를 보여줘야 내 손자를 건드리는 만행을 저지르지 않을 것이다.

"김종수, 많이 컸구나. 날 뒷방 노인네 취급을 하다니. 내가 이 빠진 호랑이로 보인 겐가?"

천광일이 관자놀이를 지그시 눌렀다.

"천 회장님, 제가 그럴 리가 있겠습니까?"

천광일은 머니캐시 김종수를 서늘히 쳐다보았다. 바로 전까지 펄펄 뛰던 김종수는 언제 그랬냐는 듯 굳어 있다. 갑작스레 나타난 천광일로 당황했던 김종수는 그제야 천광일과 함께 온 사람들에게 시선이 갔다.

김종수는 깜짝 놀랐다. 머니캐시의 우량고객인 조 회장과 황 여사가 보였기 때문이다. 그들의 자금으로 머니캐시가 운영이 된다고 해도 무방하다. 두바이 공사로 떼돈을 벌었다는 평온건설 조 회장과 증권가를 주름잡고 있는 황 여사가 천광일과 같이 이곳에 함께 온 이유가 뭘까?

김종수의 표정을 본 황 여사가 그의 궁금증을 해소해주었다.

"전 어르신의 돈을 굴리는 투자자일 뿐입니다."

주식의 여왕이라는 황 여사는 천광일을 왜 건드렸냐며 표정으로 김종수를 안타깝게 바라보았다. 김종수는 이제야 이해되었다. 자금의 규모 자체가 천문학적인 천광일은 자신이 직접 움직이기보다 법인이나 대리인을 내세워 자금을 관리한 거다. 머니캐시의 VVIP고객인 그들은 천광일의 중간 전주였고, 자금의 원 주인은 천광일이었던 거다.

"우리가 아무리 날고 긴다 해도 어르신 손바닥 안이라는 걸 모르십니까? 빠른 시일 내에 평온건설의 모든 계좌를 정리해야 할 거 같습니다."

조 회장의 정중한 말 뒤에는 무서운 뜻이 숨어 있었다.

'천광일의 돈으로 천광일의 뒤통수를 칠 생각을 하다니. 그 돈을 다 빼고도 살아날 수 있을지 봅시다.'

말을 하지 않았어도 알아들을 수 있었다.

"조 회장님, 황 여사님. 오해십니다. 제가 감히 천광일 회장님과 어떻게 척을 지겠습니까? 저는 어떻게 하든 어르신과 가까워지고 싶은 마음에 주제도 모르고 민 실장을 욕심낸 거뿐입니다."

일단 살고 봐야 했다. 처음 유성에서 넌지시 결혼에 대한 말이 나왔을 때 욕심이 나지 않은 건 아니다. 천광을 뒷배로 둔 유성을 사돈으로 엮고 유성에 큰 입김을 작용하고 싶었다. 유성의 지분을 사들이고 자회사가 될 꿈도 꾸었다. 나날이 커가는 머니캐시에서 사금융이라는 꼬리표를 떼고 싶었다. 유성을 등에 업고 유성의 이름을 단 투자금융으로 이미지를 바꿀 원대한 계획을 세웠었다.

그 과정에서 천광일을 배제한 게 그의 결정적인 실수였다. 머니캐시를 쥐락펴락할 수 있는 숨은 고객이 바로 천광일이었음을 몰랐기 때문이다.

"어르신, 살려주십시오. 저는 민 회장님이 시키는 대로 한 것밖에 없습니다. 그저 어르신에게 힘이 되고 싶었을 뿐이지 결코 천광을 등 돌리려 한 적이 없습니다."

김종수는 바닥에 납작 엎드렸다. 전후 사정이 어떠하든 김종수가 천광일의 하나뿐인 혈육을 탐내고 맘대로 안 되자 주먹질까지 했다. 천 회장에서 어르신이란 표현으로 호칭마저 바꾸며 비굴하게 구는 김종수를 보며 조 회장과 황 여사는 혀를 차며 고개를 흔들었다. 천광일의 심기가 불편할 대로 불편해진 지금은 아무리 빌어봤자 이미 엎질러진 물이다.

"누가 보면 내가 자네를 핍박한 줄 알겠네."

"어르신, 죽을죄를 졌습니다."

"보물을 탐내는 건 인간의 본성일세. 누가 탓하겠는가. 내 말은 모든 일에는 순서가 있고 절차가 있다는 거네. 그걸 무시하니 용서할 수 없는 걸세."

천광일은 동대문에서 포목장사를 시작해서 광희동 일대에서 재산을 형성했다. 그 후 명동으로 활동무대를 옮겨 자금을 융통하면서 자리를 잡았다. 1980년대에는 하루 현금 동원 능력이 3천억 규모에 달했던 전설적 인물로 지금까지 그의 현금 동원 능력은 타의 추종을 불허할 정도다. 그 자금을 기반으로 유성을 세웠다는 걸 모르는 이가 있을까? 2000년대 들어 사채시장이 죽었다고 실질적 유성의 오너인 천광일을 이 빠진 호랑이 취급을 하면 안 되는 거였다. 날고 뛰어봤자 결국 부처님 손바닥 안이다. 머니캐시 정도는 천광일에게는 개미새끼 만도 못한 미미한 존재였다. 그가 마음만 먹는다면 파산시키는 건 일도 아닐 것이다.

"회장님."

소정은 천광일의 다른 모습을 보자 어리둥절했다. 항상 인자하던 동네 할아버지가 아니었다. 대한민국을 쥐락펴락하는 사채 시장 대부의 모습이었다.

"인자함 뒤에 숨겨진 영감의 본모습이지. 겉모습이 초라하다고 우습게 알다가는 큰코다치지."

"그랬군요."

하늘 높은 줄 모르고 날뛰던 그가 바닥에 납작 엎드려 일어나지 못하는 모습을 보니 천광일이 다시 보였다.

"내가 알고 싶은 건, 정확하게 누가 우리 손자님 배필입니까?"

천광일의 말에 손님들의 시선은 모두들 하나같이 이소정을 가리켰다. 천광일은 소정에게 다가오더니 안경을 벗고 자세히 쳐다보았다.

"내가 시력이 떨어졌나? 아가씨가 아까부터 미스 리로 보이네."

소정은 천광일의 시선이 가시방석 같아 어설프게 미소를 지었다.

"저, 그게, 회장님."

"목소리 들으니 미스 리가 맞군. 그럼 한 가지만 묻지. 얼마 전 우리 손자님이 헌팅을 했는데 자길 버리고 사라졌다는 고양이가 미스 리였나?"

소정은 가슴이 철렁 내려앉았다. 뭐라고 설명을 해야 할까 고민하는 사이 민견이 폭탄선언을 했다.

"소정과 결혼할 겁니다."

감정표현이 없는 민견의 입에서 결혼이라는 말이 나오자 천광일은 믿기지 않는 듯 눈을 연신 깜박거렸다. 소정도 마찬가지로 아무 말도 못하고 입만 벌리고 있었다.

"되도록 빨리."

소정은 너무 놀라 온몸의 피가 한순간에 빠져나간 것 같았다. 천광일도 충격을 받았는지 그 자리에 굳어버렸다.

"손자님, 뭐라 하셨습니까?"

"소정이 배 속에 영감 증손이 있다고요. 그러니 빨리 결혼시켜 주시죠."

천근 같은 무거운 침묵이 흘렀다. 당사자인 소정마저도 기가 막혀 말문이 막혀버렸다. 허니문 베이비도 있긴 하지만 그것도 확인하려면 꽤 시일이 걸리는 걸로 안다. 적어도 며칠 만에 아이가 생긴다는 건 유사 이래 들어본 적 없는 황당한 발언이다.

"저, 저 회장님. 실장님이 거짓⋯⋯."

소정이 급하게 변명을 하려고 했으나 놀란 마음에 목소리가 제대로 나오지 않았다.

"증손이라, 마음에 드는군요."

천광일의 시선이 소정의 배에 머물렀다.

한바탕 폭풍이 지나갔다. 아비규환이 될 뻔한 공간이 다시 축제의 장으로 바뀌었다. 민견의 폭탄 선언이 마음에 들었는지 천광일의 노여움이 풀어졌기 때문이다.

"회장님, 축하드립니다."

"이제 곧 국수 먹겠네요. 든든한 증손주를 보시니 얼마나 기쁘시겠어요."

조 회장과 황 여사가 축하를 하자 천광일은 허허허허 웃기만 했다. 아직 분위기 파악을 못하고 납작 엎드려 있는 김종수를 보며 황 여사가 슬쩍 옆구리를 찔렀다. 김종수가 고개를 들자 천광일은 인상을 찡그렸다.

"자네는 여기 있는 내 예비 손자며느님에게 감사해야 할 걸세. 내 오늘 기분이 좋아 모든 걸 넘길 수 있을 거 같으니."

"감사합니다, 회장님."

김종수는 얼른 일어나 천광일에게 연신 고개를 숙였다. 황 여사가 눈을 찡그리며 신호를 주자 김종수는 눈치를 보며 급하게 자리를 떴다. 소정을 바라보는 천 회장의 눈길은 사랑스러움이 잔뜩 묻어났다.

"아가, 많이 먹거라. 이제는 홑몸이 아니니 조심해야지."

"저, 회장님."

"회장님이 뭔가? 할아버님이라 부르게."

천광일의 표정을 보며 차마 아니란 말이 목구멍으로 나오지 않았다. 이런 상황을 만든 주범인 민견은 천연덕스럽게 서 있다. 가서 한 대 쥐어박으면 속이 풀릴 거 같다.

'두고 봐요.'

소정의 원망스런 눈초리를 무시하고 민견은 먹음직스런 고기와 음료를 들고 와 소정에게 내밀었다.

"영감 말 잘 들었지. 앞으로 잘 먹어야지. 이제 홑몸도 아닌데."

"그런 거짓말을 하면 어떡해요?"

소정이 이를 악물고 소곤거리자, 민견은 모르쇠로 일관했다.

"난 열흘 전에도 이번에도 최선을 다했어. 안 생길 리가 없어."

아니라 말하기에는 그와 함께 한 행위들이 떠올라 얼굴이 빨개졌다. 피임도 하지 않은 상태라 무조건 아니라고 부정할 수 없었다.

"말도 안 돼."

순식간에 상황이 역전되자 유정혜는 입술을 잘근잘근 물어뜯었다. 이러기 위해 일을 꾸민 게 아니다. 평소의 민견이라면 난리를 피우는 건 물론 집안의 집기마저 다 부쉈어야 했다. 본가의 정원에서 약혼식 장소를 잡은 것도 다 계산이 된 거였다. 그런 망나니 같은 모습을 보며 모든 이들이 손가락질하고, 마지막엔 박규가 나타나 상황을 수습하는 그런 전개였어야 했다. 그 뒤 주주총회를 해서 민견을 실장 자리에서 내쫓고 박규를 공식적인 후계자로 공표하려 했었다.

천광일에게 연락이 갈까 봐 민견에게도 자세한 내용을 알리지 않았다. 다른 이들도 파티를 하는 줄 알고 왔다가 약혼식인 줄 알고 놀랐다. 유정혜는 그들에게 서프라이즈 파티라고 말하며 분위기 전환을 하고 있었다. 그런데 누가 천광일에게 연락을 한 걸까?

'규야, 좀만 참아 제발.'

유정혜는 초조했다. 이런 분위기라면 박규가 낄 자리가 없다.

"당신이 천 회장에게 연락한 거예요?"

"……."

민성규의 시선은 소정에게 머물러 있었다.

"회장님, 손자를 보시게 된 거 축하드립니다."

"회장님 축하드려요."

하객들은 민성규의 눈치를 보며 축하인사를 전했다. 민성규는 자신이 초대한 손님들인지라 억지웃음을 지으면서 손님들을 접대할 수밖에 없었다.

"낯이 익단 말이야."

민성규는 눈을 가느다랗게 뜨면서 생각에 잠겼다. 분명 저 아이를 본 적이 있다. 결국 민성규는 소정에게 가까이 갔다. 가까이서 보니 얼굴 생김이 낯이 익다.

"자네 이소정이라 했던가? 날 사적으로 본 적이 있던가?"

그 눈빛이 날카로워 소정은 등에 식은땀이 흘렀다.

"회사에서 뵌 적이 있습니다. 제가 민 실장님 비서라서요."

소정은 민성규의 질문이 이상했다. 그러다 4년 전 크루즈에서 미팅을 민성규와 하기로 했다는 기획서가 생각이 났다. 그 기획서에는 나비의 사진들과 프로필이 적혀 있었다. 혹시 나비였던 이소정을 기억하는 게 아닌가 싶어 숨이 막혀왔다. 그녀는 두 손을 꽉 쥐고 간신히 버텼다.

"죄송합니다. 잠깐 화장실 좀."

소정은 저택 한쪽에 있는 화장실로 도망치듯 들어가서야 숨이 제대로 쉬어졌다. 물을 틀었다. 찬물로 손을 씻자 살 것 같았다. 세수를 하고 싶었지만 공들여 한 화장이 지워질까 싶어 입안만 헹구었다.

그때 갑자기 커다란 유리에 김진희의 모습이 비쳤다. 어딘가 힘이 빠진, 아니 넋이 빠진 모습이다. 김종수가 갈 때 같이 간 게 아니었나? 너무 정신이 없다 보니 김진희의 존재를 잊고 말았었다. 주눅이 들어 있는 모습을 보니 어딘가 이상했다. 잃을 게 없을 만큼 밑바닥으로 추락한 소정과 가진 게 많은 김진희. 그런데 이상했다. 약혼이 깨졌으면 대부분 난리를 쳐야 정상이다.

"혹시……."

김진희는 말을 하려다 머뭇거렸다. 소정은 이상했다.

"무슨 일 있어요?"

그녀의 눈은 공허했다. 마치 겁에 질린 표정처럼. 소정의 눈길이 그녀의 손목으로 향했다. 긴 소매로 교묘하게 가렸지만 얼핏 보이는 손목에 선명한 멍 자국이 보였다. 파운데이션으로 두껍게 가렸는데도 보이는 멍이라면, 생긴 지 얼마 안 되었다는 거다.

소정의 눈길을 느꼈는지 김진희는 당황을 했다.

"내가 좀 멍이 잘 드는 체질이라……."

그녀가 급하게 손을 감추며 변명을 했다. 그러고 보니 그녀의 드레스가 목부터 손목까지 가리는 롱드레스다. 설마 온몸에 생긴 멍을 감추기 위해 저렇게 입은 건가?

"당신, 나비죠?"

"어떻게……."

"당신을 못 알아보는 사람들이 더 신기한 거야. 대한민국을 뒤흔든 나비를 어떻게 못 알아볼 수 있지?"

그녀의 말에 소정은 놀랐다. 이 공간에서 그녀를 알아본 이가 민견의 약혼녀라 소개된 김진희라는 게 아이러니했다.

"하나도 안 변했네. 4년 전이나 지금이나. 민견 옆에 있는 것도."

"4년 전이라니요?"

소정은 눈을 가늘게 뜨고 물었다. 그녀는 마치 4년 전 사건을 아는 것처럼 말했다.

"난 그를 가지고 싶었을 뿐이야. 지금까지 탐났던 것은 다 가져봤으니까."

그녀는 소정에게 말을 하는 건지 자신에게 하는 건지 모르게 혼이 빠진 듯 중얼거렸다.

"4년 전 크루즈에서 그에게 고백을 하려고 준비했었는데, 나비 당신이 망쳤어."

"크루즈라면……. 혹시 그 불꽃놀이와 파티, 김진희 당신이 준비한 건가요?"

어느 돈 많은 자제의 이벤트가 바로 김진희가 민견에게 고백하기 위한 깜짝 서프라이즈 파티였던 건가?

"고백만 하면 되는 거였는데, 나비 네가 나타났어. 네가 내 파티를 망쳤어."

"혹시 당신이 날?"

"나비, 나비, 나비. 너 때문에. 난 그의 눈에 들기 위해 온몸을 나비로 치장하고 다녔어. 더러운 상간녀 유정혜의 비위까지 맞추며 간신히 민견에게 다가갔는데, 네가 또 나타났어."

소정은 그제야 그녀의 모습을 자세히 보았다. 와인 컬러 머리, 나비 모양 티아라, 나비 귀걸이, 나비 펜던트가 달린 목걸이와 반지, 그리고 나비 패턴이 프린트된 드레스까지. 민견에게 잘 보이기 위해 나비로 치장을 했다는 건가?

소정은 기가 막혔다. 정작 민견은 나비공포증으로 나비를 증오한다.

"다 너 때문이야. 네가 망쳤다고."

김진희가 손을 뻗어 그녀의 목을 조르려 했다. 소정은 한 발자국 뒤로 물러섰다. 그녀의 눈빛은 정상인이 아니었다.

"김진희 씨, 뭐 하는 짓입니까!"

갑작스레 나타난 강진영이 김진희의 팔을 잡았다. 그녀를 바라보는 그의 눈빛은 매서웠다.

"……후훗. 으하하하하."

김진희는 강진영을 보며 미친년처럼 웃었다.

"아무도 믿으면 안 돼."

김진희가 소정을 멍하게 바라본다. 그녀의 공허한 눈빛은 채워질 줄 몰랐다.

"누굴 말하는 거죠? 설마…… 박규? 당신도 박규가 누군지 알아요?"

"도망가! 뒤도 돌아보지 말고!"

김진희가 갑자기 머리에 두 손을 얹고 발작하듯 고함을 질렀다.

겁에 질린 채 바들바들 떨더니 화장실을 뛰쳐나갔다.

"잠깐만요. 박규가 어디 있는데요?"

소정은 김진희를 쫓아 나갔지만 거실에는 아무도 안 보였다. 도대체 박규가 누구길래 김진희가 저리도 공포에 떠는 걸까? 정말 그는 악마인 걸까?

악마를 생각하니 소정은 또 속이 울렁거렸다.

"우욱,"

속이 뒤틀렸다. 소정은 다리에 힘이 빠져 소파에 주저앉았다.

"소정아, 네가 왜 여기 있는 거야?"

소정을 따라온 강진영이 복잡한 표정으로 물었다.

"그러는 오빠는 여기 왜?"

소정은 고개를 들었다. 소정의 의심의 눈빛에 강진영이 급하게 변명했다.

"난 박규 팀장이 불러서 왔지. 오늘이 민견의 약혼식이라며 재미난 일이 있을 거라더니, 그것보다 넌 왜 여기 있는 거야?"

"박규가 여기 있긴 있나 보구나. 어디 가면 만날 수 있어?"

같은 장소에 있다고 생각하니 이상하게도 무덤덤해졌다. 실체 없는 악마는 그저 평범한 사람이었다. 자신이 찾아와 있는데도 숨어 있었다는 건 그저 겁쟁이란 얘기다. 이제는 당당히 맞서 싸울 것이다. 소정이 침착해진 반면, 강진영은 뭔가에 쫓기는 표정에 이마에 식은땀까지 흘리고 있었다. 김진희가 두려움에 떨었던 것처럼 그도 벌벌 떨고 있었다.

소정이 임신을 했다고 공표한 뒤 민견은 여기저기 축하를 받느라 발목이 잡혀 있었다. 그 바람에 소정이 없어진 걸 알아채지 못했다. 눈치를 채고 주변을 둘러보았으나 이미 그녀는 보이지 않았다. 말없이 먼저 갔을 리는 없다. 미친 박규가 설치고 다닐 수 있으니 절대 혼자 다니지 말라 경고했건만.

정원에서 그녀의 모습이 보이지 않자 그는 집안으로 들어갔다. 커다란 거실의 인테리어는 안주인의 취향대로 조잡스럽게 바뀌어 있었다. 잠시도 있고 싶은 곳은 아니지만, 소정을 찾기 위해 일일이 방문을 열어 확인했다. 화장실 문도 열어보았지만 아무도 없었다.

"이 층으로 갔나?"

민견은 나선형 계단을 올랐다. 그때 휴대폰이 울렸다. 발신자를 확인하니 준희였다.

"그래, 준희야."

-형님, 통화 가능해요? 저, 휴우.

준희가 머뭇거릴 정도면 각오를 하고 들어야 한다.

"말해봐."

-형님이 아침에 NB에 대해 알아보라고 하셨잖아요? 근데 기획 2팀 강진영 대리가 소정 누님의 매니저였더라구요. 누님이 4년 전 스캔들로 연예계에서 아웃당할 즈음에 유성으로 자리를 옮겼더라고요.

연인이 아니라 매니저였다? 그런데 그 눈빛은 뭐지?

민견이 아무 말도 없자 준희는 한숨을 내쉬며 계속 말을 이었다.

-그리고 그 스캔들이란 게 소정 누님이 스폰서와 찍은 섹스 동

영상인데요, 그 스폰서가 누군지 알아요?

인터넷에서 나비에 대해 검색했을 때 '섹스 동영상'이 연관 검색어라 어이가 없었다. 실체는 없고 악의적인 추측만 가득한 글들. 순간 민견은 자신에게 온 협박 메일에 동봉되었던 동영상을 떠올렸다. 그녀에게도 그 동영상이 보내졌던 것일까?

"나겠지."

-형님도 아셨어요?

이미 예상하고 있었다. 그 가짜 동영상으로 그녀를 협박하고 압박했겠지. 크루즈 사건이 있었으니 나비도 처음에 혹시나 했을 거다. 하지만 그 동영상을 직접 보았다면 조작된 가짜임을 몰랐을 리 없다. 근데 왜 NB엔터테인먼트에서는 반박하지 않았을까?

-형님에게 전달되었던 그 동영상이 소정 누님을 협박할 때도 사용되었던 것 같아요. 근데 누님이 그날 팬미팅 펑크 내고 병원에 입원해 있던 때라 문제가 더 심각해졌던 것 같아요. 스폰서 만나느라 팬미팅 펑크 내고 대타를 내세워 입원했다는 비난이 엄청났어요. 엎친 데 덮친 격으로 팬미팅 펑크 내던 날 크루즈에서 소정 누님을 보았다는 목격자까지 나타나면서 동영상의 존재가 더 힘을 얻게 되었어요.

나쁜 예감이 든다. 소정이 처음 자신을 죽이러 왔을 때가 떠올라 등골이 서늘해졌다. 그때 소정은 유성의 꼭대기를 찾고 있었다. 그 후로도 계속해서 찾고 있던 존재. 오늘 소정은 박규를 만나기 위해 온 거다.

"제길."

민견은 준희의 보고를 들으며 이층 테라스로 나갔다. 정원이 한 눈에 보인다. 천광일을 비롯해 모든 사람들이 다 보이지만 소정만 안 보인다. 휴대폰에서는 말소리가 계속 흘러나왔지만 민견은 들리지 않았다. 그러다 테라스 구석에서 누군가 웅크리고 있는 걸 보았다.

"준희야. 잠깐, 이따 통화하자."

민견은 휴대폰을 슈트 주머니에 넣었다.

"소정아!"

"민견."

웅크린 물체가 고개를 들었다. 창백한 표정의 김진희였다.

"저 좀 살려주세요."

쫓기듯 두리번거리는 모습이 거슬린다. 김진희의 눈빛은 공포로 물들어 있었다. 그녀가 일어서려다 다리에 힘이 들어가지 않는지 다시 주저앉았다. 그녀의 손에는 양주 병이 병째로 들려 있었다.

"난 아무것도 모른다고. 내가 아니야. 아니라고."

"무슨 소리지?"

민견이 김진희에게 다가가자 그녀는 웅크린 채로 뒷걸음을 치다 테라스 난간에 몸이 막혔다.

"이소정 어디 갔는지 알지?"

"전 못 봤어요. 모른다고요."

"박규가 데리고 갔나?"

민견이 김진희의 어깨를 흔들자 김진희가 아악 하며 비명을 질렀다. 김진희는 자신의 몸을 감쌌다. 그 과정에서 그녀의 소매가 살짝 밀려 올라갔고, 순간 민견의 눈매가 매섭게 변했다. 민견은 김진희의 팔을 잡아 긴 소매를 걷어보았다. 그곳에 시퍼런 멍들이 보였다.

"박규가 한 건가?"

그녀는 세차게 고개를 흔들었다. 그러다가 갑자기 고개를 끄덕였다. 박규란 건지, 아니란 건지. 민견이 눈살을 찌푸리자 그녀는 횡성수설하기 시작했다.

"봐서는 안 될 악마를 보았어요. 그는 때리면서 희열을……. 벗어날 수 없…… ."

히키코모리에 사디스트까지. 아주 제대로 미친놈이다.

"자기가 시키는 대로만 하면 당신을 가지게 해준다고 했어."

김진희는 넋이 나간 사람처럼 혼자 주절거렸다. 설마 김진희도 박규에게 질질 끌려다닌 건가?

"당신에게서 나비를 떼어준다 했어. 나비만 사라지면 당신이 내 것이 될 줄 알았다고."

"그게 무슨 소리지?"

역겹고 추악한 음모에 김진희도 포함되어 있었던 건가?

"최음제를 먹인다고 했어. 내가 고백을 하고 당신 방에만 들어가면 끝이라고. 무조건 관계를 가질 수밖에 없다고. 그러면 머니캐시 딸인 날 책임질 수밖에 없다고."

민견은 눈살을 찌푸렸다. 그녀는 자신이 어떤 소리를 내뱉는지도 자각하지 못하는 듯했다.

"4년 전 일인가?"

"내 방에 설치한 몰카로 증거를 만들면 당신은 어쩔 수 없다고."

김진희는 멍한 눈길로 민견을 쳐다보았다. 두 손을 들어 민견의 얼굴을 어루만지며 중얼거렸다. 민견은 이를 악물었다.

"나에게 최음제를 어떻게 먹이려 했지?"

"당신과 내 방에 비치된 와인과 워터수에 탄다고 했어. 강한 맛에 섞여 모를 거라고."

와인과 워터수라. 그러고 보니 그날 객실에서 난 샤워 전에 와인을 마셨고 나비는 워터수를 꺼내 마셨다.

평소와 다르게 여자의 유혹에 빠진 나, 심지어 나비는 첫 관계였음에도 적극적이었다. 이해가 되지 않았던 그 행동들이 다 최음제 때문이었다니.

"당신 방에 나비가 있다는 말에 짜증이 났어. 나비가 있어야 할 방은 그 방이 아니었어."

"나비가 크루즈에 온 게 우연이 아니었다?"

그녀의 말이 이상했다. 민견의 물음에 그녀는 히스테릭한 목소리를 냈다.

"박규가 나비를 가졌어야 했는데, 당신이 중간에 가로채 화가 났지. 박규는 자기에게 다 생각이 있다고 자기 말만 따르라고 했어. 난 잘못 없어. 버림받은 우린 그냥 즐긴 것뿐이라고."

"……."

횡설수설했지만 요점은 간단했다. 가짜 동영상은 김진희와 박규의 것이었다. 박규는 그 동영상으로 김진희 또한 협박한 것이다. 그래서 김진희는 지금까지도 박규에게 질질 끌려다닐 수밖에 없었던 거다.

테라스 바닥에 주저앉아 바르르 떨고 있는 김진희를 보니 확실해졌다. 박규는 사이코패스 정신병자다. 그런 박규의 홈그라운드로 소정을 데리고 와 무방비 상태로 두었다. 가슴이 뛰고 등에는 식은땀이 흘러내린다. 순간 공포가 엄습해오고 온몸에 소름이 돋았다.

"박규 어디 있지?"

"몰라요. 모른다고요."

김진희는 소리를 지르며 두 팔로 얼굴을 감쌌다. 웅크리고 앉아 벌벌 떠는 김진희를 추궁해봤자 더 이상의 정보가 나올 거 같지 않았다.

"박규. 소정을 건드리면 죽여버린다."

민견은 눈이 뒤집힌 채 뛰어 내려갔다. 박규의 행방을 알려면 한 가지 방법밖에 없다. 이 층 테라스에서 두 사람이 고함을 지른 게 들렸는지 유정혜가 급하게 집안으로 들어오고 있었다. 민견은 그녀를 무시하고 지하로 내려갔다.

"너 어디 가는 거니?"

민견이 지하로 향하자 유정혜는 새된 소리를 질러댔다. 민견은 큰 걸음으로 계단을 내려가 지하실 문고리를 돌렸다.

"뭐 하는 짓이야! 거긴 우리 규의 사적인 공간이야. 아무나 들어가면 안 된다고."

사적인 공간 같은 소리 하고 있어. 눈이 뒤집힌 민견에게 들릴 리 만무했다.

"당신은 아무 말도 하지 마!"

듣고 싶지 않았다. 유정혜의 가식적인 목소리 따위.

그의 눈에 문에 달려 있는 도어록이 들어왔다. 그는 옆에 비치되어 있는 소화기를 들어 도어록을 내리쳤다. 도어록은 콰직 소리를 내며 부서졌다. 민견이 들어가려 하자 유정혜가 기를 쓰고 막았다. 민견의 허리에 매달렸지만 민견의 힘을 이기지 못했다. 민견은 유정혜를 무시한 채 방문을 걷어찼다. 유정혜는 민견에게 매달려 지하 방에 함께 끌려 들어갔다.

"그만해. 이제야 간신히 사람 구실 하려는 규라고. 제발 그만둬. 이대로 살게 하라고. 여자도 만나고, 결혼도 하고, 일도 하고. 그렇게 살게 해달라고."

환기를 언제 시켰는지 가늠할 수 없는 텁텁한 공기가 꽉 차 있다. 순간 불안감이 엄습해왔다. 민견은 재빨리 벽에서 전원 스위치를 찾았다. 탁, 스위치 소리와 함께 판도라의 상자가 깜박깜박하더니 확 열렸다.

"이게 뭡니까?"

방 안은 박규가 급하게 빠져나갔는지 엉망이었다. 책상 위에 놓인 여러 대의 모니터가 먼저 보였다. 한 대는 집안 구석구석 설치한 CCTV 영상이 돌아가고 있었다. 정원의 모든 상황이 한눈에 보였다.

"당신은 알고 있었지? 박규가 우릴 감시하는 거. 알면서도 모른 척했어."

박규는 이 자리에 앉아 집안의 모든 상황을 지켜보고 있었다. 소정이 이동하는 것도 알았을 거다. 혼자서 행동하길 기다렸을지도 모른다. 그래서 약혼식 장소를 집으로 한 건가? 자신의 홈그라운드이자 모든 걸 통제할 수 있는 장소. 소름이 끼쳤다.

"박규에게 놀아났어. 물론 단독 범행은 아니겠지?"

민견은 유정혜를 서늘히 노려보았다.

"견아. 아니라고."

CCTV 영상이 돌아가는 모니터 옆, 또 다른 모니터에는 차마 눈 뜨고 보기 힘든 역겨운 영상이 플레이되고 있었다. 민견은 눈살을 찌푸렸다. 민견은 휴대폰을 꺼내 반쯤 혼이 나간 채로 전화를 걸었다.

"준희야, 강진영이 소정의 매니저였다고 했지? 강진영과 박규의 관계에 대해 알아봐. 필요하다면 유성그룹 모든 회선들을 해킹해도 좋아. 강진영과 박규가 나눈 메일이랑 메신저. 다 꺼내."

귀신에 홀린 듯 민견의 시선이 박규의 책상 옆으로 움직였다. 그의 시선이 멈춘 벽면에는 이소정과 민견의 사진들이 빼곡히 붙어 있었다.

"미친 새끼. 박규. 너, 죽여버릴 테야. 갈기갈기 찢어 죽여버릴 거야."

"견아. 견아, 제발."

유정혜가 눈물을 흘리며 바닥에 주저앉았다. 민견은 책상에 두 손을 얹었다. 숨이 턱턱 막혀온다.

"당신은 알고 있었어. 알면서도 모른 척 눈감고 있었다고."

"미, 미안하다. 하지만 다 사정이 있었어."

유정혜는 입안이 바싹 말라가는지 목소리가 갈라져 나왔다. 그녀는 이 모든 허무맹랑한 일의 숨은 공범자였다.

"아악!"

민견은 더러운 플레이가 돌고 있는 모니터를 집어 들어 팽개쳤다. 벽에 부딪힌 모니터는 퍽 소리와 함께 산산조각이 났다.

"견아, 무슨 일……."

민견의 고함소리를 들은 민성규와 천광일이 지하 방으로 급하게 들어왔다.

"손자님, 무슨 일입니······. 흐음. 헛."

천광일은 펄펄 뛰는 민견을 만류하다가 숨을 크게 들이쉬고 말았다. 이어 박규의 방을 찬찬히 훑어본 천광일은 인상을 찌푸리고 말았다.

"민 회장, 여기가 뉘 방입니까? 설마 박규?"

천광일의 기막힌 표정에 민성규는 찬찬히 고개를 돌려 방을 훑어보았다. 민견은 뻘게진 눈으로 민성규를 노려보았다.

"아버지도 공범이십니까? 다 알면서 저를 속인 기분이 어땠습니까?"

"견아, 이게 다 뭐냐?"

민성규는 믿지 못하겠다는 표정으로 벽면에 붙여놓은 사진과, 책상 위의 모니터를 쳐다보았다. 집안 곳곳, 심지어 민성규의 개인 서재와 그들의 침실마저 비추고 있는 CCTV 화면을 보자 말문이 막혔는지 입만 벌리고 있다.

"모르는 척 가증스럽습니다. 연기 그만하세요. 아버지 바람대로 사라져줄 테니 미친놈 껴안고 사세요. 대신 저와 소정이는 건드리지 말라고요."

민견은 혼이 반쯤 나간 상태로 방 안을 뛰쳐나갔다.

내가 찾을게. 소정아, 그때까지 제발 무사해줘.

"지금 어디 가는 거야?"

강진영은 소정의 팔을 잡고 질질 끌었다. 소정은 강하게 팔을 뿌리치며 강진영에게 뇌까렸다.

"이 손 놔."

"소정아, 미쳤어? 여기가 어디라고 나타나? 박규 앞에 나비라고 광고할 일 있어? 왜? 4년 전 일을 또 반복하게?"

강진영은 이마에 핏대를 세우며 미친 듯이 화를 냈다.

"왜 말 안 했어? 박규가 히키코모리라 집구석에 처박혀만 있다고. 내가 4년 동안 찾아 헤맨 악마 새끼가 이 집구석에 있다고 왜 말을 안 했냐고."

"그 인간은 미친 인간이야. 김진희도 그 미친 인간에게 당했어. 영혼까지 빼앗겨 허수아비 종이인형이 되었다고. 하얗게 질려 있는 거 보면 몰라?"

소정을 바라보는 강진영의 얼굴이 이상했다. 누구에게 맞은 듯 터지고 멍들고 부자연스럽게 부어 있었다.

"박규가 그런 거야?"

소정이 강진영의 터진 입술을 빤히 보자 그는 씁쓸한 웃음을 지었다. 생긴 지 얼마 되지 않았는지 벌건 생채기에 피가 배어 나오고 있다.

"흥분한 박규를 말리느라 생긴 상처일 뿐이야. 나도 이렇게 당하는데 네가 박규의 눈에 띄었다면……. 후, 생각도 하기 싫다."

강진영은 차 문을 열고 소정을 밀어 넣었다. 소정은 차 손잡이를 잡아당겼지만 잠겼는지 열리지 않았다.

"당장 문 열어. 이거 납치란 거 몰라!"

강진영은 운전석에 타더니 다급하게 말을 이었다.

"납치가 아니라 여기서 벗어나자는 거야. 지금쯤 박규가 널 찾느라 이 근방을 다 뒤질 거라고. 그러니 나 좀 믿어줘."

진영이 간절한 눈빛으로 소정을 바라봤다.

"민 실장이 뭐라고 했는지 몰라도 널 여기 데리고 온 걸 보면 그 사람도 박규를 잘 모르는 거 같다. 내 말 맞지?"

"그게……."

소정이 머뭇거리자 강진영은 그럴 줄 알았다는 표정을 지으며 시동을 걸었다. 그는 핸들을 돌리며 덤덤히 말을 이었다. 소정은 그가 골목을 빠져나가는 걸 보며 입을 다물었다. 한참을 말없이 운전하던 강진영이 먼저 말문을 열었다. 무슨 말을 하려는지 한참 뜸을 들이더니 힘들게 운을 떼었다.

"이소정, 내 말 잘 들어. 4년 전에 너에게 하지 못한 말이 있었어. 너를 보호하려고 입을 다물었었는데 지금 널 보니 그 생각이 틀렸었어."

"무슨 말?"

4년 전 일이라면 스캔들 사건일 텐데. 무슨 말을 하려고 심각한 분위기를 연출할까? 그는 소정을 쳐다보지도 않고 앞만 바라보고 있다. 신호도 무시하고 앞차를 추월하며 클랙슨을 빵빵거린다. 마치 무언가에 쫓기듯 조급하게 운전을 하고 있다.

"너도 눈치가 있으니 알 거야. 천광일을 주축으로 하는 민견의 세력과 민성규가 밀고 있는 박규의 세력. 그런데 그들의 권력싸움의 희생양이 너란 거, 알고는 있니?"

"희생양이라니?"

"4년 전 그 동영상. 박규가 민견을 유성에서 몰아내기 위해 만든 거야. 나중에 민견이 알고 박규의 계획에 동참한 널 응징한 거지."

무슨 말이 하고 싶은 걸까? 소정은 가슴이 답답해졌다.

"박규 밑에 있다고 그를 두둔하는 거야? 왜, 솜사탕이 민견이라 우겨보지?"

소정은 기가 막혀 소리를 질렀다.

"이 바보야! 이해가 안 돼? 동영상을 만든 건 박규지만, 나비 널 추락시키고 NB엔터테인먼트를 파산하게 만든 건 민견이라고."

"말도 안 돼. 내려줘."

그는 소정의 말은 듣지 않은 채 자기 말만 이어갔다. 대화가 길어질수록 그의 운전은 거칠어졌다. 속도는 계속 올라갔고 그만큼 앞차를 추월하기 위해 갑작스럽게 차선을 바꾸는 일이 늘어났다. 예전 매니저였을 때 하던 운전과는 180도 달랐다. 항상 차분하게 차간 거리를 유지하며 답답하리만큼 안전운전을 하던 그였다. 오죽 답답하면 범칙금 고지서가 날아오면 자신이 낼 테니 속도를 내라고 소정이 사정까지 했었다.

"속도 좀 줄여."

"답답하다며 속도를 내라고 하지 않았나?"

소정은 차 안 손잡이를 잡으며 성난 음성을 냈다.

"그때와 다르잖아."

"변했다고 우기지만 넌 하나도 변하지 않았어. 그들에게 일회용 취급을 받는 거 여전해. 내가 경고했었지. 우리는 그들에게 소모품에 불과하다고. 쓸모없어지면 버려지는 일회용 제품. 지금도 넌 민견에게 이용당하고 있는 거야."

"거짓말."

끼익, 핸들을 심하게 돌리며 이리저리 끼어들기를 하자, 여기저기서 경적소리가 요란하게 들린다.

"병신 새끼들."

그는 더 흥분해서 상향등을 켜고 액셀을 밟았다. 우웅, 거친 엔진 소리에 소정은 점점 불안해졌다.

"난 널 책임질 수 있어. 우리는 같은 종족이니까. 우리 같은 부류들은 그들 세계에 낄 수 없어. 왕자님을 만나 결혼해 행복했습니다, 라는 건 동화 속에만 가능한 이야기야. 정신 차려, 이소정."

"민 실장과 날 이간질시키라고 박규가 명령했니? 그래서 당신이 얻는 게 뭔데. 더 이상 들을 말 없으니 내려달라고. 내려줘, 개자식아!"

소정이 새된 목소리로 소리를 지르자 강진영은 신경질적으로 핸들을 돌리며 인상을 찌푸렸다. 소정이 백을 열어 휴대폰을 찾으려 뒤적거렸다. 아까부터 휴대폰의 진동이 느껴졌었다. 강진영이 그 모습을 보고는 소정에게서 백을 빼앗아 창문 밖으로 버렸다.

"뭐 하는 거야!"

"박규가 널 노린다고. 위치추적을 할지도 몰라."

"헛소리 말고 당장 차를 멈춰!"

"시끄러워서 운전을 못 하겠잖아! 조용히 하라고!"

험악해진 표정으로 소리를 질러대는 모습에 소정은 겁이 났다.

차는 어느새 강남 시내로 진입했다. 막히는 차들 틈에서 강진영은 클랙슨을 조급하게 울려댔다. 소정은 불안감에 떨리는 손을 꼭 쥐며 이를 악물었다.

"어딜 가려는 거야?"

"이소정, 경고하는데 가만있어. 박규가 우릴 쫓아온다고. 안 보여?"

강진영은 제정신이 아니다.

"걱정 마. 이제 내가 널 안 보내."

소정은 두려워지기 시작했다. 이대로 끌려가면 안 돼.

"제발. 차 세워! 세워달라고."

소정이 핸들을 붙잡았다. 차가 흔들거렸다.

"조용히 해! 네 소리에 박규가 쫓아오면 어쩌려고 그래!"

강진영은 광기 가득한 눈빛으로 고함을 질렀다.

"차 세우라고!"

소정은 새된 목소리로 소리를 지르며 손에 힘을 주어 핸들을 잡아 꺾었다. 차가 끼익 하는 브레이크 소리를 내며 길을 가로질러 가로수를 향해 미끄러졌다. 눈을 질끈 감는 순간 쾅 하는 소리와 함께 목이 앞으로 꺾였다. 머리에 엄청난 아픔이 느껴졌고 곧 뜨끈한 액체가 흘러내리는 것 같았다. 정신을 차리려고 했으나 점차 시야가 어두워졌다.

"살려줘."

소정은 간절히 민견을 불렀다. 4년 전 나비가 헌터를 간절히 불렀던 것처럼.

"……헌터."

그날은 한 달간의 강행군으로 몸과 마음이 지쳤었다. 몸을 숨기려 객실에 숨어들었다. 몇 잔을 연거푸 마신 와인 때문에 목이 말랐다. 냉장고에서 꺼낸 워터수를 마신 것까지는 좋았다. 감사의 인사를 하고 나오려 했었다.

그런데…… 그의 탈의된 상체, 잘생긴 얼굴, 중저음의 목소리까지 미친 듯이 좋았고 가지고 싶었다. 이런 느낌이 처음이라 뭐라 표현할 수 없었지만, 갈증이 났다. 이 갈증을 해결하지 않으면 죽을 것만 같았다. 그를 유혹했고 그를 탐했다. 그리고…… 온몸이 노곤해서 움직일 수가 없었다. 등 뒤의 시트가 너무 부드러웠다. 온몸이 젤리처럼 흐물거려 움직일 수가 없었다. 눈꺼풀이 무거워 눈을 감았다.

얼마나 지났을까. 객실 문이 열리는 소리가 들려왔다. 소정은 잠결에 중얼거렸다. 헌터, 이제 들어와? 하지만 무거운 눈꺼풀은 떠지지 않았다.

'나비, 바, 방을 자, 잘못 찾아왔잖아.'

귓가에 숨결이 느껴지면서 음침한 목소리가 들려온다. 헌터의 목소리가 이리 어눌했던가. 코 속으로 싸하고 매캐한 냄새가 맡아졌다. 소정은 몸을 움직이려 했지만 온몸이 두들겨 맞은 것처럼 아팠고 어둠이 몰려왔다.

몸이 들리는 거 같다. 느낌 탓일까. 덜덜거리는 바퀴 굴러가는 소리가 들리더니 펑펑 폭죽이 터지는 소리가 요란하게 들려온다. 불꽃놀이를 또 하는 건가. 돈도 많지.

펑펑, 휘우우우, 펑, 펑. 불꽃놀이는 언제 끝나는 걸까?

11. 낙인

찌링.

[Catch me if you can.]

잡지에서 글자를 한 자씩 오려 붙인 전형적인 사이코들의 메시지가 민견에게 날아왔다. 놀리는 듯한 사진 메시지에 민견은 화가 폭발했다.

"내 손에 잡히면 죽여버릴 테다."

강진영. 소정을 먹잇감 보듯 바라보던 그 눈길을 무심히 넘기지 말았어야 했다.

소정의 전화는 연결이 되지 않는다.

"위치추적은 해봤어?"

-유성그룹 앞 도로에서 마지막 신호가 잡혔어요.

준희의 다급한 목소리가 스피커로 흘러나왔다.

"지금 유성그룹 앞이야."

민견은 비상등을 켜고 유성그룹 앞에 차를 세웠다. 그는 핸들에 머리를 박았다. 미친놈이 소정과 같이 있다는 생각만으로 끔찍하다. 소정에게 무슨 짓을 할까 봐, 소정을 다치게 할까 봐, 그리고 그녀를 다시는 못 보게 될까 봐 불안하고 두렵고 미치겠다. 소정이 다친다면 날 용서하지 못할 거다. 그녀가 추락하는 걸 방관한 게 나라서 더더욱.

"강진영에 대해서 알아낸 건?"

-강진영의 메일 계정을 해킹해봤는데, 좀 이상해요.

다다닥. 키보드 두드리는 소리가 들려온다.

"알아낸 거 있으면 다 말해봐."

-자기가 강일건설 강한석 사장의 아들이라는 내용이 있는데요?

준희의 목소리가 흥분되었다.

"강일건설 사장 아들이라고? 강진영 그 자가?"

민견은 주먹을 쥐고 핸들을 쳤다. 어디까지가 진실인 걸까? 난 어디까지 속은 걸까?

"연인처럼 보였어."

-뭐가요?

"젠장. 당했다고."

휘이익 펑. 근처 추모공원은 폭죽 터지는 소리가 요란스럽다. 도대체 축제는 언제 끝나는 건지.

민성규는 자신의 서재, 침실, 심지어 욕실까지 CCTV가 설치되어 있자 기가 막혔다. 눈으로 보면서도 믿기지가 않았다.

"당신, 이게 다 뭐요. 규가 우리의 개인 사생활까지 엿보고 있었던 거요?"

"보안을 위해 설치한 거, 알고 계셨잖아요."

말도 안 되는 변명을 하는 유정혜를 보며 민성규는 화를 꾹꾹 눌렀다.

"침실과 화장실까지 설치하지 않았소. 변명을 하려면 제대로 하라고."

다른 모니터를 본 민성규는 더 어이가 없었다. 민 회장의 개인 계정의 메일과 그가 결재한 문서들이 화면에 열려 있었다.

"내 계정을 해킹한 거요? 감히 날 감시했다고?"

"다, 당신을 위해서."

"헛소리 마오."

민성규는 자신이 박규에게 일일이 감시를 당하고 있었다는 사실에 분노했다.

"내 머리 꼭대기에 앉아 회장 짓을 하고 있었다? 감히 날 밀어낼 생각을 했어."

"오해예요."

유정혜는 필사적으로 변명을 하며 덜덜거리는 손으로 마우스를 만졌다. 그러나 그녀가 화면을 닫으려 클릭을 할 때마다 다른 화면이 나타났다. 유성그룹의 보안카메라와 연결되어 있는지, 그룹 내 CCTV 영상이 화면에 계속해서 나타났다.

"이제 그만해. 그럼 이 사진들은 뭐라 변명할 생각이오!"

민성규가 벽면을 삿대질하며 묻자 유정혜의 눈에 눈물이 차올랐다.

"아무것도 아니에요. 당신은 나 믿죠?"

"이게 다 뭐냐고 묻잖아. 왜 견이 사진이 덕지덕지 붙어 있냐고?"

민성규의 시선 끝에는, 몇 년이나 모아서 붙여놓은 건지 모르겠지만, 최근 사진부터 상당히 어려 보이는 민견 사진까지 붙어 있었다. 민견의 기사들을 오려서 붙여놓고 그의 얼굴을 칼로 난자해놓거나 붉은 매직으로 저주의 글들을 써놓았다. 그것도 부족했는지 소정의 사진도 잔뜩 붙어 있다.

"몸이 약해서 일어나지 못하고 누워 있는 거라 말하지 않았소? 그런데 이건 미친놈이 하는 짓거리잖소? 이런 놈을 병원에 데리고 가지 못할망정 싸고돌았단 말이오?"

"오해예요. 여보, 내 말 좀 들어봐요."

"이 상황을 보고 믿으란 거요!"

민성규가 분을 이기지 못하고 고함을 질렀다. 눈물 바람을 하던 유정혜가 갑자기 고개를 쳐들었다. 언제 그랬냐는 듯 그녀는 눈물이 아니라 서늘한 눈빛을 하고 있었다.

"당신, 우리 규에게 관심이나 있었어요? 아프다고 손 한번 잡아준 적 있냐고요. 이 방도 당신 처음 들어오죠? 그런 당신이 절 비난할 자격이 있나요?"

"뭐라고?"

유정혜의 날 선 목소리에 민성규는 기가 막힌지 부르르 떨 뿐이다.

"쯧쯧쯧. 미친것을 데리고 살았구려. 민 회장 사람 보는 눈이 이래서야."

천광일은 못 볼 것을 보았다는 듯 고개를 저으며 몸을 돌렸다.

"천광일이 날 못마땅해하는 거 몰라요? 다 날 음해하려는 거예요. 속으면 안 된다고요. 오늘 약혼식을 망친 것도 다 민견과 천광일이 짜고 우릴 물 먹인 거라고요. 당신 속지 말아요."

"이 손 놔."

잘못했다 빌어도 부족할 판에 날 선 표정으로 대들고 있다. 민성규는 그녀의 얼굴을 쳐다보는 것도 역겨운지 몸을 돌렸다. 유정혜가 다급히 그의 바짓가랑이를 잡자 민성규는 거칠게 뿌리쳤다. 그 상황을 보며 천광일이 울리는 휴대폰을 받았다.

-어르신, 제가 긴급회의가 있어서 전화를 못 받았습니다. 어쩐 일로 전화를 주셨습니까?

천광일이 전화를 받자 중년 남자의 다급한 말소리가 들려왔다.

"김 총장님 용무가 바쁘신 걸 제가 왜 모르겠습니까."

-아닙니다, 어르신. 그리고 말씀 놓으십시오.

"제가 사적으로 부탁드릴 게 있어 전화 드렸는데, 검찰 총장님께 말을 놓을 수야 없지요."

-그렇게 말씀하시면 서운합니다. 어르신 부탁인데, 당연히 들어드려야죠.

"아무래도 내 예비 손주며느리가 납치를 당한 거 같습니다. 이번 일 도와주시면 내 섭섭지 않게 사례하겠습니다."

천광일의 눈빛이 날카로워졌다.

윤 비서로부터 민견도 모르는 수상한 약혼식이 민성규의 자택에서 진행된다기에, 꺼림한 마음으로 발걸음을 했다. 불미스러운 일이 생기면 민견을 보호할 요량으로 경호원들도 대동했다. 그런

344

데 민견의 충격적인 발표가 있었고, 잠깐 소란스러웠다. 소정의 신변까지는 신경 쓰지 못한 그 짧은 시간에, 보란 듯이 그녀를 납치해갔다. 감히 내 눈앞에서 날 조롱하듯 벌인 행동에 대해서 반드시 대가를 치르게 할 것이다. 예비 손자며느리와 증손이 털끝만큼이라도 해를 입는다면 내 모든 걸 걸고 부서줄 것이야.

아파…….

머리가 깨질 듯이 아팠고 코끝에는 눅눅한 곰팡내가 풍겨온다. 소정은 무거운 눈꺼풀을 간신히 떴다. 그녀는 몸을 움직이려 했지만 팔은 뒤로 꺾여 묶여 있고 발목도 마찬가지였다.

어떻게 된 거지?

마지막 기억은 핸들을 잡아당겨 자동차가 나무에 들이박는 장면이었다. 그녀는 뭔가에 머리를 부딪쳤고 의식을 잃었다.

그녀는 헐떡거리며 고개를 들었다. 익숙한 장소. 4년 전 그녀가 악마에게 묻지 마 폭행을 당했던 곳이다. 그날처럼 그녀는 맨바닥에 쓰러져 있다. 그녀가 기절하자 이곳으로 끌고 온 걸까? 저 멀리 조명이 비치지 않는 구석에서 두 겹 세 겹 흐릿하게 형상들이 보인다. 말소리가 들려왔다.

"가, 가, 강진영이 조온나 빡시게 이, 일한다를 주, 주, 줄이면 뭔지 알아?"

"……."

"강, 일……. 흐흐, 푸하하."

어눌한 말투 소름 끼치는 웃음소리. 솜사탕이다.

"그, 그, 그, 럼, 강진영이 무지 빡시게 일했는데 그 결과는?"

"……."

"강일이…… 무너졌다. 흐흐흐."

"많은 분들이 돌아가신 사고입니다. 그런 농담은 고인에 대한 예의가 아니라고 봅니다."

찬물을 끼얹은 듯한 고요한 공간 속에서 검은 그림자와 강진영의 대화가 들려왔다. 소정은 침을 꿀꺽 삼켰다.

강일쇼핑센터 붕괴사고. 대한민국 역사상 가장 큰 인재 중 하나다. 부실공사가 낳은 참극을 가지고 말장난을 하는 박규다. 소정은 정신을 차리려 했지만 몸이 움직여지지 않았다. 자신의 인생을 망친 놈이 바로 앞에 있는데 아무것도 못하고 있다.

"뭐, 뭐, 뭐라, 이 시끼야. 아버지가 너, 널 인정한다고 네가 박규가 되, 되는 건 아냐."

"이제 그만하십시오."

"어, 어디서 꼬박꼬박 마, 말대답이야. 부, 불이나 붙여."

달칵, 지퍼라이터의 뚜껑 열리는 소리가 들린다. 강진영은 박규에게 담뱃불을 붙여주었다. 라이터의 불빛에 박규의 얼굴 윤곽이 드러났다. 소정의 온몸에 서늘한 기운이 스쳐 지나갔다. 교통사고의 충격으로 헛것이 보이는 걸까?

"헉."

소정은 자신도 모르게 신음소리를 입 밖으로 내고 말았다.

"깨, 깬, 거 ……같은데."

박규의 말소리가 늘어난 테이프처럼 길게 늘어지고 있다.

"확인해보겠습니다."

저벅저벅 발걸음소리와 함께 강진영의 모습이 시야에 들어왔다. 강진영이 소정의 코앞까지 바싹 다가왔다.

"소정아, 정신 들어?"

"저리 가!"

강진영이 소정의 어깨를 잡자 그녀는 화들짝 놀라 갈라지고 메마른 비명을 지르고 말았다. 그녀는 겁에 질려 몸을 애벌레처럼 움츠리며 가쁜 숨을 내쉬고 있다.

"기억나? 4년 전 그곳이야."

그는 소정의 얼굴을 억지로 들어 올렸다. 보고 싶지 않았던, 기억에서조차 지우고 싶었던 공간. 4년 전과 변한 게 하나도 없었다. 스토커 솜사탕에게 납치되었던 그곳이다. 4년 동안 찾으려 해도 어딘지 알 수 없었던 공간. 긴 테이블, 의자, 벽면에 가득한 나비 표본 액자. 바닥에는 표본을 만들고 있었는지 이름 모를 약품들과 스티로폼, 그리고 빈 병들 안 축 쳐진 나비들이 보였다.

"강진영, 여길 알고 있었어? 그런데 왜 모른다고 했지?"

숨이 차서 간신히 말을 이었다.

"너야말로 정말 기억에 없었던 걸까? 잊고 싶어서 피한 건 아니고? 네가 마음만 있었다면 어딘지 금방 알아챘을 텐데."

"내가 어떻게?"

솜사탕에게 납치되어 무차별 폭행을 당했다. 그리고 NB엔터테인먼트 건물 앞에 버려졌다. 그녀를 처음 발견한 사람은 강진영이었다. 그는 자신의 겉옷으로 그녀를 가린 뒤 병원으로 데리고 갔다.

"4년 전 NB엔터테인먼트에 날 버린 게 당신이었지?"

날 지켜준다면서, 악마에게서 도망가라던 그의 말들은 다 가식이고 거짓이었다. 소정은 섬뜩함으로 온몸에 소름이 돋았다.

"그의 눈에 띄지 않게 도망가라고 했잖아. 내가 경고했었는데 무시한 건 너야. 옛날에도 지금도, 난 변함없이 네 편이야. 여기서 널 구해줄 수 있는 것도 나뿐이야."

딱딱하게 굳은 표정. 그의 손이 소정의 볼을 쓸어내리고 있다. 한때는 강진영의 손길에 위로를 받을 때가 있었다. 하지만 지금은 온몸의 털들이 쭈뼛 서며 소름이 돋을 뿐이다. 그녀의 반응을 눈치챘는지 그는 씁쓸한 표정을 지었다.

"박 팀장님. 이소정이 깼습니다."

"제발 그만해!"

소정은 혼란스러웠다. 보고 있지만 믿을 수 없는 장면에 고개만 내젖고 온몸을 비틀었다. 간신히 몸을 일으켜 앉았다. 시멘트바닥의 거친 촉감을 느끼며 몸을 뒤로 조금씩 움직였다.

"소정아, 이제 속이 후련하지? 악마의 정체를 알게 돼서. 네 짐작대로 솜사탕은 박규였어."

하얗게 분칠한 얼굴. 시커멓게 칠한 눈두덩이는 초점 없이 소정을 향해 있고, 시뻘건 입술은 귀밑까지 둥글게 말린 미소를 짓고 있는 피에로. 틀림없는 악마 솜사탕이다. 그런데…….

"진실이란 게……."

소정은 소스라치게 놀란 표정으로 강진영과 솜사탕을 번갈아 보았다.

'모든 건 비, 비밀인데…… 진실을 아, 알게 되면 시시해져버려. 그, 그래도, 아, 알고 싶어?'

진실의 상자가 열렸다. 악마가 말했던 진실을 알게 되자 소정은 온몸이 갈기갈기 찢기는 것처럼 고통스러웠다. 이제야 모든 퍼즐이 맞혀졌다. 4년 전 사건들의.

"강진영, 네가……."

강진영이 일어나 솜사탕에게 걸어갔다. 뚜벅뚜벅. 솜사탕 박규 앞에까지 걸어간 진영이 걸음을 멈추었다.

"꼭 이렇게 해야만 합니까? 이소정은 이미 모든 걸 잃었습니다."

"나, 나락에서 다시 돌아왔잖아. 감히 미, 민견을 등에 업고 나에게 도전했어. 저, 절대 용서 못해."

강진영은 박규의 발아래 무릎을 꿇었다. 울먹이며 그는 절규했다.

"소정이는 제가 데리고 멀리 떠나겠습니다."

"강진영 네, 네, 네가 없으면 내, 내가 못 살아."

"김진희가 있지 않습니까? 김진희로 만족하지 못합니까?"

강진영은 바닥에 이마를 박았다.

"나비는 내, 내가 만들었어. 나비를 키운 건 나라고. 크루즈에서 나, 나비는 민견이 아니라 나와 세, 섹스를 했어야 했어. 민견은 김진희를 가, 가져야 했고. 그렇게 만들 수 있다고 크, 큰소리친 건 너, 너였다고."

"그 대신 김진희를 가졌잖습니까."

"난 나, 나비를 워, 원했다고."

4년 전 사건은 전부 강진영이 꾸민 일이었다. 소정은 한치 앞도 보지 못하는 눈뜬장님에, 바로 옆의 소리조차 듣지 못하는 귀머거리였다. 조금만 주의 깊었다면 알아챌 수 있었을까? 대체 난 뭘 놓친 걸까?

전국 콘서트의 마지막 도시, 부산 콘서트가 끝나고 온몸이 파김치처럼 축 쳐졌다. 콘서트만 끝나면 모든 스케줄이 끝이라 생각했는데 일본과 중국에서 예상 밖으로 많은 팬들이 왔다. 미처 콘서트 표를 구하지 못한 그들을 위해 팬미팅이 급하게 잡혔다. 소정은 쉬고 싶었다.

'나비. 오늘 한 끼도 못 먹었지. 이거 샌드위치하고 커피야.'

매니저 강진영이 간식거리를 내밀었다. 소정은 눈이 뻑뻑해 계속 껌벅거렸다.

'먹는 것보다 자고 싶어.'

'한 시간 정도 여유가 있으니 잠깐 자.'

소정은 일어서다 어지럼증을 느꼈다. 휘청거리는 소정을 강진영이 부축해 소파로 데리고 갔다.

'내가 이따가 깨울 테니 푹 자.'

'응. 고마워.'

강진영은 소파에 길게 뻗어 누운 소정에게 담요를 덮어주고 밖으로 나갔다. 소정은 잠을 청하기 위해 몸을 뒤척이다 테이블 위에 놓여 있는 강진영의 가방이 눈에 띄었다. 살짝 열린 틈 사이로 빳빳한 종이가 보였다. 소정은 호기심에 종이를 꺼내 보았다.

<부산 앞바다 1박2일 크루즈 숙박권>

그런데 가방을 내 앞에 둔 것도. 지퍼를 다 채우지 않고 표를 보이게 만든 것도 이 모든 게 계산된 행동이었다. 난 함정에 빠진 거였다. 미쳤어. 미쳤다고. 헌터, 나 좀 구해줘. 여기서 나를 데리고 나가줘. 소정은 고함을 지르며 몸부림을 쳤다. 먼저 알았더라면 아

빠도 그리 허망하게 보내지 않았을 텐데.

믿을 수 없다. 이건 꿈이야. 심장이 조이고 숨이 가빠진다.

휘이익, 펑, 펑. 불꽃은 멈추지 않고 있다. 민견은 차에서 나왔다. 저녁하늘은 형형색색 불꽃으로 물들어가고 있지만 그의 마음은 지옥이다. 강진영이 소정을 어디로 데리고 갔는지 감이 오지 않는다. 마지막 흔적은 이 근처인데, 지금 이곳은 축제의 현장이다.

강일추모공원에서는 며칠째 이어지는 축제의 하이라이트로 역대 최고의 불꽃놀이가 벌어지고 있다. 화려한 불꽃을 보기 위해 많은 인파가 모였다. 민견은 사람들과 부딪치면서도 소정을 찾아다녔다. 이런 곳에 있을 리가 없고 이게 미친 짓인지 알지만, 가만히 있으면 미칠 것 같았다.

4년 전 크루즈에서도 하늘이 불꽃으로 물들었었다. 나비 문신에 속이 뒤집혀 밖으로 나왔었고, 멈추지 않는 불꽃놀이에 욕을 했었지. 커다란 카트를 밀고 가던 피에로가 내게 손을 흔들었었다. 그 카트 안에는 나비 풍선들이 잔뜩 실려져 있었고. 배 안에 어울리지 않는, 나비와 함께여서 기억에 남아 있는 마트용 카트.

"카트가 왜 여기에?"

민견은 쓰레기가 잔뜩 쌓여 있는 휴지통 옆에 버려진 카트로 다가갔다. 낡고 녹이 슬어 있는 카트는 세월이 그대로 묻어나 보였다.

"강일쇼핑센터?"

강일쇼핑센터 카트가 여기 왜.

'강진영이 강일건설 강한석 사장의 아들이라는……'

"그렇다면. 소정이 여기 어딘가에 있다는 건가?"

민견은 북적이는 인파를 보며 숨을 가쁘게 쉬었다. 그렇다면 추모관인가. 민견은 우뚝 서 있는 추모관을 보며 몸을 돌렸다. 사람들을 헤치며 추모관으로 뛰었다. 지잉, 휴대폰이 울린다.

-형님, 강진영이 썼던 계정이 박규 거였어요. 강진영은 그저 그 계정에 설정된 프로필 별명일 뿐이에요. 형님! 듣고 있어요?

민견은 불길함에 휩싸였다. 아니길 바라지만 불길한 예감은 항상 맞는 편이다. 민견은 사람들을 밀치고 뛰었다. 그에게 밀쳐진 사람들이 욕설을 내뱉고 손가락질을 했지만 눈에 보이지 않았다. 일분일초가 급했다.

4년 전 민견은 협박 메일과 동영상을 보낸 여자를 쫓고 있었다. 돈을 요구한 목적과 가짜 동영상을 만든 이유를 들어야 했다. 거의 찾았다 싶었는데 어느 날 박규가 찾아왔다. 삐쩍 마른 몸. 긴 머리와 두꺼운 분장으로 얼굴을 가린 채 어둠을 틈타 민견을 찾아왔었다. 그의 양팔에는 나비 문신이 더 늘어 있었다. 민견이 나비를 극도로 싫어하는 걸 눈치챈 박규가 민견을 괴롭히기 위해 새기기 시작한 문신이었다.

나비를 보자 민견은 구역질이 났다. 박규의 몸에 새겨진 문신은 그에게는 민견을 공격하는 무기이자, 민견을 막아내는 방패이기도 했다.

그 가짜 동영상은 그저 자신을 괴롭히기 위한 함정이라고만 생각했다. 폭행을 당해 얼굴이 부은 여성도 동영상 속의 여성이라고 생각했지 설마 나비라고는 생각 못했다. 잠시 비를 피하고 온 뒤 복수를 하면 된다고만 생각했지 나비를 향한 박규의 집착과 광기는 짐작도 하지 못했었다.

"가까이 두고도 알지 못했다."

이 모든 게 내 탓이다. 무지한 내 탓. 민견은 보고 싶은 것만 보고, 믿고 싶은 대로 생각하는 우매한 대중들과 다를 바가 없었다. 그 지레짐작이라는 게 한 사람을 죽일 수도 있다는 걸 그 당시에는 왜 생각하지 못했을까?

그중 가장 큰 우매함은.

"강진영, 왜 너를 의심하지 않았을까?"

민견이 유성에서 강진영을 처음 만났을 때 낯이 익었었다. 하지만 강진영이 소정에게 다정하게 굴어 그저 그를 소정의 전 남자친구로만 생각했던 게 큰 실수였다. 민견은 주먹을 움켜쥐며 추모관 안으로 뛰어 들어갔다. 그의 구둣발 소리가 쿵쿵거리며 음산하게 울려 퍼진다. 어디에 있을까? 그놈이 널 이 넓은 곳 어디에 숨겼을까?

"박규를 아는 유일한 사람이 강진영 너였는데. 내 눈앞에서 알짱거리는 널 보면서도 알아채지 못했어."

민견이 기억하는 박규. 비쩍 꼴은 해골같이 마른 체형을 가졌다. 햇빛을 보지 못해 창백한 피부를 가졌고, 덥수룩한 머리와 두꺼운 분장으로 얼굴을 가리고 다니던 음침한 놈.

-형. 절대 혼자 행동하면 안 돼요. 지금 신고했으니 경찰이 오기 전까지 기다려요. 형, 듣고 있어요?

준희의 말이 들리지 않는다. 오직 소정이 무사하길 바랄 뿐. 박규는 그가 생각한 단순한 미친놈을 넘어 무슨 짓을 할지 모르는 사이코였다.

"준희야, 뒷일을 부탁한다."

-형, 위험해요. 조금만 기다려요. 경찰이 갈 때까지 단독으로 행동하지 마세요.

준희의 다급한 목소리도 들리지 않는다. 지금은 누굴 기다릴 시간의 여유가 없다. 예전 소정의 상태가 어땠는지 넌 모를 것이다. 맞아서 퉁퉁 부은 사진이 떠올랐다. 그놈은 미친놈이야. 지금 소정이 어떤 고통을 당하고 있을지. 소정아, 소정아.

펑펑, 불꽃이 터질 때마다 추모관 안이 음침한 색으로 물들어간다.

"제발 멈추라고."

천장 끝 조그마한 창문 사이로 오색찬란한 빛들이 흘러 들어온다. 펑펑, 폭죽이 터지는 소리. 4년 전과 마찬가지다. 소정은 보면서도 믿기지 않았다. 강진영이 멈춰 선 곳에는 피에로 의상을 입은 마네킹이 앉아 있을 뿐이다. 박규는 없었다. 아니 강진영으로 변한 박규가, 박규가 돼버린 피에로 마네킹을 붙잡고 절규를 하고 있었다.

"이중인격."

소정은 혼이 나간 채 중얼거렸다. 강진영과 박규가 동일인물이란 걸 소정은 보면서도 믿을 수가 없었다.

왜 몰랐을까? 2년간의 매니저 업무. 그의 친절한 말투와 지적인 언변에 속아 그가 그녀를 괴롭히던 스토커 솜사탕일 거라고는 티끌만큼도 의심하지 못했다. 시간이 지나 유성그룹에서 마주쳤을 때도 마찬가지다. 강일쇼핑센터 사장 아들이라 말하는 그를 의심하지 못했다.

박규의 오랜 출장, 박규의 집무실에 있었던 강진영. 그리고 4년 전 강진영의 가방에서 나온 크루즈 티켓과 솜사탕에게 납치된 사건. 그는 늘 악마 박규와 연결되어 있었지만, 단 한 번도 한 공간에 있었던 적이 없었다.

"믿을 수 없어. 말이 안 돼."

악마를 앞에 두고 못 알아봤다. 소정은 마른침을 삼키며 숨을 헐떡였다. 하늘이 굉음을 내고, 창문 사이로 음침한 빛이 쏟아진다. 유리창이 덜덜거리며 흔들린다.

탕! 그때 나무 문이 부서져라 큰 소리를 내며 열렸다. 소정이 고개를 돌렸다. 그리운 얼굴이다. 숨이 턱까지 차오르고 심장은 터질 것 같다.

"실장님."

번쩍, 휘이잉, 쾅. 하늘에서 불꽃들이 내는 굉음에 모든 소리가 빨려 들어갔다. 어두운 창고 안은 창밖에서 들어오는 빛에 의해서만 그 안의 형상이 가늠될 뿐이었다. 민견은 인상을 찌푸렸다. 바닥에 애벌레처럼 웅크려 있는 형상 하나, 그리고 빛이 잘 들지 않는 구석에는 시커먼 형상 둘이 더 있었다. 번쩍, 빛이 비추자 민견은 바닥에 있는 게 소정인 걸 알았다.

소정을 보자 안도감이 밀려옴과 동시에 분노가 치밀어 올랐다. 그녀의 이마에 붙어 있는 피딱지를 보았기 때문이다.

"누구야!"

마네킹 앞에서 무릎을 꿇고 있던 강진영이 인상을 찌푸리며 소리를 질렀다.

"민견? 넌 이곳을 무서워하지 않았던가? 여기 온 날이면 늘 고열에 시달렸잖아."

강진영이 비웃으며 자리에서 일어났다.

"넌 누구지?"

박규인 건가, 말을 더듬지 않는 걸 보니 강진영인 건가? 민견은 그가 지금 어떤 존재인지 알아내려 했다. 그래야 그의 행동을 짐작하고 대응할 수 있기에. 민견은 강진영에게 시선을 떼지 않으며 소정에게 조심히 다가갔다.

"멈춰. 한 발자국이라도 더 움직이면 이소정이 다쳐."

민견이 소정에게 다가가려 하자 강진영이 소리를 질렀다. 그의 말에 민견은 걸음을 멈췄다. 강진영의 협박에 의해서가 아니라 벽에 가득한 나비 표본들 때문이었다. 징그러운 나비의 시체들이 가득하다. 숨이 막혀왔다.

"아, 넌 나비가 무섭지. 어쩌나, 괴물 같은 나비들 때문에 이소정에게 다가가지도 못하겠네."

민견의 안색이 창백해지자 강진영이 비웃었다. 그리고 소정에게 천천히 걸어갔다. 몸을 숙여 그녀의 이마에 난 상처를 어루만졌다.

"그 손 떼!"

강진영이 소정의 몸에 손을 대자 민견은 피가 거꾸로 솟았다.

"오다가 사고가 나서 좀 다쳤어. 다 너 때문이야. 네가 소정이를 박규에게 데리고 오지 않았다면 이런 일도 없었어. 4년 전이나 지금이나 너희들은 참 변함이 없어."

지금은 강진영의 인격이다. 민견은 서늘히 그를 쳐다보았다. 강진영이라면 대처할 방법은 있다.

"여자들은 다 똑같아. 하나같이 다 돈 앞에서 무너지지."

누구에게 말하는지 모르겠지만 강진영이 중얼거렸다.

"민견, 박규. 부모 잘 만난 덕에 능력도 없는 것들이 중역 자리를 차지했지. 난 아무리 좋은 대학을 나왔어도 연좌제에 묶여 취직을 못했는데."

고해성사를 하듯 강진영은 말을 내뱉었다.

"강일쇼핑센터가 무너진 건 우리 아버지 탓이 아니야. 그 건물을 우리 아버지가 직접 지은 것도 아닌데 왜 아버지 탓으로 다 돌리지? 뇌물 먹은 놈들, 감독을 소홀히 한 놈들, 자재 빼돌린 놈들. 지들이 다 해 처먹고 탈이 나니까 우리 아버지에게 돌린 거라고."

박규의 강진영이란 자아는 모든 게 완벽하지만 아픈 가정사 때문에 성공하지 못하는 존재였다. 한 번의 사고로 모든 것을 잃어버린 강일건설의 아들.

"결국 자기 합리화인가? 자신은 똑똑한데 사회가 받아주지 않는다? 박규가 만든 인격답네."

"무슨 소리지?"

"항상 남 탓만 하지. 자신은 잘났는데 집안이 안 받쳐줘? 너는 잘못한 게 하나도 없는데 다른 놈들이 자기 탓으로 돌리는 거다? 기왕 만들 거면 완벽하게 좀 만들지, 만든 인격도 모자라."

"민견."

강진영이 민견을 보며 부르르 떨었다. 성공이다. 이 모든 원인은 민견인 거다. 유정혜가 너와 비교한 상대는 언제나 민견이었을 테니. 이 모든 화를 나에게 돌려.

소정의 상태를 보니 분노가 치밀어 참을 수가 없었다. 하지만 여기서 소정을 무사히 데리고 나가려면 감정보다 이성이 앞서야 한다. 상대방은 미친놈이다. 일단 소정의 안전을 확보한 뒤 상대하자. 소정을 피신시키고 경찰이 올 때까지만 시간을 끌면 된다.

"실장……."

소정이 입을 열려 하자 민견이 눈에 힘을 주며 고개를 저었다. 아무 소리 말라는 뜻을 알아챈 소정은 입을 다물었다.

그녀의 눈빛에는 부디 조심하라는, 걱정의 메시지가 담겨 있다.

'나비. 다치지 않아.'

민견은 소정을 바라보며 미소를 지었다. 자신을 믿으라고 입 밖에 내지는 않았지만 눈빛으로 전했다. 소정이 숨을 죽이고 고개를 끄덕였다.

민견이 박규 쪽으로 걸어갔다. 소정 옆에 있던 강진영이 허리를 펴고 일어섰다. 민견이 멈추지 않고 박규에게 다가가자 강진영은 험악하게 인상을 쓰며 발걸음이 그를 향했다. 소정은 그제야 숨이 쉬어졌다.

"이렇게 유성의 후계자들이 다 모인 건가? 버러지 같은 것들. 너희 유성만 없었으면 우리 집은 그렇게 되지 않았어. 한 번만 기회를 달라고 사정하는 아버지를 매몰차게 버린 게 천광일이었지."

그 사고로 외동딸을 잃은 천광일이 강한석을 용서 못하는 건 당연한 거였다. 하지만 강일건설이 무너진 결정적인 이유는 사고 합의금 때문이었다. 강일의 모든 재산을 처분해도 합의금이 모자라 서울시가 상당 부분 충당한 걸로 알고 있다.

"아버지를 구속하고 재산을 몰수한 것도 모자라, 많은 사람들의 손가락질을 받아 결국 폐인이 되었지. 왜 우리에게만 잔혹한 잣대를 들이밀지? 죄는 너희들이 더 저지르잖아?"

강진영의 눈빛은 흐릿했다. 그는 제정신이 아니다.

"수많은 인명사고를 냈는데 강일이 책임을 지는 건 당연한 거야. 하지만 그게 너와 무슨 상관이지? 생판 남인 주제에 강일건설에 대해 떠들어대니 우습군."

"뭐?"

강진영의 눈빛이 흔들렸다. 민견은 강진영을 자극했다. 넌 가짜라는 걸 인식시켜 혼란스럽게 해야 한다. 박규가 현실도피를 위해 만든 강진영의 존재 자체를 흔들어서 스스로 무너지게 만들어야 한다.

"이 세상에 강진영은 없어."

민견은 강진영의 감정적인 약점을 순간적으로 포착했다.

"무슨 소리를 하고 싶은 거야?"

강진영은 광기 어린 눈을 번득이며 민견에게 적개심을 드러냈다. 조금만 더 자극하면 박규로 돌아올 수 있다.

"네가 강진영이 아닌 이유는 간단해. 강한석 대표에게는 아들이 없었어."

민견은 자신의 감정을 최대한 감추려 했지만 탐탁지 않은 표정은 숨길 수가 없었다.

"거짓말."

"내가 그 사건의 피해자인데 강일에 대해서 모를까? 강일에 대해선 그 누구보다 잘 알지. 강한석의 사돈의 팔촌까지도. 본부인 사이에서 딸만 셋이었지. 숨겨놓은 아들이 있었다면 모를까, 그에겐 아들이 없어."

논리적으로 차근차근 내뱉었다.

"너는 내 존재 자체를 부정하는구나."

"강한석이 우리 조부와 나이가 같다는 건 알고 있나? 그렇다면 유정혜가 유부남 노인네와 바람이 났다는 건데. 유정혜 여사 대단한데? 첫사랑은 유성의 후계자, 결혼은 치과의사였나? 그리고 애인은 강일건설 사장이라니. 네 진짜 아버지는 누구야?"

민견은 강진영의 혼란스러운 눈빛을 보았다. 강진영이 바닥에 철썩 주저앉았다. 두 손으로 머리를 꼭 쥐며 흔들었다.

"모두 다 우리 집안을 부정하는 것처럼. 내, 내, 내 존재를 다 부정해. 왜 나, 나를 싫어하는 거지? 나, 나, 나는 피, 피해자야."

강진영은 불안감과 초조함에 말을 더듬기 시작했다. 소정이 꿈에서도 잊지 못했던 악마의 목소리. 이 모든 게 박규가 만들어낸 허상이었다니. 강진영은 박규가 만들어낸 또 하나의 인격이었을 뿐이다.

그동안 소정에게 했던 다정한 말들과 친절한 행동이 다 박규의 연기였다. 그렇게나 아픈 시간을 보냈는데. 누구에게 복수를 다짐한 것인지. 바로 앞에 두고, 바로 옆에서 모든 것을 지켜본 강진영, 아니 박규를 보며 아무것도 몰랐다는 것에 자괴감이 들었다.

"그렇게 억울하다면 밝은 곳에 나와서 지껄여봐. 어둠 속에 숨어 미친 짓 하지 말고."

민견은 위가 뒤집히는 거 같다. 과거를 회상하는 건 민견에게 힘든 일이다. 강일쇼핑센터가 무너지고, 어머니가 민견을 감싸 안으며 크게 다치고, 그리고……. 민견은 이를 악물었다. 견뎌야 해.

"강일이 무너져 내 삶도 무너졌는데 내 아픔은 아무도 몰라. 오히려 날 죄인 취급하지."

"……너, 너, 너 죄, 죄인 맞아. 강일의 아, 아들인 주제에 어, 어디서 밝은 빛을 보려 해."

강진영이 바닥에 무릎을 꿇고 중얼거린다. 그의 눈은 공허했고 입술 언저리의 근육이 계속 파르르 떨리고 있다.

"박규, 어둠 속에 숨어 있는 겁쟁이 주제에 날 비난해?"

"……죄인 아들 주, 주, 주제에 날 비난해? 너, 너, 넌 버러지야. 세균덩어리라고."

강진영과 박규의 두 인격이 충돌했다. 그는 멍한 시선을 하고 무릎으로 그 자리에서 뱅글뱅글 돌고 있다. 그 모습에 민견은 숨을 길게 내뱉었다.

"지금이야."

민견은 재빨리 마네킹을 들어 강진영에게 크게 휘둘렀다. 횡 소리를 낸 마네킹이 강진영의 등짝을 후려쳤고 불시에 공격을 당한 그는 휘청거렸다. 민견은 그 틈을 놓치지 않고 정확하게 그 얼굴에 주먹을 꽂았다. 강진영의 고개가 젖혀지면서 바닥에 벌렁 엎어졌다.

"퉤."

목을 만지며 고개를 돌린 그가 피가 섞인 침을 바닥에 뱉었다. 그는 피가 배어 나는 입술 언저리를 소매로 쓰윽 문지르며 나지막하게 욕설을 내뱉었다.

"시팔, 뒤통수치는 건 박규나 너나 똑같아."

최종으로 남은 건 강진영이다. 민견은 강진영의 멱살을 잡아 일으켜 세웠다.

"컥컥, 샌님 주먹이 꽤 센데. 끌끌."

"미친놈. 강진영으로 살든 박규로 살든 내 알 바 아니야. 하지만 내 여자가 된 이소정을 다시 건드린 건 네 실수야."

이를 악물고 살의 가득한 민견의 눈을 본 강진영은 끌끌거리며 웃었다.

"민견, 이런다고 달라질 건 없어. 퉤."

강진영은 피가 섞인 이물질을 민견의 얼굴을 향해 뱉었다. 민견은 멱살을 잡고 있던 그의 얼굴에 다시 주먹을 날렸다. 둔탁한 소리가 울렸다. 강진영이 바닥에 쓰러지자 민견은 발길질을 했다. 강진영은 두 팔로 머리를 감싸 안으며 끌끌거렸다.

"너도 똑같아. 이소정을 구타한 박규와 다를 바 없어. 너도 악마야."

"미친놈. 입 닥쳐!"

엎드려 있는 그의 복부를 강하게 걷어찼다. 강진영은 쿨럭거리며 피를 내뱉으며 부르르 떨었다. 강진영이 잠잠해지자 민견은 소정에게 다가갔다. 민견은 그녀를 묶은 테이프를 끊어내기 시작했다.

"시, 실장님! 강진영이 눈을 떴어요."

소정은 다급한 음성을 냈다. 시뻘겋게 충혈된 눈으로 자신을 바라보는 악마의 눈을 보자 온몸에 소름이 돋았다. 박규인 걸까? 이 상황에서도 웃고 있다. 끌끌거릴 때마다 입안에서 핏물이 배어 나온다.

"소정아 넌 알지? 너도 힘들게 살아왔잖아. 말도 안 되는 음해로 마녀사냥당하고 화형당하는 기분, 너라면 날 이해할 수 있지 않아?"

"소, 소, 소정이는 내꺼야."

"아니, 소정은 내 꺼야. 소정의 몸에 표시까지 해뒀거든."

바닥에 널브러져 있는 강진영이 피에로 마네킹을 쳐다보며 기분 나쁜 웃음소리를 내고 있다.

"믿을 수가 없어요."

소정의 음성이 덜덜 떨렸다.

강진영이 비척비척 일어나 피에로 마네킹으로 다가갔다. 마네킹 앞에 선 강진영이 주머니에서 담배를 꺼내 물었다. 라이터 불이 켜지자 피로 엉망이 된 그의 얼굴이 더 붉게 빛났다.

"콜록, 콜록. 컥컥. 퉤. 젠장."

담배를 깊이 빨아 마신던 강진영은 일그러진 얼굴로 거친 기침을 토했다. 붉은 빛을 내는 담배를 바닥에 내팽개치며 강진영이 번뜩이는 눈으로 중얼거렸다.

"나는 병균이 아니야. 사라져야 할 세균덩어리는 박규 너라고."

강진영이 마네킹을 머리 위로 들어 올리더니 바닥에 힘껏 내동댕이쳤다. 또 발로 차고 다시 주먹으로 내리쳤다. 강진영이 잭나이프를 꺼내 들었다. 주저하지 않고 피에로 마네킹의 배에 칼을 찔렀다. 한 번, 두 번, 세 번……. 반복적으로 찌르며 시니컬하게 웃었다. '흐흐흐흐흐' 울리듯 공명하듯 섬뜩한 웃음소리가 들려온다.

"실장님, 강진영이."

"보지 마."

그가 소정을 자신에게 파묻었다. 소정은 새어 나오는 비명을 삼키며 겁에 질린 표정으로 민견을 바라보았다. 민견은 걱정하지 말라고 다 잘될 거라고, 그녀를 다독였다.

"소정아, 날 꽉 잡아."

민견은 소정을 안았다. 다다닥, 사람들의 발소리가 들려온다.

"실장님!"

다급하게 서너 명의 사람들이 몰려 들어온다. 블랙 슈트를 입은 이들을 보니 경찰들보다 경호원들이 먼저 도착한 거 같다.

"실장님, 불이요."

강진영이 내던진 담배가 나비 표본을 만들던 재료 위에 떨어졌는지 불꽃이 튀었다. 처음에는 단순히 밖에서 나는 불꽃이라 착각했지만 매캐한 연기가 피어올랐다.

"실장님, 어서 나가세요. 여긴 저희가 알아서 하겠습니다."

따르릉. 소화전의 경고 신호가 울려 퍼진다. 강진영이 불길이 치솟는 나비 표본을 향해 돌진했다.

"안 돼. 내 보물들."

그는 불타고 있는 표본을 껴안았다. 경호원들은 소화기를 들고 강진영을 향해 쏘아댔다.

"실장님, 어서 피하세요. 박규는 저희가 경찰에 넘기겠습니다."

"뒤를 부탁합니다."

민견은 소정을 안고 문지방을 넘었다. 민견의 뒤로 경호원이 일부 따라붙었다.

민견은 소정을 조수석에 태우고 안전벨트를 매어주었다. 소정을 차에 태우고 나서야 긴장이 풀렸다. 여기까지 어떻게 왔는지 모르겠다.

"실장님, 괜찮으세요?"

"이소정, 지금 그 질문 내가 해야 되는 거 알아? 너 죽을 뻔했다고."

민견은 나직이 한숨을 쉬며 핸들에 손을 얹고 소정을 바라보았다. 하얗게 질린 얼굴이지만 무사한 걸 보니 숨이 쉬어진다. 민견은 겁이 났었다. 4년 전처럼 피투성이로 망가졌을까 봐. 이번에는 그마저도 타이밍을 놓쳐 잘못될까 봐. 마음이 조마조마했고 미치는 줄 알았다.

"저 괜찮아요. 정말로."

"뭐가 괜찮아? 본가에 데려가기 전에 말했어야지. 박규에게 어떤 일을 당했는지 미리 알았더라면 그 집에 널 데려가지 않았을 거라고."

민견이 핸들을 손으로 쳤다. 고양이에게 생선을 갖다 바친 꼴이 되었다. 내 목숨과도 같은 여자를 사지로 몰아넣었다.

"아무것도 모르고 내가 널 그 사이코 새끼에게 데리고 갔다고."

민견의 흔들리는 눈빛에 소정은 가슴이 아팠다. 이제 그도 다 알고 있구나.

"헌터 당신이 왔잖아요. 괜찮아요."

소정이 몸을 반쯤 일으켜 민견에게 가까이 다가갔다. 그의 얼굴을 매만졌다. 눈썹과 콧등을 쓸고 내려와 입술까지 대담하게 훑었다. 살짝 벌어진 그의 입술을 보자 대담하게 손가락으로 꼭 눌렀다. 뜨거운 숨결이 새어 나왔다.

"살아 있잖아요. 이렇게 같이 숨 쉬고 마주 보고 있잖아요. 정말 괜찮아요."

그녀가 미소를 지었다. 억지로 웃고 있다는 걸 안다. 한 번도 아니고 또다시 겪는 공포가 쉬이 떨쳐지지는 않을 거다. 그럼에도 불구하고 그녀는 괜찮은 척 연기를 한다.

"공포가 극에 달하면 아무런 느낌을 못 느낀다더니 사실인가 봐요."

가슴을 찢는 극심한 아픔을 가슴에 묻으려는 널 모를까. 다시 긴 시간 홀로 아파하며 어둠 속에 몸을 숨기고 아파하겠지.

"거짓말."

그녀의 커다란 눈에 눈물이 조금씩 차올랐다. 울지 않으려 입술을 악다문다. 민견이 그녀의 떨리는 눈가를 어루만졌다.

"소정아, 다시는…… 혼자 아파하지 마."

한 치의 흔들림도 없었던 그의 음성이 떨리고 있다. 그녀를 무사히 구해오지 못했다면 그가 먼저 무너졌을 것이다. 그녀를 잃을 수도 있었다는 생각만으로도 가슴의 통증이 몰려왔다.

"미안하다. 지킬 수 있었음에도 지키지 못해서."

네가 받았던 상처와 아픔, 내가 치료해줄게. 4년 전에 있었던 모든 일들도 다시 조사할 거다. 그 사건에 연관된 사람들의 죄를 물고 네 앞에 무릎을 꿇게 만들 거다.

"내 모든 걸 걸고 다시 제자리로 돌려놓겠어."

12. 나비효과(Butterfly effect)

브라질에서의 작은 나비의 날갯짓으로 텍사스에 돌풍이 일어날 수 있을까? 당장은 무의미해 보이는 작은 날갯짓이겠지만 긴 시간이 지난 후에 어떤 결과를 가져올지는 아무도 모른다. 그들에게 작은 나비였던 이소정의 날갯짓이 4년이 지난 지금 어떤 결과물을 가지고 올지 예측할 수 없듯이.

한강병원 VIP룸.

병실 입구에는 검정 양복을 입은 경호원들이 두 겹 세 겹으로 지키고 서 있다. 손에는 무전기를 들고 하나같이 굳은 표정이다.

병실 안 커다란 테이블에 심각한 표정의 민견과 윤준희가 앉아 있다.

"소정 누님은 아직 주무시나 봐요?"

준희가 침대에 누워 있는 소정을 보자 민견은 서늘한 표정을 지었다. 소정은 병원에서 정밀검사를 받고 잠이 들었다. 교통사고 당시 머리를 부딪쳤기에 MRI 검사까지 했다. 교통사고와 납치. 박규로 인해 정신적으로 큰 충격을 받은 소정은 절대적인 안정이 필요했다.

"충격이 쉽게 가시지 않겠지."

"그렇겠죠. 그동안 마음고생도 심했을 텐데."

준희는 인상을 찡그리며 흥분하기 시작했다.

"누님 사건은 파헤칠수록 화가 나네요. 아무리 그럴듯하게 편집되었다지만 어떻게 허술한 동영상 하나로 사람이 매장당하냐고요. 딱 봐도 소정 누님이 아니잖아요. 이래서 여론몰이가 무섭다니까요. 사람 하나 죽이는 거 순식간이에요."

준희는 나직이 한숨을 쉬며 고개를 저었다. 민견은 준희가 내미는 태블릿을 받았다.

"이 모든 게 누님의 극성팬이었던 솜사탕의 짓이라는 게 우습죠. 처음엔 스케줄을 올리고 방송을 캡처하는 수준이었는데, 어느 순간부터 안티팬으로 돌아섰더라고요. 악성 댓글에 소문 조작. 아주 입에 칼을 물고 소정 누님을 난도질했더라고요. 이래서 극성팬이 안티팬으로 돌아서면 더 무섭다고 하나 봐요."

"그러면 박규가 처음에는 소정의 팬이었다는 건가?"

"나비라는 이름에서 먼저 끌렸던 것 같아요. 박규 개인 폴더 보니까 엄청나던데요."

태블릿 안에 박규란 폴더를 클릭했다. 나비가 데뷔한 날부터 년, 월, 일, 시간별로 그녀의 모든 게 저장이 되어 있었다. 개인적인 사생활까지 몰래 촬영되어 있을 정도였다. 민견은 손이 부들부들 떨려왔다. 이 정도까지일 줄 몰랐다. 나비 집착증이 있었다고 사람 나비에게까지 집착할 줄 꿈에도 생각 못 했다.

"이렇게 스토킹하는 것도 성에 안 찼는지 강진영이란 자아로 누님 매니저가 되서 바로 곁에서 감시했던 거예요. 생각할수록 섬뜩해요."

4년 전 크루즈에서 벌어진 모든 사건들이 박규의 시나리오였다. 이소정은 박규가 쳐놓은 미끼를 덥석 물고 크루즈로 온 거였다. 김진희를 민견과 엮기 위한 불꽃놀이 이벤트가 진행되었고, 박규는 자신이 예약한 방에서 가수 나비를 기다렸을 것이다. 중간에 나비가 민견의 방으로 들어갈 건 예상에도 못했겠지.

분노한 박규는 민견의 방에서 잠든 이소정을 납치했다. 피에로 직원 분장을 한 박규가 자고 있던 소정을 마취시킨 뒤, 이벤트 상자를 이용해 소정을 카트에 실었다. 배가 항구에 도착한 뒤 다른 이벤트 소품들과 함께 배에서 내렸고, 차에 실어 강일추모공원의 창고로 옮겨와 폭행을 했다. 자신의 분이 풀릴 때까지. 그래놓고는 강진영의 신분으로 그녀 곁에 늘 붙어 있었다.

4년 전 사건 이후 나비에게 호의적이던 기사들은 악의적이고 과격해지기 시작했다. 일부 팬들은 배신당한 남자친구라도 되는 듯 악성 댓글로 소정을 난도질했다. 실제로 소정의 사진을 합성해 마녀 화형식을 하면서 만신창이로 만든 게시물도 있었다. 당장 그 카페들을 폭파시키고 싶었지만, 증거가 될 자료들이기에 섣불리 건드릴 수 없었다.

솜사탕에게 동조한 악플러들도 모욕죄, 명예훼손 등 모든 죄목을 걸어서라도 한 사람의 인생을 난도질한 대가를 치르게 해줄 것이다. 진심으로 뉘우치고 반성한다 해도 선처는 없을 것이다. 그들이 올린 악의적은 글과 사진으로 소정을 낙인찍었듯 너희들에게도 같은 방식으로 되돌려줄 것이다.

"소정에게는 아무 소리 마라. 안 그래도 충격이 심해서 안정을 취해야 하니까."

"추모관은 어때요? 피해액이 꽤 되는 거 같은데."

"인명 피해가 없었으니 다행이라 생각해야지."

강일추모관의 화재는 속보로 생중계되었다. 인명피해는 없었지만 화재의 원인이 충격적이라 다소 과장되게 보도되고 있었다.

민견은 아직 잠에서 깨지 못하는 소정에게 다가갔다. 핼쑥한 얼굴을 보니 마음이 아팠다. 보조의자에 앉아 소정의 얼굴을 쓰다듬고 손을 잡았다.

"실…… 장님."

소정이 힘겹게 눈을 떴다. 갈라진 음성으로 민견을 불렀다. 소정은 정신을 차리자 자신을 물끄러미 바라보는 민견이 보였다. 무표정한 얼굴은 그가 무슨 생각을 하는지 가늠할 수가 없다.

"몸은 어때?"

"한숨 자고 나니까 괜찮아졌어요."

소정은 힘겹게 미소를 지었다. 갑자기 준희가 자리에서 벌떡 일어났다. 그는 민견을 보며 눈을 껌벅였다. 하고 싶은 이야기가 있는 눈치였다. 준희는 자신이 들고 있는 태블릿을 가리키며 입을 뻥긋거렸다. 민견이 눈치를 채고 자리에서 일어나자 소정은 그의 손을 잡아당겼다.

"제가 납치된 곳, 강일추모관이었던 거예요?"

그녀의 말에 민견은 아무 말 없이 고개만 끄덕였다. 이제는 감출 생각이 없었다.

"자신을 강일의 아들이라 생각했던 박규가 추모관 지하실에 숨어 있었어."

"불은요. 껐어요?"

"불은 크게 나진 않았지만 페스티벌 중이라 소방차가 들어오는데 쉽지 않았어. 경호원들이 급한 대로 끄긴 했지만 꽤 피해가 있었나 봐. 그래도 인명 피해가 없어서 다행이라 생각해."

민견은 소정의 손을 어루만지며 대답했다.

"천 회장님이 많이 속상해하시겠어요."

"아마도."

민견은 별거 아니란 듯 미소를 지었지만, 천광일의 분노는 상상 그 이상이었다. 자신의 모든 걸 걸고 만든 강일추모관의 화재 소식을 접한 천광일은 쓰러지는 게 아닐까 걱정될 정도였다. 강일추모관이 천광일에게 어떤 의미인지 아는지라 민견은 아무 말도 할 수 없었다.

-니들이 뭔데 날 촬영해. 당장 다 나가. 내가 누군지 알아, 바로 유성 사모님이야. 유성 그룹의 민성규 회장이 내 남편이라고!

그때 어디서 많이 들어본 목소리가 흘러나온다. 소정과 민견이 고개를 돌렸다. 준희가 태블릿 화면 속으로 빨려 들어갈 듯 쳐다보며 혀를 찼다.

"와. 병원에 기자들 엄청 많이 몰려갔네. 형님, 이거 보세요. 유정혜 표정 볼만한데요?"

휴대폰을 들고 촬영하는 시민들도 있었지만, 혼이 반쯤 나간 유정혜는 아무것도 보이지 않는 듯했다.

"헉, 미친 거 아니야? 아 쪽팔려. 무슨 추태야."

준희가 잔뜩 인상을 썼다.

"허, 봐요. 봐. 댓글 엄청 달리네."

준희는 태블릿을 보며 짜증을 냈다. 유정혜의 모습은 대그룹의 안주인으로는 한참이나 모자랐다.

"엄마인데 박규의 상태를 몰랐대요?"

"어느 정도는 알았겠지."

박규나 유정혜나 둘 다 역겹다. 민견은 유정혜를 생각하자 저절로 눈살이 찌푸려졌다. 자식이 저지른 범죄가 뭔지 알고 저리 당당한지.

"그런데 유정혜는 뭐가 억울하다고 저렇게 악을 쓰고 있는 거예요?"

"민 회장에게 버림받았거든."

박규의 범죄에 분노한 건 천광일뿐만 아니라 민성규도 포함되어 있다. 자신의 일거수일투족을 감시했다는 데 소름이 끼쳤는지 그날로 본가를 나와 유성호텔에 거주하고 있다. 그리고 박규를 검찰에 고소했다. 유성그룹의 전산망을 해킹한 건 물론이고 사문서 위조로 위장 취업을 한 것까지. 범죄가 한두 개가 아니었다. 그중 가장 큰 죄는 납치와 방화였다.

"유정혜가 박규의 상태를 철저히 숨긴 걸 들켰거든. 아버지는 박규가 몸이 약한 줄 알았지 이중인격에 사이코란 사실은 몰랐었나 봐."

"회장님조차 강진영이 박규인 걸 몰랐다고요?"

"아마도. 신분증에 학력까지 철저하게 위조했거든. 유성 전산을 해킹해서 제멋대로 주무를 수 있었으니 뭐가 불가능했겠어."

민견의 입꼬리가 사정없이 말려 올라갔다. 아무리 몰랐다고 면죄부가 주어지는 건 아니다. 어찌했든 민견에게 무심한 아버지였다는 건 변함이 없으니까.

"뭐, 우리 깐깐한 꼰대도 속았으니 말 다했죠."

윤준희가 고개를 절레절레 저었다.

"그래도 윤 비서님은 나중에 눈치는 채신 것 같던데?"

"이상해서 눈여겨보셨다고는 하더라고요. 그러면 뭡니까, 유성 전체가 다 속았는데."

"그랬군요. 저만 속은 게 아니었어요."

소정은 다시 화면으로 시선을 돌렸다.

화면에서는 박규가 누구인지 계속해서 추측기사가 보도되고 있다. 처음에는 재벌가의 사생아라고 보도되었다가, 재벌회장이 재혼한 유 모 씨가 데려온 자식이라고 정정 보도가 되었다.

그룹 내 권력 다툼에서 중대 범죄로 이어진 사건. 이 재미난 사건에 대해 다들 열을 올리며 기사를 올리기 시작했다. 처음에는 이니셜로 표기했지만, 나중에는 실명을 그대로 써서 앞다퉈 자극적인 보도를 하기 시작했다. 박규가 유성의 후계자인 민견의 약혼녀를 납치했고, 도주하기 위해 고의적으로 강일추모관에 불을 냈다. 그 과정에서 그가 화상을 입었다는 보도와 함께 박규가 입원한 병원이 계속 화면에 나오고 있다. 유정혜는 자기 아이를 자극하면 안 된다며 모든 언론사를 고소하겠다며 고래고래 고함을 질렀다. 하지만 유성의 민성규가 등을 돌린 이상 그녀는 아무런 힘이 없었다.

"예상된 결과였어."

이젠, 박규가 널 위협하는 일도, 강진영이 널 옭아매는 일도, 앞으로는 없을 거다. 내가 너의 방패가 될 테니.

"앞으로 넌 내가 지킬 거야."

세상의 모든 금은보석보다 더 빛나는 나의 나비. 이제는 당신만을 사랑하며, 당신을 위해 내 모든 걸 다 바칠게.

민견은 자신이 유성그룹의 아들이라는 것이 처음으로 마음에 들었다. 이 힘을 이용해서 이소정을 추락하게 만든 이들을 하나하나 다 찾아낼 것이다. 그리고 소정이 당한 것 백배, 천배로 되갚아 줄 것이다. 나비효과가 뭔지 그들은 알게 될 것이다. 그들에게는 작은 일이었을 뿐이지만, 그 사건이 자신들에게 어떤 엄청난 결과를 가져다줄지 몸소 깨우치게 만들고 후회하게 만들 것이다.

"네가 원한다면 유성도 무너뜨릴 수 있어. 네 인생을 망가뜨렸던 자의 뒷배인 유성을 어떻게 할까?"

"제가 원한다면 어떤 걸 해줄 수 있는데요?"

소정이 덤덤하게 물었다.

"공중분해를 원한다면 조각조각 박살낼 거고, 이름을 바꾸기 원한다면 바꿀 거야. 네가 가지고 싶다면 유성그룹의 지분도 너에게 다 줄게. 네가 원하는 대로, 네가 하고 싶은 대로 다 해. 유성이 너에게 한 갑질 그대로 네가 해. 내가 그 권리 다 줄 테니."

민견은 필사적으로 소정에게 매달리고 있다. 모든 걸 다 줄 테니 날 봐달라고.

"박규가 저지른 일을 왜 실장님이 사죄를 하죠?"

"내가 방관자였어. 네 사건을 알면서 묵과한 게 나였어."

소정은 그의 고백을 들었다. 강진영이 민견도 한패라고 말한 이유가 여기에 있었다. 하지만 소정은 그가 방관을 했다고 원망할 수 없었다.

"대신 제 목숨을 구해주셨잖아요. 당신이 없었으면 추모관에서 어떤 최후를 맞았을지 몰라요."

"아니야. 내가 박규가 있는 본가에 데리고 가지만 않았다면."

민견의 눈에 눈물이 고였다. 소정은 그의 눈가에서 물기를 닦아냈다.

"그랬다고 해도 박규는 절 납치했을 거예요. 예정된 수순이었어요."

"소정아."

"추모관도 나비도 지독히도 싫어하는 주제에 나비 표본이 가득한 추모관 안으로 들어왔잖아요."

날아다니는 나방만 봐도 소스라치게 놀라는 그다. 그의 트라우마를 알고 있는 소정은 자신을 구한 그가 큰 결심과 모험을 한 거라는 걸 잘 알고 있다. 결국 그를 위해 할 수 있는 말은 괜찮다는 말뿐.

하지만 과연 괜찮은 걸까?

소정은 슬픈 미소를 지으며 가슴을 감쌌다. 가슴에 새긴 나비가 화끈거리고 아파온다. 소정은 가슴에 손을 얹고 이를 악물었다. 나비 문신은 평생 그녀의 주홍글씨가 되고 마는 걸까? 다시 문신이 새겨지는 거처럼 쑤시고 아프다.

민견은 그녀가 무슨 생각을 하는지 알 수 있었다. 가슴의 문신은 박규가 새겨 넣은 주홍글씨와도 같다. 어떻게 하면 소정이 아프지 않을까? 문신을 지운다고 마음의 상처까지 사라지지는 않을 것이다. 나비만 봐도 경기를 일으키는 자신처럼 평생 트라우마가 되어 따라다니겠지.

"미안하다."

네 가슴의 나비를 보고 크루즈에서 도망친 것도. 그리고 그 사태를 막지 못한 것도 다 내 잘못이다.

살아 있는 나비를 잡아 박제하는 이들은 그 개채의 아름다움을 후세에 남기고 기록하는 행위를 한다고 생각한다. 인간의 입장에서는 수천, 수만 마리의 나비 중 몇 마리를 포획하는 작고 사소한 취미생활일 뿐이다.

하지만 나비는 그 날갯짓을 하기 위해, 애벌레 시절엔 사마귀와 거미 같은 천적들에게 살아남았고, 힘겹게 번데기 시절을 거쳤다. 짧은 시간 하늘을 날아보려고 인고의 시간을 보냈지만, 결국 그들의 손에 박제가 되었다.

이소정은 나비였다.

박규와 강진영에게 이소정은 수천 수만 마리의 나비 중 하나였고 자신의 컬렉션에 넣고 싶었던 흔한 나비 중 하나였다.

하지만 민견에게 이소정은 오직 하나다. 그를 완전하게 할 소울메이트, 남은 생을 함께 하고픈 그의 반려자.

"원망도 부질없더라고요, 원망은 4년 내내 충분히 했어요. 더 이상은 고치 안에 날 가두고 싶지 않아요."

고치를 깨고 나오는 데 참 오랜 시간이 걸렸다.

"내가 미쳤나 보다. 널 보면 정말 나쁜 놈이 돼버리고 싶거든. 널 평생 가두고 나만 보게 하고 싶어. 사랑해, 소정아."

민견의 표정이 심각해졌다. 소정은 가슴이 철렁했다. 민견은 소정을 안으며 귓가에 속삭였다.

"아, 손발이 오그라들어서 못 있겠네. 닭살 애정행각을 하는 건 두 분인데, 왜 부끄러움은 내 몫이죠? 참으려 했지만 이건 너무한 거 아니에요? 두 분 내가 있다는 거 잊어버리셨어요? 지금 뭐 하시는 거예요!"

준희가 두 팔을 비비며 인상을 잔뜩 찌푸린 채로 항의했다. 민견은 가뿐히 그를 무시했다.

"윤준희, 아직도 안 갔니?"

"가요, 가. 서러워서 갑니다. 소정 누님도 그러시는 거 아닙니다. 서러워서 연애를 하든가 해야지."

준희는 입을 삐죽 내밀더니 씩 웃고 병실 문을 열고 나갔다. 소정은 얼굴이 시뻘게져서 고개를 숙였다.

"앞으로 윤 팀장님 얼굴 어떻게 봐요?"

소정은 두 손으로 얼굴을 가리고 온몸을 바르르 떨었다. 자신도 준희가 있다는 사실을 잠시 망각했다. 아, 미치겠다.

"실장님이 책임지고 수습해요."

"준희는 내가 맡지. 대신 나비 그대는 날 좀 수습해야 할 거 같아."

"네? 뭐, 뭘요."

민견이 소정의 턱을 잡아 올렸다. 그가 씩 웃자 소정은 심장이 쿵 하고 떨어졌다.

"요즘 불면증이 다시 시작됐거든. 당신이 퇴원한 뒤 함께 지샐 밤들에 대한 상상으로."

"노, 농담이겠죠?"

"아니, 기대할게. 소정아."

자연스럽게 헝클어져 흘러내리는 머리카락, 반듯한 이마, 긴 속눈썹, 오뚝한 콧날, 조각같이 다물어진 입술. 쳐다만 보아도 심장은 주체 못할 정도로 뛰어댄다. 죽이게 섹시한 저 남자가 내 거라는 생각을 하자 아랫배가 조여왔다. 그의 긴 손가락이 그녀의 이마와 코, 입, 목덜미를 부드럽게 쓸어내리고 있다. 그의 손가락이 지나가는 자리마다 불에 덴 것처럼 화끈거린다. 쿵쿵쿵, 심장이 제멋대로 뛰고 숨이 가빠진다. 그의 입술이 맞닿자 펑, 하고 모든 이성이 날아갔다.

펑, 펑. 하늘에 오색찬란한 불꽃들이 수를 놓는다. 하얀색, 붉은색, 노란색. 밤하늘을 수놓는 불꽃놀이가 아름다워 보이는 건 사랑하는 이와 함께 보기 때문일 거다.

"불꽃놀이는 하늘에 돈지랄하는 거라면서요."

"지금도 그 생각은 변함없어."

"그럼 제가 보고 있는 건 뭔가요?"

소정은 하늘을 쳐다보며 미소를 지었다. 그들은 부산 앞바다 한가운데 크루즈에 있다. 오색찬란한 꽃들과 풍선들을 보니 4년 전 그날과 같다.

"똑같네요."

"다시 시작하고 싶어. 그날 우리는 박규가 아니더라도 만날 운명이었어."

알고 있었던 사실이지만 씁쓸한 마음이 드는 건 어쩔 수 없었다.

"그날 아빠와 같이 이곳에 왔다면 운명이 바뀌었을까요? 아버지도 돌아가시지 않고 나비도 추락하지 않고."

소정이 무슨 생각을 하는지 알 것 같다. 팬미팅을 했더라면 바뀌지 않았을까, 하는 후회.

"소정아, 지나간 일에 대해 후회하지 마. 네 잘못이 아니니까. 박규는 분명 다른 방법을 써서라도 우릴 방해하고 널 추락시키려 했을 거야."

"그랬을까요?"

"그랬을 거야."

포기할 놈이 아니었으니까.

펑펑, 휘이익, 펑. 불꽃을 쳐다보는 소정의 눈매가 그렇하다.

"난 네가 과거를 기억하고 후회하게 만들려고 여길 온 게 아니야. 잘못된 과거를 바로잡기 위해서 온 거야."

그의 손이 그녀의 나비 위에 닿았다.

"실장님, 잠깐만요."

소정이 가슴을 가렸다. 민견은 그녀의 손을 부드럽게 어루만졌다.

"가리지 마. 앞으로 네 나비는 죄의 낙인이 아니야."

"하지만."

소정의 표정은 어두워졌다. 나비를 떠올리자 가슴이 욱신거리고 아팠다.

"소정아, 네가 벗겨줘."

민견이 그녀의 손을 자신의 셔츠에 대고 속삭였다. 은밀한 속삭임에 소정은 얼굴이 빨개졌다.

"여기서요?"

소정은 주변을 두리번거렸다. 커다란 배 안에 우리만 있는 건 아닐 텐데…….

"너에게 보여주고 싶은 게 있어."

아리송한 그의 말에 소정은 고개를 갸웃거리며 그의 셔츠 단추를 하나둘 끌렀다. 그의 탄탄한 상체가 모습을 드러내자 긴 숨을 들이쉴 수밖에 없었다. 마지막 단추를 끄르자 그녀의 눈이 휘둥그레해졌다.

"이건?"

"이건 내 사랑의 증표야."

고민했다. 소정의 상처를 아물게 할 수 있는 방법을 찾느라 며칠 밤을 고민했다. 그리고 내린 결론이었다.

"실장님, 나비 싫어하잖아요?"

민견의 치골에 아물지 않은 나비 문신이 보였다. 그는 멋쩍은 웃음을 지었다.

"한 마리 정도야 괜찮을 거 같아서."

소정은 믿을 수가 없었다. 그가 소정과 같은 나비, 날갯짓을 하는 나비를 품고 있다.

"바스러뜨릴 거라면서. 갈기갈기 찢어버리고 싶어 할 정도로 증오했으면서. 바보같이……. 아직도 극복 못했으면서."

소정은 그의 나비를 보며 울먹였다. 그가 그녀를 위해 큰 각오를 했다는 걸 안다. 나비공포증이라는 트라우마를 고치지도 못했으면서 자신의 몸에다 나비를 새겨 넣었다. 나비만 보면 숨도 제대로 쉬지 못하면서.

"마음에 안 들면 다른 나비로 새길까? 이번에는 같이 가서 서로 이름을 새겨 넣을까?"

"당신 바보죠? 어쩜 이리 무모할 수 있죠?"

소정의 목소리가 젖어 들어간다.

"소정아, 다시는 나비 때문에 아파하지 마. 네 나비는 낙인이 아니라 연인들의 흔한 커플 문신일 뿐이니까."

소정은 눈물이 그렁하게 차올랐다. 그의 몸에 새겨진 나비를 어루만지며 결국 눈물을 흘리고 말았다. 민견에 의해 그녀의 나비는 낙인에서 벗어나 자유를 되찾게 된 걸까? 이젠 아파하지 않아도 되는 걸까?

"다시는 그 누구도 그대를 못 건드리게 높은 곳으로 올려줄게."

공포는 내면에 잠재되어 있다가 무의식적으로 표출된다. 나비를 무서워했던 그는 그 공포를 드러내지 않으려 무던히도 애를 썼다. 남에게 약한 모습을 보이는 순간 약점이 된다. 약점이 드러난 순간 그들 위에 군림하는 건 어렵다. 항상 강자의 위치에서 지배하는 법만을 배운 그에게는 절대로 숨겨야 할 것 중에 하나였다. 하지만 소정은 민견이 군림할 대상이 아니다.

내가 사랑하는, 나를 사랑하는…….

"나비. 나와 결혼해주시겠습니까?"

민견이 소정 앞에 한쪽 무릎을 꿇고 그녀에게 손을 내밀었다. 그의 손에는 작은 상자가 들려져 있다. 그는 상자를 열었다. 그 안에는 반짝이는 다이아몬드 반지가 있었다. 소정은 가슴이 벅차 아무런 말도 할 수 없었다. 자신을 위해 트라우마까지 이겨내어 나비를 새겨 넣은 그를 밀어낼 수 없었다. 그녀는 고개를 끄덕이며 그의 손을 잡았다.

"헌터. 당신과 결혼하고 싶어요."

행복했다. 소정은 이 감정만으로도 과거의 상처와 아픔들이 치유되었다.

"사랑한다, 이소정. 나의 나비."

민견이 소정의 네 번째 손가락에 반지를 끼워주었다.

"사랑해요."

소정은 그를 안았다. 그가 씩 웃으며 장난스런 표정을 지었다.

"그럼 나비사냥에 성공한 건가? 내 마음속에 영원히 박제된 나비."

그가 장난스럽게 말하자 소정은 어깨를 펴고 도도하게 대꾸했다.

"헌터, 박제라니? 끔찍해. 나비도 살아 있는 존재야. 산 채로 잡히고, 갇히고, 고문당하고, 죽고. 영혼이 빠져나간 빈껍데기를 액자 안에 가두고 구경하는 게 뭐가 좋아? 아름답다고 칭송하는 건 인간뿐이야. 나비는 그저 넓은 하늘을 날고 싶을 거야. 아름다운 꽃들 사이로 날아다니며, 짧은 생을 살아도 자유롭게 살고 싶을 거야. 나비가 아니라 이소정, 나를 당신의 마음에 담아."

나비가 속삭였다. 나는 날고 싶어.

그녀로 인해 나비공포증이 치유된다. 나비는 더 이상 공포의 대상이 아니다. 언제나 함께 있고, 언제까지나 지켜주고 싶은 사랑스런 존재.

나는 나비를 싫어했던 게 아니었다. 나비, 나 그대의 날개가 될 수 있을까? 나 그대의 날개가 될 테니, 나와 함께 저 넓은 들판을, 하늘을, 바다 위를 함께 날아가자. 아름답게, 그리고 살아서.

Epilogue 1. 날갯짓을 하는 나비를 보았다

민견과 이소정의 결혼식 날짜가 잡혔다. 소정은 소박하게 스몰웨딩으로 하자고 했으나 그 의견은 가볍게 무시당했다.

일단 결혼식 장소가 유성호텔 그랜드볼룸이라 부담이 컸다. 유성호텔 메이드로 일했기에 그랜드볼룸의 규모를 알고 있다. 1,000명 이상 수용할 수 있는 대형 홀로 럭셔리하게 꾸며진 곳이다. 정, 재계의 자제들이나 유명 스타들이 결혼식장으로 선호하는 곳.

"휴우."

한숨이 절로 나올 뿐이다. 천광일은 하나뿐인 손자의 결혼식이라며 최고로 화려하게 해줄 테니 소정에게는 가만히 있기만 하면 된다면서 들떠 있다.

민견도 할아버지의 고집은 꺾을 수 없다며 즐기라고 조언했지만 소정은 점점 커지는 스케일을 보며 입을 다물 수 없었다. 먼저 언론이 냄새를 맡고 그녀의 모든 걸 캐기 시작했다. 기자들에게 관심받는 게 오랜만이라 어색했다. 소정은 책상에 가득 쌓여 있는 신문들을 한 부씩 펼쳐보았다.

<현대판 신데렐라 풀 스토리>

소정은 자신의 결혼 준비 과정이 자세히 적혀 있는 기사를 보자 시선이 멈췄다. 종이를 한 장씩 사부작거리고 넘길 때마다 자신도 모르는 새로운 사실을 알게 되었다. 그녀가 입는 웨딩드레스 가격부터 신혼집이 될 청담 D빌라의 시세까지 자세하게 적혀 있다.

"당사자인 나보다 더 잘 아는 거 같은 이 느낌은 뭐죠? 드레스도 아직 고르지 못했는데, 기사에는 실물 사진이 올라왔어요."

소정은 사진들을 보며 한숨을 쉬었다. 그녀가 착용할 티아라와 귀걸이는 억대라는 보도까지. 아직 보지도 못한 보석들이건만, 아니 땐 굴뚝에 연기가 솔솔 나오고 있다.

"벌써부터 지치면 안 되지. 그냥 즐겨."

민견은 대수롭지 않게 말하지만, 그건 그의 생각일 뿐.

"우리 소정 씨, 그렇게 쉰다고 땅이 꺼지겠어?"

황조현의 놀림에 소정은 고개를 들었다. 소정의 멍한 얼굴을 보며 황조현은 키득거렸다.

"그 얼굴, 밖에 있는 기자들이 보면 특종이라고 난리일 텐데."

황조현은 창밖을 보며 씩 웃었다.

"기자들을 피해서 온 곳이 기껏 천광상사라니. 하지만 탁월한 선택이라고 박수 쳐주고 싶어. 아무리 무식한 기자라도 우리 회장님만큼은 무서워서 못 쳐들어오니까."

소정은 최근 인터넷 기사들을 보고 많은 사실을 알게 되었다.

우선 천광일의 자산에 대해 알게 된 후 그녀는 입을 다물지 못했다. 천광일은 명동 사채시장의 큰손이자 현금왕으로 불리고 있었다. 현 생존하는 1세대 사채업자 중 아직까지도 건재한 인물이며 전설이라고도 불리고 있었다. 1980년대 사업을 하는 기업 중 천광일의 자금을 빌려 쓰지 않은 곳이 없다는 것을 이소정도 들어서 알고는 있었다. 하지만 천광일이 강남 테헤란로를 포함해서 청담동과 명동 같은 요지마다 빌딩들을 소유하고 있으며, 그 가치가 수십 조에 이르고 그 빌딩들의 임대수익을 기사에서 보고는 기절할 뻔했다. 그녀가 상상도 못하는 금액이었다.

"증권가 찌라시 기사라지만, 맞겠지."

소정이 혐오하는 소식통이었지만 본인과 관련된 이야기라 눈을 뗄 수가 없었다. 그 기사는 또한 천광일의 유일한 상속자와 결혼할 신데렐라가 몇 년 전 스캔들로 자취를 감춘 NB양이라고 밝히고 있었다.

"결혼식 기사에는 실명을 다 썼으면서, NB양이라니. 어린애들도 다 알겠네. 아예 그냥 나비라고 쓰지."

소정은 두통이 몰려왔다.

"이소정, 이상한 기사 보지 말고 나한테 물어. 왜 나와 영감에 대한 걸 기사로 알려고 해."

민견은 소정이 심각한 표정으로 기사를 읽고 있자 못마땅한 표정을 지었다.

"굳이 묻지 않아도 될 만큼 자세히 적혀 있어서요. 할아버님의 건물 시세와 예상 임대수익까지 적혀 있는데요?"

"그렇게 찌라시 기사에 데이고도 또 믿고 싶어? 그거 믿지 마라.

우리 영감이 어떤 양반인데, 드러난 건 빙산의 일각일 뿐이야."

"설마! 여기 적힌 것보다 더 많다고요?"

소정이 놀라자 황조현이 낄낄거렸다.

"어머, 우리 소정 씨 정말 모르나 보네. 우리 회장님 자산, 내가 잘 알고 있는데. 굳이 돈으로 환산을 하고 싶다면 서류 작성해서 보고서 올릴게. 이제 가족이 되는데 그 정도는 알고 있어야 하지 않아? 기왕이면 민 실장 자산도."

"황 부장님, 너무 앞서갔습니다."

"비밀인가?"

황부장의 대답에 민견은 시큰둥하게 반응했다.

"황 부장님도 아는 내용이 무슨 비밀이겠냐만, 말해도 제가 합니다."

"흥. 눈꼴 시려 못 봐주겠네. 억울해서 연애를 하든가 해야지."

황조현은 삐죽거린다. 소정은 황조현의 책상 위 가득한 전표와 영수증을 쳐다보았다. 그녀는 나직이 한숨을 쉬더니 턱을 괴며 미간을 찌푸렸다.

"휴우, 오라는 남자는 안 오고 일복만 터졌어. 통장만 많으면 뭐 해. 내 돈도 아니고. 내가 올해 안에 때려치우고 연하 남자 사냥하러 간다."

그녀는 구시렁거리며 수십 개의 통장들을 흐트러뜨렸다. 소정은 변함없는 황조현의 모습에 마음이 포근해졌다. 천광상사에서 일하면서 한가한 사무실의 분위기가 이상하다고 생각한 적이 있었다. 요즘 사무실답지 않게 수기로 작업하는 황조현을 보면서 답답하다고 생각한 적도 있었다.

그러나 민견에게 그녀에 대해 자세히 듣자 다시 보였다. 황조현은 대차대조표, 손익계산서 등의 재무제표를 능숙하게 정리하고 한눈에 알아볼 정도로 베테랑이라 한다. 그녀가 관리하는 수십 개의 통장들에는 상상도 못할 금액이 융통되고 있으며, 아무리 복잡한 계산이라도 그녀 손에 들어가면 1원의 오차도 없다고 한다. 천광일이 유일하게 믿는 직원으로 대한민국 모든 금융회사에서 스카우트 제의를 받은 인재라고 한다.

"아무리 봐도 대단한 거 같아요. 전 아무리 봐도 뭐가 뭔지 모르겠는데."

소정이 중얼거리자 황조현은 어깨를 들썩이며 씩 웃었다.

"자세히 보면 다 보여. 그리고 이 숫자들의 나열은 파고들면 들수록 판타스틱하거든. 일단 재무제표만 제대로 볼 줄 알아도 기업의 가치를 알아볼 수 있어. 그 말은 알짜배기 기업과 쭉정이 기업을 구별할 수 있게 된다는 말."

천광일 밑에서 일한 지 20년, 서당 개 3년이면 풍월을 읊는다고 했던가? 소정이 죽었다 깨도 그 경지는 못 이를 거 같다. 황조현이 다시 보였다.

벌컥, 그때 출입문이 열리고 화가 났는지 얼굴이 벌게진 천광일이 구시렁거리며 들어온다.

"뭐 주워 먹을 게 있다고 떼거리로 몰려다니는지. 쯧쯧."

"요즘 핫한 인물 둘이 여기 있어서 그렇죠."

황조현의 대답에 천광일은 인상을 찡그렸다.

"내 손자 결혼식에 지들이 웬 관심들이여. 신문사들 다 폭파시키든가 해야지."

"참으세요. 회장님. 안 그래도 시끄러운 유성 큰일 납니다."

"에잇. 못난 사위놈 때문에 이게 무슨 집안 망신인지. 에잇."

천광일은 세간에 오르내리는 박규 사건 때문에 심기가 불편했다. 박규로 인해 민성규와 사실혼 관계인 유정혜가 수면 위로 다시 올라왔고, 20년 전 고인이 된 천광일의 딸 이름이 거론되자 마음이 상했다.

소정은 모든 게 자신 때문인 거 같아 죄송스러웠다.

"모든 게 내 부덕의 소치인 거지."

"박규 선고일이 다가와서 더 그런 거예요. 비록 1심이지만 많은 이들의 이목이 집중되어 있잖아요. 무죄가 될지 최고형이 떨어질지."

"능지처참을 해도 부족할 방화범에게 무죄는 무슨. 그런 놈들은 사회와 격리를 시켜야 하네. 황 부장, 정리한 서류 들고 내 방으로 오게."

"네."

천광일은 떠올리기도 싫은 듯 혀를 차며 회장실로 들어갔다. 황조현은 정리하던 서류를 들고 회장실로 따라 들어갔다. 그들이 자리를 비우자 민견이 일어났다.

"할아버님은 강일추모관 화재가 용서가 안 되나 봐요."

"평생을 두고 용서 못 할 거야."

강일추모관의 화재는 강일쇼핑센터 피해자들에게도 충격이었다. 이번 사건으로 신뢰가 추락한 유성그룹이 나서서 복구를 하겠다고 했지만, 그들은 모금을 하고 자원봉사로 복구에 참여했다. 그런 미담으로 인해 천광일의 화가 조금 누그러들긴 했지만 여전히 박규 이야기만 나오면 죽일 놈이라고 팔팔 뛰고 있다.

"박규에 대한 분노가 저보다 더한 거 같아요."

소정은 고개를 저었다.

"소정아, 나가자."

"어디 가게요?"

"바람 쐬자. 머리가 아프네."

소정은 민견이 나가자는 이유를 안다. 자기의 마음을 풀어주기 위해서란 걸.

"안색이 안 좋아."

"괜찮아요."

민견은 소정을 바라보며 안쓰러운 표정을 지었다.

"괜찮을 리가 없잖아. 힘들면 힘들다고 말해."

"아니요. 이제부터 시작인데 지치면 안 되죠. 이제는 숨지 않을 거예요."

이제는 단순히 악마에 대한 복수 차원이 아니다. 소정의 인생을 망친 걸로 부족해서 그녀의 가장 소중한 사람을 앗아갔다.

'솜사탕' 박규, 나비의 스토커이자 납치범. 그가 인터넷 세상에서 했던 악행들은 눈뜨고는 보지 못할 정도였다. 이소정의 악성 댓글의 주동자임과 동시에, 여러 사건을 진흙탕 싸움으로 번지게 만든 주동자. 하지만 앞선 죄목들은 그저 그가 한 만행의 일부분이었다. 검찰이 박규를 조사하면서 비밀번호를 걸어놓은 폴더를 발견했다. 비밀번호를 풀자 그 안의 내용들 중 'NB kill'이라 저장된 동영상 파일에는 믿을 수 없는 영상이 담겨 있었다. 그 영상으로 박규 사건은 납치와 스토커에 살인사건까지 추가되었다.

"절대 용서할 수 없어요. 정신병이고 초범이라고 해서 살인까지 용서받지는 않겠죠?"

소정은 울먹였다. 그런 소정을 보며 민견은 주먹을 쥐었다.

동영상은 블랙박스 영상으로 소정의 아버지가 당한 교통사고가 그대로 저장되어 있었다. 소정의 아버지는 나비의 동영상 최초 유포자를 찾기 위해 사이버 경찰청에 신고를 했었다. 솜사탕의 실체가 밝혀지면 박규의 정체가 들킬까 봐 두려웠던 박규가 먼저 선수를 쳤다.

박규, 아니 강진영이 나비의 아버지를 치고 달아난 차량의 운전자였다. 소정은 너무 놀라 입이 다물어지지 않았다. 믿을 수가 없었다. 아버지를 죽여놓고, 아버지의 장례식장에 온 뻔뻔한 강진영을 용서할 수 없었다.

"어떻게 아버지 영정 앞에서 눈물을 흘릴 수 있었을까요? 제 앞에서 같이 뺑소니 운전자를 찾자고 말하면서, 솜사탕이 유성의 관계자일 수 있다는 말까지 하다니요. 인두겁을 쓰고 어떻게 그러죠?"

아마도 강진영에게 남아 있던 자그마한 죄책감이었을지 모른다. 자신이 유성에 숨어 있을 테니 찾아오라는 메시지였을까? 그렇다 할지라도 민견은 박규를 이해하고 싶지 않다.

"전 두려워요."

"소정아."

소정의 불안한 눈빛을 보며 민견은 그녀를 안았다.

박규가 검찰에 긴급체포되자 유정혜는 초호화 변호인단을 꾸며 그를 변호했다. 아무리 민성규에게 버림받았다 했지만 10년을 유성의 안주인으로 있으면서 그녀가 챙긴 돈은 어마어마했다. 그녀는 자신의 재력을 이용해서 서울 중앙지법 부장판사, 부장검사 출신의 변호사들을 다수 선임해 변호를 했다.

그들은 박규의 정신이상을 주장했다. 민견의 변호인단은 박규는 다중인격이 아니라는 증거와 함께 의료인단의 소견까지 첨부했지만, 박규 측은 미국의 빌리 밀리건 사건을 예시로 들어, 다른 인격이 저지른 범죄일 뿐이라 주장하고 있다.

"박규가 설마 무죄가 되는 건 아니겠죠?"

박규는 다중인격을 주장하기 위해 완벽한 연기를 했다. 자신은 강진영이고 박규는 자신이 칼로 찔러 죽였다고 증언을 했다. 세상이 자신을 모함하고 있다면서 강일의 아들로 태어난 죄밖에 없다고 주장하는 그를 보며 소정은 불안했다. 그녀는 박규 변호인단이 주장하는 미국의 빌리 밀리건 사건을 알아보았다. 24개의 인격을 가졌다는 인물로, 박규의 주장대로 다른 인격이 저지른 살인사건은 무죄 판결을 받았다.

"우리 측 변호인단도 만만치 않아."

천광일이 누군가. 유정혜가 초호화라면 그들은 어벤져스급으로 선임했다. 세간은 그들의 변호인단 구성만으로도 세기의 재판이 될 거라 혀를 내둘렀다.

"제가 그의 두 개 인격을 다 봤는데, 정말 다른 사람 같았어요."

소정은 4년 전 일을 기억하며 몸을 부르르 떨었다. 민견은 그녀의 등을 가볍게 두드리며 그녀의 마음을 진정시켰다.

"소정아, 그때 일을 상기시켜서 미안한데, 납치당해 피에로 분장을 한 솜사탕과 마주 보고 대화까지 나눴다고 했지? 그런데 그게 강진영과 동일 인물이라고는 전혀 의심하지 못했다는 거지?"

"네. 그랬죠."

"그게 난 의문이야. 나도 박규를 알아. 그런데 강진영을 보면서 박규라는 생각을 하지 못했어. 생각해봐. 이중인격자들은 자신의 인격을 마음대로 소환하지 못해. 어느 순간 바뀌는 거지. 그런데 강진영과 박규는 우리를 완벽히 속였지. 그것만으로도 그는 연기를 하고 있다는 증거지. 이중인격자 빌리 밀리건이 아니라 사기꾼 프랭크 애버그네일이라고."

'Catch me if you can.'

그가 소정을 납치하며 남긴 메시지가 법원에 증거로 제출되었다. 그 영화의 주인공이었던 프랭크 애버그네일은 최고의 사기꾼으로 완벽하게 여러 사람을 연기했었다. 박규도 그런 부류일까? 아직 잘 모르겠다. 소정에게 보여진 강진영은 자상한 남자, 박규는 사이코 스토커였으니까. 둘이 같은 사람이라는 것도 충격이었지만, 이중인격이 아니라 연기라면 더 소름 끼친다.

박규의 법정 싸움은 한국에서는 그 예가 드문 이중인격자의 범죄다. 항간에는 이중인격의 병을 이해해야 한다고 주장한다. 하지만 또 한편에는 이번 판례로 그 법을 악용해 죄를 저지르는 사람들이 나타날 거라고 우려하고 있다.

박규는 솜사탕이라는 아이디를 통해 자신의 욕구를 배설했다. 왜 하필이면 솜사탕일까 민견은 생각해 보았다. 풍성하고 아름다워 보이는 솜사탕. 만지면 꺼지고 먹다 보면 끈적거리지만, 바라볼 때만큼은 가장 아름다운 존재. 결국은 허상일 뿐이다. 이 모든 건 허상이라고 박규는 그렇게 말하고 싶었던 것일까?

"소정아, 날 믿어. 박규가 무죄가 되어 세상의 빛을 보는 일은 절대 없을 거야."

박규는 이중인격이 아니라 사이코패스다. 민견은 확신했다.

"어릴 적 아동학대로 인해 미친 거라면서요?"

박규가 자신의 출생의 비밀에 충격을 받아 미친 건 사실이다. 친부였던 박우철은 박규가 자신의 친자가 아니라고 의심하며 수시로 그에게 폭행을 가했다. 그 폭행은 박우철이 사망할 때까지 계속되었다. 박우철은 그가 운영하는 자신의 개인병원이 강일쇼핑센터 내에 위치해 있었고, 건물이 붕괴될 때 죽었다. 그리고 박규는 자유를 얻었다.

그러나 유정혜는 박규를 유성의 후계자로 만들고 싶었다. 박규에게 완벽한 삶을 살기를 강요하면서 박규의 자유는 끝이 났다. 유정혜의 욕심으로 박규는 자신을 어둠 속에 가두고 스스로를 괴물로 만들었다. 완벽해야 한다는 강박관념이 불안정한 인격을 만들어냈다.

"설사 그렇다 해도 나는 박규를 용서하지 않아. 너도 마찬가지겠지만."

그는 소정의 눈물을 닦아주었다.

"소정아, 어떤 결론이 나든 결과는 변함이 없어. 그가 이중인격이든 사기꾼이든 법의 심판을 받게 만들 거니까. 다만 감옥에서 평생을 보내느냐, 정신병원에서 보내느냐의 차이일 뿐. 내가 결코 그를 용서하지 않을 테니까."

자신의 목적을 위해 한 여자에게 무차별 폭행을 가하고, 그 죄를 덮기 위해 음란물을 만들어 유포시키고, 게다가 소정의 아버지

를 뺑소니 사고로 위장해 살해한 뒤 뻔뻔하게도 그 장례식장에서
상주 노릇까지 했다는 점이다.

"이 세상에서 영원히 박규를 유폐시키고 격리시킬 거야. 너의
눈에 피눈물 나게 만든 대가, 살인을 한 죗값을 충분히 치르게 만
들 거야."

나는 박규 네가 이 세상에 숨 쉬는 것조차 불편하다. 이소정에
게 끔찍한 일을 하고서도 아무 일 없었다는 듯, 다시 소정에게 접
근하고 똑같은 일들을 반복했던 너를 용서할 수가 없다. 너처럼 버
러지 같은 놈은 세상에 발을 내밀지 못해야 정상인 거다.

"나가자."

소정은 고개를 끄덕였다. 그들은 조용히 천광을 빠져나갔다. 그
들이 나가자 회장실 문이 빼꼼히 열렸다. 그 문틈으로 천광일이 황
조현을 바라보며 말했다.

"나간 거 같지?"

"네, 회장님. 전 민 실장이 저리 눈치가 없는지 몰랐어요. 소정 씨
기분 안 좋으면 재깍 데리고 나갈 것이지, 우리가 자리를 비워줄 때
까지 기다리는 건지. 젊은 사람이 참 요령도 없어요."

"저러니 박규 같은 놈에게 당한 걸세. 우리 손자며느님 생각만
하면 내가 다 마음이 아파."

천광일은 긴 한숨을 내쉬었다.

"회장님, 소정 씨를 위해서라도 박규는 절대 무죄가 나오게 하
면 안 돼요."

"그래야지. 이제는 내가 용서 못하네."

천광일의 눈살을 찌푸리며 인상을 찡그렸다.

"그보다 머니캐시 김종수 대표에게 연락이 왔는데 회장님을 조용히 만나 뵙고 싶다는데요? 김 대표 목소리 들으니 아무래도 일을 칠 거 같은데요?"

"그러겠지."

박규의 가장 큰 실수는 머니캐시 김종수를 우습게 알고 그를 이용한 거다. 그는 천광일의 밑에서 일수를 찍으면서 자신의 힘으로 대한민국 최고의 사금융을 만든 자다. 그 자의 고명딸 김진희를 이용했으니…….

"김진희 양이 박규에게 당한 후유증으로 정신병원에 입원했대요. 심신미약, 신경쇠약에 우울증이래요. 그 문제 때문에 회장님을 뵙자는 거죠? 박규를 가만 두지 않으려고."

천광일이 끄덕였다. 김종수가 그를 만나자 하는 이유를 안다. 김종수는 자신의 딸이 박규에게 이용당한 사실을 알고 분노에 휩싸였다. 박규가 세상에 나오지 못하게 죽여버리겠다고 펄펄 뛰고 있다고 한다. 그들은 여론이 잠잠해질 때를 기다리고 있을 것이다. 김종수의 측근들은 어둠에 속한 이들. 언제든 박규를 제거할 수 있는 사람들이다. 감옥 안에서 편하게 사는 것 또한 그들이 가만있지 않을 거란 걸 알고 있다.

남의 눈에 눈물 나게 하면, 본인은 피눈물을 흘리게 된다고 하지. 김종수는 천광일에게 동의를 구하려는 거다. 박규의 처리에 대해. 물론 그는 묵언으로 동의를 할 것이다.

"그나저나 부럽긴 하네요."

"황 부장, 부러우면 지는 걸세."

"부러운데요?"

황조현이 그들이 나간 문을 보자, 천광일이 씩 웃었다.

"그럼 내가 다시 선 자리를 주선해볼까?"

"회장님, 기왕이면 팔팔한 연하로 부탁해요."

"열심히 찾아봄세."

천광일은 황조현을 보며 본연의 인자한 미소를 찾았다.

"바람이나 쐬자더니."

소정은 청담 D빌라 거실에 서서 어이없는 표정을 지으며 뽀로통하게 입술을 내밀었다.

"입술을 내밀면 키스해달라고 하는 거 같아서 참기 힘들어."

그 말에 소정은 화들짝 입을 가렸다. 그 모습에 민견은 씩 웃었다.

"기자들 눈을 피해 편하게 쉴 곳이 집뿐이라서."

민견은 슈트 상의를 벗어 소파에 던지더니 소정에게 다가왔다. 한 손으로 넥타이를 잡아당겨 반쯤 풀어헤치고 다른 손으로는 그녀의 턱을 한 손으로 잡고 추켜올렸다. 우수에 찬 눈빛을 보자 소정은 숨이 턱하고 막혀왔다.

"쉬러 온 거 맞죠?"

소정의 의심스러운 눈빛에 민견의 표정이 변했다. 소정의 머릿속에서 경고음이 들려왔다.

"그럼."

넥타이가 잘 벗겨지지 않는지 미간을 살짝 좁히며 눈썹을 치켜올렸다. 결국 민견은 넥타이를 푸는 걸 포기하고 고개를 숙여 입술을 눌렀다.

"이건 쉬는 게 아니잖……."

그녀의 뒷말은 입술 속을 파고드는 민견의 혀로 인해 막히고 말았다. 그의 손가락이 머릿속을 파고들어 헝클었다. 머리를 묶었던 고무줄이 풀리고 긴 머리가 흘러내렸다.

"나머지는 나비가 벗겨줘."

그의 말과 동시에 소정은 반쯤 풀어헤쳐진 넥타이에 손을 뻗었다. 스르륵 그녀의 손끝에서 넥타이는 바닥으로 떨어졌다. 셔츠의 단추를 하나둘씩 끄르자 보기 좋은 상체가 드러났다. 차가운 손끝에 그의 열기가 고스란히 전해진다.

그녀의 손길에 셔츠가 바닥으로 떨어지고 묵직한 벨트를 감싸고 있는 바지도 순차적으로 벗겨지고 있다. 그 또한 그녀의 원피스 뒤 지퍼를 내리고 있다. 조급한 손길에 천을 먹은 지퍼가 중간에서 멈추자 나지막하게 욕설을 내뱉었다. 결국 그는 원피스를 밑에서 위로 들어 올렸다.

"천천히 해요."

돌돌 말린 원피스 속에 얼굴이 파묻히고 두 팔은 들려져 옴짝달싹하지를 못하자 소정은 자신이 애벌레가 된 기분이었다.

"이것도 괜찮은데."

민견의 목소리가 상당히 유쾌하게 들린다. 소정은 얼굴이 파묻혀 아무것도 보이지 않자 답답했다. 민견은 얼굴을 소정의 가슴 사이로 파묻고 킁킁거리기 시작했다. 소정은 머리를 뒤로 젖히면서 몸을 틀었다.

"뭐 하려고요."

"움직이지 마. 움직이면 그냥 묶어버릴 거야. 음, 살 냄새 좋다."

민견은 긴장에 뻣뻣해진 그녀의 유두를 핥으며 빨아 잡아당겼다.

"그렇게 잡아당기면 아프다고요."

소정이 미간을 좁히며 신음을 내뱉었다. 그의 입안으로 순식간에 먹혀버린 가슴이 얼얼하도록 아팠다. 한참을 물고 빨던 그의 혀가 그녀의 배꼽언저리에서 원을 그리며 간질이다 은밀한 곳으로 훑으면서 내려갔다.

"그럼, 이건 어때?"

소정은 팬티가 벗겨지자 움찔거리며 몸을 떨었다. 그의 혀는 클리토리스를 할짝거리며 간질이고 예민하게 부푼 살점을 이로 잘근거렸다. 그녀의 여성은 자신도 모르게 움찔거렸고 엉덩이에 힘이 들어갔다.

"가만 있어봐."

민견이 혀에 이어 손가락을 여성 안으로 밀어 넣었다.

"장난하지 말아요. 간지럽다고요."

그가 내벽을 간질이며 멈출 생각을 하지 않자 소정은 몸을 뒤틀었다.

"음, 간지러우면 안 되는데. 흥분해야지."

민견의 말에 소정의 얼굴이 빨개졌다. 아무리 들어도 적응이 안 되는 말들이다. 그가 몸을 일으키더니 그녀를 번쩍 안았다. 소정은 몸이 공중으로 뜨자 본능적으로 양 다리를 그의 허리에 감았다. 등 뒤로 차갑고 딱딱한 벽의 감촉이 느껴진다.

"옷 좀 벗겨줘요."

"난 이대로도 좋은데."

"떨어질 것 같다고요."

그 말과 동시에 원피스가 상체에서 분리되어 바닥에 던져졌다.

등 뒤로 느껴지는 차가운 벽, 그의 허리를 감싸고 있는 다리, 그의 두 손이 자신의 엉덩이를 받치는 힘으로 공중에 떠 있는 민망한 상황이 고스란히 보이자 소정은 얼굴이 화끈거렸다. 차라리 원피스로 가려져 안 보는 편이 나았을지 모르겠다.

"지금부터 우리 나비를 위해 이 한 몸 희생할까 해."

"그게 무슨 소리죠?"

"같은 체위는 나비가 금방 싫증을 느낄까 봐 다양한 성감대를 찾으려고."

"난 상관없는…… 헉."

민견이 입술 끝을 살짝 말아 올리더니 손에 힘을 뺐다. 몸이 휘청거리자 소정이 떨어지지 않기 위해 그의 목에 팔을 감았다. 그가 씩 웃더니 그녀의 엉덩이를 찰싹 치면서 다시 움켜쥐었다.

"뭐 하는 짓이야. 헌터."

"이제야 나비답네. 난 이소정이 아니라 나비 쪽이 내 성적 취향에 맞는 것 같아. 앞으로 이렇게 막 대해줘. 그리고 우리의 행복한 미래를 위해 서로의 성감대를 확실하게 알아가자고."

민견은 두 손에 힘을 주어 자신을 향해 힘껏 밀었다.

"헌터 변태였어. 난 이대로도 좋다고…… 하앗."

소정이 짜릿한 아픔에 신음을 내뱉었고 이어서 도톰한 속살 안으로 묵직한 남성이 밀고 들어왔다. 그의 움직임에 소정의 등은 벽에 부딪혀 탁탁 소리를 냈고 찌걱거리는 살의 마찰음이 들려왔다. 소정이 그의 움직임에 맞춰 허리를 튕기자 페니스는 여성 안으로 깊이 파고 들어갔다. 숨 막히게 조여드는 그녀의 여체에 크나큰 쾌감을 느꼈는지 그의 움직임이 점점 빨라졌다. 턱턱, 등이 벽에 부딪히면서 검붉게 부풀어 오른 남성이 그녀의 좁은 통로로 전진과 후퇴를 반복한다.

"하아."

소정이 여성에 힘을 주어 페니스를 조이자 민견의 입에서 나지막한 신음소리가 흘러나왔다. 그녀의 여성이 쉼 없이 남성을 조이며 물어대자 그는 움직임을 멈추고 중얼거렸다.

"나비 때문에 내가 미치겠다."

소정의 뇌쇄적인 눈빛과 부풀어 올라 번들거리는 입술을 보자 여성에게 물려 있는 남성이 꿈틀거리며 움직이라고 아우성을 친다. 동공이 풀린 그녀의 눈빛을 보며 민견은 소정의 엉덩이를 더 힘껏 움켜쥐고 허리를 쳐 올렸다. 어느새 풀려 바닥에 아슬하게 닿아 있는 그녀의 발끝에서 떨림이 느껴졌다.

"헌터, 아무리 생각해도 이건 쉬는 게 아니야."

"쉬는 거 맞아."

그가 손의 힘을 빼자 그녀의 두 다리가 바닥에 닿았다. 다리에 힘이 풀렸는지 휘청거리는 그녀의 허리를 잡아 뒤집었다.

"뭐 하는 거야."

"나비의 또 다른 성감대를 찾으려고."

"난 더 이상 안 찾아도 돼."

그녀의 항의에도 불구하고 거실 바닥에 무릎이 꿇려지고 동시에 엉덩이가 높이 치켜 올려졌다.

"난 다른 성감대 찾은 것 같아. 윽."

민견은 중얼거리며 그녀의 엉덩이를 움켜쥐었다. 그의 손아귀의 힘에 의해 벌겋게 달아오른 엉덩이를 보니 이성을 잃고 말았다. 민견은 남성을 잡고 여성의 입구에 맞춰 밀어 넣었다. 남성이 도톰한 속살 안으로 말려 들어가자 그녀의 엉덩이를 움켜쥔 손에 힘이 들어간다.

"아, 하아……. 헌터, 날 죽일 작정이지."

"설마."

"헌터는 거짓말쟁이야. 날 위한 게 아니라 헌터 좋으라고 하는 거지."

소정의 숨결이 거칠어지고 악문 이 사이로 신음소리가 새어 나왔다. 남성이 예민한 질 내벽을 훑고 있다. 부풀어 오른 남성이 그녀의 깊은 여성 안을 꿰뚫을 때마다 비명이 저절로 새어 나왔다. 흘러나오는 애액으로 인해 질척거리는 소리가 색정적으로 들린다. 그의 하체의 움직임이 점점 빨라지자 무릎이 거실 바닥에 쓸려 둔탁한 아픔이 느껴졌다. 소정이 온몸을 휘도는 전율에 정신을 못 차리는 동안 그도 절정에 다다랐는지 마지막 피스톤질로 그의 남성을 질 깊숙이 밀어 넣었다.

"으으."

민견의 등 뒤로 땀이 흐르고 여체는 그의 움직임에 따라 같이 흔들린다. 거실 바닥에 등을 대고 누운 그들은 천장을 바라보며 가쁜 숨을 몰아쉬었다.

"바닥이 너무 딱딱해."

소정은 두 다리를 공중으로 들었다. 무릎이 뻘겋게 생채기가 나 있었다.

"대리석 바닥에서 섹스는 아닌 것 같아."

"카펫 깔게."

"안 한다는 소리는 안 하네."

소정은 다리를 내리면서 몸을 돌렸다. 그가 팔베개를 하고 그녀를 쳐다보고 있었다.

"나비, 사랑해."

"이런다고 거실에서 또 할 줄 안다면 오산……."

그가 팔을 뻗더니 소정을 안았다. 따스한 온기와 그만의 체향이 느껴지자 가슴이 쿵쾅거렸다.

"사랑한다, 소정아."

"약았어."

"몰랐던 사실은 아니잖아."

치명적인 매력을 가진 나의 연인은 정신을 차릴 수 없게 만든다. 달콤하고 부드러운 그의 속삭임에 취해간다. 아닌 척해도 그와의 섹스는 언제나 좋다. 사랑이 있는 관계라 그럴 것이다. 그녀가 품에서 빠져나가려 하자, 민견이 더 세게 안아버렸다. 귓가에 부드러운 숨결이 느껴진다. 그 숨결만큼이나 달콤한 부드러운 목소리가 내 이름을 부른다. 따스하고 강한 팔이 그녀의 몸을 감싸 안는다. 그 힘이 너무 강해 몸을 움직일 수가 없다. 온몸이 부서질 것만 같았다.

"나도 사랑해. 헌터."

또다시 마주친 나비 두 마리가 훨훨 날아다닌다.

마라톤 완주를 해도 이렇게 힘들지 않을 것이다. 밤새 시달려 온몸이 나른하고 피곤하다. 뻑뻑한 눈이 스르륵 감긴다. 온몸이 뻐근하고 온 근육이 소리를 외치고 있다. 그래서인지 속도 매슥거린다. 차멀미를 하는 것처럼 계속 울렁거린다. 창가에 빛이 스며드는 무렵에야 간신히 잠이 들었다.

소정은 꽃밭을 걷고 있다. 어느 왕궁의 정원에 핀 꽃같이 아름다운 꽃들이다. 향기로운 내음이 진동을 하고, 꽃 위로 오색찬란한 나비 떼들이 날아다니고 있다. 팔랑, 팔랑, 날갯짓을 하는 나비가 주변을 배회하자 소정은 황홀할 정도로 예쁘다고 생각했다. 소정이 손을 뻗자 나비는 소정의 손가락 사이로 빠져나가며 여유로운 날갯짓을 한다. 그러다 나비 떼들이 원을 그리며 날아가다 뭉치기 시작했다. 수백 마리의 나비가 하나의 커다란 나비가 되어간다. 소정은 신기해서 멍하게 바라보았다.

「예쁘다.」

커다란 나비가 힘차게 날갯짓을 했다. 날갯짓을 할 때마다 반짝이는 금빛, 은빛 가루들이 쏟아지며 반짝인다. 눈이 부실 정도로 아름답다.

「어?」

나비가 소정을 향해 힘차게 날아든다. 소정은 얼떨결에 두 팔을 크게 벌렸다. 나비가 소정의 품에 안겼다.

소정은 가슴에 안긴 나비를 보았다. 품 안에 안은 나비가 새근거리고 잠을 자고 있는 자그마한 아기로 변해 있었다. 소정은 고개를 숙여 아기 뺨에 입술을 눌렀다. 아기의 색색거리는 숨결이 간지럽게 느껴진다.

「나비야, 나비야. 나에게 와줘서 고마워.」

살아 있다. 따스했다. 소정의 눈에 눈물이 고여간다.

Epilogue 2. 나비, 날아오르다

　점심시간. 유성 로비에 화려한 여성이 등장하자 다들 웅성거렸다. 짙은 갈색의 머리카락을 포니테일로 묶었다. 몸에 붙는 정장은 그녀의 몸매를 돋보이게 하고, 킬 힐은 늘씬한 다리를 더욱 돋보이게 만들었다. 그녀가 발걸음을 내디딜 때마다 경쾌하게 또각또각 소리가 난다.

　"아, 사모님. NB엔터테인먼트의 이소정 대표님이 여긴 어쩐 일로?"

　그녀를 발견한 정동우 과장은 90도로 인사를 하면서 손바닥을 비볐다. 소정이 정동우 과장을 안 지도 5년이 지났다. 그런데 지금까지도 만년 과장인 정동우를 보며 입술 끝이 살짝 말려 올라갔다.

　"회장님과 식사 약속이 있으신지요? 저희도 식사하러 가는 중이었습니다. 그치? 다들 인사해야지."

이소정은 자신과 눈을 마주치지 못하는 이미현과 자신에게 잘 보이려 함박웃음을 짓는 김선우를 보았다.

"아, 너무들 하시네. 형수님만 보이나? 저도 있습니다."

이소정 뒤로 윤준희가 씩 웃는다.

"어이구, 우리 윤 실장님도 오셨습니까."

그들은 여전히 꽃미모를 자랑하는 윤준희를 보자 얼굴이 환해졌다.

"엄마, 모두 다……."

갑자기 들려오는 소리를 향해 반사적으로 고개가 떨어졌다. 준희의 손을 잡고 있는 조그마한 여자아이는 그들을 보며 인상을 구겼다.

"바보야."

소정은 미간을 찌푸리고 말았다. 민견의 판박이 아니랄까 봐 인상을 쓰는 것도 퉁명스럽게 말을 내뱉는 것도 똑같다.

"바보?"

정동우가 놀라서 사래가 들렸는지 잦은 기침을 해댄다. 아이는 눈 하나 깜작이지 않고 되새김을 했다.

"아찌 바보."

"민다솜!"

소정은 억지웃음을 지으며 눈에 힘을 주어 아이를 쳐다보았다. 회사 직원들이 쳐다보고 있어 화는 내지 못하겠고 속에서 울화통이 터진다. 민견의 유전자가 강할 줄 알았지만 이리도 판박이가 태어날 줄이야.

"민다솜. 엄마가 그런 나쁜 소리 하면 안 된다 그랬지."

"흥!"

소정이 인상을 쓰자, 아이는 입술을 뾰루퉁하게 내밀었다.

"어머, 인형 같네."

"나비를 그대로 닮았네. 무시 못 하는 유전자의 힘이여."

다들 갑자기 등장한 공주님에게서 눈을 떼지 못하고 있다. 이제 네 살이 된 민다솜은 대한민국에서 가장 유명한 어린이다. 유성그룹의 회장 민견과 섹시의 아이콘 나비 사이에서 태어난 대한민국 최고의 다이아수저.

'이리 된 게 누구 탓인데. 다 할아버님과 헌터 때문이지.'

소정은 직원들에게 둘러싸여 오만한 표정을 짓고 있는 작은 공주님을 못마땅한 시선으로 쳐다보았다.

다솜이가 태어나자 천 회장의 다솜 사랑은 도를 넘기 시작했다. 천 회장의 통 큰 지출은 TV 프로의 단골 소재가 되고 말았으니. 낡은 옷을 입고 다녔던 천 회장만 보던 소정은 어리둥절할 수밖에 없었다.

며칠 전 다솜의 생일날, 증손녀 바보인 천광일 회장이 네버랜드를 하루 동안 임대한 사건은 아직도 충격이다. 천광일이 통이 큰 건 알았지만, 놀이동산이란 원래 많은 아이들 틈에서 줄서서 기다리는 것도 재미요, 여러 아이들과 놀이기구를 같이 타는 맛에 가는 거다. 휑한 놀이동산에 경호원들과 함께 홀로 서 있는 다솜은 입이 댓 발로 나왔었다. 그 모습도 귀엽다고 손뼉을 치는 천광일 틈에서 다솜은 결국 울음을 터트렸다.

결국 유성과 천광의 모든 인맥들이 동원되는 초유의 사태가 발생했다. 직원들과 그 사돈의 팔촌까지 연락해 그들의 아들딸과 손자손녀들이 긴급 투입되어 함께 놀았다는 슬픈 사연이 있다.

아직도 기분이 좋지 않은 다솜에게 유성 직원들의 사탕발림이 좋게 보일 리 없다. 박수치며 예쁘다 하는 소리는 며칠 전에도 하루 종일 충분히 들었으니까.

"하하하. 다들 바보 같았어. 맞는 소리인데 뭘 그리 화를 내십니까?"

"윤 실장뿐만 아니라 다들 예쁘다 하니까 애가 버릇이 없잖아."

이소정은 불만에 가득 쌓인 얼굴을 하고 소파에 앉았다.

"일은 자기가 저질러놓고 수습은 내가 하게 만들고. 지금도 전화하니까 바빠?"

"형님이 바쁜 건 사실이죠. 지금까지 회의를 하시는 걸 보면."

소정은 화가 머리끝까지 난 상태였다. 오늘은 작정하고 따지려 유성그룹까지 쳐들어왔다. 하지만 민견을 봐야 성질을 내든 할 텐데.

"회장이 밥도 안 먹고 일하나?"

점심시간인데도 회의가 끝나지 않고 있다. 예전 황조현이 일중독자라고 했던 말이 이젠 이해된다. 박규의 스캔들로 유성은 창립 이래 최악의 위기를 맞게 되었다. 스캔들이 터진 지 1년이 되던 해, 민성규 회장은 민견에게 모든 걸 위임하고 일선에서 물러났다. 민견은 그런 유성을 맡아 3년 만에 밑바닥까지 추락했던 신뢰와 이미지를 회복시켜 제자리로 돌려놓았다. 민성규의 아들이 낙하산을 타고 내려와 회장이 되었다고 악의적인 기사를 쓰던 여론들도 어느 순간 호의적이 되었다.

새벽부터 늦은 밤까지 쉼 없이 일하는 민견을 보며 소정은 혀를 내둘렀다. 인간이라면 밤에는 자야 할 터인데, 그럼에도 불구하고 그는 그녀와의 섹스는 포기하지 않았다. 이러다 과로사하겠다고 말려도 민견은 딱 잘라 거절했다.

'내 힘의 원천은 섹스야.'

소정은 민견의 괴물과도 같은 체력에 두 손 두 발 다 들었다. 밤새 마라톤 회의를 하고 아침에 들어와서 하는 말이, 딱 한 번만 하자. 그래야 잠이 잘 올 것 같다. 처음에는 안쓰러웠다. 그를 위해 무엇이라도 해줘야 할 것 같았다. 보고 또 봐도 질리지 않는 얼굴로 너밖에 없다는 달콤한 고백에 모든 이성은 마비되고 만다. 그렇게 민견에게 넘어간 대가로 지금까지 밤마다 시달리고 있다. 오늘 밤은 그냥 자고 말겠다고 백만 번을 다짐하면 뭐하나.

나를 쳐다보는 눈빛과, 나를 보며 짓는 미소와, 달콤하게 속삭이는 사탕발림에 넘어가 몸과 마음을 바쳐 봉사하게 되는 것을. 물론 그는 그가 나에게 몸 바쳐 충성한다고 하지만, 이제는 믿지 않는다.

'크루즈에서 원나잇할 때 알아봤어야 했어. 그땐 어쩔 수 없었다고 해도 두 번째 스위트룸에서 만났을 때 도망쳤어야 했어. 아니지. 쓰러진 그를 집에 데려다주고 그냥 나왔어야 했어.'

과거를 꺼내는 건 무덤을 파고 자살골을 넣는 짓이다. 크루즈에서도 D빌라에서도, 민견을 먼저 덮치고 유혹한 건 자신이니까.

'나비와 이소정이 나에게 어떻게 했는지 기억 못하는 건 아니겠지? 크루즈 사건은 말하기도 입 아프고. 다시 만났던 스위트룸에서 어땠더라? 홀랑 벗고 있는 날 덮쳤지? 메이드복에 칼을 들고 말이지. 그것도 부족해 아파서 정신이 혼미한 날 덮쳤지. 그래서 알게 되었지 아무리 아파도 섹스는 가능하다고. 섹스에 미치게 만든 건 당신이니까. 평생 책임지는 건 당연해.'

그가 그 말을 꺼내면 소정은 할 말을 잃고 만다. 잠자는 사자의 코털을 건드려 성적 판타지를 만들어준 게 자신이라는 건 변함이 없으니까.

"휴우."

섹스를 위해 첫 아이 다솜을 낳고는 철저히 피임하는 인간이니까. 출산 후 회복 기간, 그 몇 달을 참느라 몸속에 사리가 생겼다는 인간에게 무슨 소리를 할까. 오죽하면 살이 안 찔까. 남들은 군살 없는 몸매의 비결이 뭐냐고 묻는다. 차마 다이어트의 비밀이 매일 밤 짐승처럼 덮치는 남편의 정력에 있다는 민망한 대답을 할 수 없어 운동을 열심히 한다고 대충 얼버무리고 만다. 소정에겐 섹스야말로 온 체력을 방전시키는 최고의 운동임에 틀림없으니까.

"화나서 따지러 온 사람 같지 않네요. 형님이 굶으면서 일하시는 게 안쓰러운 건가요? 아니면 체력이 떨어질까 걱정하시는 건가요?"

"윤 실장, 이죽거리려면 가."

한숨을 푹푹 쉬는 소정을 보며 윤준희가 알 것 같다는 의미심장한 미소를 짓는다.

"가긴요. 우리 NB엔터의 이익이 걸린 문제인데. 제가 있어야죠."

윤준희는 비서가 내온 커피를 마시며 트레이드마크인 보조개 웃음을 지었다. 여비서는 그 웃음에 얼굴이 발그레해진다. 저 웃음에 넘어가서는 안 된다. 소정은 고개를 돌렸다. 소속사 신인이나 연습생들은 윤준희의 선한 마스크와 잘생김에 넘어가 그의 내면을 보지 못하고 있다. 소정마저도 그와 같이 일을 하게 되면서 알게 된 사실인지라 그들을 이해 못 하는 건 아니다.

치밀함, 천재적인 감각은 거저 얻는 게 아니다. 오죽하면 천광일마저도 저놈은 난 놈일세, 하고 칭찬을 했을까?

"누가 보면 난 한가한 사람 같잖아? 나도 바빠."

"그 회사 일, 윤준희가 다 하는 거 아니었나?"

회장 집무실 문이 열리고 민견이 들어왔다.

"빠빠, 꺄악!"

다솜이 두 팔을 벌리고 달려가자 민견이 다솜을 번쩍 안았다. 두 팔을 번쩍 들어 공중부양을 한번 시킨 뒤 볼을 비비적거리고 있다.

"우리 다솜이, 여기서 보니 더 예쁘네."

"응. 울 빠빠도 너무 멋있오."

이산가족 상봉도 아니고, 아침에 집에서 저리 비비적거리고 헤어진 지 몇 시간도 되지 않았다. 유별난 딸 사랑, 아빠 바보인 부녀를 보며 소정을 못 말리겠다는 듯 고개를 저었다.

"못 말려."

소정은 한숨을 길게 내쉬며 늘씬한 다리를 꼬았다.

나도 저랬지. 소정은 자신을 한없는 애정으로 사랑해준 아버지 이성일을 떠올렸다. 가수를 하겠다고 했더니 모든 사업체를 접고 엔터테인먼트 사업을 시작했다. 소정을 위해서 궂은일을 마다하지 않았던 아버지. 아버지의 억울한 죽음이 밝혀져 그나마 다행이라고 할까.

다솜의 돌이 갓 지났을 때, 민견이 소정에게 두툼한 사업계획서를 내밀었다. NB엔터테인먼트에 관한 내용이었다. 소정의 아버지가 모든 걸 투자해 만든 사업체였고 나비의 추락과 함께 무너졌었다. 그것을 다시 만들자는 내용.

소정은 자신이 없었다. 은퇴를 한 건 아니지만 강제로 활동을 접은 지 꽤 오랜 시간이 지났다. 지금의 트렌드 파악이나 제대로 할지 걱정이었다.

그런 그녀의 든든한 후원자가 나타났으니. 윤준희. 그는 컴퓨터 쪽에만 천재적인 재능이 있었던 게 아니었다. 윤준희가 손을 대자 마법이 벌어졌다. 손에 대는 것마다 성공신화를 일으켰다. 3년의 짧은 기간 동안 NB엔터테인먼트의 주가는 상승 곡선을 이루었고 그녀는 제2의 전성기를 맛보고 있다.

물론 그녀의 성공신화 뒤에는 어두운 면도 존재했다. 그녀가 스폰서를 이용해 뜨려고 발악하다 실패했으며, 십전팔기로 도전해 결국 유성의 후계자를 낚아채 결혼에 성공, 그 자금으로 NB엔터테인먼트까지 설립했다는 화려한 가십의 여주인공이 되었다.

"바쁘신 우리 이소정 대표님이 여기까지 어인 행차신가?"

"다른 말로 돌리지 말고, 이건 무슨 소리일까? 자기."

소정이 매섭게 눈을 치켜뜨면서 태블릿을 민견에게 내밀었다.

"말 그대로."

"근데, 난 왜 금시초문인지."

"윤 실장이 말 안 했나?"

민견의 말에 소정은 험악하게 윤준희에게 시선을 돌렸다. 윤준희는 씩 웃음을 지었다. 보조개가 옴폭 파이는. 소정은 눈살을 찌푸리며 험악하게 쏘아붙였다.

"윤 실장, 나에겐 그 웃음 안 통해. 내가 여기까지 오는데 왜 아무런 소리를 안 했지?"

"묻지 않았으면서. 그저 형님께 '따지러 가야겠다'가 끝인데 제가 어찌 압니까?"

윤준희는 여전히 커피를 홀짝거리며 여유로운 표정을 지었다.

"말 돌리지 말고. 이게 뭐냐고?"

"뭐긴요. 나비의 화려한 컴백 기사지."

기사에는 부산콘서트를 마지막으로 잠정적 은퇴를 한 섹시가수 나비의 컴백기사였다. 결혼 후 아이 엄마가 되었고, NB엔터테인먼트의 대표가 된 그녀가 다시금 무대에 선다는 것이다. 덕분에 모든 포털에서 실검 1위를 하고 나비 사진으로 기사가 도배되었다.

"자기, 윤 실장. 다들 미쳤어? 미치지 않고서야 이럴 수 없어. 내가 무대에 마지막으로 선 게 8년 전이라고. 계속 활동했어도 퇴물이 되었을 나이에 컴백 무대라니."

"내 나비, 아직도 이렇게 예쁜데. 퇴물이라니."

그거야 민견 당신 눈에만 예쁘지. 이 말이 목구멍까지 치밀어 올랐지만 간신히 참고 말을 이었다.

"자기, 지금 무대에 서는 가수들 평균 나이가 몇인 줄 알아? 20대만 넘어도 노땅이라고. 내가 나가서 망신이나 당하지 않으면 다행이라고."

소정은 한숨을 내쉬었다. 민견은 자신을 아직도 24살 크루즈에서 처음 봤던 나비로 착각하고 있나 보다.

이제 전 32살 아이 엄마라고요.

"실패한다고 해도 상관없어. 또한 유성그룹이 당신의 걸림돌이 되는 것도 싫다."

눈치를 챈 것일까? 실패보다 더 두려웠던 건 민견에게 부담이 되는 거였다. 유성그룹 회장 사모가 무대에 서는 걸 곱게 보지 않을 테니까.

"그리워하잖아, 무대를."

그리운 만큼 두려웠다. 솜사탕 같은 스토커가 다시 붙지 않는다는 보장이 없었다.

"당신 인생이야. 난 상관 말고 하고 싶은 일 마음껏 해. 유성의 사모님, 다솜 엄마가 아닌 나비, 당신의 이름을 찾아."

"엄마, 나비야? 그럼 팔랑팔랑 날아다녀?"

다솜이 두 손을 팔랑거리며 깔깔 웃는다.

"다솜아, 정말 엄마 예쁘지?"

"응. 다솜은 엄마가 젤 예뻐. 공주님보다 더 예뻐."

민견은 미소를 지으며 끄덕였다. 엄지손가락을 올려 서로 맞대자 다솜은 활짝 웃었다.

"이래서 나비의 컴백이 확정이 되었답니다."

윤준희가 엄지를 치켜들며 윙크를 했다. 어이없는 표정을 짓는 소정을 두고 두 남자와 어린이가 서로 하이파이브를 나누며 기뻐하고 있다. 사실 소정은 신인가수들을 육성하고 무대 뒤에서 응원을 하면서도 부러웠다. 화려한 조명과 대중들의 환호가. 그리고 춤과 노래가 미치도록 그리웠다.

"정말, 못 말려."

소정은 결국 울음을 터트렸다. 너무 행복해서 눈물이 멈추지 않는다. 민견이 그녀를 안았다. 다솜은 뭐가 좋은지 두 팔을 팔랑거리며 집무실을 뛰어다닌다.

"난, 나비야."

나에겐 사랑하는 남편 민견이 있고 예쁜 공주님 다솜이 있다. 성공할지 실패할지 아직은 모른다. 하지만 도전할 수 있는 무대가 있고 응원하는 이들이 있어서, 난 행복한 나비다.

-마침-

작가 후기

처음 시작은 머릿속에 떠오르는 영상들입니다. 조각조각으로 떠다니는 이미지들을 하나로 엮어 글로 옮기는 작업은 괴롭고 지치지만, 이야기 조각들이 퍼즐처럼 맞춰지면서 캐릭터들이 생명력을 얻고 살아 숨 쉬는 걸 느낄 때, 비로소 창작자로서 가장 행복한 순간을 맞이하게 됩니다. 이 순간을 위해 고된 작업을 이어가는 거 같습니다.

『나비 사냥』은 네 번째 종이책입니다. 한 권 한 권 세상에 나올 때마다 부담감은 배가 됩니다. 전작보다 좋은 평을 받고 싶고 더 나아진 모습을 보여드리기 위해 오랜 시간 고심했습니다.

한 글자도 허투루 쓰지 않고 고민했습니다. 그만큼 많은 사랑을 받으면 좋겠다는 욕심을 부려봅니다.

조금이라도 나은 글을 쓰겠다며 오랜 시간 잠수를 탄 작가로 인해 마음고생 심하게 하신 담당자님과 욕심 많은 작가의 부족한 글을 책으로 내주신 와이엠북스 관계자님 감사의 말씀 드립니다.

그리고 지치고 힘들 때마다 응원해주신 고운님들 사랑해요.
저는 더 좋은 작품으로 다시 찾아뵙겠습니다.

-반유 드림-

※강일쇼핑센터 붕괴사고는 1995년 6월 붕괴된 삼풍백화점 실화를 재해석해 창작했습니다.